Erhörte Gebete

Danielle STEEL

Erhörte Gebete

Aus dem Amerikanischen
von Jana Rave

Weltbild

Besuchen Sie uns im Internet:
www.weltbild.de

Weltbild Buchverlag –Originalausgaben–

Steinerne Furt 67, 86167 Augsburg
Dieses Werk wurde vermittelt durch die literarische Agentur Schlück GmbH, 30827 Garbsen

Projektleitung: Gerald Fiebig
Redaktion: lüra – Klemt & Mues GbR
Umschlaggestaltung: Hauptmann & Kompanie Werbeagentur GmbH, München – Zürich
Umschlagabbildung: J.A. Kraulis/Masterfile
Satz: Andrea Göttler
Druck und Bindung: Bagel Roto-Offset GmbH & Co. KG, Gewerbegebiet Sachsen-Anhalt Süd, Kirchweg, 06721 Schleinitz
Gedruckt auf chlorfrei gebleichtem Papier

Printed in Germany

ISBN 3-89897-208-9

Für meine wunderbaren Kinder – die Antwort auf meine Gebete – Beatrix, Trevor, Todd, Samantha, Victoria, Vanessa, Maxx, Zara und Nick, der die Antwort auf meine Gebete war und nun der Inhalt meiner Gebete ist. Du wirst immer einen besonderen Platz in meinem Herzen haben.

Ich liebe euch alle, vom Grunde meines Herzens.

In tiefer Liebe,
Mom/d.s.

1

Als Faith Madison mit ernstem Gesichtsausdruck den Tisch deckte, den Salat umrührte und den Blick auf das Hühnchen im Ofen richtete, wirkte sie zierlich und anmutig. Sie hatte sich an diesem Abend in Schale geworfen und trug ein eng anliegendes schwarzes Kostüm. Mit siebenundvierzig war sie noch immer so schlank wie vor sechsundzwanzig Jahren, als sie Alex Madison geheiratet hatte. Mit ihren grünen Augen, der aufrechten Körperhaltung und dem langen, glatten, blonden Haar, das sie meist zu einem Dutt zusammenband, erinnerte sie an eine Ballerina. Faith ließ sich seufzend auf einem Küchenstuhl nieder.

In dem kleinen, eleganten Stadthaus aus Buntsandstein in der East Seventy-fourth Street in New York herrschte absolute Stille. Während Faith darauf wartete, dass Alex nach Hause kam, lauschte sie dem Ticken der Uhr. Für einen kurzen Moment schloss sie die Augen und gestattete sich den Gedanken, wie schwer der Nachmittag für sie gewesen war. Als ein Schlüssel ins Schloss gesteckt wurde, öffnete Faith die Augen wieder. Sie hörte keine Schritte auf dem Teppich im Flur, kein begrüßendes »Hallo« – wie immer, wenn Alex heimkam. Er machte die Tür hinter sich zu, setzte seinen Aktenkoffer ab, hängte seinen Mantel an den Haken der Garderobe und sah dann seine Post durch. Danach warf er stets zuerst einen Blick in das kleine Arbeitszimmer, und falls er Faith dort nicht vorfand, ging er in die Küche.

Alex Madison war zweiundfünfzig Jahre alt. Als er seine Frau kennen gelernt hatte, war Faith aufs Barnard College gegangen, und er hatte die Columbia Business School besucht. Zu jener Zeit war noch alles anders gewesen. Alex war damals regelrecht verzaubert von Faiths offener, unkomplizierter Art, ihrer Wärme, ihrer Energie und ihrer Lebensfreude. Er hingegen war eher der ruhige, reservierte Typ, der nicht viel sprach. Sie heirateten, sobald Faith mit dem College fertig war und er seinen MBA-Abschluss in der Tasche hatte. Seitdem arbeitete Alex als Investmentbanker. Faith war nach ihrem Abschluss ein Jahr lang bei der *Vogue* als Redaktionsassistentin beschäftigt gewesen und hatte ihre Arbeit sehr gemocht, doch dann entschied sie sich dafür, noch einmal an die Universität zu gehen und Jura zu studieren. Bereits nach einem Jahr musste sie ihr Studium jedoch abbrechen, da ihr erstes Kind unterwegs war. Eloise war gerade vierundzwanzig geworden und im September nach London gezogen. Sie hatte einen Job bei Christie's ergattert und lernte dort nun eine Menge über Antiquitäten. Faiths und Alex' zweite Tochter, Zoe, war inzwischen achtzehn Jahre alt und hatte vor zwei Monaten ein Studium an der Brown University begonnen.

Vierundzwanzig Jahre lang war Faith Vollzeitmutter gewesen, doch vor zwei Monaten hatte sie plötzlich ohne Job dagestanden. Die Mädchen waren fort, und mit einem Mal waren Alex und sie allein.

Alex betrat nun die Küche. »Hallo wie war es heute Nachmittag?«, fragte er mit müdem Gesichtsausdruck und ließ sich auf einen Stuhl fallen. Sein Blick streifte Faith nur flüchtig. Den ganzen Tag über hatte er den Börsengang einer wichtigen Firma vorbereitet, und er war mit den Gedanken noch immer bei der Arbeit. Es kam ihm gar nicht in den Sinn, Faith zur Begrüßung einen Kuss zu geben oder sie zu umarmen – seit Jahren hatte er das schon nicht mehr getan.

Faith konnte sich nicht erinnern, wann er damit aufgehört hatte. Sie war während der ersten Jahre ihrer Ehe so sehr mit ihren Töchtern beschäftigt gewesen, dass es ihr noch nicht einmal aufgefallen war. Wenn Alex nach Hause gekommen war, hatte sie meist eins der Mädchen gebadet oder ihm bei den Hausaufgaben geholfen. Zärtlichkeiten waren nach und nach zur Nebensächlichkeit geworden, und mit der Zeit entstand zwischen Alex und ihr eine tiefe Kluft, die sie beide notgedrungen hinnahmen. Und doch wusste Faith, dass Alex sie liebte – oder dies zumindest glaubte.

Als Faith Alex nun ein Glas Wein einschenkte, hatte sie das Gefühl, ihren Mann aus großer Entfernung zu betrachten. Sie zuckte die Achseln. »Traurig natürlich ...“

Alex griff nach der Zeitung und überflog die Schlagzeilen. Faith holte währenddessen das Hühnchen aus dem Ofen. Sie wusste, dass Alex lieber Fisch mochte, aber sie hatte auf dem Heimweg keine Zeit gehabt, frischen Fisch zu kaufen.

»Er sah so ... so zusammengefallen aus«, fuhr sie fort. Sie sprach von ihrem Stiefvater, Charles Armstrong. Er war zwei Tage zuvor im Alter von vierundachtzig Jahren gestorben. An diesem Nachmittag hatte sich die Familie versammelt, um gemeinsam den Rosenkranz zu beten und am offenen Sarg Abschied von Charles zu nehmen.

»Er war alt, Faith«, murmelte Alex und blätterte eine Seite um. »Und er ist lange krank gewesen.«

Faith blickte Alex durchdringend an. Er sagte das, als sei damit nicht nur alles erklärt, sondern als könne er dadurch ein Häkchen hinter die ganze Sache machen. Das war Alex' Art: Er machte Häkchen hinter die erledigten Dinge. Seit Jahren hatte Faith das Gefühl, dass Alex auch hinter ihren Namen ein Häkchen gemacht hatte. Sie hatte ihren Zweck erfüllt, ihre Arbeit getan und wurde nicht länger gebraucht – nicht von ihren Töchtern, nicht von ihrem Ehemann. Die Mädchen führten nun, da sie ihr Elternhaus verlassen hatten, ihr eigenes Leben, und Alex lebte in einer Welt, zu der Faith keinen Zugang hatte. Nur ganz selten, wenn Alex Klienten zu sich nach Hause einlud und von Faith verlangte, dass sie die Gäste bewirtete und unterhielt, oder wenn sie gemeinsam zu Dinnerpartys von Alex' Geschäftspartnern gingen, kam sie mit seinem Wirkungskreis in Berührung. Die restliche Zeit über erwartete er, dass sich Faith mit sich selbst beschäftigte. Manchmal traf sie sich vormittags mit Freundinnen, doch die meisten ihrer Bekannten hatten noch immer Kinder zu Hause und deshalb wenig Zeit. Seitdem Zoe aufs College gegangen war, hatte Faith ihre Tage größtenteils allein verbracht und sich während vieler einsamer Stunden gefragt, was sie mit dem Rest ihres Leben anfangen sollte.

Als Faith nun das Essen auf den Tisch stellte, hob Alex kaum den Blick von der Zeitung. Faith strich sich eine blonde Strähne, die sich aus dem Dutt gelöst hatte, hinters Ohr. Alex bemerkte nichts davon, er war völlig in einen Artikel vertieft.

»Begleitest du mich morgen?«, fragte Faith ihren Mann schließlich. Am nächsten Tag sollte ihr Stiefvater beerdigt werden.

Alex schüttelte den Kopf und betrachtete Faith für einen kurzen Moment. »Ich kann nicht, ich muss nach Chicago. Ich habe ein Meeting mit den Leuten von Unipam.« Es hatte Probleme mit einem wichtigen Klienten gegeben. Die Arbeit hatte für Alex absolute Priorität, und er konnte einen solch wichtigen Termin wie den morgigen nicht wegen einer Familiensache verschieben. Nur durch äußerste Disziplin war er zu dem äußerst erfolgreichen Geschäftsmann geworden, der er war. Faith sollte dies zu schätzen wissen, fand Alex, schließlich konnten sie sich durch seine Position vieles leisten, wovon andere Leute nur träumten – beispielsweise das schöne Stadthaus und die teure Ausbildung ihrer Töchter.

Wenn Alex mit Faith darüber gesprochen hätte, wäre ihm klar geworden, dass es Dinge gab, die ihr mehr bedeuteten als Geld: Wärme, Nähe, Fröhlichkeit. Letztere war an dem Tag, als Zoe ausgezogen war, aus ihrem Haus verschwunden. Faith konnte keineswegs behaupten, dass Alex sie schlecht behandelte. Es war vielmehr so, dass er sie kaum beachtete. Er schien stets Wichtigeres im Kopf zu haben. Sein Schweigen machte ihr jeden Tag aufs Neue klar, dass er lieber seinen Gedanken nachhing, als sich mit ihr zu unterhalten.

»Es wäre aber schön, wenn du mitkommen könntest«, sagte Faith nun vorsichtig, während sie Alex gegenüber Platz nahm.

Alex war noch immer attraktiv. Er war ein großer Mann mit vollem, grauem Haar und stechenden blauen Augen. Zudem hatte er einen athletischen Körperbau. Vor zwei Jahren war unerwartet einer seiner Partner an einem Herzinfarkt gestorben, und seitdem trieb Alex regelmäßig Sport und achtete streng auf seine Ernährung. Aus diesem Grund aß er auch am liebsten Fisch. Das Hühnchen schob er nun lustlos auf seinem Teller hin und her. Faith hatte keine Zeit gehabt, sich viele Gedanken um das Abendessen zu machen. Sie war den ganzen Nachmittag über mit ihrer Stiefschwester Allison in der Aussegnungshalle gewesen und hatte Charles' Freunde in Empfang genommen, die nacheinander gekommen waren, um sich von dem Verstorbenen zu verabschieden. Die beiden Frauen hatten sich seit einem Jahr nicht gesehen – seit dem Begräbnis von Faiths Mutter –, und zuvor hatten sie zehn Jahre lang keinen Kontakt zueinander gehabt. Allison war bei der Beerdigung von Faiths Bruder Jack, der zwei Jahre vor Faiths Mutter gestorben war, nicht erschienen. Faith seufzte nun bei dem Gedanken daran und stocherte ebenfalls in ihrem Essen herum. In den vergangenen Jahren hatte es einfach zu viele Beerdigungen gegeben. Ihre Mutter, Jack ... und nun Charles. So viele Menschen waren einfach aus ihrem Leben verschwunden. Und obwohl sie und ihr Stiefvater sich nicht besonders nahegestanden hatten, empfand sie doch großen Respekt vor ihm, und die Vorstellung, dass sie ihn nie wiedersehen würde, machte sie traurig. Es schien, als lösten sich sämtliche Stützpfeiler ihres Lebens nach und nach in Luft auf.

»Ich kann das Meeting in Chicago unmöglich absagen«, wiederholte Alex nun und betrachtete verdrießlich seinen Teller. Er hatte das Hühnchen nicht angerührt, aber es war ihm zu mühsam, sich zu beschweren.

»Andere Leute nehmen sich doch auch für Beerdigungen frei«, entgegnete Faith leise. Sie war ein sanfter Mensch, und sie fing mit Alex niemals einen Streit an. Es war einfach sinnlos, mit ihm zu diskutieren, er tat sowieso, was er wollte – üblicherweise, ohne sich mit ihr abzusprechen. Als sie noch jung gewesen waren, hatte er sich anders verhalten, doch es schien eine Ewigkeit her zu sein, dass sie nach dem Abendessen noch stundenlang zusammengesessen und über die Dinge gesprochen hatten, die ihnen wichtig waren. Faith fühlte sich furchtbar allein. Obwohl sie sich während der vergangenen Jahre daran gewöhnt hatte, nagte die Einsamkeit immer stärker an ihr, vor allem seit die Mädchen ausgezogen waren. Ihre Töchter hatten ihr jahrelang die Wärme gegeben, die ihr in ihrer Ehe fehlte. Faith musste sich eingestehen, dass sie die Mädchen mehr vermisste, als sie Alex vermisst hätte.

Zoe schien es gut zu gehen. Obgleich sich das College in Providence und damit nicht gerade weit entfernt von New York befand, war sie nicht ein einziges Mal übers Wochenende nach Hause gekommen. Offenbar war sie mit ihren Uniaktivitäten und ihren neuen Freunden vollauf beschäftigt. Und Eloise führte in London anscheinend ein ebenso erfülltes Leben.

Faith dachte immer öfter daran, sich nun, da sie zu Hause nicht mehr gebraucht wurde, einen Job zu suchen, doch sie wusste nicht, wofür sie überhaupt geeignet war. Es lag fünfundzwanzig Jahre zurück, dass sie für die *Vogue* gearbeitet hatte; zweifellos wusste sie überhaupt nicht, was heutzutage in einer Redaktion gefragt war. Sie spielte mit dem Gedanken, ihr Jurastudium wieder aufzunehmen, und hatte dies sogar mehrere Male gegenüber Alex erwähnt, aber er fand diese Idee geradezu lächerlich.

»In deinem Alter, Faith?«, hatte er verächtlich entgegnet. »Man beginnt doch nicht mit siebenundvierzig ein Jurastudium! Wenn du deinen Abschluss machst, bist du mindestens fünfzig!« Alex hatte ihr einen tadelnden Blick zugeworfen und damit für sich ein Häkchen hinter die Sache gemacht.

Und obwohl Faith den Gedanken an die Fortführung ihres Studiums nicht völlig ad acta legte, erwähnte sie ihn Alex gegenüber nie wieder. Alex schlug ihr stattdessen vor, sich verstärkt in der Wohltätigkeitsorganisation zu engagieren, für die sie nun schon seit Jahren tätig war. Den Rest ihrer Zeit könne sie damit verbringen, sich mit Freundinnen zu treffen und sich um den Haushalt zu kümmern. Doch das genügte Faith nicht mehr. Sie sehnte sich nach einem neuen Dreh- und Angelpunkt in ihrem Alltag, nach etwas, das ihrem Leben Sinn gab.

»Niemand wird mich auf Charles' Beerdigung vermissen«, sagte Alex nun, und sein Tonfall erlaubte keinen Widerspruch.

Faith räumte wortlos die Teller ab und bot Alex einen Nachtisch an, doch Alex lehnte ab. Er achtete streng auf sein Gewicht und spielte mehrere Male pro Woche Squash; wenn das New Yorker Wetter es erlaubte, spielte er samstags oder sonntags Tennis. Als die Mädchen noch klein gewesen waren, hatte die Familie die Wochenenden oft in einem Ferienhaus in Connecticut verbracht, doch dort waren sie schon lange nicht mehr gewesen. Vor allem deshalb, weil Alex stets schnell im Büro sein wollte, falls er dort gebraucht wurde – was mittlerweile beinahe an jedem Wochenende der Fall war.

Faith hätte es viel bedeutet, wenn Alex sie zur Beerdigung ihres Stiefvaters begleitet hätte, aber sie wusste: Es war vergebens, ihn noch einmal darauf anzusprechen. Sobald sich Alex einmal eine Meinung gebildet hatte, war er nicht mehr davon abzubringen. Offenbar kam es ihm überhaupt nicht in den Sinn, dass seine Frau beim Begräbnis ihres Stiefvaters seine Unterstützung benötigen könnte. Und es entsprach nicht Faiths Natur, ihn darum zu bitten. Sie würde den folgenden Tag auch ohne Alex' starke Schulter durchstehen. Sie hatte sich niemals zuvor von Alex trösten lassen, warum sollte sie auf dieser Beerdigung damit beginnen? Sie war daran gewöhnt, allein zurechtzukommen – und das machte sie für Alex zur perfekten Gefährtin. Sie beklagte sich niemals und war kein »Jammerlappen«, wie Alex gern betonte. Faith war im tiefsten Innern aber viel empfindsamer, als er ahnte, und sein gleichgültiges Verhalten verletzte sie sehr. Alex war zwar verantwortungsbewusst, anständig und zuverlässig, doch seit Jahren hatte er ihr gegenüber keinerlei Zuneigung mehr zum Ausdruck gebracht. Sie führten inzwischen genau die Art von Ehe, wie Alex' Eltern sie geführt hatten. Als Faith Mr und Mrs Madison zum ersten Mal gegenübergestanden hatte, war sie regelrecht entsetzt gewesen, wie unterkühlt und lieblos die beiden miteinander umgingen. Alex' Vater hatte sich völlig in seine eigene Welt zurückgezogen, so wie Alex es mittlerweile auch getan hatte. Faith erwähnte Alex gegenüber jedoch nie, wie ähnlich er seinem Vater mit der Zeit geworden war. Alex schätzte es nicht, wenn Faith solche Dinge ansprach – er fühlte sich generell unwohl, wenn jemand seine Gefühle allzu deutlich zeigte. Darunter hatten vor allem Faith und Zoe oft gelitten. Jedes Mal, wenn sie sich in Alex' Gegenwart in den Arm nahmen oder einen Kuss gaben, zog sich Alex augenblicklich zurück und war danach kühler als zuvor.

Faith stand ihrer Tochter Zoe näher als Eloise. Die Achtzehnjährige war liebevoll, herzlich, gutmütig und hatte einen Hang zum Übermut – so wie Faith in ihren jungen Jahren. Zoe war eine hervorragende Studentin und blitzgescheit. Alex fühlte sich hingegen Eloise verbundener, denn seine ältere Tochter ähnelte ihm viel mehr als Zoe. Eloise war ein bedachter, ruhiger Mensch, und so wie ihr Vater war sie Faith gegenüber äußerst kritisch. Faith vermutete, dass Eloise sie vor allem deshalb maßregelte, weil sie ihrem Vater gefallen wollte. Wenn Alex und Eloise auf Faith herumhackten, schlug sich Zoe grundsätzlich auf die Seite ihrer Mutter. Sie war Faith jahrelang eine enge Vertraute gewesen, und sie war die Einzige, die vorgehabt hatte, zu Charles' Beerdigung zu kommen. Charles hatte sich zwar nie besonders für die Mädchen interessiert, und er und seine jüngere Enkelin hatten alles andere als ein inniges Verhältnis gehabt, aber Zoe wollte ihrer Mutter gern bei diesem schweren Gang beistehen. Doch genau an diesem Tag hatte Zoe eine wichtige Prüfung und konnte

Faith deshalb nicht begleiten. Natürlich würde Eloise ebenfalls nicht kommen. Warum sollte sie für die Beerdigung ihres Stiefgroßvaters, der niemals besonders nett zu ihr gewesen war, den weiten Weg von London nach New York zurücklegen?

Faith erwähnte die Beerdigung Alex gegenüber mit keiner weiteren Silbe. Sie akzeptierte sein Versäumnis, wie sie all seine vorherigen Versäumnisse akzeptiert hatte. Wahrscheinlich rechnete Alex, so wie ihre Töchter, gar nicht damit, dass Charles' Verlust ihr nahegıng, schließlich hatten sie keine enge Beziehung gehabt. Der Verlust ihres Stiefvaters hatte für Faith in erster Linie symbolische Bedeutung. Charles' Tod erinnerte sie an die anderen beiden Menschen, die sie in den vergangenen Jahren hatte begraben müssen – ihre Mutter und ihren Bruder Jack, der bei einem Flugzeugabsturz umgekommen war. Er war erst sechsundvierzig Jahre alt gewesen und ein ausgezeichneter Pilot. Seine Maschine hatte während des Flugs Feuer gefangen und war explodiert. Jacks Tod zog Faith damals regelrecht den Boden unter den Füßen weg, und es dauerte lange, bis sie sich wieder fing. Ihr Bruder und sie waren nicht nur beste Freunde gewesen, sondern geradezu Seelenverwandte. Er war ihr Fels in der Brandung, nicht nur während ihrer Kindheit, sondern auch während ihres Erwachsenenlebens. Er war jemand, auf den sie sich immer hundertprozentig verlassen konnte, der niemals nachtragend war und sie nie unnötig kritisierte. Er war nur zwei Jahre älter als sie, und ihre Mutter hatte oft gesagt, sie verhielten sich wie Zwillinge. Als sie zehn und Jack zwölf Jahre alt gewesen war, starb ihr Vater an einem Herzinfarkt, und Faith fühlte sich ihrem Bruder vor allem nach diesem Ereignis sehr verbunden.

Wenn Faith auf ihren Vater angesprochen wurde, sagte sie stets ausweichend, ihr Verhältnis sei schwierig gewesen, doch in Wirklichkeit hatte sie einen wahren Albtraum durchlebt. Es hatte Faith ein gut Teil ihres Erwachsenenlebens und viele Therapiestunden gekostet, die Geschehnisse ihrer Kindheit zu verarbeiten. Ihr Vater hatte sie als Kind missbraucht. Es hatte angefangen, als sie vier oder fünf Jahre alt gewesen war. Faith wagte es damals nicht, sich ihrer Mutter anzuvertrauen, denn ihr Vater drohte damit, sie und Jack umzubringen, falls sie irgendjemandem auch nur ein Sterbenswörtchen verriete. Ihre tiefe Liebe zu ihrem Bruder hielt sie dann auch davon ab, sich jemandem zu öffnen – bis Jack es schließlich von selbst herausfand. Damals war er elf gewesen und Faith neun. Es kam daraufhin zu einer erbitterten Auseinandersetzung zwischen Vater und Sohn, und ihr Vater drohte Jack dasselbe an wie zuvor Faith: Er würde sie beide töten, falls sie irgendjemandem etwas von dem Missbrauch erzählten. Also schwiegen sie.

Sowohl für Faith als auch für ihren Bruder waren diese Erlebnisse derart traumatisch, dass sie das Thema aussparten, bis sie erwachsen waren. Faith war damals schon in Therapie gewesen, und die längst überfällige Aussprache mit Jack kam einer seelischen Befreiung gleich. Gleichzeitig schweißte sie Bruder und Schwester eng zusammen und schuf ein unzerstörbares Band zwischen ihnen. Jack hatte jahrelang darunter gelitten, dass er Faith nicht vor dem physischen und emotionalen Terror beschützen konnte, dem ihr Vater sie ausgesetzt hatte. Es hatte Jack innerlich regelrecht zerfressen, dem Ganzen hilflos zusehen zu müssen. Doch er war damals ein Kind gewesen, und niemand konnte ihm einen Vorwurf machen, auch nicht seine Schwester.

Jahre später hatte Faith auf den Rat ihres Therapeuten hin versucht, ihre Mutter auf die Geschehnisse anzusprechen, doch nach jahrzehntelangem Verdrängen war ihre Mutter nicht mehr bereit gewesen, die Wahrheit zu akzeptieren. Sie weigerte sich, Faith zuzuhören, und sagte immer wieder, die Anschuldigungen seien nichts als bösartige Lügen. Sie warf Faith sogar vor, das Andenken ihres Vaters zu beschmutzen und einen Keil in die Familie zu treiben. Stoisch wiederholte sie, Faiths Vater sei ein wunderbarer, liebevoller Mann gewesen, der seine Familie über alles geliebt und seine Frau auf Händen getragen habe. Sie hatte es irgendwie fertig gebracht, ihren Mann nach seinem Tod geradewegs zu einem Heiligen zu machen. Faith war furchtbar enttäuscht, und sie konnte niemandem außer Jack von ihrem inneren Aufruhr erzählen. Jack ging daraufhin mit ihr zu den Therapiestunden; er ertrug die schmerzhaften Bilder, die diese Sitzungen in ihnen beiden hervorriefen, geduldig und tröstete Faith, wo er auch nur konnte.

Die Erinnerung an ihren Vater war ein Ungeheuer, das Faiths Leben beinahe zerstört hatte, doch letztlich schaffte sie es mit Jacks Hilfe, die Geister der Vergangenheit zum Schweigen zu bringen.

Die seelischen Narben forderten jedoch ihren Tribut. Sowohl Jack als auch Faith stürzten sich in Beziehungen mit Menschen, die ebenso kaltherzig und überkritisch waren wie ihre Mutter. Jacks Frau Debbie war neurotisch und schwierig, und sie verließ Jack mehrere Male – aus Gründen, die niemand nachvollziehen konnte. Ihre fünfzehnjährige Ehe blieb kinderlos, da Debbie Kinder nicht ausstehen konnte. Faith kam nie dahinter, was Jack an Debbie fand, doch er liebte sie offensichtlich von ganzem Herzen und fand unermüdlich Entschuldigungen für ihr unmögliches Verhalten. Vor drei Jahren dann stand Debbie mit versteinertem Gesicht an Jacks Grab und vergoss keine einzige Träne.

Schon sechs Monate später heiratete sie erneut und zog nach Palm Beach. Seitdem hatte Faith nichts mehr von ihr gehört – noch nicht einmal eine Weihnachtskarte hatte Debbie geschrieben.

Alex hielt Faith ebenfalls emotional auf Abstand, und wenn irgendetwas schief lief, wurde er nicht müde, ihr Vorhaltungen zu machen. Jack und Faith hatten oft über die Wahl ihrer Partner gesprochen, und obwohl ihnen beiden klar war, warum sie diese beiden Menschen geheiratet hatten, waren sie doch nicht in der Lage, ihre Ehen zu beenden und einen Neuanfang zu wagen. Es schien, als ob sie sich unbewusst in Situationen hineinmanövriert hatten, in denen sie das Leid ihrer Kindheit noch einmal durchlebten – um es letzten Endes bezwingen zu können. Doch leider hatten sie sich für Ehepartner entschieden, die man nicht bezwingen konnte, und sowohl für Jack als auch für Faith ging das Leid unaufhörlich weiter, wenn auch weniger traumatisch als in Kindertagen. Jack ließ seiner Frau jede Gefühllosigkeit durchgehen, und aus Angst, seine Ehe aufs Spiel zu setzen, beschwerte er sich nie.

Faith verhielt sich Alex gegenüber ganz ähnlich. Sie gab immer nach und überließ ihm die uneingeschränkte Kontrolle. Unterbewusst war sie davon überzeugt, dass sie die Schuld an allem trug, an Alex' Fehlern und seiner Kälte – dass sie für alles, was einen Schatten auf ihr Glück warf, selbst verantwortlich war. Ihr Vater hatte ihr diese Überzeugung eingeimpft. Und so schrecklich das Leben mit ihm auch gewesen war, kam es doch einer grausamen Bestrafung gleich, als er plötzlich starb und sie zurückließ. Faith schlug sich seitdem mit dem Gefühl herum, dass sie auch am Tod ihres Vaters die Schuld trug. Umso bedachter war sie darauf, Alex niemals zu erzürnen, denn sie wollte um jeden Preis verhindern, dass er sie irgendwann verließ. Sie hatte lange versucht, das perfekte kleine Mädchen zu sein und die Sünden zu büßen, die sie auf sich geladen hatte, und nun bemühte sie sich, die Rolle der perfekten Ehefrau auszufüllen.

Sie spielte während ihrer ersten Ehejahre oft mit dem Gedanken, Alex von dem Missbrauch zu erzählen, doch sie tat es nie. Tief in ihrem Inneren glaubte sie, dass Alex sie nicht mehr lieben würde, wenn er von den damaligen Vorfällen erführe.

Doch in den vergangenen Jahren hatte sich Faith immer häufiger die Frage stellen müssen, ob Alex sie überhaupt noch liebte. Womöglich tat er es auf seine eigene Weise, allerdings hing seine Zuneigung in hohem Maße davon ab, ob seine Frau auch genau das tat, was er von ihr verlangte. Faith hatte instinktiv gespürt, dass Alex nicht hören wollte, was ihr Vater ihr als Kind angetan hatte, und so hatte sie ihr dunkles Geheimnis weiterhin allein mit Jack geteilt.

Ihre tiefe Liebe zu ihrem Bruder war ungewöhnlich gewesen, und sein Tod hatte ihr Leben völlig aus den Angeln gehoben. Womöglich wäre sie damit besser zurechtgekommen, wenn sie mit Alex über den Verlust von Jack hätte sprechen können.

Als Faith zwölf und Jack vierzehn Jahre alt gewesen waren, hatte ihre Mutter Charles Armstrong geheiratet. Faith war Charles gegenüber anfangs äußerst misstrauisch gewesen und rechnete jeden Tag damit, dass er ihr dieselben Dinge antun würde, mit denen ihr Vater sie gequält hatte. Stattdessen ignorierte ihr Stiefvater sie jedoch vollständig, und Faith war darüber mehr als froh. Charles fühlte sich in der Gegenwart von Mädchen und Frauen unwohl, selbst seine eigenen Töchter waren ihm fremd. Als Soldat legte er Jack gegenüber einen extrem rauen Umgangston an den Tag, doch zumindest beschäftigte er sich hin und wieder mit ihm.

Alles, was er je für Faith getan hatte, war, ihre Zeugnisse zu unterschreiben und sie für ihre Noten zu tadeln. Offenbar nahm er an, dies werde von ihm erwartet. Es erstaunte Faith geradezu, dass sich Charles ihr nicht sexuell näherte und keinerlei körperliches Interesse an ihr zeigte. Die Erleichterung darüber glich die Gleichgültigkeit, die er ihr gegenüber zeigte, wieder aus. Mit Lieblosigkeit konnte sie umgehen, denn daran war sie gewöhnt.
Nachdem Charles ebenfalls gestorben war, hatte Faith außer ihren Töchtern keine Verwandten mehr. Sie hatte das Gefühl, dass ihre Welt mit der Zeit immer kleiner und kleiner wurde. Die Menschen, die ihr Leben bestimmt hatten, verließen sie nach und nach, und dadurch kam Alex und den Mädchen noch größere Bedeutung zu als zuvor.
Faith betrat nun das Arbeitszimmer, in dem Alex abends gern saß und las. Er war in seine Papiere vertieft, und als Faith im Türrahmen stehen blieb, blickte er nicht auf. Alex hatte eine eindeutige Körpersprache, um erkennen zu lassen, dass er nicht gestört werden wollte. Seine abweisende Haltung machte ihn unerreichbar für Faith. Die Distanz, die sich im Laufe der Jahre zwischen ihnen aufgebaut hatte, war mittlerweile unüberbrückbar. Wie zwei Gletscher waren sie langsam in unterschiedliche Richtungen gewandert. Faith hatte das schon vor langem akzeptiert, doch nun, ohne die Mädchen, empfand sie die Kluft zwischen ihnen noch stärker. Was soll ich nur mit dem Rest meines Lebens anfangen?, fragte sie sich erneut, während Alex die Papiere weglegte und schweigend, ohne seine Frau eines Blickes zu würdigen, zum Schreibtisch hinüberging. Faith wandte sich um und schlenderte geruhsam ins Schlafzimmer.
Eine halbe Stunde später folgte Alex ihr. Faith lag be-

reits im Bett und las ein Buch, das Zoe ihr empfohlen hatte. Es war ein unterhaltsamer Roman, und gerade als Alex den Raum betrat, schmunzelte sie über eine lustige Szene. Sie schaute auf. Ihr Mann sah müde aus, aber er hatte die Papiere, die er für das morgige Meeting mit Unipam durchgehen musste, offenbar sichten können – sonst wäre er noch länger im Arbeitszimmer geblieben. Alex zog sich um und schlüpfte ein paar Minuten später zu Faith ins Bett. Es schien, als ob in der Mitte ihres Bettes eine unsichtbare Mauer existierte, eine Grenzlinie, die keiner von ihnen ohne dringenden Grund überschritt. Wenn ihre Bedürfnisse zu groß wurden, was nicht öfter als etwa einmal im Monat vorkam, näherten sie sich einander gezwungenermaßen. Beim Sex fühlte sich Faith ihrem Mann ein wenig verbundener als sonst, doch das war nur eine flüchtige Empfindung, und es erinnerte sie auf schmerzhafte Weise daran, wie viel vertrauter sie sich früher gewesen waren. Die körperliche Liebe zwischen ihnen war stets kurz und zielgerichtet, aber durchaus angenehm. Es war erstaunlich – und höchstwahrscheinlich der jahrelangen Therapie zu verdanken –, dass Faith keinerlei sexuelle Probleme mehr hatte. Durch die fehlende Wärme in ihrer Ehe bedauerte sie es jedoch nicht, dass die Annäherungen zwischen ihr und Alex äußerst selten stattfanden.
Alex wälzte sich, kaum dass er im Bett lag, auf die andere Seite und drehte Faith den Rücken zu. Damit gab er ihr deutlich zu verstehen, dass er an diesem Abend kein körperliches Interesse an ihr hatte. Sie hatten gemeinsam zu Abend gegessen, Alex hatte sie darüber in Kenntnis gesetzt, wo er sich am folgenden Tag aufhalten würde, und er war ebenfalls darüber informiert, wie sie den Tag verbringen würde. Faith hatte seinem Terminkalender entnehmen können, dass sie

Alex am Abend nach der Beerdigung zu einem Geschäftsessen begleiten sollte. Das war alles, was sie voneinander wissen mussten, alles, was sie noch miteinander teilen konnten. Wenn sich Faith nach einer Geste der Zuneigung sehnte, musste sie sich an die Mädchen wenden. Bei diesem Gedanken vermisste sie Jack umso mehr.

Faith hatte ihren Bruder mehr als alles auf der Welt geliebt, und als er starb, glaubte sie, sie müsse ebenfalls sterben. Sie war nicht gestorben, doch ein Teil von ihr wanderte seitdem unruhig umher – wie eine einsame Seele, die ihr Heim verloren hatte. Faith konnte mit ihren Töchtern nicht die Dinge besprechen, die sie mit Jack besprochen hatte. Jack hatte sie niemals enttäuscht, er war immer für sie da gewesen, hatte sie zum Lachen gebracht, ihr gesagt, wie viel sie ihm bedeutete, und sie hatte das Gleiche für ihn getan. Er war in ihrem trüben Leben ein heller Sonnenstrahl gewesen, der ihr Herz erwärmte, der einzige Mensch, dem sie sich voll und ganz anvertrauen konnte.

Faith hörte Alex nun leise schnarchen. Jack war fort, die Mädchen waren fort. Und als Faith das Licht ausmachte, hatte sie das Gefühl, in einem See aus Einsamkeit zu ertrinken.

2

Als der Wecker Faith am darauf folgenden Morgen um acht Uhr aus dem Schlaf schreckte, war Alex bereits nach Chicago aufgebrochen. Die Beerdigung begann um elf Uhr. Faith hatte ihrer Stiefschwester versprochen, sie auf dem Weg zum Friedhof mit der Limousine abzuholen, die sie für diesen Tag gemietet hatte. Allison war vierzehn Jahre älter als Faith, einundsechzig, doch sie schien Faith manchmal mindestens achtzig zu sein. Allisons Kinder, die Faith kaum kannte, waren nur wenig jünger als sie selbst, sie lebten in Kanada, in Nordquebec. Allison hatte weder zu ihrer Stiefmutter noch zu Faith und Jack jemals ein besonders herzliches Verhältnis gehabt. Als ihr Vater mit Faiths Mutter vor den Traualtar trat, war sie bereits selbst verheiratet, und sie interessierte sich kaum für ihre neue Familie.

Allison und ihr Vater hatten aus demselben Grund keine enge Beziehung zueinander gehabt, aus dem Faith keine Bindung zu Charles hatte aufbauen können: Charles Armstrong konnte mit Mädchen einfach nichts anfangen. Er hatte als junger Mann eine Militärausbildung in West Point abgeschlossen und später Karriere in der Armee gemacht. Als er Faiths Mutter heiratete, war er neunundvierzig Jahre alt und gerade in Pension gegangen. Seine Stiefkinder behandelte er wie Kadetten: Er inspizierte regelmäßig ihre Zimmer, gab ihnen Befehle und legte Bestrafungen für Vergehen fest. Einmal ließ er Jack eine ganze Nacht lang vor dem Haus im Regen stehen, weil er eine schlechte Note mit nach

Hause gebracht hatte – zumindest glaubte Charles, Jack verbringe die Nacht im Freien. Tatsächlich ließ Faith Jack durchs Fenster in ihr Zimmer klettern und versteckte ihn unter dem Bett. Am nächsten Morgen bespritzten sie Jacks Kleidung mit Wasser, und bevor die Sonne aufging, schlich er sich nach draußen. Charles fand zum Glück niemals heraus, dass Faith und Jack ihn hinters Licht geführt hatten, andernfalls wäre zweifellos die Hölle los gewesen.

Ihre Mutter nahm sie vor Charles nie in Schutz, so wie sie es schon bei Faiths leiblichem Vater versäumt hatte. Sie war stets darauf bedacht, Konfrontationen um jeden Preis zu vermeiden und ein ruhiges Leben zu führen. Ihre erste Ehe war alles andere als glücklich gewesen, und nach dem Tod ihres Mannes waren finanzielle Probleme auf sie zugekommen. Der Schuldenberg wuchs zwei Jahre lang stetig an, bis Charles Armstrong sie aus der Misere befreite. Sie war dankbar, dass er bereit war, sich ihrer kleinen Familie anzunehmen. Und es machte ihr nichts aus, dass Charles nur dann mit ihr sprach, wenn er ihr Anweisungen gab. Er erwartete von ihr nichts weiter, als dass sie sich um den Haushalt kümmerte. Von Jack und Faith verlangte er absoluten Gehorsam und gute Noten – darüber hinaus sollten sie ihm so wenig wie möglich unter die Augen treten. Die Jahre mit Charles waren für Jack und Faith die perfekte Vorbereitung für die Ehen gewesen, die sie später führten.

Alex war natürlich ein weitaus gebildeterer Mann als Charles. Faiths Stiefvater war ein alter Haudegen, ein Soldat durch und durch mit einem recht eingeschränkten Horizont. In anderer Hinsicht erinnerte Alex Faith jedoch immer öfter an Charles. Ihre Mutter hatte in ihrer zweiten Ehe ebenfalls unter fehlender Herzlichkeit gelitten; doch sie tat einfach, was man von ihr erwartete, und blieb vierunddreißig Jahre lang bei

Charles – bis zu ihrem Tod. Eine solche Ehe hatte Faith niemals führen wollen – doch merkwürdigerweise tat sie genau das. Sie fragte sich, warum sie damals, als sie Alex kennen lernte, nicht erkannt hatte, wie ähnlich er Charles war.

Faith bemühte sich, die fehlende Wärme in ihrer Beziehung durch geradezu überschäumende Liebe für ihre Töchter auszugleichen. Anfangs hatte sie auch versucht, Alex gegenüber liebevoll und zärtlich zu sein, doch er machte ihr schnell klar, dass ihm das nicht nur unangenehm war, sondern dass er ihre Zuneigung schlichtweg nicht brauchte. Ihm war ein geordnetes Leben wichtig, Erfolg im Beruf, ein geschmackvolles Haus und eine Frau, die ihre Aufgaben gewissenhaft erfüllte.

Als Faith an diesem Morgen um Viertel nach zehn das Haus verließ, wartete die Limousine bereits. Faith trug ein schwarzes Kleid und einen schwarzen Mantel, eine dunkle Strumpfhose und ebensolche Lederpumps. Ihr blondes Haar war wie gewöhnlich zu einem Dutt zusammengebunden, und der einzige Schmuck, den sie trug, war ein Paar Perlenohrringe, das einst ihrer Mutter gehört und das Charles ihr geschenkt hatte. Faith wirkte nach außen hin ruhig und gelassen, schön und würdevoll, und trotz der dunklen Kleidung sah sie jünger aus, als sie tatsächlich war. Ihr Gesicht war offen und freundlich, und ihr einfühlsames Lächeln nahm sofort jeden für sie ein. Wenn sie Jeans und ihre Haare offen trug, konnte man meinen, sie sei beinahe so jung wie ihre Töchter, denn ihre Sorgen spiegelten sich keineswegs in ihren Zügen wider.

Während sie nun in die Limousine stieg, wanderten ihre Gedanken erneut zu Jack. Sie wusste: Er hätte es selbst an einem Tag wie diesem irgendwie geschafft, sie aufzuheitern. Er hätte sie mit irgendeiner absurden

Idee zum Lachen gebracht, und allein der Gedanke daran ließ sie schmunzeln.
Jack hatte als Anwalt für eine namhafte Kanzlei an der Wall Street gearbeitet und war sowohl bei seinen Kollegen als auch bei seinen Bekannten äußerst beliebt gewesen. Lediglich Alex kam nicht gut mit Jack zurecht. Er fand ihn »primitiv«, wie er einige Male sagte, und er geriet häufig mit ihm aneinander. Die beiden Männer waren grundsätzlich verschiedener Meinung – egal, worum es ging. Jack empfand seinen Schwager im Gegenzug als »nervtötend«, hielt sich Faith gegenüber allerdings mit Kritik an Alex zurück, da sie sich auch niemals negativ über Debbie äußerte – obgleich Jack natürlich klar war, dass sie seine Frau nicht mochte. Ihre Ehepartner waren also meistens ein Tabuthema für sie.
Als die Limousine vorfuhr, warteten Allison und ihr Mann bereits vor dem Hotel. Die beiden waren ein bodenständiges, rechtschaffenes älteres Paar, das vierzig Jahre lang eine gut gehende Ranch in Kanada betrieben hatte. Ihre drei Söhne, die sie von klein auf bei der Arbeit unterstützt hatten, führten die Ranch nun weiter und konnten daher nicht an Charles' Beerdigung teilnehmen, und ihre Tochter ließ sich wegen Krankheit entschuldigen.
Allison und ihr Mann Bertrand hatten sich in Faiths Gegenwart noch nie wirklich wohl gefühlt, denn Faith war in ihren Augen eine richtige Dame, weltgewandt und gebildet, ganz anders als sie selbst. Die beiden Frauen lebten in zwei völlig verschiedenen Welten, und obwohl sie seit über dreißig Jahren Stiefschwestern waren, kannten sie einander kaum.
Faith fragte sich, ob sich Allison und sie nach dem heutigen Tag jemals wiedersehen würden, und ertappte sich bei dem Gedanken, dass es ihr gleichgültig war.

Allison erkundigte sich nun nach Alex, und Faith erklärte, dass ihr Mann einen wichtigen Geschäftstermin in Chicago wahrnehmen müsse. Allison nickte. Sie war Alex lediglich zweimal begegnet, und er war ihr wie ein Wesen von einem anderen Planeten erschienen. Sie und ihr Mann hatten ihn ganz offensichtlich nicht interessiert, denn er hatte sich keinerlei Mühe gegeben, mit ihnen ins Gespräch zu kommen. Auch bei ihrem zweiten Zusammentreffen, der Beerdigung von Faiths Mutter, hatte er nicht ein Wort an sie gerichtet.
Allison und Bertrand schwiegen eine Weile, dann sprach Allison Faith auf die Trauerfeier nach der Beerdigung an. Sie hatte ihrer Stiefschwester bereits telefonisch mitgeteilt, dass sie plane, die Gäste nach der Zeremonie zu einer kleinen Zusammenkunft ins Hotel einzuladen. Zu diesem Zweck hatte sie dort einen Raum gemietet und ein Büfett bestellt. Faith fand, dass dies ein netter Zug von Allison war. Die Freunde ihrer Eltern würden sich gewiss sehr darüber freuen.
»Ich glaube nicht, dass ich viele der Gäste kenne«, bemerkte Faith daraufhin, um irgendetwas zu sagen.
Sie hatten den Termin und den Ort des Begräbnisses unter die Todesanzeige in die Zeitung setzen lassen und einige der Freunde ihrer Eltern angerufen. Doch viele der alten Bekannten waren bereits verstorben oder nicht mehr mobil. Charles und Faiths Mutter hatten jahrelang in Connecticut gelebt und dort einen großen Freundeskreis gehabt, aber nach dem Tod ihrer Mutter hatte Faith Charles überredet, in ein hervorragendes Altenheim in New York zu ziehen, und er war den Großteil des vergangenen Jahres über krank gewesen, sodass er zuletzt kaum noch Kontakt zu seinen Bekannten gehabt hatte. Es war also schwierig abzuschätzen, wie viele Leute zur Beerdigung kommen würden. Nach der Zeremonie in der Kapelle würden sie gemeinsam

zum Friedhof gehen und Charles begraben. Allison und Faith schätzten, dass sie gegen halb zwei wieder im Hotel wären. Dort würden sie den restlichen Nachmittag mit den Trauergästen verbringen, und um acht Uhr wollten Allison und Bertrand nach Kanada zurückfliegen. Faith erinnerte sich, dass sie Alex an diesem Abend zu einem Geschäftsessen begleiten sollte, und war froh über die Aussicht auf Ablenkung.

Als sie die Kirche durch die Seitentür betraten, waren sie überrascht zu sehen, wie viele Menschen zum Gottesdienst erschienen waren. Charles war ein geachtetes Gemeindemitglied der Kleinstadt in Connecticut gewesen. Schon früher hatte sich Faith darüber gewundert, welch großer Beliebtheit sich Charles bei seinen Nachbarn und Freunden erfreut hatte. Dies mochte damit zu tun haben, dass Charles in seiner Anfangszeit beim Militär an einigen exotischen Orten stationiert gewesen war und er dadurch immer eine amüsante Anekdote zu erzählen hatte – wenn er auch seiner Frau und seinen Stiefkindern gegenüber nichts darüber verlauten ließ. Faith hatte nie verstanden, was ihre Mutter eigentlich in Charles sah. Innerhalb der Familie verlor er jedenfalls kein überflüssiges Wort. Wahrscheinlich schätzte ihre Mutter in erster Linie die Stabilität und Sicherheit, die Charles in ihr Leben gebracht hatte.

Der Gottesdienst begann pünktlich um elf Uhr. Der Sarg, der nur wenige Meter von ihren Sitzplätzen entfernt stand, war mit weißen Blumen geschmückt. Faith hatte Allison am Tag zuvor angeboten, ihren eigenen Floristen für den Blumenschmuck in der Kirche zu engagieren und auch die Kosten zu tragen, und Allison hatte das Angebot dankbar angenommen. Die Trauerfeier wurde von einem Pfarrer abgehalten, den Faith gut kannte. Weder ihre Mutter noch Charles waren besonders religiös gewesen, umso erstaunlicher war es,

wie viel der Glaube Faith und ihrem Bruder Jack bedeutete. Unzählige Male waren sie zusammen zum Gottesdienst gegangen – bis zu dem Tag, an dem Jack starb.
Die Predigt war kurz und recht unpersönlich, doch das hatte sich Faith so auserbeten. Charles war nicht die Art von Mensch gewesen, für die man herzzerreißende Bibelverse oder Gedichte vorlas. Der Pastor listete in sachlichem Ton ein paar von Charles' Vorzügen auf, sprach über seine Ausbildung in West Point, seine Karriere beim Militär und erwähnte auch Allison und Faith. Gemeinsam mit den Trauergästen sangen sie schließlich »Amazing Grace«, und während des Liedes spürte Faith, wie Tränen ihre Wangen hinunterrannen. Eine Erinnerung aus ihrer Kindheit war vor ihr geistiges Auge getreten – Charles, der mit Jack und ihr zum Angeln an den See fuhr. An diesem Tag schimpfte er ausnahmsweise nicht mit ihnen, sondern erklärte geduldig, wie man die Angel halten musste und wie man einen Köder daran befestigte. Faith entsann sich sehr genau daran, wie Charles damals neben Jack stand und überaus freundlich mit ihm sprach, woraufhin Jack ihn mit leuchtenden Augen ansah und von einem Ohr zum anderen grinste.
Faith schloss die Augen. Beinahe konnte sie den Augustsonnenschein jenes Tages auf ihrer Haut spüren. Immer mehr Tränen flossen ihre Wangen hinab, und ein Schluchzen steckte ihr im Hals. Als sie die Augen wieder öffnete, trugen die Sargträger den Sarg langsam den Mittelgang hinunter – ebenso hatten einige von Jacks besten Freunden dessen Sarg seinerzeit aus der Kirche gebracht. Unzählige Menschen hatten an dem Begräbnis teilgenommen, doch Faith erinnerte sich nur noch verschwommen daran. Sie war den ganzen Tag über wie in Trance gewesen.
Faith folgte nun Allison und Bertrand, die mit gesenk-

ten Köpfen hinter dem Sarg herschritten. Im Vorraum der Kirche blieben sie stehen und warteten, bis die Sargträger den Sarg in den Leichenwagen gehoben hatten. Faith, Allison und Bertrand stellten sich daraufhin nacheinander auf, um den Gästen die Hand zu schütteln. Etwa die Hälfte der ungefähr hundert Trauergäste war bereits an ihnen vorübergegangen, da hörte Faith hinter sich eine vertraute Stimme.

»Hallo.«

Sie erstarrte. Sie reichte gerade einer Frau die Hand, die mit ihrer Mutter befreundet gewesen war, und bevor sie sich umdrehen konnte, sagte der Mann hinter ihr ein weiteres einzelnes Wort.

»Fred.«

Faith konnte nichts dagegen tun, dass sich ein Lächeln auf ihr Gesicht stahl, und als sie sich umwandte, strahlte sie regelrecht. Es gab nur einen einzigen Menschen außer Jack, der sie jemals »Fred« genannt hatte. Tatsächlich hatte ihr der Mann, der nun vor ihr stand, in ihrer Kindheit diesen Spitznamen verpasst, denn er vertrat damals den Standpunkt, Faith sei ein alberner Name für ein Mädchen, und deshalb rief er sie »Fred«. Faith blickte nun in Brad Pattersons Augen und konnte kaum glauben, dass er ihr wirklich gegenüberstand. In all den Jahren hatte er sich kaum verändert – obgleich er mittlerweile Ende vierzig sein musste. Wenn er grinste, sah er noch immer wie ein kleiner Junge aus. Er hatte ein Grübchen im Kinn und dichtes schwarzes Haar, das keine einzige graue Strähne zeigte, außerdem grüne Augen, genau wie Faith, und er war nach wie vor ein wenig schlaksig. Als sie noch Kinder gewesen waren, hatte Faith ihn oft mit seinen »Spinnenbeinen« aufgezogen. Brads Lächeln war jedoch schon immer unwiderstehlich gewesen, und es hatte nichts von seiner Wirkung eingebüßt. Er war der beste Freund

ihres Bruders gewesen, seit sich die beiden Jungen im Alter von zehn Jahren kennen gelernt hatten. Faith hatte unzählige glückliche Kindheitserinnerungen, in denen Brad eine Rolle spielte. Zum Beispiel entsann sie sich, wie Brad ihr blondes Haar am Saint Patrick's Day einmal grün gefärbt hatte. Sie, Jack und Brad hatten das seinerzeit für eine tolle Idee gehalten, doch ihre Mutter war von dem Ganzen wenig begeistert gewesen.
Im Laufe der Zeit hatte Brad gemeinsam mit ihnen eine Menge Unsinn angestellt, und er und Jack waren ein Dutzend Jahre lang unzertrennlich gewesen. Sie hatten zusammen das Pennsylvania State College besucht, doch ihre Wege trennten sich, als sie anschließend ihr Jurastudium aufnahmen. Brad ging auf die Boalt University nach Berkeley in Kalifornien und Jack auf die Duke nach North Carolina. Brad verliebte sich bald darauf in ein Mädchen, heiratete es, und wenig später bekamen die beiden Zwillingssöhne, die ungefähr im gleichen Alter waren wie Eloise. Jack flog in regelmäßigen Abständen zu Brad an die Westküste, doch irgendwann hörte Brad auf, ihn im Gegenzug an der Ostküste zu besuchen – er war einfach zu beschäftigt. Faith hatte Brad vor drei Jahren, auf Jacks Beerdigung, zum letzten Mal gesehen. Sie waren beide am Boden zerstört gewesen und hatten stundenlang über Jack gesprochen – als ob die Erinnerungen, die sie heraufbeschworen, Jack zurückbringen konnten. Brad begleitete Faith und ihre Familie nach der Beerdigung noch nach Hause. Alex fand Brad nicht sonderlich sympathisch, er hielt Brads Ansichten für zu unkonventionell und benahm sich ihm gegenüber geradezu feindselig. In Faiths Augen lag dies vor allem daran, dass Brad Jacks Freund gewesen war. Doch sie kümmerte sich nicht weiter um Alex, sie freute sich viel zu sehr, Brad nach so langer Zeit wiederzusehen. Nach diesem Zusammentreffen schrieben sie sich

ein Jahr lang regelmäßig, aber letztlich schlief der Kontakt wieder ein.
Faith war nach wie vor völlig überrascht, Brad vor sich zu sehen, und sie konnte sich nicht erklären, wieso er gekommen war. »Was machst du hier?«, fragte sie aufgeregt.
Das Lächeln, das Brad ihr schenkte, hätte die gesamte Kirche erhellen können. »Ich bin wegen einer Konferenz in der Stadt und habe gestern die Todesanzeige in der Zeitung gelesen«, antwortete Brad.
Faith erwiderte sein Lächeln und war unendlich dankbar, dass er gekommen war. Plötzlich erschien ihr alles einfacher. Es kam ihr beinahe so vor, als sei ein Teil von Jack zurückgekehrt.
»Ich hatte gehofft, dich hier zu treffen. Du siehst fantastisch aus, Fred«, bemerkte Brad mit einem breiten Grinsen.
Als sie dreizehn Jahre alt gewesen war, hatte sich Faith unsterblich in dieses Grinsen verliebt. Bis über beide Ohren war sie in Brad verknallt gewesen. Drei Jahre später verließ Brad allerdings die Stadt, um aufs College zu gehen, und Faith begann, sich mit Jungen in ihrem Alter zu verabreden. Später betrachtete sie ihre Gefühle für Brad immer als harmlose Schwärmerei, denn Brad war und blieb in erster Linie einer ihrer besten Freunde. Es machte sie sehr traurig, dass sie immer wieder den Kontakt verloren, doch es war eben nicht einfach, die Freundschaft über die Entfernung hinweg aufrechtzuerhalten.
Faith lud Brad nun zu der Trauerfeier ins Hotel ein, und er nickte erfreut. Seine Augen konnten sich kaum von ihr lösen, ihr Wiedersehen bewegte ihn ebenso sehr wie Faith.
»Ich gehe gern mit«, versicherte er. Er hatte ergriffen beobachtet, wie Faith zu den Klängen von »Amazing Grace«

geweint hatte. Das Lied rührte ihn ebenfalls stets zu Tränen. Auch auf Jacks Beerdigung hatten sie es gesungen – an einem der schwärzesten Tage seines Lebens.

»Es war nett von dir herzukommen«, sagte Faith nun. Die Menschen in der Reihe machten nun einen kleinen Bogen um sie und schüttelten nur Allison und Bertrand die Hand.

»Charlie war ein feiner Kerl«, erwiderte Brad. Er dachte gern an den alten Haudegen zurück – seine Erinnerungen an ihn waren weitaus positiver als Faiths. Das lag vor allem daran, dass er und Jack hin und wieder Ausflüge mit Charles gemacht hatten, bei denen Faith nicht dabei gewesen war. Sie waren mit Charles auf die Jagd gegangen und hatten mit ihm ganze Wochenenden in der Wildnis verbracht. Bei Unternehmungen wie diesen war Charles ganz in seinem Element gewesen. Es schien ihm jedoch nie eingefallen zu sein, Faith zu fragen, ob sie mitkommen wolle.

»Außerdem wollte ich dich sehen«, fügte Brad nun hinzu. »Wie geht es den Mädchen?«

»Großartig. Aber leider sind beide vor kurzem ausgezogen. Eloise lebt jetzt in London, und Zoe hat gerade mit dem College angefangen. Und wie geht es den Zwillingen?«

»Sehr gut. Sie verbringen ein Jahr in Afrika und sind wahrscheinlich gerade auf Löwenjagd. Sie haben im Juni die Uni abgeschlossen und sind gleich danach nach Afrika geflogen. Ich möchte sie unbedingt dort besuchen, aber bisher hatte ich keine Zeit.«

Faith wusste, dass Brad vor einigen Jahren ebenfalls eine Zeit lang in Afrika gewesen war. Er hatte sich dort als Verteidiger für minderjährige Straftäter eingesetzt, wie Jack ihr kurz vor seinem Tod erzählt hatte, und sie und Brad hatten sich auf Jacks Beerdigung darüber unterhalten.

Faith hätte Brad gern auf seine Arbeit angesprochen, doch Allison gab ihr nun ein Zeichen. Es war Zeit, zum Friedhof zu gehen. Faith nickte und sah Brad entschuldigend an.
»Ich muss los … Versprichst du, dass du später ins Waldorf kommst?«
Brad nickte lächelnd. Faiths bittender Gesichtsausdruck erinnerte ihn an das kleine Mädchen, das sie einmal gewesen war. Am liebsten hätte er die Arme ausgebreitet und sie fest an sich gedrückt. Etwas in ihren Augen sagte ihm, dass sie schwere Zeiten durchgemacht hatte. Er wusste nicht, ob es mit Jacks Tod zu tun hatte oder mit etwas anderem, auf jeden Fall ging ihm die Traurigkeit in ihren Zügen sehr nahe. Er hatte schon während ihrer Kindheit immer das Gefühl gehabt, Faith beschützen zu müssen, und daran hatte sich bis heute nichts geändert.
»Ich werde da sein«, versicherte er.
Ein Ehepaar trat nun zwischen sie, schüttelte Faiths Hand und sprach ihr sein Beileid aus.
Brad winkte Faith stumm zu und verließ die Kirche. Bevor er ins Hotel fuhr, hatte er noch einige Besorgungen zu machen. Er hätte Faith gern zum Friedhof begleitet, doch er wollte sich ihr nicht aufdrängen. Er wusste, dass ein schwerer Gang vor ihr lag – nicht allein wegen Charles, sondern vor allem wegen Jack. In seinen Augen hatte Faith in den vergangenen Jahren viel zu viele Friedhöfe gesehen. Erst jetzt, während Brad Faith dabei beobachtete, wie sie in die Limousine stieg, die daraufhin im Schritttempo dem Leichenwagen folgte, fiel ihm auf, dass Faiths Ehemann nicht anwesend war. Brad fragte sich, ob sich die beiden womöglich getrennt hatten und Faith deswegen so traurig wirkte. Jack und er hatten sich nach Faiths Hochzeit oft über Alex unterhalten – sie waren beide der Meinung gewesen, dass er nicht der richtige Mann für Faith sei. Alex erschien Brad

distanziert und kalt, doch Faith hatte Jack gegenüber immer wieder beteuert, Alex sei ein großartiger Mensch und warmherziger, als es nach außen hin scheine. Brad stand Faith schon damals nicht mehr nahe genug, um sich selbst ein Urteil bilden zu können, doch auf jeden Fall fand er es mehr als merkwürdig, dass Alex an diesem Tag nicht an Faiths Seite war.

Die kurze Zeremonie an Charles' Grab war schlicht und trostlos. Der Pfarrer verlas einige Psalmen, und Allison sprach auch ein paar Worte. Dann legten sie und Bertrand eine Rose auf Charles' Sarg, und sie gingen langsam davon. Sie hatten sich mit Faith darauf geeinigt, nicht am Grab zu warten, bis der Sarg in die Erde gelassen wurde, denn sie wollten sich diesen ernüchternden Anblick ersparen.

Kurz darauf befanden sich die drei schon wieder auf dem Weg in die Stadt. Es war ein wunderschöner, sonniger Oktobertag, und Faith war dankbar, dass es nicht regnete. Bei Jacks Beerdigung hatte es wie aus Kübeln gegossen, und das hatte alles noch viel schlimmer gemacht. Doch natürlich hätte auch Sonnenschein ihre Stimmung damals nicht gehoben, nichts hätte das vermocht. Es war mit Abstand der fürchterlichste Tag in ihrem Leben gewesen.

Die Limousine hielt nun vor dem Hotel, und Faith und Allison kamen überein, dass der Wagen nicht länger gebraucht wurde. Faith wollte später zu Fuß nach Hause gehen, und Allison und Bertrand würden gegen sechs Uhr ein Taxi zum Flughafen nehmen.

Als sie das Hotel betraten, fiel Faith auf, dass Allison noch immer die gefaltete Flagge unter dem Arm trug, die auf Charles' Sarg gelegen hatte. Sie sieht aus wie eine Witwe, schoss es Faith durch den Kopf, während sie die Lobby durchquerten und auf die Aufzüge zugingen.

Der Raum, den Allison für den Nachmittag gemietet hatte, war schlicht und elegant zugleich. In einer Ecke stand ein großer Flügel, gleich daneben befand sich ein Büfett mit Sandwiches und Kuchen. Ein Kellner sollte den Gästen Kaffee, Wein und andere Getränke anbieten. Gleich nachdem Faith, Allison und Bertrand ihre Mäntel ausgezogen hatten, trafen auch schon die ersten Gäste ein. Und als Faith Brad hereinkommen sah, machte ihr Herz einen Sprung.

Während er durch den Raum auf sie zusteuerte, stand sie einfach nur da und lächelte ihn an. Brad war ein groß gewachsener Mann, schon als Kind war er ihr wie ein Riese erschienen. Zu ihrer Begeisterung hatte Brad sie oft in die Luft geworfen oder ihr auf der Schaukel Schwung gegeben.

»Wie war es?«, fragte Brad sie nun, während ihm der Kellner ein Glas Weißwein reichte.

»Es ist alles glatt gelaufen, aber falls ich es irgendwie vermeiden kann, werde ich in Zukunft auf keine Beerdigung mehr gehen. Ich hasse Friedhöfe!«

Zwischen Faiths Augenbrauen bildete sich eine Falte, und Brad wusste, warum. »Ich kann Friedhöfe auch nicht leiden. Wo ist eigentlich Alex?«

Ihre Blicke trafen sich und hielten aneinander fest. Brads Augen stellten noch weitere Fragen, die er niemals ausgesprochen hätte.

»Er hat einen geschäftlichen Termin in Chicago und kommt erst heute Abend zurück.«

Faiths Tonfall war völlig neutral, doch Brad ließ sich nicht von seiner Meinung abbringen, dass ein Ehemann an einem Tag wie diesem für seine Frau hätte da sein müssen. Doch im Grunde war er froh, dass Alex nicht anwesend war und Faith somit Zeit hatte, sich ausführlich ihm, Brad, zu widmen.

»Das ist schade – ich meine, dass er nach Chicago

musste. Wie geht es dir sonst?« Brad setzte sich leger auf die Armlehne eines Stuhls, und ihre Köpfe waren nun etwa auf gleicher Höhe.
»Ganz gut. Es ist merkwürdig still im Haus, seit die Mädchen weg sind, und ich weiß nicht, was ich mit meiner Zeit anfangen soll. Ich würde gern wieder arbeiten, aber ich habe keine Ahnung, was ich genau machen könnte. Ich habe mit dem Gedanken gespielt, mein Jurastudium wieder aufzunehmen ... aber Alex ist dagegen. Er denkt, ich sei übergeschnappt – und viel zu alt, um noch einmal an die Uni zu gehen.«
»Zu alt? Viele Leute in deinem Alter beginnen noch mal ein Studium. Warum solltest du das nicht auch tun?«
»Alex sagt, niemand würde mich einstellen, wenn ich erst einmal fertig wäre ...«
Brad verzog verärgert den Mund. Was er da hörte, machte ihm Alex nicht gerade sympathischer. »Das ist doch Unsinn! Du wärst eine großartige Anwältin, Fred! Ich finde, du solltest das unbedingt angehen.«
Faith lächelte. Wie sollte sie Brad nur erklären, dass es völlig unmöglich war, Alex von ihrer Idee zu überzeugen? Ihr Mann konnte äußerst starrköpfig sein.
»Alex findet, ich sollte zu Hause bleiben und es mir nett machen, vielleicht Bridgestunden nehmen oder etwas in der Art.«
In Faiths eigenen Ohren klang das fürchterlich eintönig, und Brad sah das genauso. Während er sie betrachtete, erinnerte er sich daran, dass sie ihr langes blondes Haar früher meist offen getragen hatte, und er wünschte, er könnte einfach die Nadeln aus ihrem Dutt ziehen – um der alten Zeiten willen. Er hatte ihr Haar immer geliebt.
»Du würdest dich zu Tode langweilen! An der Uni wärst du viel besser aufgehoben. Denk noch einmal darüber nach«, sagte er mit Nachdruck.

Dies war genau das, was Jack ihr geraten hätte, dessen war sich Faith sicher. Ihr Enthusiasmus erwachte erneut. Doch an dieser Stelle musste sie das Gespräch mit Brad unterbrechen, denn eine neue Gruppe Trauergäste betrat den Raum, und Faith eilte auf sie zu, um sie zu begrüßen. Sie erkannte einige der Gesichter wieder und bedankte sich bei den Leuten für ihr Kommen. Sie plauderte allerdings nicht allzu lange mit ihnen und kehrte schon wenig später zu Brad zurück.

»Wie geht es Pam?«, erkundigte sie sich. »Arbeitet ihr immer noch zusammen?«

Brad und seine Frau hatten sich während des Jurastudiums kennen gelernt. Jack war bei ihrer Hochzeit Brads Trauzeuge gewesen, und das war das einzige Mal, dass Faith Pam begegnet war. Damals hatte Pam sie regelrecht eingeschüchtert, denn jene war extrem gebildet und schien sehr clever. Brad hatte in ihr sicherlich ein ebenbürtiges Gegenüber gefunden.

»Himmel, nein!« Brad grinste. »Sie ackert immer noch in der Kanzlei ihres Vaters. Der alte Herr verspricht zwar ständig, sich zur Ruhe zu setzen, aber wenn du mich fragst, glaube ich nicht, dass es je dazu kommen wird. Er ist immerhin schon neunundsiebzig und hat sich bisher nicht von der Kanzlei trennen können. Pam wirft mir übrigens geistige Umnachtung vor, weil ich dort ausgestiegen bin.«

»Geistige Umnachtung?«, wiederholte Faith ungläubig. Sie hatte Brad immer für sein soziales Engagement bewundert. Bei ihrem letzten Zusammentreffen hatte er ihr erzählt, dass er sich als Strafverteidiger vor Gericht für jugendliche Schwerverbrecher einsetze – wie seinerzeit in Afrika.

»Ich verdiene nicht genug, sagt Pam«, erzählte Brad seufzend. »Ich arbeite Tag und Nacht, verbringe selbst die Wochenenden im Büro oder mit den Jugendlichen und werde trotzdem schlecht bezahlt. Pam vertritt die Meinung, ich hätte die bequeme Stelle in der Kanzlei ihres Vaters nicht aufgeben dürfen, um mich mit einem Haufen Halbstarker im Gefängnis herumzutreiben. Aber weißt du, manchmal bekommen diese Kids ihr Leben wieder auf die Reihe – man muss ihnen nur eine Chance geben.« Brad fuhr sich nachdenklich durch das dichte schwarze Haar. »Es ist eine interessante Arbeit, und ich mache sie gern.« Schalk blitzte plötzlich in seinen Augen auf. »Du kannst gern als Praktikantin bei mir anfangen, falls du dein Jurastudium tatsächlich wieder aufnimmst. Natürlich könnte ich dir keinen Lohn zahlen. Am besten wäre es, wenn du mir Geld dafür gibst, dass du bei mir schuften darfst.«

Sie brachen in Gelächter aus. Brad bot Faith lachend seinen Arm an, sie hakte sich unter, und gemeinsam gingen sie zum Büfett. Allison stellte ihnen ein paar Leute vor, und sie unterhielten sich mit vielen von Charles' Freunden.

Am späten Nachmittag hatten sich die meisten Gäste bereits verabschiedet, doch Allison wollte aus Höflichkeit bis fünf Uhr bleiben, falls jemand später kam. Dies verschaffte Faith die Möglichkeit, noch weiter mit Brad zu plaudern.

»Wie läuft es denn sonst so, Fred?«, fragte Brad, und sie setzten sich an einen Tisch. »Irgendwelches Fehlverhalten deinerseits? Strafzettel für falsches Parken? Ernsthafte Vergehen? Affären? Du kannst es mir sagen, ich unterliege der Schweigepflicht.«

Sie lachten abermals herzlich, und Brad bemerkte, wie sehr er Faith in den vergangenen Jahren vermisst hatte. Warum hatte er sich nicht mehr Mühe gegeben, mit ihr in Kontakt zu bleiben? Man ließ sich wirklich viel zu schnell von Alltäglichkeiten ablenken. Und doch kam es ihm so vor, als ob die Verbindung nie abgebrochen wäre, als hätte sich zwischen ihnen nichts geändert. Der einzige Unterschied bestand darin, dass Jack nicht mehr bei ihnen war, doch dieser Umstand schien sogar ein besonderes Band zwischen ihnen zu schaffen.

»Also?«, hakte Brad noch einmal nach.

»Ich habe nichts zu gestehen«, sagte Faith schmunzelnd und schlug die Beine übereinander. Brad und sie saßen sich gegenüber, und als sie ihn anblickte, stellte sie fest, dass er noch immer ein äußerst gut aussehender Mann war. Früher waren die Mädchen verrückt nach ihm gewesen, obwohl letztlich Jack derjenige gewesen war, der sich schon zu Schulzeiten einen Ruf als Frauenheld erworben hatte. Jack hatte einen jungenhaften, sprühenden Charme gehabt, wohingegen Brad eher schüchtern war. Doch Faith hatte gerade diese zurückhaltende Seite an ihm immer am meisten gemocht.

»Es tut mir leid, dich enttäuschen zu müssen«, fuhr sie fort. »Keine Fehltritte, keine Straftaten. Ich führe ein ziemlich langweiliges Leben – deswegen würde ich ja so gern zurück an die Uni gehen. Seit Zoe auf dem College ist, bin ich sozusagen arbeitslos. Alex ist mit seinem Job vollauf beschäftigt. Ich engagiere mich zwar für eine Wohltätigkeitsorganisation, aber das reicht mir nicht mehr.«

»Und wie steht es mit Affären, Fred? Du bist schon seit einer Ewigkeit verheiratet. Erzähl mir nicht, du bist die ganze Zeit über ein braves Mädchen gewesen!«

In ihrer Kindheit hatte es niemand besser verstanden als Brad, Faith auszuhorchen. Er hatte ihr stets alle Geheimnisse entlockt. Aber diesmal hatte Faith nichts zu offenbaren.

»Glaub mir, mein Leben ist absolut unspektakulär! Ich hatte nie Affären. Ich denke, dazu hätte ich gar nicht den Mut, außerdem habe ich nie jemanden kennen gelernt, der mich interessiert hätte. Ich war sowieso viel zu beschäftigt mit den Mädchen. Es ist mir beinahe peinlich, wie schrecklich öde das klingt.« Sie lachte, und ihre Blicke trafen sich wieder und schienen einander nicht loslassen zu wollen.

»Dann bist du wahrscheinlich noch immer bis über beide Ohren in Alex verliebt«, bemerkte Brad.

Faith wandte sich gedankenvoll ab. Es war seltsam, wie nah Brad ihr noch immer war. Sie vertraute ihm blind – wie sie einst Jack vertraut hatte. Auf merkwürdige Art nahm Brad nun Jacks Platz ein – wie schon früher das ein oder andere Mal. Es hatte Momente in Faiths Leben gegeben, da stand Brad ihr sogar näher als ihr Bruder, denn Brad und sie waren sich sehr ähnlich und im Gegensatz zu Jack eher introvertiert.

»Nein«, antwortete sie aufrichtig, »ich bin nicht mehr verliebt ihn – zumindest nicht bis über beide Ohren. Ich meine, natürlich liebe ich ihn ... Alex ist ein guter Mensch und ein guter Vater. Ich würde sagen, wir sind Freunde.« Sie lachte nervös. »Um ehrlich zu sein, weiß ich gar nicht so genau, was wir eigentlich sind. Es ist so ... Alex' Liebe gehört seiner Arbeit. Es ist ihm einfach nicht so wichtig, mit jemandem seine Gedanken und Gefühle zu teilen. Wir leben zwar im selben Haus, haben gemeinsame Kinder, gehen zusammen zu seinen Geschäftsessen und treffen uns hin und wieder mit Freunden, aber die meiste Zeit über leben wir aneinander vorbei. Ich schätze, wir haben uns nicht mehr besonders viel zu sagen.«

In diesem Moment begriff Brad, was es mit der Traurigkeit in Faiths Augen auf sich hatte: Sie war schlicht und ergreifend einsam.

»Das klingt schrecklich, Fred«, sagte er leise – obwohl sein eigenes Leben ebenso trostlos war. In den vergangenen Jahren waren Pam und er eher wie alte Bekannte miteinander umgegangen und keineswegs wie ein Liebespaar. Seit er die Kanzlei von Pams Vater verlassen hatte, lief es in ihrer Ehe alles andere als gut. Pam hatte ihm seine Entscheidung, sich lieber kriminellen Jugendlichen zu widmen als mit ihr zusammenzuarbeiten, niemals verziehen. Sie fühlte sich, wie sie ihm immer wieder vorwarf, von ihm zurückgewiesen. Sein Entschluss lief zudem allem zuwider, woran sie glaubte. Ihrer Ansicht nach ging es im Beruf vor allem darum, möglichst viel Geld zu verdienen.

»Ich fühle mich manchmal ein bisschen allein«, gab Faith nun zu und untertrieb damit maßlos. Doch sie wollte Brad das Ausmaß ihrer Einsamkeit nicht gleich auf die Nase binden – das wäre Alex gegenüber nicht fair gewesen, und außerdem wollte sie keinesfalls Brads Mitleid erregen. »Alex und ich sind sehr unterschiedlich. Er ist eher ein Einzelgänger, und ich bin gern unter Menschen, gehe aus, treffe mich mit Freunden ... Aber Alex und ich haben seit Ewigkeiten nichts dergleichen mehr zusammen unternommen. Er empfindet alles, was nicht mit seinem Job zu tun hat, als reine Zeitverschwendung.« Selbst zum Sport ging er mit Klienten oder Geschäftspartnern.

»Meine Güte«, murmelte Brad und lehnte sich mit besorgter Miene im Stuhl zurück. Die Erkenntnis, dass Faith zutiefst unglücklich war, traf ihn völlig unvorbereitet. Faith hatte Jack gegenüber doch immer betont, was für ein wunderbarer Mann Alex sei. Sie verdiente wirklich viel mehr als das, was sie ihm gerade geschildert hatte.

»Das erinnert mich an Pam«, sagte Brad. »Bei ihr dreht sich auch alles nur darum, wie viel am Ende des Monats auf dem Konto ist. Und um ehrlich zu sein« – er lächelte Faith traurig an – »ist mir Geld inzwischen piepegal. Ich meine, natürlich ist es wichtig, dass man genügend verdient, um die Miete zu bezahlen, aber darum müssen Pam und ich uns nun wirklich keine Sorgen machen. Pam streicht in der Kanzlei ein Heidengeld ein – einige ihrer Klienten sind enorm große Fische. Und ihr Vater wird ihr als seinem einzigen Kind die ganze Kanzlei überlassen, sobald er in Rente geht oder stirbt. Außerdem haben wir mehr als genug zurückgelegt. Und wir haben ein tolles Haus. Was zum Teufel will man denn noch mehr?« Er schüttelte den Kopf. »Das Schöne an meinem momentanen Job ist, dass ich mir finanziell alles leisten kann, was ich mir wünsche, und meine Mandanten trotzdem nicht schamlos ausnehme oder langweilige Steuerfragen klären muss. Ich mache meine Arbeit gern, und das ist mir wichtiger als mein Gehalt. Ich habe allerdings den Eindruck, Pam schämt sich für mich. Aber das hat mich nicht davon abgehalten, mich beruflich zu verändern. Ich hatte einfach das Gefühl, in meinem Leben wieder etwas tun zu müssen, das von Bedeutung ist – wie damals in Afrika.«

»Das kann ich gut nachvollziehen«, sagte Faith nachdenklich, da sie diese Sehnsucht ebenfalls in sich spürte. In ihren Augen hatte Brad die richtige Entscheidung getroffen – obgleich es so klang, als hätte seine Ehe sehr darunter gelitten.

»Weißt du, Pam geht es ums Prestige«, fuhr Brad fort, »darum, was die Leute von uns denken, in welchen Clubs man Mitglied ist, auf welche Partys man eingeladen wird. Vielleicht werde ich ja alt – oder wunderlich –, aber ich sitze lieber mit einem Jungen in seiner Zelle und versuche, ihm dabei zu helfen, sein Leben wieder auf die Reihe zu bekommen, als zu einem langweiligen Dinner zu gehen und neben einem alten Knacker zu sitzen, der sich Gedanken darüber macht, ob der dritte Gang besser war als der zweite.«

Brad redete sich regelrecht in Rage, und Faith nickte heftig, da sie seinen Standpunkt vollauf verstehen konnte.

»Du sprichst mir aus der Seele!«, sagte sie. »Ich möchte auch etwas Sinnvolles tun.«
»Genau darum geht es!«, stimmte Brad ihr zu. »Ich glaube, ich wäre wahnsinnig geworden, wenn ich in der Kanzlei von Pams Vater geblieben wäre.«
»Du bist wirklich zu beneiden. Weißt du, die Langeweile bringt mich noch um«, gestand Faith. »Ich habe das Gefühl, wertvolle Zeit zu verschwenden. Die Mädchen und Alex führen ihr eigenes Leben, aber was ist mit mir? Der ganze Sinn meines Daseins besteht im Moment darin, um acht Uhr das Abendessen auf den Tisch zu bringen.«
»Du solltest unbedingt wieder zur Uni gehen«, erklärte Brad entschieden. »Es sei denn, du möchtest lieber arbeiten.«
»Aber wo denn? Seit ich mit Ellie schwanger wurde, habe ich nicht mehr gearbeitet – und damals war ich im Grunde nicht viel mehr als ein Handlanger in der *Vogue*-Redaktion. Wenn man zweiundzwanzig ist, macht einem das nichts aus, aber jetzt würde ich so einen Job natürlich nicht mehr ausüben. Das Schlimme ist: Mir fällt auch nichts anderes ein, was ich tun könnte. Und falls ich wirklich wieder zur Uni gehe, bekommt Alex einen Anfall.«
»Es würde seine Position bedrohen, wenn du wieder berufstätig wärst«, bemerkte Brad, und Faith dachte einen Augenblick lang darüber nach. Dann fügte Brad hinzu: »Womöglich gefällt Alex der Gedanke, dass du von ihm abhängig bist. Ich glaube, das war auch das Problem in meiner Ehe. Ich habe für die Firma von Pams Vater gearbeitet und war damit abhängig von ihm und ihr.« Brad blickte nachdenklich vor sich hin. »Manchmal habe ich regelrecht klaustrophobische Anfälle gekriegt und konnte kaum noch atmen. So ging das nicht weiter! Ich wollte mich nicht tagtäglich damit beschäftigen, nach Schlupf-

löchern im Steuersystem zu suchen, damit Leute, die sowieso schon viel zu viel Geld besitzen, ein paar Dollar sparen.« Brad schüttelte den Kopf. »Weißt du, wenn ich eines Tages sterbe, möchte ich das Gefühl haben, dass ich das Leben von ein oder zwei Menschen positiv beeinflusst habe, vielleicht sogar einen der Jugendlichen wieder auf den richtigen Weg bringen konnte.«

»Ich glaube, Alex und Pam würden sich sehr gut verstehen«, stellte Faith lächelnd fest. Als Allison sie nun daran erinnerte, dass es bereits fünf Uhr war und sie und Bertrand zum Flughafen fahren wollten, bedauerte Faith, das Gespräch mit ihrem alten Freund erneut unterbrechen zu müssen. Sie hatte Brad schon von klein auf für seine Ideale und Werte bewundert und hätte sich gern noch weiter mit ihm unterhalten.

»Das war doch eine gelungene Feier«, sagte Allison zu Faith.

»Das haben wir allein dir zu verdanken«, erwiderte Faith und fragte sich abermals, ob sie Allison nach dem heutigen Tag jemals wiedersehen würde. Der Gedanke machte sie plötzlich traurig. »Charles wäre mehr als zufrieden gewesen.«

»Das hoffe ich«, antwortete Allison.

Während sie, Faith und Brad ihre Mäntel holten, unterzeichnete Bertrand den Scheck. Er hatte darauf bestanden, die Trauerfeier zu bezahlen. Faith hatte sich lediglich um die Blumen in der Kirche gekümmert, doch diese waren auch recht teuer gewesen, sodass sie keineswegs ein schlechtes Gewissen hatte.

Allison und Bertrand mussten in einer der oberen Etagen noch ihre Koffer holen, und Brad und Faith begleiteten sie zum Fahrstuhl.

»Wann fliegst du zurück nach Hause?«, erkundigte sich Faith bei Brad, während sie auf den Aufzug warteten.

»Morgen früh«, erwiderte er.

In dem Moment kam ein Fahrstuhl, der nach oben fuhr, und Allison und Faith umarmten sich zum Abschied. Bertrand hielt derweil die Aufzugtür offen.
»Pass auf dich auf, Faith«, sagte Allison.
»Du auf dich auch. Ruf mich mal an.«
Dies waren die Abschiedsworte von Menschen, die einander im Grunde nichts zu sagen hatten.
Allison und Bertrand betraten nun den Fahrstuhl, und während sich die Türen schlossen, winkte Faith. Brad entdeckte Tränen in ihren Augenwinkeln.
»Ich bin es so leid, Menschen zu verlieren und mich zu verabschieden«, erklärte Faith.
Brad nickte und nahm ihre Hand. Ein Aufzug nach unten erschien, und sie fuhren schweigend ins Erdgeschoss.
»Hast du es eilig, nach Hause zu kommen?«, fragte er, während sie die Lobby durchquerten.
»Eigentlich nicht. Alex und ich sind heute Abend um acht zu einem Geschäftsessen eingeladen, aber bis dahin habe ich Zeit.«
»Sollen wir noch irgendwo etwas trinken?«, schlug Brad vor.
Faith schmunzelte. Sie hatten den gesamten Nachmittag damit verbracht, zu essen und zu trinken.
»Ich wollte zu Fuß nach Hause gehen. Wie wäre es, wenn du mich begleitest?« Bis zu ihrem Haus war es ein strammer Marsch, aber Faith wollte gern noch ein wenig Luft schnappen. Brad hielt das für eine gute Idee, und so verließen sie gemeinsam das Waldorf und spazierten dann Arm in Arm die Park Avenue hinauf.
Eine Zeit lang schwiegen sie, doch dann setzten sie plötzlich beide gleichzeitig zum Sprechen an.
»Was hast du jetzt vor, Fred?«
»Was für einen Fall bearbeitest du gerade?«
Sie lachten, und Brad antwortete zuerst. »Ich versuche

momentan, einen Jungen freizubekommen, der seinen besten Freund erschossen hat. Er wollte ihn nicht umbringen, er hat ganz einfach die Beherrschung verloren. Sie waren beide in dasselbe Mädchen verliebt. Der Junge ist sechzehn Jahre alt und des Mordes angeklagt. Ein ziemlich harter Fall.«

»Mit solchen Aufgaben kann ich nicht konkurrieren«, entgegnete Faith und betrachtete ihre Füße. Sie schritten im selben Tempo die Straße entlang. Brad hatte sich nämlich schon vor langer Zeit angewöhnt, seine Schritte an Faiths anzupassen, denn früher waren sie oft zusammen spazieren gegangen. »Eigentlich habe ich überhaupt nichts zu erzählen.«

»Dann sorge dafür, dass sich das ändert! Weißt du was? Du wirst morgen die Unis hier in der Gegend anrufen und dir Kataloge und Anmeldeformulare schicken lassen. Dann suchst du dir eine Uni aus und bringst in Erfahrung, welche Aufnahmeprüfungen du machen musst und ob dir dein erstes Semester von damals angerechnet wird.«

»Dir steht offenbar schon genau vor Augen, wie es mit mir weitergehen soll.« Faith blickte Brad amüsiert an. Sie mochte seine enthusiastische Art.

»Ich rufe dich nächste Woche an und frage dich, was du erreicht hast. Und falls du den Plan bis dahin fallen gelassen hast, werde ich dir die Hölle heiß machen!« Er blickte ihr tief in die Augen. »Du könntest ganz neu anfangen, Fred.«

Faith lächelte. Plötzlich war Brad wieder in ihr Leben getreten und nahm, wie schon so oft, die Rolle des großen Bruders ein. Brad hatte mit dem, was er sagte, völlig Recht, aber Faith graute davor, Alex noch einmal auf das Thema anzusprechen. War sie stark genug, ihre Wünsche ihm gegenüber durchzusetzen? Davor war sie immer zurückgeschreckt. Die Erfahrungen in ihrer

Kindheit hatten sie ihr ganzes Leben lang davon abgehalten, sich gegenüber Männern zu behaupten. Die einzigen Männer, vor denen sie nie Angst gehabt hatte, waren Jack und Brad.

»Hast du eine E-Mail-Adresse?«, wollte Brad nun wissen. Es wurde langsam dunkel, doch die Park Avenue war hell erleuchtet.

»Ja, ich habe mir gerade erst einen Laptop gekauft, damit ich Zoe Mails schreiben kann. Inzwischen habe ich schon richtig Routine.«

»Wie ist deine Adresse?«

»FaithMom@aol.com.«

»Du solltest sie in ›Fred‹ abändern«, riet Brad mit schelmischem Grinsen. »Ich schreibe dir, sobald ich wieder in San Francisco bin.«

»Darüber würde ich mich freuen«, sagte Faith und hoffte, sie würden es diesmal schaffen, in Kontakt zu bleiben. »Ich danke dir, dass du heute für mich da warst. Dadurch ist mir das Ganze etwas leichter gefallen.«

»Ich war es Charlie schuldig. Wir hatten eine schöne Zeit miteinander.«

Es fiel Faith noch immer schwer, sich Charles als guten Freund oder gar Kumpel vorzustellen.

»Außerdem wollte ich dich endlich wiedersehen«, fuhr Brad fort, und seine Stimme wurde weicher. Sie hatten die halbe Strecke zu Faiths Haus bereits zurückgelegt.

»Fehlt er dir?«, fragte Brad dann, und sie beide wussten, dass er nicht von Charles, sondern von Jack sprach.

»Manchmal fehlt er mir noch sehr«, antwortete Faith, und ihr Blick richtete sich nach innen. »Es vergehen manchmal mehrere Monate, in denen ich gut zurechtkomme, und dann plötzlich tut es doch wieder weh. Wahrscheinlich wird sich das niemals ändern.« Sie hatte lange gebraucht, um den plötzlichen Tod ihres Bruders zu verarbeiten, und die Trauerphase hatte sie zusätzlich von ihren Freunden und ihrem Mann isoliert. Oft war sie in die Kirche gegangen, um für Jack zu beten. Dort fand sie den Trost, den sie zu Hause entbehrte. Ein paarmal hatte sie versucht, mit Alex darüber zu sprechen, wie sehr sie Jack vermisste, doch sie hatte gleich bemerkt, wie unangenehm Alex dieses Thema war, und so hatte sie die Unterhaltungen schnell abgebrochen. Stattdessen suchte sie ein Medium auf, das Kontakt zu Jack herstellte. Als Alex davon erfuhr, ging er in die Luft und verbot Faith jeglichen Kontakt zu jener Frau. Er schrie, Faith müsse verrückt geworden sein, dass sie auf solch billige Tricks von Bauernfängern hereinfalle, doch Faith ließ sich davon nicht beirren. Ihr hatte die Sitzung bei dem Medium Kraft gegeben, und sie war noch zwei weitere Male hingegangen – ohne Alex etwas davon zu erzählen.

Während sie nun mit Brad durch die Straßen spazierte, erzählte sie ihm von den Sitzungen. Brad wusste nicht recht, was er davon halten sollte, fand aber nicht, dass es ein Zeichen von Dummheit war, an solche Dinge zu glauben. Wenn sich der Trauernde dadurch besser fühlte, war es doch eine gute Sache.

»Mir fehlt er ebenfalls, Fred«, gestand Brad. »Ich kann noch immer nicht glauben, dass er tatsächlich tot ist. Manchmal ertappte ich mich dabei, dass ich zum Telefon greife, um ihn anzurufen – wenn ich mir um irgendetwas Sorgen mache, wenn ich einen Rat brauche oder irgendetwas Lustiges passiert ist. Und dann fällt mir ein, dass er tot ist. Es erscheint mir immer noch völlig unwirklich.« Brad blickte kopfschüttelnd auf die vorbeifahrenden Autos. »Hast du eigentlich mal was von Debbie gehört?«

»Nein«, erwiderte Faith. »Und ich glaube nicht, dass sie sich noch einmal meldet. Wahrscheinlich weiß sie, dass ich sie nie besonders gut leiden konnte – obwohl ich mich um Jacks willen um sie bemüht habe. Aber sie muss mitbekommen haben, wie schrecklich ich es fand, in welchem Befehlston sie Jack immer herumkommandiert hat.« Sie schwieg für einen Moment. »Ich fand ihre Beziehung immer merkwürdig – regelrecht ungesund«, fügte sie hinzu. »Ich weiß bis heute nicht, warum sich Jack das alles von ihr hat gefallen lassen. Debbie hat auf Jacks Beerdigung kaum ein Wort mit mir gewechselt, und zwei Wochen später verließ sie die Stadt, ohne sich zu verabschieden. Jacks Anwalt erzählte mir später, dass Debbie wieder geheiratet hat. Sie hat sich umgehend einen neuen Mann gesucht und das Geld von Jacks Lebensversicherung in ein neues Haus investiert. Jack hätte es wirklich besser treffen können.«

»Da stimme ich dir zu.«

»Schreibst du mir wirklich eine Mail?«, fragte Faith nach einer Weile.

Brad lächelte. Faith blickte ihn erwartungsvoll an, und am liebsten hätte er sie gebeten, den Dutt zu öffnen und ihre Haare zu schütteln wie das junge Mädchen, das er immer so gemocht hatte. Sie war noch immer wie eine kleine Schwester für ihn. »Das habe ich dir doch versprochen!« Brad legte den Arm um Faith und zog sie an sich.

Sie waren nun beinahe an ihrem Haus angekommen.

»Und du wirst nicht wieder einfach so aus meinem Leben verschwinden?«, versicherte sich Faith. »Ich freue mich jedes Mal so sehr, wenn ich etwas von dir höre!«

»Du wirst von mir hören, Fred, das verspreche ich dir. Und *du* musst *mir* versprechen, dass du dich über Universitäten hier in der Gegend informierst. Die Welt braucht Anwältinnen wie dich!«

Sie lachten erneut, und ein paar Minuten später standen sie vor Faiths Haus – einem eleganten, in Brads Augen etwas biederen Stadthaus mit einer akkurat geschnittenen Vorgartenhecke.

»Danke noch mal für dein Kommen, Brad. Es mag sich merkwürdig anhören, aber ich fand, es war ein schöner Tag.«

Es bedeutete Faith viel, Brad wiedergesehen zu haben. Sie war seit langem nicht mehr so glücklich gewesen. In Brads Gegenwart fühlte sie sich geborgen – beinahe wie damals als kleines Mädchen.

»Charlie hätte den Tag ebenfalls genossen, wenn er dabei gewesen wäre«, sagte Brad. »Ich bin froh, dass ich gekommen bin. Es ist so lange her, dass du und ich uns unterhalten haben.« Er schaute sie durchdringend an. »Pass auf dich auf, ja?«

Faith erwiderte Brads Blick mit einem tapferen Lächeln. »Ich schaff das schon.« Sie straffte die Schultern. »Ich wünsche dir eine angenehme Rückreise nach Kalifornien. Und arbeite nicht zu viel!«

»Warum nicht? Das ist doch das Einzige, was mir überhaupt noch Spaß macht!« Brad grinste zwar, doch Faith ahnte, dass er diese Bemerkung ernst meinte.

Brad umarmte Faith, drückte sie fest an sich und winkte dann ein Taxi heran. Faith sah ihm nach und beobachtete, wie er in den Wagen stieg. Brad drehte das Fenster noch einmal hinunter, und beide winkten. Faith fragte sich währenddessen, ob sie tatsächlich noch einmal von ihm hören würde. Sie hatten ihre Verbindung schon oft einschlafen lassen. Doch zumindest hatten sie diesen Tag miteinander verbracht und sich gegenseitig Trost spenden können.

Als Faith den Schlüssel ins Schloss steckte und eintrat, lächelte sie noch immer. Sie hörte Alex in der oberen Etage rumoren, offenbar war er im Schlafzimmer. Sie hängte ihren Mantel an die Garderobe und ging die

Treppe hinauf. Währenddessen verweilten ihre Gedanken bei Brad.
Faith betrat das Schlafzimmer, und Alex blickte auf. »Wie war es?«, fragte er.
Faith schenkte ihm ein Lächeln. »Alles ist gut gelaufen. Allison hat einen großen Raum im Waldorf gemietet, und dort haben wir nach der Beerdigung eine kleine Feier arrangiert. Es sind überraschend viele Leute gekommen. Ich wusste gar nicht, wie viele Freunde Charles hatte! Außerdem war Brad Patterson da. Wir haben uns seit Ewigkeiten nicht gesehen.«
»Brad wer?« Alex sah sie irritiert an. Der Fernseher lief, und offenbar hatte Alex die Nachrichten verfolgt. Er stand in Boxershorts und Socken in der Mitte des Raumes und knöpfte sein frisch gestärktes weißes Hemd zu. Dann begann er, seine Krawatte zu binden.
»Brad Patterson«, wiederholte Faith. »Du weißt schon, er war ein Freund von Jack – sein bester Freund, um genau zu sein. Wir sind zusammen aufgewachsen. Ich hab dir schon öfter von ihm erzählt ... und du hast ihn auf Jacks Beerdigung kennen gelernt. Du müsstest dich eigentlich an ihn erinnern.«
Doch es waren viele Leute auf Jacks Beerdigung gewesen, und Alex schenkte Menschen, die nichts mit seiner Arbeit zu tun hatten, nie besonders viel Aufmerksamkeit.
»Keine Ahnung, wer das war. Bist du rechtzeitig fertig?« Alex blickte Faith tadelnd an. Er hatte viel früher mit ihr gerechnet. Eigentlich sah es Faith gar nicht ähnlich, unpünktlich zu sein. Außerdem war dies ein wichtiger Abend für ihn, und das wusste sie. Die Dinnerparty wurde von einem Seniorpartner seiner Firma für einen neuen Klienten gegeben, der gerade erst einen Vertrag mit ihnen unterschrieben hatte. Alex wollte auf keinen Fall zu spät kommen.

»Ich bin in einer halben Stunde so weit. Ich nehme nur noch schnell ein Bad und wasche mir die Haare. Wie war es in Chicago?«

»Ermüdend, aber notwendig.« Alex erkundigte sich nicht weiter nach der Beerdigung, doch Faith war darüber nicht überrascht. Nachdem Alex einmal beschlossen hatte, nicht zu der Trauerfeier zu gehen, hatte er gedanklich ein Häkchen hinter die Sache gemacht.

Faith verschwand im Bad und kam eine halbe Stunde später in einem schwarzen Cocktailkleid wieder heraus. Sie trug eine Perlenkette, dezentes Make-up, und ihr Haar war offen. Alex musterte Faith von oben bis unten und nickte zustimmend. Faith hätte sich über ein Kompliment seinerseits gefreut, doch er hatte schon vor Jahren damit aufgehört, in seinen Augen überflüssige Nettigkeiten zu äußern.

Fünf Minuten später verließen sie das Haus und winkten ein Taxi heran. Die Dinnerparty fand zehn Blocks entfernt statt. Alex schwieg die ganze Fahrt über, doch Faith bemerkte es nicht einmal, denn ihre Gedanken wanderten erneut zu Brad. Seit langer Zeit hatte sie sich niemandem mehr anvertrauen können, und es war eine Wohltat gewesen, Brad ihr Herz auszuschütten. Plötzlich interessierte sich wieder jemand für ihr Leben, ihre Sorgen, ihre Ängste und Wünsche. Es war herrlich, und mit einem Mal hatte sie den Eindruck, endlich wieder lebendig zu sein.

3

In der darauf folgenden Woche flog Alex ein weiteres Mal nach Chicago, und als er am Wochenende zurückkehrte, schlug er Faith überraschenderweise vor, etwas gemeinsam zu unternehmen. Faith willigte begeistert ein. Am Samstag gingen sie im Central Park spazieren, und am Sonntagabend besuchten sie ein Restaurant in ihrer Nähe. Während des Essens erzählte Alex zu ihrem Bedauern, dass er auch die nächste Woche wieder in Chicago verbringen müsse. Sofort überlegte Faith, was sie mit der freien Zeit anfangen könnte, doch auf Anhieb fiel ihr nichts ein.

Schon am Montagabend fühlte sie sich sehr einsam und rief Zoe an. In scherzhaftem Ton fragte Faith ihre Tochter, ob sie ein wenig Zeit für ihre Mutter erübrigen könne. Sie vermisste Zoe und wollte nicht weiter darauf warten, dass ihre Tochter irgendwann einmal übers Wochenende nach Hause kam. Sie hatte vor, einfach selbst nach Providence zu fliegen und Zoe zu besuchen. Zoe war von der Idee begeistert und schlug ihrer Mutter vor, gleich am folgenden Tag zu kommen. Sie wollte dann bei ihr im Hotel übernachten – so hätten sie genügend Zeit füreinander. Faith legte kurz danach lächelnd auf, und gleich darauf nahm sie den Hörer wieder in die Hand, um ein Hotelzimmer in Providence zu reservieren.

Am Dienstagabend stieg Faith aus dem Flugzeug, nahm ein Taxi zum Hotel und checkte dort ein. Sie konnte es kaum erwarten, ihre Tochter wiederzusehen. Zoe traf eine halbe Stunde später im Hotel ein. Die beiden

Frauen, die eher wie Schwestern aussahen und nicht wie Mutter und Tochter, umarmten einander innig, plauderten sofort drauflos und machten es sich wenig später in dem heimeligen Hotelzimmer gemütlich. Sie hatten viel zu erzählen. Später aßen sie gemeinsam in einem Restaurant zu Abend, und Faith berichtete ihrer Tochter von Charles' Beerdigung und ihrem unerwarteten Zusammentreffen mit Brad. Faith hatte ihren beiden Töchtern früher oft Geschichten aus ihrer Kindheit erzählt, und deshalb verstand Zoe, warum ihre Mutter derart glücklich war, Brad so unverhofft wiederbegegnet zu sein.

»Ich habe mit Brad darüber gesprochen, dass ich eventuell wieder studieren möchte«, erwähnte Faith, während die Nachspeise serviert wurde.

Zoe und sie hatten sich darüber bereits unterhalten, bevor Zoe aufs College gegangen war, und Zoe hatte ihre Mutter voll und ganz in ihrem Vorhaben unterstützt. Zoe schaute ihre Mutter nun neugierig an. Seit ihrem ersten Gespräch hatte ihre Mutter das Thema nicht mehr angeschnitten, und Zoe war froh, dass der Plan offenbar noch immer aktuell war. Sie konnte sich vorstellen, dass es für ihre Mutter wichtig war, frischen Wind in ihr Leben zu bringen. Sie musste schrecklich einsam sein, seit sie und ihre Schwester von zu Hause ausgezogen waren.

»Das ist großartig, Mom!«, rief Zoe aufgeregt. »Hast du schon irgendetwas unternommen?«

»Nein, ich müsste mir zuerst einmal ein paar Kataloge von einigen Universitäten besorgen und herausfinden, welche Aufnahmeprüfung ich ablegen muss. Ich bin mir gar nicht sicher, dass ich eine Prüfung von diesem Kaliber überhaupt bestehen würde!« Faith stocherte nervös in ihrem Dessert herum, doch sie machte auf Zoe dennoch einen entschlossenen, optimistischen Eindruck.

»Ich könnte an der NYU, der New York University, ein paar Juraeinführungskurse machen«, erzählte Faith weiter. »Da wird ein komplettes Wiedereinstiegsprogramm für Leute in meiner Situation angeboten, und es gibt auch Vorbereitungsseminare für die Aufnahmeprüfung.« Faith blickte nachdenklich vor sich hin. »Ich habe mich bis jetzt noch nicht entschieden, aber ich glaube, das Studium würde mir großen Spaß machen – weitaus mehr Spaß als die Bridgestunden, die dein Vater für mich im Sinn hat.« Sie lächelte Zoe gequält an.

»Das freut mich so für dich, Mom«, sagte Zoe herzlich, doch dann legte sie die Stirn in Falten. »Hast du eigentlich schon mit Dad darüber gesprochen?«

Faiths Miene verdunkelte sich. »Noch nicht so richtig. Wir haben uns nur vor längerer Zeit einmal kurz darüber unterhalten, und du kannst dir sicher denken, dass er von der Idee nicht begeistert war.«

Zoe nickte verbittert. Natürlich kannte sie ihren Vater gut genug, um sich die Probleme, die auf ihre Mutter zukamen, vorstellen zu können. »Dem Eisklotz gefällt der Gedanke, dass du plötzlich unabhängig sein könntest, bestimmt ganz und gar nicht. Ihm ist es viel lieber, du sitzt den ganzen Tag herum und wartest darauf, dass er nach Hause kommt, damit du ihn umsorgen kannst.«

»Du solltest nicht in derartig abfälligem Ton über deinen Vater sprechen!«, mahnte Faith, obwohl Zoe nicht ganz Unrecht hatte. »Dein Vater hat mir vorgeschlagen, mich verstärkt für wohltätige Zwecke zu engagieren. Er ist also durchaus damit einverstanden, dass ich mir eine Beschäftigung suche.«

»Aber nur, solange deine Beschäftigung seine Position nicht bedroht.«

Zoe ist erstaunlich scharfsinnig, dachte Faith.

»Du hast genügend Wohltätigkeitsarbeit geleistet, Mom!«, sagte Zoe in scharfem Tonfall. »Jahrelang hast du dich für die Familie aufgeopfert. Jetzt ist es Zeit, dass du auch mal etwas für dich tust!«

Zoe hatte sich innerhalb der Familie immer für ihre Mutter eingesetzt und sich schon vor Jahren offen gegen ihren Vater gestellt. Damals hatte sie ihm in Anwesenheit aller Familienmitglieder an den Kopf geworfen, er interessiere sich einzig und allein für seine Arbeit, und die Familie sei ihm im Grunde gleichgültig. In ihren Augen war Alex nie wirklich ein Bestandteil ihres Lebens gewesen – ihre Mutter war diejenige, die sich immer um sie, Zoe, und ihre Schwester gekümmert hatte. Zoe war über dieses Thema viele Male mit Eloise aneinandergeraten, denn ihre Schwester hatte ihren Vater stets leidenschaftlich verteidigt.

»Ich würde mir so sehr wünschen, dass du noch mal studierst«, sagte Zoe nun. »Ich gehe dir einfach so lange auf die Nerven, bis du dich irgendwo einschreibst!«

»Brad hat dasselbe gesagt.« Faith lächelte still in sich hinein. »Und was passiert, wenn ich die Aufnahmeprüfung nicht schaffe? Du hältst viel zu große Stücke auf mich!« Allein der Gedanke an die Prüfung erhöhte Faiths Herzschlag, aber ihr graute noch viel mehr vor dem Gespräch mit Alex. Davon hing alles ab.

»Das sind doch nur Ausflüchte, Mom! Natürlich schaffst du es! Ich bin sicher, du wärst eine hervorragende Anwältin.« Zoe strahlte, doch dann wurde sie wieder ernst. »Du darfst nicht zulassen, dass Dad dir das ausredet. Wenn du fest entschlossen bist, die Sache durchzuziehen, kann er im Grunde nichts dagegen unternehmen. Er wird sich an den Gedanken gewöhnen müssen, dass du jetzt eigene Wege gehst.«

»Vielleicht solltest du an meiner Stelle mit ihm reden«, neckte Faith, doch sie war ihrer Tochter sehr dankbar

für ihre Unterstützung. Auf Zoe konnte sie sich bedingungslos verlassen.
Faith fragte Zoe nun nach ihren Kursen und ihren neuen Freunden, und sie unterhielten sich angeregt, bis das Restaurant spät in der Nacht schloss. Sie kehrten zum Hotel zurück, ließen sich auf dem Sofa in ihrem Zimmer nieder und plauderten noch eine Zeit lang. Später legten sie sich in das große Hoteldoppelbett, und Faith lächelte Zoe glücklich an. Wie viel Glück sie doch hatte, mit einer solch loyalen, wunderbaren Tochter gesegnet zu sein! Ihre Töchter waren das größte Geschenk, das Alex ihr je gemacht hatte. Faith hoffte, bald auch Eloise besuchen zu können. Ihre Ältere wollte zu Thanksgiving nach Hause kommen, und Faith spielte mit dem Gedanken, danach zusammen mit ihr nach London zu fliegen und dort ein paar Tage mit ihr zu verbringen.
Faith verabschiedete sich am darauf folgenden Morgen schweren Herzens von Zoe. Sie hatten gerade noch genug Zeit, um gemeinsam zu frühstücken, dann musste Zoe schon wieder zum College. Um zehn Uhr machte sich Faith auf den Weg zum Flughafen, und nachdem sie nur wenig später wieder in New York gelandet war, nahm sie ein Taxi. Doch auf dem Heimweg hatte sie plötzlich eine Idee. Sie bat den Taxifahrer, sie zur NYU zu fahren. Dort angekommen, erkundigte sie sich im Studentensekretariat nach den derzeitigen Aufnahmebedingungen, und als sie eine Stunde später aus dem Gebäude trat, war sie beladen mit Broschüren und Formularen. Und sobald sie heimgekehrt war, rief sie bei der Columbia University an und erkundigte sich auch dort, was sie tun musste, um zugelassen zu werden.
Dann setzte sich Faith an ihren Schreibtisch, breitete die Kataloge und Faltblätter der NYU vor sich aus und starrte auf die bunten Papiere. Es war eine Sache, sich

Informationen zu beschaffen, aber eine ganz andere, an einer Universität aufgenommen zu werden – außerdem hatte sie noch immer nicht mit Alex gesprochen. Zoe hatte ihr vorgeschlagen, Alex einfach vor vollendete Tatsachen zu stellen, doch das kam für Faith nicht infrage. Alex musste in dieser Sache seine Zustimmung geben, immerhin handelte es sich um eine große Veränderung, die ihrer beider Leben betraf. Sie, Faith, würde einen Großteil ihrer Zeit damit verbringen, Hausarbeiten zu verfassen, sich auf Prüfungen vorzubereiten und dicke Bücher zu wälzen. Für den Haushalt und die Dinge, mit denen sie sich bisher tagtäglich beschäftigte, bliebe dann viel weniger Zeit. Alex würde sich mit dieser neuen Situation sicherlich nur schwer anfreunden ...

Als Faith einen Blick auf den Bildschirm ihres Computers warf, stellte sie fest, dass sie eine E-Mail bekommen hatte. Sie nahm an, dass sie von Zoe war, und klickte auf das Briefsymbol. Doch die E-Mail war nicht von Zoe – sie war von Brad.

Hallo Fred,
wie geht es dir? Hast du mittlerweile die Kataloge besorgt? Falls nicht, wirst du dich auf der Stelle in Bewegung setzen und zu mindestens einer Uni fahren! Schreib mir nicht zurück, bevor du das erledigt hast! Worauf wartest du noch? Vielleicht kannst du schon im Januar mit einigen Seminaren anfangen. Du solltest keine Zeit verlieren!
Was treibst du sonst so? Es war schön, dich wiederzusehen, Fred. Du siehst besser aus denn je! Sind deine Haare eigentlich immer noch so lang wie früher? Falls du irgendjemanden brauchst, der sie dir am Saint Patrick's Day grün färbt, stehe ich dir jederzeit gern zur Verfügung. Übrigens auch an an-

deren Feiertagen. Wie wäre es mit rosa für den Valentinstag? Und rot für Weihnachten?
Seit ich zurückgekommen bin, hatte ich viel um die Ohren. Ich arbeite immer noch an dem Fall, von dem ich dir erzählt habe. Der arme Junge ist mit den Nerven völlig am Ende, ich muss ihn irgendwie da rausboxen.
Welches Rechtsgebiet interessiert dich eigentlich am meisten? Ich könnte mir vorstellen, dass du als Anwältin für Kinder gut geeignet wärst – aber vielleicht möchtest du die großen Fische vertreten. In diesem Fall solltest du dich mal mit Pam unterhalten. Es kann Spaß machen, in einer großen Kanzlei zu arbeiten. Für mich war es zwar nichts, aber das muss keineswegs heißen, dass es dir auch nicht gefallen würde.
Ich muss zurück an die Arbeit – und du musst zurück an die Uni! Pass auf dich auf und schreib mir bald!
Dein Brad

Faith saß mit leuchtenden Augen vor dem Bildschirm und klickte augenblicklich auf »Antworten«. Sie war stolz darauf, Brad erzählen zu können, dass sie sich bereits einige Kataloge besorgt hatte. Wie unter Hochdruck tippte sie ihre Mail.

Lieber Brad,
ich bin gerade erst aus Providence zurückgekehrt. Gestern habe ich dort mit Zoe einen wunderbaren Abend verlebt, es war einfach herrlich! Wir sind zusammen essen gegangen, haben uns unterhalten und wie Schulmädchen miteinander gekichert. Ich habe Zoe auch von meinen Studienplänen erzählt, und sie war total begeistert. Ich kann hundertprozentig mit ihrer Unterstützung rechnen!

Auf dem Heimweg bin ich übrigens bei der NYU vorbeigefahren und habe mir Tonnen von Broschüren beschafft. Du kannst stolz auf mich sein! Außerdem habe ich bei der Columbia angerufen und bekomme bald auch deren Informationsmaterial zugeschickt. Ich weiß noch nicht, ob ich mich noch über weitere Unis informieren soll. Jedenfalls habe ich mein Versprechen gehalten! Ich werde die Kataloge noch diese Woche durchgehen und mir ein Bild machen.
Alex ist momentan in Chicago. Ich habe ihm immer noch nichts von meinem Vorhaben erzählt. Keine Ahnung, wie er reagieren wird – doch, eigentlich habe ich schon eine Ahnung. Er wird höchstwahrscheinlich an die Decke gehen und mir die Sache verbieten – und was mache ich dann? Ich darf meine Ehe nicht aufs Spiel setzen, Brad. So verlockend die Vorstellung, wieder zu studieren, auch ist, ich kann das nicht gegen den Willen meines Mannes durchsetzen. Falls Alex also strikt dagegen ist, werde ich mich von der Idee verabschieden müssen.
Mir gefällt der Gedanke, als Anwältin für Kinder zu arbeiten, sehr gut. Das klingt interessant, und ich bin schon immer gut mit Kindern zurechtgekommen. Ich weiß allerdings gar nicht so genau, was man in dem Bereich eigentlich macht …
Aber eins nach dem anderen. Zuerst muss ich Alex überzeugen, dann die Aufnahmeprüfung bestehen, danach drei Jahre pauken und natürlich den Abschluss schaffen. Was, wenn ich durchfalle? Ich fühle mich fast, als sei ich wieder in der Schule.

Ein Jahr zuvor hatte Faith mit Zoe mitgefiebert, als sich diese am College bewarb und auf die Antwortschreiben wartete. Die Brown University war Zoes erste Wahl, und sie freute sich unglaublich, als sie dort aufgenommen wurde. Alex hatte Zoe hingegen empfohlen, nach Princeton, Harvard oder Yale zu gehen, und war entsetzt, als Zoe diesen drei renommierten Universitäten die weniger elitäre Brown University vorzog. Alex hatte selbst in Princeton studiert und wünschte sich deshalb, dass sich Zoe ebenfalls dafür entschied. Doch sie blieb standhaft – selbst dann, als ihr Vater Brown eine »Hippieschule« nannte. Zoe hatte ihn damals einfach ausgelacht.

Davon abgesehen gibt es hier nicht viel Neues. Ich habe schon seit längerer Zeit nichts von Eloise gehört, deshalb nehme ich an, dass es ihr gut geht. London ist eben ihre Traumstadt. Ich habe vor, sie bald dort zu besuchen – momentan habe ich noch Zeit dafür. Sobald ich wieder zur Uni gehe, sieht das anders aus.
Falls du irgendwann einmal wieder in New York bist, ruf mich doch an! Bis dahin freue ich mich über jede E-Mail. Ich weiß, wie beschäftigt du bist, also mach dir bitte keinen Kopf, wenn du nicht so bald antworten kannst.

Liebe Grüße, Fred

Als Faith ihren Spitznamen eintippte, lächelte sie versonnen. Wenig später – sie war gerade dabei, in den Katalogen der Uni zu blättern – zeigte ihr der Computer an, dass sie eine weitere E-Mail erhalten hatte. Faith klickte sofort auf das entsprechende Symbol. Brad hatte bereits geantwortet. Als sie ihm ihre Mail geschickt hatte, musste er an seinem Computer gesessen haben.

Braves Mädchen!
Dann lies so schnell wie möglich das Infomaterial, und schreib dich gleich für das nächste Semester an

der NYU für das Wiedereinstiegsprogramm ein! Das ist auf keinen Fall ein Fehler. Und hör auf, Alex für dich entscheiden zu lassen! Fred, du darfst nicht zulassen, dass er über dich bestimmt. Er darf dich nicht davon abhalten, dein Leben selbst in die Hand zu nehmen. Alex wird sich damit abfinden müssen, dass du eigene Wünsche und Ziele hast. Du kannst nicht den ganzen Tag zu Hause herumsitzen und auf deinen Mann warten, damit du abends die Kellnerin für ihn spielen kannst. Du brauchst etwas Eigenes! Alex hat immerhin auch seinen Job. Jetzt bist du dran!
Ich muss zurück an die Arbeit. Ich lasse bald wieder von mir hören. Bis dahin: Schreib dich ein! Tu, was richtig für dich ist!

Alles Liebe, Brad

Es machte Faith Spaß, Brad zu schreiben. Durch die E-Mails war sie regelrecht aufgekratzt und hatte das Gefühl, ihr Plan werde dadurch, dass sie mit Brad darüber diskutierte, weitaus realer. Dennoch löschte sie die E-Mails. Die Vorstellung, dass Alex sie las, gefiel ihr ganz und gar nicht.
Faith verbrachte den übrigen Nachmittag damit, die Kataloge durchzugehen. Doch als Alex sie an diesem Abend von Chicago aus anrief, erwähnte sie ihm gegenüber nichts von ihren Bemühungen. Ein sensibles Thema wie dieses musste sie von Angesicht zu Angesicht mit ihm besprechen.
Als Alex am Freitagabend nach Hause kam, wirkte er jedoch völlig erschöpft, und so brachte Faith auch an diesem Abend nicht die Sprache auf ihr Vorhaben.
Faith hatte mittlerweile herausbekommen, dass man sich bis zum ersten Dezember bei der staatlich-rechtswissenschaftlichen Vergabestelle für das Studium an-

melden musste. Diese leitete ihre Bewerbung bis zum ersten Februar an die Universitäten ihrer Wahl weiter. Deren Antwort war jedoch nicht vor April zu erwarten, und das Studium begann erst im Herbst. Um die Zeit bis dahin sinnvoll zu überbrücken, hatte sich Faith für zwei rechtswissenschaftliche Wiedereinstiegsseminare in der NYU für Januar angemeldet und sich zusätzlich für einen Vorbereitungskurs eingetragen, der sie für die Uniaufnahmeprüfung fit machen sollte. Der Kurs würde schon bald beginnen und dauerte insgesamt acht Wochen.

Faith hatte die Anmeldeformulare zwar ausgefüllt, sie aber noch nicht abgeschickt. Sie musste zuerst mit Alex reden. Am Samstag ging er frühmorgens ins Büro und kam erst sehr spät wieder. Erst am Sonntag hatte Faith das Gefühl, sie könne es wagen, Alex ihre Pläne zu offenbaren.

Alex las gerade in der Sunday Times, und im Fernseher lief ein Fußballspiel. Faith brachte Alex eine Tasse Suppe und ein Sandwich und setzte sich ihm gegenüber. Alex blickte weder auf noch sagte er irgendetwas zu ihr. Faith begann, nervös in einer Zeitschrift zu blättern.

»Ich bin am Dienstag zu Zoe geflogen«, sagte sie schließlich zaghaft.

Alex stellte den Fernseher lauter.

»Sie sieht fantastisch aus, ich glaube, sie ist wirklich glücklich dort«, fuhr Faith tapfer fort und erhob die Stimme, um sich verständlich zu machen.

Alex antwortete ihr, ohne sie anzusehen. »Ich weiß. Das hast du mir doch schon am Telefon erzählt. Wie sind ihre Noten?«

»Sehr gut, nehme ich an. Sie hat bald Zwischenprüfungen.«

»Ich hoffe, sie bereitet sich ordentlich darauf vor und genießt nicht bloß das Studentenleben.«

Zoe war schon immer eine hervorragende Schülerin gewesen, und Faith machte sich keinerlei Sorgen um ihre Noten. Sie suchte nach einem Aufhänger, um mit Alex über ihre eigene Situation zu sprechen, doch zwischen Fernseher und Zeitung kam sie sich schrecklich klein und unwichtig vor. Alex nahm sie kaum wahr, und neben ihm lag ein ganzer Stapel von Akten, den er offenbar noch an diesem Tag durchgehen wollte. Sie würde ihn zwingen müssen, ihr seine Aufmerksamkeit zu schenken. Sie wartete noch weitere fünf Minuten, dann nahm sie all ihren Mut zusammen.

»Ich möchte etwas mit dir besprechen«, sagte sie vorsichtig. Sie hatte schweißnasse Hände, und das Herz klopfte ihr bis zum Hals, doch sie würde keinen Rückzieher machen. Sie hoffte nur, dass Alex mit sich reden ließe. Er konnte manchmal furchtbar starrköpfig sein. Faith fragte sich schon, ob er sie überhaupt verstanden hatte, da blickte er auf und nahm einen Löffel Suppe.

»Die Suppe ist gut«, bemerkte er.

»Danke. Ich habe mich mit Zoe über die NYU unterhalten«, begann Faith mit heiserer Stimme und hielt angespannt inne, doch Alex' Gesicht war wie versteinert. Sofort fiel Faith wieder ein, wie Zoe ihren Vater oft genannt hatte: den »Eisklotz«. Alex schien manchmal wirklich aus Eis zu bestehen. Faith hatte sich in der Vergangenheit immer wieder gesagt: Es liegt nicht daran, dass wir ihm nichts bedeuten – er hat einfach Wichtigeres im Kopf. Das hatte sie nicht nur sich selbst eingeredet, sondern auch den Mädchen. Es war nicht einfach, an Alex heranzukommen, für keine von ihnen, außer ab und zu für Eloise, die einen besonderen Draht zu ihrem Vater hatte. Doch Faith war nun auf sich allein gestellt.

»Denkt Zoe etwa darüber nach, das College zu wech-

seln?« Alex blickte Faith schließlich voller Widerwillen an. »Hast du nicht eben noch erzählt, sie sei zufrieden? Ich habe ihr doch gleich gesagt, sie solle lieber in Princeton oder Yale studieren.«
»Nein«, entgegnete Faith ruhig, »es geht nicht um Zoe. Es geht um mich.«
»Was ist mit dir?«, fragte Alex argwöhnisch.
Faith schluckte heftig. Doch plötzlich konnte sie Brad und Zoe hinter Alex stehen sehen. Die beiden feuerten sie an und machten ihr Mut. »Ich würde gern ein paar Kurse an der NYU belegen.«
»Was für Kurse?«, hakte Alex verdrießlich nach.
»Ein paar Einführungskurse Jura für Wiedereinsteiger.« Faith holte ruckartig Luft. »Sie klingen sehr interessant«, fügte sie nervös hinzu.
Alex starrte sie durchdringend an. »Das ist doch lächerlich, Faith! Was soll der Unsinn? Du musst keine Jurakurse mehr belegen.« Er schüttelte verächtlich den Kopf. »Warum machst du nicht noch einen Kurs im Museum, das wäre doch besser für dich geeignet.«
Er will vom Thema ablenken, bevor ich ihm meine Argumente unterbreiten kann, schoss es Faith durch den Kopf. Doch so leicht wollte sie sich nicht abwimmeln lassen. Sechsundzwanzig Jahre lang hatte Alex in ihrer Ehe den Ton angegeben und ihr gesagt, was sie zu tun und zu lassen habe. Faith wusste: Es war nun zu spät, daran etwas zu ändern, denn im Laufe der Zeit hatte sich Alex zu einem regelrechten Diktator entwickelt, und sie hatte ihn gewähren lassen. Er hatte in allen Dingen stets das letzte Wort und stellte die Regeln für ihr Zusammenleben auf. Faith akzeptierte das – sie hatte in ihrer Kindheit gelernt, sich dem Willen eines Mannes unterzuordnen. Doch in diesem Fall war sie fest entschlossen, sich nicht so leicht von Alex unterbuttern zu lassen.

»Ich habe im MET bereits zahllose Kurse belegt, Alex. Ich möchte etwas anderes machen.«
»Und dann? Was soll das alles, Faith?«
»Ich möchte mich an einer Uni einschreiben und im nächsten Herbst mein Jurastudium wieder aufnehmen«, sagte Faith mit fester Stimme. Jetzt war es heraus. Sie hielt die Luft an.
»Das ist absurd!«, zischte Alex. Sein Gesicht wurde puterrot. »Wir haben dieses Gespräch schon einmal geführt, Faith. Ich dachte, die Sache sei vom Tisch. Eine Frau deines Alters macht sich zum Gespött der Leute, wenn sie sich wie ein junges Mädchen aufführt und zur Uni geht! Und davon abgesehen: Falls du das Studium tatsächlich beendest – was ich stark bezweifle –, würde dich sowieso niemand einstellen. Du wärst doch viel zu alt für den verantwortungsvollen Job einer Anwältin.«
Faith blinzelte. »Ich würde trotzdem gern studieren. Und wer weiß, vielleicht nimmt mich doch jemand. So alt bin ich nun auch wieder nicht«, entgegnete sie und konzentrierte sich darauf, nicht von ihrem Standpunkt abzuweichen, egal was Alex sagte.
»Darum geht es nicht allein! Hast du überhaupt eine Ahnung, wie viel Arbeit so ein Studium erfordert? Drei Jahre lang könntest du nichts anderes tun, als zu lernen und Seminare zu besuchen. Und was dann? Stell dir vor, du bekommst tatsächlich einen Job und arbeitest vierzehn Stunden am Tag – wo bleibt da der Haushalt, wo bleibe ich? Wir könnten keinerlei Reisen mehr unternehmen, du würdest abends nicht lange aufbleiben und mir wahrscheinlich ständig erklären, dass du zu dieser Dinnerparty oder zu jenem Geschäftsessen nicht mitgehen kannst, weil du dich auf irgendeine Prüfung vorbereiten musst. Wenn Studieren wirklich das ist, was du willst, hättest du dir das überlegen müssen, bevor die Mädchen geboren wurden. Du hast damals schließlich

ein Jurastudium begonnen, aber es nicht zu Ende gebracht. Jetzt ist es zu spät.«

»Es ist noch nicht zu spät, Alex. Bitte versteh mich doch! Die Mädchen sind aus dem Haus, und ich habe nichts mehr zu tun. Ich werde meinen Stundenplan so legen, dass wir immer noch ausgehen können. Und wie oft verreisen wir denn im Jahr? Doch nur ein paar Wochen im Sommer, und da sind sowieso Semesterferien. Ich verspreche dir, ich werde mein Bestes tun, damit mein Studium unser gemeinsames Leben nicht durcheinanderbringt.« Faith blickte ihn bittend an, doch Alex' Gesichtsausdruck zeigte keinerlei Verständnis.

»Das kommt überhaupt nicht infrage!«, polterte er. »Was ergibt es für einen Sinn, verheiratet zu sein, wenn sich meine Frau jeden Tag in ihrem Arbeitszimmer einschließt oder außer Haus ist? Da könnte ich genauso gut Junggeselle sein! Ich glaube einfach nicht, wie unvernünftig du bist. Wie kannst du über so etwas auch nur ernsthaft nachdenken?«

»Ich langweile mich zu Tode«, antwortete Faith leise. »Du hast schließlich auch deinen Job«, sagte sie und zitierte damit Brad. »Ich möchte mir ebenfalls etwas Eigenes aufbauen. Meine Freunde haben alle entweder einen Beruf, der sie erfüllt, oder noch immer Kinder zu Hause. Sie sind alle beschäftigt, und ich möchte meine Zeit nicht mit Bridgestunden, Wohltätigkeitsarbeit oder irgendwelchen Kursen im Museum verbringen, wenn ich gleichzeitig etwas wirklich Sinnvolles tun könnte. Und falls mir mein erstes Semester angerechnet wird, kann ich das Studium vielleicht entsprechend verkürzen.«

»Mein Gott, du bist siebenundvierzig!«, bellte Alex und knallte die noch halbvolle Suppentasse auf den Tisch. Faith zuckte zusammen und blickte Alex vorwurfsvoll an. Es schien, als bedrohten ihre Pläne sein Selbstverständnis. Wenn sie ihre Wünsche in die Tat umsetzte, hätte er weniger Kontrolle über sie, das wurde ihr plötzlich klar. »Es ist nicht zu spät«, beharrte sie. »Ich wäre fünfzig oder einundfünfzig, wenn ich meinen Abschluss mache.«

»*Falls* du deinen Abschluss machst! Du stellst dir das alles viel zu einfach vor. Es erfordert enorme Disziplin und Intelligenz, ein Jurastudium durchzuziehen!«

Faith schaute ihn verletzt an. Hielt Alex sie etwa für dumm? Sie senkte den Blick und bemühte sich, ruhig zu bleiben. Sie würde nichts erreichen, wenn sie aus der Haut fuhr. »Alex, diese Sache ist mir sehr wichtig.«

Die Art, wie sie das sagte, brachte Alex kurzzeitig zum Schweigen. Doch schon bald erhob er wieder die Stimme. »Ich werde darüber nachdenken, Faith. Aber ich sage dir gleich, dass ich das Ganze für völlig närrisch halte.« Alex griff nach der Fernbedienung und stellte den Fernseher so laut, dass es unmöglich war, sich weiter zu unterhalten.

Faith stand mit zitternden Knien auf. Zumindest hatte sie Alex über ihre Pläne informiert. Nun musste sie ihm etwas Zeit geben, sich das Ganze durch den Kopf gehen zu lassen. Die Chancen, dass seine Entscheidung positiv ausfiel, waren zwar sehr gering, aber falls er ihr das Ganze tatsächlich verbieten wollte, würde sie eben ein weiteres Mal mit ihm sprechen.

Faith zog sich in ihr Arbeitszimmer zurück und setzte sich an den Laptop. Neuigkeiten, schrieb sie in die Betreffzeile ihrer E-Mail an Brad.

Ich habe die Katze aus dem Sack gelassen. Ich habe mit Alex gesprochen, und er ist fuchsteufelswild geworden. Er glaubt nicht, dass ich es schaffe, überhaupt aufgenommen zu werden, geschweige denn drei Jahre hartes Pauken durchzustehen und dann

meinen Abschluss zu machen. Vor allem hält er mein Studium für völlige Zeitverschwendung – nicht zu vergessen, dass dadurch einige Unannehmlichkeiten auf ihn zukommen.
Um ehrlich zu sein, glaube ich nicht, dass er seine Meinung noch ändern wird. Weißt du, Brad, ich würde unheimlich gern studieren, aber wenn sich Alex dermaßen querstellt, kann ich es unmöglich durchziehen. Es wäre ihm gegenüber nicht fair, schließlich sind wir verheiratet, und ich habe gewisse Pflichten. Alex befürchtet, dass ich keine Zeit mehr haben werde, mit ihm auszugehen oder zu verreisen, und das ist natürlich ein gutes Gegenargument. Ein Jurastudium ist kein Zuckerschlecken. Vielleicht melde ich mich doch bald für Bridgestunden an. Ich halte dich auf dem Laufenden.
Liebe Grüße, Fred

Später am Nachmittag sah Faith nach, ob sie bereits eine Antwort von Brad erhalten hatte, aber es waren keinerlei E-Mails in ihrem Posteingang. Alex hatte den ganzen Nachmittag über nicht mit ihr gesprochen, und während des Abendessens herrschte eisige Stille zwischen ihnen. Gleich nach dem Essen ging Alex ohne ein Wort zu Bett. Er musste schon um vier Uhr wieder aufstehen und seinen Flug nach Miami erwischen – er würde zwei Tage lang dort bleiben und an einigen wichtigen Meetings teilnehmen. Seiner Meinung nach war Faith zu weit gegangen, und nun strafte er sie mit Schweigen. Als Brads E-Mail ankam, war es beinahe Mitternacht in New York.

Fred,
mach dir nicht so viele Gedanken darüber, ob du dich Alex gegenüber richtig verhältst. Er denkt an-

scheinend umgekehrt auch nie darüber nach! Das Ganze macht mich maßlos wütend. Leben wir denn im Mittelalter? Alex erinnert mich immer mehr an Pam und ihre Argumente, als ich ihr sagte, dass ich aus der Kanzlei aussteige und mein eigenes Ding mache. Du hast das Recht, deine Träume zu verwirklichen, Fred. Es ist alles andere als fair von Alex, dir im Weg zu stehen. Natürlich sind seine Einwände nachvollziehbar, aber ich bin mir sicher, dass du das trotzdem alles sehr gut meistern wirst. Und obwohl er es nicht zugibt, glaube ich, dass Alex auch sehr genau weiß, dass du das hinbekommst. Er will einfach seine Paschastellung nicht verlieren. Lass dich von ihm nicht einschüchtern! Gib nicht so leicht auf! Als dein selbst ernannter älterer Bruder untersage ich dir hiermit, Bridgestunden zu nehmen! Geh zur Uni, mach was aus deinem Leben!

Ich bin immer noch im Büro. Ist mal wieder spät geworden. Morgen muss ich zu einer Anhörung – ein neuer Fall. Ein Fünfzehnjähriger ist angeklagt, ein achtjähriges Mädchen vergewaltigt zu haben. Ich hasse solche Fälle! Die Sache kommt unter allen Umständen vor Gericht. Der Junge scheint auf den ersten Blick ein ganz anständiger Kerl zu sein, aber offenbar hat er ein paar schwerwiegende Probleme. Sieht so aus, als sei er selbst missbraucht worden. Das Verhalten von Kindern ist immer ein Spiegel ihrer Umgebung.

Ich rufe dich diese Woche an, und wir reden noch mal über alles.

Bis bald! Alles Liebe, Brad

Brad hatte natürlich Recht, das wusste Faith. Aber er hatte gut reden. Das Ganze umzusetzen war sehr viel schwieriger.

Als sich Alex am folgenden Morgen um drei Uhr aus dem Bett erhob, war er offenbar noch immer wütend auf Faith, denn er würdigte sie keines Blickes. Faith stand dennoch mit ihm auf, wie sie es sechsundzwanzig Jahre lang jeden Morgen getan hatte, und machte Alex Kaffee und Toast. Doch Alex verlor kein Wort und schaute sie zum Abschied lediglich finster an. Faith erstarrte. Sie waren noch nie im Streit auseinandergegangen, und Alex' Blick lag ihr so schwer auf der Seele, dass sie Brad am Nachmittag im Büro anrief. Sobald sie seine Stimme hörte, ging es ihr besser, und sie atmete innerlich auf. Brad war gerade erst aus dem Gericht zurückgekehrt.

»Gut, dass du anrufst«, begrüßte Brad sie und bemühte sich, Faith seine volle Aufmerksamkeit zu schenken. Im Büro war an diesem Tag wieder einmal die Hölle los, aber Brad war erleichtert, Faiths Stimme zu hören. »Ich hab den ganzen Tag an dich gedacht.«

»Ich weiß, wie beschäftigt du bist«, erwiderte Faith kleinlaut. »Ich hab ein ganz schlechtes Gewissen, dass ich dich bei der Arbeit störe.« Trotzdem war Faith unglaublich froh, mit Brad sprechen zu können. Früher hatte sie sich in einer solchen Situation an Jack gewandt, doch nun war Brad für sie da. Sie schilderte ihm, wie Alex ihr seit ihrem Gespräch die kalte Schulter gezeigt hatte.

»Alex benimmt sich absolut bescheuert, Fred, das weißt du so gut wie ich«, wetterte Brad. »Wieso hast du ihm diese Machotour all die Jahre durchgehen lassen? Er scheint dich geradezu als sein Eigentum zu betrachten. Ihr seid verheiratet, verdammt noch mal! Das heißt, du bist seine Partnerin und nicht seine Sklavin!«

»Ich glaube, das hat Alex noch nicht kapiert«, entgegnete Faith unglücklich.

»Dann solltest du ihm das verklickern! Ich glaube, jede

andere Frau hätte sich inzwischen von ihm scheiden lassen. Pam hätte mich sofort zum Teufel geschickt, wenn ich mich ihr gegenüber derartig verhalten hätte. Wir hatten zwar auch einige hässliche Auseinandersetzungen, aber immerhin respektiert sie letztlich mein Recht auf Selbstentfaltung.«

»Alex ist es einfach nicht gewohnt, dass ich eigene Bedürfnisse habe«, gestand Faith, und es war ihr richtig peinlich.

»Du solltest ihm schleunigst klarmachen, in welchem Jahrhundert wir leben, Fred! Er regt sich womöglich schrecklich auf, wenn er es erfährt, aber die Sklaverei wurde vor langer Zeit abgeschafft!«

»Nicht in seiner Welt«, rutschte es Faith heraus, und gleich darauf hielt sie sich reumütig die Hand vor den Mund. »Das sollte ich wirklich nicht sagen. Weißt du, Alex kommandiert bei der Arbeit ständig andere Leute herum, und es fällt ihm schwer, zu Hause umzuschalten.«

»Du darfst dir das nicht länger gefallen lassen! Überleg doch mal: Was möchtest du in den nächsten vierzig Jahren tun? Vor dem Fernseher hocken und dich langweilen?«

»So etwas in der Art schwebt zumindest Alex vor«, murmelte Faith. Natürlich hatte Brad Recht, aber er kannte Alex nicht. Wenn sie nicht tat, was er wollte, würde er ihr das Leben zur Hölle machen.

»Du darfst ihm nicht erlauben, dich dermaßen zu unterjochen! Weißt du, wahrscheinlich bin ich aus einem ganz bestimmten Grund zu Charlies Beerdigung gekommen. Ich glaube, Jack hat mich geschickt, um dir in den Hintern zu treten!«

»O je, ihr habt euch gegen mich verschworen!«, rief Faith lachend. »Na ja, wahrscheinlich brauche ich tatsächlich einen Tritt in den Allerwertesten.«

»Was hätte Jack gesagt, wenn du ihm all das erzählt hättest?«

»Er wäre unglaublich sauer auf Alex gewesen. Nein, mehr als das – er hätte ihn wahrscheinlich am liebsten gelyncht. Jack hat Alex verachtet.«

»Wenn sich Alex dir gegenüber schon früher so verhalten hat wie heute, wundert mich das nicht. Aber du hast meine Frage nicht beantwortet: Was hätte Jack gesagt?«

Brad wollte, dass Faith ernsthaft über diese Frage nachdachte. Es gab genaugenommen nur eine Antwort, und wenn sich Faith das vor Augen führte, würde ihr das womöglich die nötige Kraft verleihen.

»Er hätte mir denselben Rat gegeben wie du: Geh zurück an die Uni.«

»Genau.«

»Das ist leichter gesagt als getan! Du musst ja nicht mit Alex zusammenleben.«

»Vielleicht solltest du das auch nicht.« Brad wusste, dass er sich sehr weit vorwagte, aber dieser Alex brachte ihn einfach auf die Palme. »Wenn sich dein Mann nicht wie ein zivilisierter Mensch benehmen kann, verdient er dich einfach nicht. Und ich bin mir ziemlich sicher, dass Jack das genauso gesehen hätte.«

»Vermutlich. Aber sieh dir an, was für ein Leben Jack selbst geführt hat! Im Vergleich zu Debbie kommt einem Alex beinahe wie ein Pantoffelheld vor.«

»Ich möchte doch nur, dass du glücklich bist«, lenkte Brad ein. »Als ich dich das letzte Mal gesehen habe, wirktest du alles andere als glücklich. Du machtest einen gelangweilten, traurigen und einsamen Eindruck. Wenn du so weitermachen willst wie bisher, Fred, dann nur zu. Doch denk dran: Mehr als alles andere braucht jeder Mensch einen Traum. Ich lebe meinen Traum, und ich war nie zuvor im Leben glücklicher als an dem Tag, als ich dieses Büro hier eröffnet habe.« Das einzige Problem war, dass er noch immer jeden Abend zu Pam zurückkehren musste, doch das erwähnte Brad Faith gegenüber nicht. Wenn er im Büro hätte schlafen können, um seiner Frau damit aus dem Weg zu gehen, hätte er es getan. Ihr Zusammenleben war mittlerweile beinahe unerträglich geworden. Im Grunde passten Pam und er überhaupt nicht zusammen, aber Brad schreckte vor einer Scheidung zurück. Seine Eltern hatten sich scheiden lassen, als er ein Teenager gewesen war, und Brad wollte auf keinen Fall etwas Ähnliches erleben.

Deshalb hatte er sich stets bemüht, Pams und seine Differenzen einfach hinzunehmen und nicht weiter darüber nachzudenken. Seit einiger Zeit hatte Pam allerdings begonnen, ständig an ihm herumzunörgeln und sich darüber zu beschweren, dass er so selten da sei. Natürlich hatte sie recht, doch Tatsache war, dass er so selten nach Hause kam, weil er es dort einfach nicht aushielt.

»Sah ich wirklich so schlimm aus?«, fragte Faith nun und klang bekümmert. »So unglücklich bin ich nun auch wieder nicht, Brad. Alex und ich sind in vielen Dingen einfach nur unterschiedlicher Meinung.«

»Ich glaube, es geht um sehr viel mehr als das. Hast du mir nicht gesagt, Alex sei so gut wie nie zu Hause und beachte dich kaum? Er ist ja noch nicht einmal zu Charlies Beerdigung gekommen!«

»Ich habe dir doch erzählt, dass er nach Chicago zu einem wichtigen Meeting musste.«

»Na und? Das hätte er sicherlich um einen Tag verschieben können. Du hättest dich über seine Unterstützung bestimmt gefreut, oder nicht?«

»Ach, es war schon okay ... Du warst ja da.«

»Ich bin froh, dass ich die Anzeige in der Zeitung gesehen habe.«

Brad seufzte. »Hör zu, es geht mir nicht darum, dein Eheleben zu kritisieren – mein eigenes ist ebenfalls alles andere als vollkommen. Aber dadurch, dass Alex so selten für dich da ist, schuldet er dir etwas. Er kann nicht ständig selbst außer Haus sein und gleichzeitig von dir erwarten, dass du immer daheimbleibst.«

»Alex sieht das ganz anders.«

Faith klang erschöpft. »Er wird es einsehen, wenn du standhaft bleibst. Du musst dir bei ihm Gehör verschaffen!«

»Das ist nicht so einfach«, sagte Faith leise. Alex hatte einen eisernen Willen, und wenn er es darauf anlegte, würde er sie schließlich in den meisten Fällen dazu bringen, nachzugeben.

»Ich weiß, dass es schwierig werden kann, Fred. Aber es lohnt sich, das verspreche ich dir. Außerdem hast du keine Wahl. Wenn du jetzt nicht gegen Alex aufbegehrst, wirst du den Rest deines Lebens als deprimiertes Hausmütterchen fristen. Ich glaube nicht, dass ich übertreibe, wenn ich sage, dass deine geistige Gesundheit – dein Glück! – auf dem Spiel steht.«

»Du tust so, als ginge es um Leben und Tod«, stellte Faith fest und konnte ein Grinsen nicht unterdrücken. Brad hatte sich richtig in Rage geredet – und insgeheim wusste sie, dass er recht hatte.

»Das ist ja auch der Fall! Denk doch endlich mal darüber nach!«

»Das werde ich.«

Faith nahm sich fest vor, bei der nächsten Gelegenheit noch einmal mit Alex zu sprechen. »Wie geht es dir eigentlich?«

»Ich bin ziemlich im Stress. Ich habe ein halbes Dutzend neue Fälle und stecke bis zum Hals in Arbeit.«

»Du Glücklicher!«, entfuhr es Faith, und sie ertappte sich dabei, dass sie ihn glühend beneidete.

Sie unterhielten sich noch ein paar Minuten lang, und dann musste Brad zurück an den Schreibtisch. Er versprach jedoch, Faith bald wieder eine E-Mail zu schreiben oder sie anzurufen, und dieses Mal wusste Faith, dass sie sich darauf verlassen konnte. Während der vergangenen zwei Wochen war ihr Brad eine große Stütze gewesen. Er hatte ihr klargemacht, was wirklich wichtig war, und ihr die Kraft gegeben, sich dafür einzusetzen. Sie war ihm unendlich dankbar und hatte das Gefühl, mit Brads Beistand alles schaffen zu können.

4

Als Alex von seiner Reise nach Miami heimkehrte, hatte er äußerst schlechte Laune. Faith kannte ihn gut genug, um zu wissen, dass sie ihn besser nicht ansprach, wenn er in solch einer Stimmung war. Offenbar waren die Meetings nicht erfolgreich verlaufen. Sie aßen schweigend zu Abend, und sobald Alex fertig war, erhob er sich, ging unter die Dusche und legte sich ins Bett. Erst am darauf folgenden Morgen, während des Frühstücks, richtete er das Wort an Faith.

»Ist der Kaffee schon fertig?«

Faith nickte, schenkte Alex eine Tasse ein und stellte eine Schale Müsli, frische Beeren und ein paar Muffins vor ihm auf den Tisch. »Wie war denn die Reise?«, fragte sie.

»Nicht gut«, murmelte Alex und schien keine weiteren Details preisgeben zu wollen. Das war ganz typisch für ihn. Wenn sich die Dinge nicht so entwickelten, wie er es sich vorstellte, verlor er kein Wort darüber, und wenn alles perfekt lief, sah er noch viel weniger einen Grund, darüber zu sprechen. Faith hatte mit der Zeit gelernt, an Alex' Miene abzulesen, was vor sich ging.

»Ich habe mit Eloise telefoniert«, berichtete Faith, während Alex nach dem *Wall Street Journal* griff und es aufschlug. Er vertiefte sich in einen Artikel, und erst Minuten später erkundigte er sich: »Wie geht es Eloise?«

»Gut. Sie kommt Thanksgiving für ein verlängertes Wochenende nach Hause.«

»Schön, schön.« Alex legte die Zeitung weg, stand auf, warf einen Blick auf seine Uhr und dann auf seine Frau.

»Ich habe jetzt keine Zeit, detailliert mit dir darüber zu sprechen, Faith, aber ich wollte dich wissen lassen, dass ich viel über die Sache nachgedacht habe.«
»Über welche Sache?«
»Deine fixe Idee, wieder Jura zu studieren. Ich möchte dir in aller Schärfe raten, dir schleunigst diese Flausen aus dem Kopf zu schlagen. Ich kann immer noch nicht fassen, dass du mich mit solchem Unsinn behelligst. Du musst dir schon etwas anderes suchen, um dir die Zeit zu vertreiben.« Alex wartete Faiths Antwort gar nicht ab, sondern drehte sich auf dem Absatz um und verließ den Raum.
Faith saß mit offenem Mund da und spürte, wie ohnmächtige Wut in ihr aufstieg. Normalerweise wäre sie in solch einer Situation am Boden zerstört gewesen, doch diesmal war es anders. Sie war zornig wie selten zuvor. Hastig stand sie auf und folgte Alex in den Flur. Er zog gerade seinen Regenmantel an, denn draußen goss es in Strömen.
»Damit ist das Thema noch nicht vom Tisch, Alex! Das sind keine Flausen! Das ist ein vernünftiger Plan, mein weiteres Leben sinnvoll zu gestalten. Es kommt viel Arbeit auf mich zu, das weiß ich, aber ich freue mich darauf.«
Alex sah sie mit jenem eisigen Blick an, der sie in der Vergangenheit stets in die Knie gezwungen hatte. »Ist das so eine Art Midlifecrisis oder was? Ich werde doch nicht mit einer Studentin zusammenleben und mich mit dem Stress und dem ganzen kleinlichen Blödsinn des Studentenlebens herumschlagen. Du bist meine Ehefrau, Faith! Als du mich geheiratet hast, bist du eine Verpflichtung eingegangen.«
»Und du ebenfalls!«, brach es aus Faith heraus. »Ich muss mich doch auch mit dem Stress deines Arbeitslebens herumschlagen! Das ist einfach nicht fair!

Früher waren die Mädchen mein Lebensinhalt, aber seit –«

»Wenn du Probleme damit hast, dass deine Töchter ausgezogen sind, solltest du einen Psychiater aufsuchen. Auf jeden Fall wirst du dich nicht an einer Uni einschreiben und dich aufführen, als wärst du wieder zwanzig. Das ist wirklich peinlich!«

»Du redest über mich, als sei ich hundert!«

»Ich kenne dein Alter sehr genau: Du bist kein Kind mehr, also benimm dich auch nicht so! Dieses Gefasel über ein Studium ist albern und völlig unreif. Fang endlich an, dich wie eine Erwachsene zu verhalten! Du hast mir gegenüber deine Pflichten zu erfüllen, und das kannst du nicht, wenn du den ganzen Tag über in der Uni bist.«

Faiths Atem beschleunigte sich vor Wut. Alles drehte sich immer nur um Alex. »Wovor hast du solche Angst? Davor, dass ich hin und wieder eine Dinnerparty absagen muss? Ich werde mein Studium und unsere Ehe unter einen Hut bringen, das verspreche ich dir!«

Alex betrachtete sie durchdringend. Er hatte Faith noch nie so erlebt – sie hatte ihm noch niemals derart heftig widersprochen. »Du weißt doch gar nicht, wovon du sprichst, Faith! Du kannst ein Jurastudium nicht einfach so nebenher machen. Du wirst keine Zeit mehr für andere Dinge haben, und damit bin ich nicht einverstanden.«

»Hast du mich jemals gefragt, ob ich damit einverstanden bin, dass du so oft nicht zu Hause bist?«, gab sie zurück und spürte, wie ihr Tränen in die Augen stiegen. »Über mein Leben kann ich ja wohl selbst bestimmen!«

»Nicht in diesem Fall. Und hör bitte auf, alles derartig zu dramatisieren. Such dir eine andere Beschäftigung – das ist mein letztes Wort.« Und damit öffnete Alex die

Eingangstür, trat in den Regen hinaus und schlug die Tür hinter sich zu.
Faith stand zitternd da und starrte ihm nach. Der Eisklotz – wie treffend diese Bezeichnung doch war!
Faith ging langsam zurück in die Küche und ließ sich auf einen Stuhl fallen. Sie starrte auf das benutzte Frühstücksgeschirr und brach in heftiges Schluchzen aus. Alex benahm sich, als ob sie sein Eigentum sei, und ihre Gefühle spielten für ihn offenbar überhaupt keine Rolle. Niemals hatte sie sich dermaßen hilflos gefühlt. Mit bebenden Gliedern erhob sie sich und stieg die Treppe hinauf in ihr Schlafzimmer. Dort stand sie für lange Zeit am Fenster und blickte auf die regennasse Straße hinunter.
Als ihr Brad an diesem Nachmittag eine E-Mail schickte, antwortete sie nicht. Sie schämte sich und hatte das Gefühl, versagt zu haben.
Zwei Tage lang saß sie meist trübsinnig da und starrte ins Leere. Mit einem Mal hatte sie den Eindruck, als sei ihre Ehe eine Gefängnisstrafe, die sie absitzen musste. Alex und sie sprachen während des Frühstücks oder des Abendessens kaum miteinander. Dann erreichte sie eine weitere E-Mail von Brad.

Hey, wie geht es dir? Was ist los? Schreib mir wenigstens kurz, dass alles in Ordnung ist!
Liebe Grüße, Brad

Schweren Herzens begann Faith zu tippen. Doch sie hatte nicht viel zu sagen.

Ich habe den Krieg verloren. Alex hat mir mitgeteilt, dass er keinesfalls sein Okay geben wird. Seiner Meinung nach hält mich das Studium davon ab, meinen Pflichten ihm gegenüber nachzukommen. Er hat die ganze Woche über so gut wie überhaupt nicht mit mir geredet, und es geht mir ehrlich gesagt ziemlich mies. Zu allem Überfluss regnet es ununterbrochen. Was fange ich nur mit dem Rest meines Lebens an?

Brad saß gerade vor seinem Computer, und als er Faiths E-Mail las, schnürte sich ihm die Kehle zu. Er erwog kurz, Faith anzurufen, doch dann beschloss er, ihr lieber eine Mail zu schicken.

Verdammt! Das tut mir sehr leid. Aber du darfst jetzt nicht aufgeben, Fred. Ich kann dir nicht vorschreiben, was du zu tun hast, das musst du ganz allein entscheiden, aber wenn du jetzt nicht standhaft bleibst, wird dir Alex in Zukunft noch mehr auf der Nase herumtanzen.
Ich weiß nicht, was, aber irgendetwas musst du unternehmen. Lass dich nicht wie ein Kind behandeln – oder wie einen Gegenstand! Alex scheint keinerlei Respekt vor dir oder deinen Wünschen zu haben, das ist schlimm genug, aber verliere jetzt nicht auch noch den letzten Respekt vor dir selbst! Glaub mir, ich weiß, wovon ich spreche.
Überlege dir, was du tun kannst, um dein Leben in die Hand zu nehmen, und dann Augen zu und durch! Ich werde in Gedanken die ganze Zeit deine Hand halten.
Und jetzt holst du dir einen Schirm und gehst spazieren. Ich denke, du könntest ein bisschen frische Luft gebrauchen. Ich bin da, wenn du mich brauchst. Und falls du Alex um die Ecke bringst, vertrete ich dich vor Gericht und plädiere auf Notwehr. Ich denk an dich.

Dein Brad

Während Faith Brads E-Mail las, huschte ein Lächeln über ihr Gesicht – zum ersten Mal seit Tagen. Einen Augenblick später löschte sie die Mail. Dann zog sie feste Schuhe und eine Regenjacke an und verließ das Haus. Brad hatte recht, ein wenig frische Luft konnte nicht schaden, und sie musste einmal gründlich über alles nachdenken.

Langsam spazierte sie die Lexington Avenue hinab und bog dann in die Fifth, die am Park entlangführte. Zwei Stunden später hatte sie den festen Entschluss gefasst, Alex in seine Schranken zu weisen. Brad hatte auch damit völlig recht: Sie musste für ein kleines Stückchen Unabhängigkeit kämpfen, denn es konnte nicht weitergehen wie bisher. Sie würde die Anmeldeformulare für das Wiedereinstiegsprogramm und den Vorbereitungskurs für die Aufnahmeprüfungen an der NYU auch ohne Alex' Zustimmung einreichen. Damit hatte sie einen Schritt in die richtige Richtung gemacht, ohne sich gleich für das reguläre Jurastudium angemeldet zu haben. Der Vorbereitungskurs begann in der folgenden Woche, und Faith war nun fest entschlossen, daran teilzunehmen. Alex musste gar nichts davon erfahren. Auf diese Weise hatte sie drei Monate lang Zeit, den Kurs zu absolvieren, die Aufnahmeprüfung zu bestehen und Alex zu überzeugen. Ob sie sich tatsächlich einschrieb, könnte sie dann entscheiden, doch zumindest hatte sie ein wenig Kontrolle über ihr Leben zurückerobert.

Faith schickte die Anmeldeformulare noch an diesem Nachmittag ab. Als sie den großen Umschlag in den Briefkasten fallen ließ, stand sie lächelnd im strömenden Regen. Wenn sie an Alex dachte, hatte sie zwar noch immer einen Kloß im Hals, doch gleichzeitig war sie geradezu in Hochstimmung. Sie tat das Richtige, dessen war sie sich nun sicher.

Faith rannte zurück ins Haus und wählte in aller Eile Brads Nummer.
»Ich hab's getan!«, rief sie überschwänglich. Sie fühlte sich wie ein Kind, das gerade den ersten Preis in einem Wettbewerb gewonnen hatte.
Brad wusste sofort, wer dran war. »Was genau hast du getan?«, fragte er freudig überrascht und lehnte sich in seinem Schreibtischstuhl zurück.
»Ich bin im Regen spazieren gegangen, und als ich heimkam, hab ich mir die Anmeldeformulare geschnappt und sie in den Briefkasten geworfen. Der Vorbereitungskurs geht schon nächste Woche los. Ich lasse mich nicht länger von Alex bevormunden! Ich fühle mich großartig – wie ein neuer Mensch!« Es war erstaunlich, wie schnell sich ihre Depression in Euphorie verwandelt hatte.
»Wow, das ist toll, Fred! Ich bin wahnsinnig stolz auf dich!«
»Ich habe mich tagelang wie der letzte Dreck gefühlt, aber ab heute ist es damit vorbei!« Faiths Stimme überschlug sich fast vor Begeisterung. »Wie geht es dir denn so, Brad? Ich rede ja nur über mich.«
»Das macht nichts, ich kann gar nicht genug von dir hören. Ich hab mir solche Sorgen um dich gemacht, aber jetzt bin ich unendlich erleichtert. Du kriegst für den heutigen Tag eine Eins plus!«
»Wenn du mir nicht geschrieben hättest, säße ich jetzt noch immer heulend auf dem Sofa. Ich danke dir, Brad.« Er hatte dafür gesorgt, dass sie sich selbst wieder in die Augen blicken konnte.
»Gern geschehen«, sagte Brad mit weicher Stimme. Nachdem Pam monatelang kein gutes Haar an ihm gelassen hatte, wurde er nun gebraucht und geschätzt. Durch Faith fühlte er sich ebenfalls wie ein neuer Mensch.

»Wie läuft es bei der Arbeit?«, erkundigte sich Faith in fröhlichem Plauderton.

»Hier geht es drunter und drüber, wie immer. Nächste Woche kommt der Fall mit dem Jungen, der seinen besten Freund umgebracht hat, vor Gericht. Dafür muss ich noch eine Menge vorbereiten.«

»Glaubst du, ihr habt eine Chance?«

»Das hoffe ich – der Junge zählt schließlich auf mich. Aber es wird nicht leicht werden. Obwohl es kein vorsätzlicher Mord war, hat der Junge immerhin einen Menschen getötet. Es ist doch immer das Gleiche: Wenn man einem Menschen eine Waffe in die Hand gibt, passieren schreckliche Dinge. Aber lass uns lieber über etwas anderes reden. Was hast du jetzt vor? Willst du Alex von dem Kurs erzählen?«

»Nein, noch nicht«, sagte Faith und seufzte. Sie hasste es zu lügen, aber momentan war es zwecklos, Alex noch einmal auf die Sache anzusprechen. Sie, Faith, würde jeden Vormittag ihren Kurs besuchen, und Alex bekäme rein gar nichts davon mit. Er rief sie tagsüber nur in Ausnahmefällen an, beispielsweise wenn sich irgendwelche Termine verschoben. »Wenn ich Alex innerhalb der nächsten Tage noch einmal mit meinen Plänen komme, gibt es Mord und Totschlag. Vielleicht ist der Kurs ja auch zu schwierig für mich, und ich merke, dass ich mich überschätzt habe –«

»So ein Quatsch!«, unterbrach Brad sie. »Wenn es jemand schafft, dann du.« Faith war eine der intelligentesten Frauen, die er kannte, und sie war früher eine ausgezeichnete Schülerin und Studentin gewesen. Außerdem hatte sie die Aufnahmeprüfung für das Jurastudium schon einmal bestanden. »Du hast das Richtige getan, Fred«, bestärkte er sie. »Tut mir leid, aber ich muss jetzt zurück an die Arbeit. Ich würde lieber weiter mit dir plaudern, aber die Pflicht ruft.«

»Ist schon in Ordnung, Brad. Ich ruf dich bald wieder an«, versprach Faith.

Den restlichen Nachmittag über kümmerte sie sich um den Haushalt, und als Alex am Abend nach Hause kam, war sie erstaunlich guter Stimmung. Während sie das Essen vorbereitete, sang sie in der Küche fröhlich vor sich hin.

Alex trat ein, und als er Faiths glücklichen Gesichtsausdruck registrierte, wurde er augenblicklich misstrauisch. »Na, so guter Laune? Was hast du heute denn so getrieben?«, fragte er argwöhnisch. Er hatte erwartet, dass zwischen ihnen noch immer dieselbe Spannung herrsche wie am Morgen. Stattdessen schien Faith entspannt und regelrecht ausgelassen.

»Nicht viel«, antwortete Faith. »Ich bin spazieren gegangen und habe ein paar Besorgungen gemacht.«

»Es hat doch den ganzen Tag geregnet ...«, bemerkte Alex, und Faith sah ihm an, dass er ihr nicht glaubte.

»Ich weiß, aber es war trotzdem schön, ein Stück zu laufen«, gab sie vage zurück und stellte das Abendessen auf den Tisch. Sie sah keinen Anlass, Alex von ihrem Telefonat mit Brad zu erzählen. Brad war zwar so etwas wie ihr heimlicher Freund, doch die Sache war im Grunde völlig harmlos und hätte Alex sowieso nicht interessiert. Ihre Bekanntschaften waren ihm meist völlig gleichgültig – es sei denn, eine ihrer Freundinnen war mit einem einflussreichen Mann verheiratet.

Alex hakte nicht weiter nach. Stattdessen setzte er sich, und sie aßen schweigend zu Abend. Schließlich durchbrach Faith die Stille und fragte Alex, wie die Geschäfte mit Unipam liefen. Alex schien erfreut über ihr Interesse und gab ihr einen kurzen Überblick über das Fortschreiten der Verhandlungen.

Es war einer dieser seltenen Abende, an denen sie sich angeregt unterhielten, und Faith fühlte sich ihrem

Mann plötzlich wieder nahe. Fast vergab sie ihm sogar seine störrische Haltung bezüglich ihrer Studienpläne. Sie gingen früh zu Bett. Faith kuschelte sich an Alex, wie so oft, wenn er ihr gegenüber ein wenig Wärme zeigte. Dann liebten sie sich. Wie immer war ihr Liebesspiel zielgerichtet und alles andere als kreativ, doch gleichzeitig vertraut und angenehm. Hätte Alex darüber nachgedacht, wäre ihm aufgefallen, welch großen Effekt ein wenig Zuneigung seinerseits hatte. Doch an seine Ehe verschwendete er grundsätzlich keinen unnötigen Gedanken.

Faith begann den Kurs, der sie auf die Aufnahmeprüfung an der Uni vorbereiten sollte, am darauf folgenden Montag. Es war aufregend und anstrengend zugleich. Der Stoff, den sie für die Prüfung lernen musste, erschien ihr wie ein großer Berg, den sie erklimmen musste. Wie sollte sie all dieses Wissen nur innerhalb von acht Wochen in ihren Kopf bekommen? Und wie sollte sie es schaffen, jeden Tag ihre Hausarbeit zu erledigen, bevor Alex abends heimkehrte?

Die Wochen vor Thanksgiving gingen vorüber, ohne dass es zwischen Alex und Faith zu weiteren Auseinandersetzungen kam. Faith bemühte sich, Alex keinen Anlass zur Kritik zu geben, und Alex freute sich, dass Faith offenbar endlich vernünftig geworden war.

Alex war in den Novemberwochen viel unterwegs. Er flog nach Boston und Atlanta und machte einen weiteren Abstecher nach Chicago. Faith war unterdessen vollauf mit ihrem Kurs beschäftigt. Die beiden anderen Seminare, für die sie sich eingetragen hatte, begannen erst im Januar, daher fand sie noch genügend Zeit, Thanksgiving vorzubereiten. Sie konnte es kaum erwarten, Zoe und Eloise wiederzusehen.

Ein- oder zweimal telefonierte Faith mit Brad, und in unregelmäßigen Abständen schrieben sie sich E-Mails.

Brad steckte bis über beide Ohren in Arbeit und meldete sich relativ selten, doch nachdem der Fall, der ihn so auf Trab gehalten hatte, vor Gericht entschieden worden war, rief er Faith an. Sie freute sich sehr, seine Stimme zu hören. Innerhalb des vergangenen Monats hatte sie sich daran gewöhnt, alles mit ihm zu besprechen, und hatte ihn in den letzten Tagen geradezu vermisst. Inzwischen konnte sie kaum glauben, dass Brad jahrelang aus ihrem Leben verschwunden war. Es kam ihr so vor, als hätte sie ihren lange verschollen geglaubten Bruder wiedergefunden.

Es war zwei Tage vor Thanksgiving, und Brad erzählte Faith freudestrahlend, dass sein junger Mandant nicht wegen Mordes verurteilt worden war, sondern lediglich wegen Totschlags. Der Junge hatte drei Jahre auf Bewährung bekommen – ein großer Sieg für Brad.

»Es war knapp«, gestand er. »Die Geschworenen haben sich sechs Tage lang zurückgezogen, und die Mutter des Jungen hat das Warten beinahe verrückt gemacht – und mich ebenfalls. Es hätte genauso gut anders ausgehen können. Beide Seiten hatten gute Argumente. Nun, zumindest wird die Familie des Jungen ein schönes Thanksgiving haben«, sagte er erleichtert. »Wie steht es bei dir?«

»Die Mädchen kommen morgen nach Hause, und ich kann es kaum erwarten!« Da sie keine weiteren Verwandten hatten, würden sie den Abend zu viert verbringen. Alex' Eltern waren vor einigen Jahren gestorben, und Faith hatte außer Allison mittlerweile auch keinerlei Familienangehörige mehr. »Was hast du denn an Thanksgiving vor?«, fragte sie Brad nun.

»Pam gibt eine Dinnerparty«, erwiderte Brad mit müder Stimme. Die vergangenen Wochen waren anstrengend für ihn gewesen – die Vorbereitungen auf den Prozess, die Verhandlung, das Warten auf das Urteil. »Sie hat dreißig oder vierzig Leute eingeladen – mittlerweile habe ich den Überblick verloren. Es kommen jede Menge Kollegen aus ihrer Kanzlei, außerdem ihr Vater, ihre Stiefmutter, deren Kinder und ein paar alte Freunde. Pam mag es turbulent.«

»Und du?«, erkundigte sich Faith vorsichtig.

Brad seufzte. Er liebte Faiths Stimme, die stets eine beruhigende Wirkung auf ihn hatte. Die Gespräche mit ihr empfand er als enorm wohltuend und entspannend. Faith hatte eine warme, fürsorgliche Seite, die ihn immer wieder aufs Neue rührte – andererseits war Faith ein wenig unbedarft und wirkte dadurch viel jünger, als sie tatsächlich war, und auch das gefiel ihm.

»Willst du eine ehrliche Antwort?«, gab Brad zurück. »Ich würde Thanksgiving lieber ganz in Ruhe mit ein paar Menschen verbringen, die mir wirklich am Herzen liegen. Pam wäre aber wahrscheinlich sauer, wenn ich sie um ihre große Party bringe. Morgens muss ich sowieso noch ins Büro, während des Prozesses ist viel liegen geblieben.«

»Du gehst an Thanksgiving ins Büro? Kannst du dir das Wochenende nicht ausnahmsweise mal freinehmen? Du klingst erschöpft.«

Brad lächelte. »Das bin ich auch, Fred, eigentlich bin ich völlig am Ende. Aber es gibt ein paar Kids, die auf mich zählen. Ich kann ihre Fälle nicht einfach so ein paar Tage liegen lassen. Ich muss die Feiertage nutzen, um Arbeit nachzuholen, die ich in den vergangenen Wochen nicht geschafft habe.«

»Was ist denn mit den Jungs? Kommen sie zu Thanksgiving nach Hause?«

»Nein, der Flug aus Afrika würde sich für ein Wochenende nicht lohnen. Jason und Dylan bleiben in Sambia, und ich kann es ihnen nicht verübeln. Ich habe noch immer fest vor, sie baldmöglichst zu besuchen. Die beiden schwärmen regelrecht von Afrika. Warst du jemals dort?«

»Nein, aber Alex hat vor ein paar Jahren mit ein paar Freunden eine Safari gemacht. Ich wäre gern mitgekommen, aber die anderen Männer haben ihre Frauen auch nicht mitgenommen. Ich war stattdessen mit den Mädchen auf den Bermudas.«

»Das war wahrscheinlich weitaus zivilisierter«, bemerkte Brad grinsend. »Um wie viel Uhr steigt denn eure Familienfeier?«, fragte er und konnte ein Gähnen nicht unterdrücken. Es lag keineswegs daran, dass das Gespräch mit Faith ihn langweilte, er konnte sich einfach kaum noch auf den Beinen halten. Er würde gleich nach Hause fahren, duschen und dann ins Bett fallen. Doch es war ihm wichtig gewesen, Faith vorher noch kurz anzurufen und sie an seinem Erfolg teilhaben zu lassen.

»Normalerweise essen wir schon nachmittags«, antwortete Faith. »Meistens so um drei Uhr. Ich weiß, das ist eine etwas ungewöhnliche Uhrzeit, aber die Mädchen finden es super. Um fünf oder sechs können wir dann alle zusammen ins Kino gehen, oder die Mädchen treffen sich noch mit Freunden. Wie sieht es bei dir aus?«

»Die Gäste kommen um sieben, und wir essen so gegen acht. Ich ruf dich noch mal an, bevor ich übermorgen vom Büro nach Hause fahre. Wahrscheinlich habt ihr schon alles hinter euch, wenn es bei uns erst richtig losgeht und ich den Entertainer für Pams Freunde geben muss.«

Es klang, als sei Brad ein völlig Fremder in seinen eigenen vier Wänden, und Faith runzelte irritiert die Stirn.

»Wie läuft übrigens der Vorbereitungskurs?«, erkundigte sich Brad. Faith hatte ihm schon in ihren E-Mails

einiges über den Kurs erzählt, und Brad hatte bisher den Eindruck, dass es ihr sehr gut gefiel.
»Bestens, aber es ist auch sehr anstrengend. Ich musste mich seit Jahren nicht mehr derart lange konzentrieren.« Immer, wenn Alex nicht zu Hause war, steckte sie die Nase in ihre Bücher.
»Ich bin furchtbar stolz auf dich, Fred«, wiederholte Brad. Das hatte er Faith während der vergangenen Wochen wohl hundertmal gesagt, aber er meinte es jedes Mal ehrlich.

Ein paar Minuten später legten sie auf. An diesem Abend brachte Faith die Zimmer der Mädchen auf Vordermann und stellte Vasen mit frischen Blumen auf. Alles sollte perfekt sein, wenn Eloise und Zoe heimkehrten. Als Faith schließlich ihr eigenes Schlafzimmer betrat, war sie glücklich und entspannt. Sie wandte sich Alex zu und stellte dann fest, dass er mit einem Buch in der Hand eingeschlafen war. Faith nahm ihm das Buch vorsichtig ab, legte es auf den Nachttisch und schaltete die Lampe aus. Im Mondlicht sah Alex friedfertig und gütig aus, und Faith fragte sich, warum er oft dermaßen hart und unerbittlich war. Plötzlich musste sie an Charles Armstrong denken. Im Grunde war Alex' Weltanschauung der von Charles sehr ähnlich. Beide Männer setzten hohe Erwartungen in ihre Kinder, und Alex behandelte Faith ganz ähnlich, wie Charles ihre Mutter behandelt hatte: Die Ehefrau wurde oft ignoriert und meist nicht gefragt, wenn eine wichtige Entscheidung getroffen werden musste. Es war eine subtile Form der Geringschätzung, die Faith in ihrer Kindheit schrecklich geärgert hatte. Damals hatte sie sich gefragt, warum sich ihre Mutter das von Charles bieten ließ, und nun realisierte sie, dass sie sich ebenso unterwürfig und erbärmlich verhielt wie früher ihre Mutter. Der einzige

Unterschied war, dass sich ihre Mutter ständig beschwert und genörgelt hatte und am Ende zu einer verbitterten alten Frau geworden war. Das war das Letzte, was Faith wollte. Doch sie musste sich die Frage stellen, ob sie Alex womöglich nur geheiratet hatte, weil er Charles ähnelte. Schweigen und Kälte waren ihr durch Charles vertraut – hatte sie das seinerzeit an Alex angezogen?

Als Faith ins Bett ging und sich in aller Stille neben Alex legte, schwor sie sich, dass sich in ihrem Leben einiges ändern würde, ja, ändern musste. Der Wind hatte sich gedreht.

5

Faith stellte überrascht fest, dass sowohl Eloise als auch Zoe in den wenigen Monaten seit ihrem Auszug zu unabhängigen jungen Frauen herangewachsen waren. Beide hatten sich innerhalb kurzer Zeit stark verändert. Eloise wirkte elegant und weltgewandt, sie hatte abgenommen und sich eine gänzlich neue, schicke Garderobe zugelegt. Wie sie erzählte, liebte sie ihren Job in London, durch den sie viele neue Bekanntschaften geschlossen hatte. Auch einen neuen Freund hatte sie durch ihre Arbeit gefunden, einen jungen Engländer, der ebenfalls bei Christie's tätig war. Ellie sprach darüber, noch zwei oder drei Jahre lang in London zu bleiben und sich danach eine Stelle in Paris oder Florenz zu suchen. Obwohl sich Faith für Eloise freute und ihr das Glück von Herzen gönnte, wurde ihr in diesem Moment erneut auf schmerzhafte Weise bewusst, dass ihre Töchter nun erwachsen waren und ihre Mutter nicht länger brauchten.

Zoe ging es ebenfalls hervorragend, sie fühlte sich an ihrem College pudelwohl. Ihr Hauptfach war bildende Kunst und ihr Nebenfach Betriebswirtschaftslehre. Zoe spielte mit dem Gedanken, eines Tages eine eigene Kunstgalerie zu eröffnen – oder eine Firma zu gründen, die Kunstwerke für Sammler einkaufte. Obwohl sie erst achtzehn Jahre alt war, wusste sie schon jetzt recht genau, was sie wollte.

Faith genoss die Anwesenheit der Mädchen in vollen Zügen. Das Haus schien mit einem Mal wieder voller Leben zu sein – Türen wurden zugeschlagen, und die

Mädchen liefen die Treppe ständig hinauf und hinunter. Spät in der Nacht hörte Faith die beiden in der Küche miteinander reden und kichern. Alex war zu diesem Zeitpunkt bereits eingeschlafen. Er hatte sich an diesem Abend lange mit Ellie unterhalten, Faith und Zoe hatten währenddessen im Wohnzimmer geplaudert. Faith schlich nun auf Zehenspitzen die Treppe hinunter und betrat die Küche.

»Hallo Mom«, begrüßte Zoe sie grinsend. Sie saß auf der Küchenzeile und löffelte Schokoladeneis direkt aus dem Plastikbehälter. Eloise hatte sich auf einem Stuhl niedergelassen und trank eine Tasse Tee.

»Es ist so schön, euch beide wieder hier zu haben«, sagte Faith lächelnd.

Zoe bot Faith einen Löffel voll Eis an, und Faith nahm ihn gern entgegen. Dann küsste sie Zoe auf ihr langes blondes Haar, das ihr bis zur Hüfte reichte. Eloise hatte ihr Haar erst vor wenigen Tagen schneiden lassen, und die neue Kurzhaarfrisur stand ihr sehr gut – sie betonte ihr bildhübsches Gesicht.

»Was habt ihr dieses Wochenende so vor?«, erkundigte sich Faith und setzte sich neben Eloise an den Küchentisch. Beide Mädchen waren wie Alex groß gewachsen, außerdem hatten sie die perfekte Figur ihrer Mutter und fein geschnittene Gesichter. Beiden waren schon mehrere Male Modeljobs angeboten worden, doch weder Ellie noch Zoe hatten – zu Faiths großer Erleichterung – Interesse daran gezeigt.

»Ich treffe mich mit Freunden«, antwortete Zoe nun in fröhlichem Tonfall. »Alle meine alten Freunde sind über die Feiertage nach Hause gekommen.«

»Ich habe ebenfalls ein paar Verabredungen«, berichtete Eloise. Obgleich viele ihrer Freunde inzwischen in anderen Städten arbeiteten oder weiterstudierten, lebte noch immer ein Großteil ihres Bekanntenkreises in der

Stadt. Sie selbst hatte zwei Jahre lang in New York für Christie's gearbeitet und war dann erst nach London versetzt worden.

»Ich wünschte, ihr könntet länger bleiben«, sagte Faith wehmütig. »Es ist so still im Haus, wenn ihr nicht da seid.«

»Du solltest dir einen Job suchen, Mom«, stellte Ellie pragmatisch fest.

Faith biss sich auf die Lippe. Sollte sie den Mädchen erzählen, dass sie mittlerweile an einem Vorbereitungskurs für die Universitätsaufnahmeprüfung teilnahm? Da klingelte das Telefon, und Zoe nahm ab. Es war eine ihrer Freundinnen.

»Vielleicht mache ich das tatsächlich«, sagte Faith unbestimmt zu Ellie. »Dein Vater findet, ich sollte mich verstärkt im wohltätigen Bereich engagieren – oder Bridge lernen.«

»Das wäre doch nett«, antwortete Eloise und nahm noch einen Schluck Tee. In ihren Ohren klang das zwar furchtbar langweilig, aber sie wollte ihrem Vater nicht in den Rücken fallen. Er wusste am besten, was das Richtige für ihre Mutter war, denn er war ein Mann mit ungeheurem Weitblick. Eloise verstand nicht, warum sich Zoe dermaßen häufig gegen ihn auflehnte – in ihren, Ellies, Augen war er der beste Vater der Welt. Zoe hingegen schien dem Verhalten ihrer Mutter gegenüber völlig unkritisch zu sein, und das ärgerte Eloise maßlos, denn ihre Mutter war alles andere als perfekt. Während ihrer Teenagerjahre hatte sie viele Kämpfe mit ihr ausgefochten. Zoe andererseits stritt sich einzig und allein mit ihrem Vater.

Nachdem Zoe aufgelegt hatte, saßen die drei noch eine Stunde lang in der Küche und schwatzten über dies und jenes, dann stellte Faith das Geschirr neben die Spüle, schaltete das Licht aus und ging mit den Mädchen ins

obere Stockwerk. Als sie schließlich ins Bett krabbelte, schlief sie mit dem glücklichen Gedanken ein, dass ihre Mädchen endlich wieder zu Hause waren und sie für kurze Zeit wieder eine richtige Familie um sich hatte.
Am darauf folgenden Morgen stand sie früh auf, um das Essen für den Nachmittag vorzubereiten. Wenig später frühstückten sie alle zusammen. Während die Mädchen in ihren Pyjamas am Tisch saßen und Zeitung lasen, sah Faith immer wieder nach dem Truthahn. Dann deckte sie den Tisch im Esszimmer. Zoe ging Faith dabei zur Hand, und Eloise unterhielt sich unterdessen mit ihrem Vater. Die Stimmung war gelöst und fröhlich, sogar Alex wirkte einigermaßen guter Dinge und schien den Tag zu genießen.
Als die Mädchen schließlich in ihren Zimmern verschwanden, um sich anzuziehen, war es bereits Mittag. Normalerweise fanden sie sich alle um zwei Uhr nachmittags wieder im Wohnzimmer ein, und um drei Uhr aßen sie gemeinsam.
Pünktlich um zwei Uhr kamen die Mädchen wieder die Treppe hinunter, setzten sich neben ihren Vater und schauten sich mit ihm ein Footballspiel im Fernsehen an. Ellie war ein großer Footballfan und erzählte Alex, sie habe sich in London ein paar Rugbyspiele mit Freunden angesehen, aber es sei einfach nicht dasselbe gewesen. Zoe half Faith währenddessen in der Küche, und um drei Uhr war alles fertig – der Tisch war festlich gedeckt, und die Kerzen waren angezündet. Das Essen hätte einem Hochglanzmagazin entsprungen sein können. Der Truthahn glänzte goldfarben und honigbraun, und es gab Süßkartoffeln, Erbsen, Preiselbeersauce, Salat sowie Kastanienpüree und Kürbispastete zum Nachtisch. Das traditionelle Thanksgivingmahl war ihr erklärtes Lieblingsessen des Jahres.
Faith sprach wie jedes Jahr ein Dankgebet, und Alex

schnitt unterdessen den Truthahn an. Mit großem Appetit begannen sie zu essen und unterhielten sich dabei angeregt. Der Gedanke, dass sie diesen Tag früher für gewöhnlich mit Jack, Debbie, Charles und ihrer Mutter verbracht hatten, betrübte Faith, doch sie bemühte sich, ihn zu verdrängen.

Der Nachtisch war bereits serviert, als Alex Faith einen merkwürdigen Blick zuwarf. Er wandte sich an seine Töchter und eröffnete ihnen in höhnischem Tonfall, ihre Mutter habe ihn vor kurzem mit der »Schnapsidee« konfrontiert, wieder studieren zu wollen. Alex lachte amüsiert, als sei dies das Idiotischste, was er seit Jahren gehört habe.

»Nachdem ich sie darauf hingewiesen habe, dass sie für solche Verrücktheiten ein wenig zu alt ist, hat sie sich das Ganze glücklicherweise noch einmal überlegt«, fuhr er grinsend fort. »Stellt euch nur vor, sie hätte ihren Plan wirklich in die Tat umgesetzt, dann würden wir nächstes Jahr zu Thanksgiving wahrscheinlich Sandwiches mit Erdnussbutter essen, weil eure Mutter für irgendeine Prüfung lernen müsste!« Er brach in schallendes Gelächter aus, und Ellie lachte mit ihm.

Faith blickte verletzt zur Seite, und Zoe starrte ihren Vater erbost an. Es war ganz typisch für ihn, ihre Mutter bloßzustellen – und das war eins der Dinge, die sie am meisten an ihm hasste.

»Ich halte das für alles andere als verrückt, Dad«, sagte Zoe mit gepresster Stimme und fixierte ihren Vater über den Tisch hinweg. »Ich finde sogar, das ist eine ganz fantastische Idee.« Zoe ignorierte den auflodernden Blick ihres Vaters. Sie hatte keine Angst vor ihm. Mit ernster Miene wandte sie sich Faith zu. »Ich hoffe, du lässt dich von ihm nicht davon abhalten, wieder zur Uni zu gehen.«

»Wir werden sehen, Schatz«, gab Faith so unbeschwert

wie möglich zurück. »Dad ist der Meinung, ich könne meinen Pflichten nicht mehr nachkommen, wenn ich wieder studiere – obwohl ich denke, dass das kein Problem wäre. Aber lass uns ein anderes Mal darüber sprechen.«

»Es gibt keinen Grund, ein anderes Mal darüber zu sprechen, Faith«, sagte Alex in eiskaltem Ton. »Ich dachte, wir hätten uns geeinigt und die Sache sei entschieden.«

Faith wich seinem Blick aus. Sie wollte Alex nicht anlügen, doch noch weniger wollte sie an Thanksgiving einen weiteren Streit vom Zaun brechen. Außerdem war sie noch nicht bereit, Alex zu erzählen, dass sie bereits an einem Vorbereitungskurs teilnahm und im Dezember die Aufnahmeprüfung ablegen würde.

Doch Alex schien vor den Mädchen klarmachen zu wollen, dass er stets das letzte Wort hatte. »Faith?«, sagte er drohend.

Bevor Faith Alex antworteten konnte, sprang Zoe für sie in die Bresche. »Mom sollte auf jeden Fall wieder Jura studieren«, sagte sie herausfordernd. »Hausfrau in einem leeren Haus zu sein ist doch kein Leben! Außerdem bist du oft tagelang nicht da, Dad. Erwartest du allen Ernstes, dass Mom währenddessen hier herumsitzt und Däumchen dreht?«

Faith war gerührt, dass sich Zoe dermaßen für sie einsetzte. Dennoch wollte sie so schnell wie möglich das Thema wechseln. Das Letzte, was sie gebrauchen konnte, war ein Familienstreit.

»Sie ist zu alt, um jetzt noch Anwältin zu werden«, entgegnete Alex stur. »Außerdem hat sie einen Vollzeitjob. Sie ist meine Frau! Das sollte doch ausreichen.«

Ellie starrte auf die Reste ihres Nachtisches. Sie hielt es für besser, sich nicht in die Diskussion einzumischen, obwohl sie ebenfalls eine Meinung zu diesem Thema hatte: Sie hielt es für sinnvoll, wenn ihre Mutter irgendwo eine Halbtagsstelle annähme oder ehrenamtlich tätig würde, aber ein Jurastudium war gewiss viel zu anstrengend, da musste sie ihrem Vater recht geben.

»Alex, warum reden wir nicht noch einmal darüber, wenn die Mädchen wieder fort sind«, schlug Faith vor und sah ihren Mann bittend an. Sie wollte keinesfalls die kostbare Zeit mit den Mädchen verderben.

Doch Alex warf ihr einen strengen Blick zu, und seine Stimme wurde eine Nuance lauter. »Das Thema ist vom Tisch, Faith. Ich habe es den Mädchen nur erzählt, damit wir gemeinsam darüber lachen können. Ganz bestimmt war es nicht meine Absicht, ein weiteres Mal darüber zu diskutieren, ob dein Plan sinnvoll ist. Denn das ist er nicht! Er ist ganz einfach lächerlich! Humbug!«

Die Art, wie er sich an sie wandte, empfand Faith als erniedrigend. Normalerweise hätte sie Alex in einer Situation wie dieser trotzdem nicht widersprochen – das tat sie nie –, doch sein überheblicher, kalter Blick erregte ihren Trotz.

»Er ist alles andere als lächerlich, Alex!«, schnappte Faith. »Mir ist es sehr ernst.«

Alex starrte Faith wie vom Donner gerührt an, und Ellie begann unruhig auf ihrem Stuhl herumzurutschen. Sie hasste es, wenn ihre Eltern unterschiedlicher Meinung waren – was selten genug vorkam. Sie blickte zu ihrer Schwester hinüber – Zoe sah aus wie ein Vulkan, der kurz vor dem Ausbruch stand. Ellie empfand die Notwendigkeit, sich nun doch einzumischen.

»Es würde sicher sehr schwierig werden, Mom«, sagte sie mir ruhiger Stimme. »Einige meiner Freunde studieren Jura, und sie beschweren sich ständig über die viele Arbeit und das hohe Lernpensum. Es wäre bestimmt nicht leicht für dich, weiterhin in dem Maße für Dad da zu sein wie bisher.« Ellie hielt das für ein ver-

nünftiges Argument, doch ihre Worte ließen Zoe regelrecht aus der Haut fahren.
»Es ist an der Zeit, dass Dad auch mal ein Opfer für Mom bringt! Das hat er schließlich noch nie getan!« Zoes Blicke schienen kleine Pfeile in Richtung Ellie und ihren Vater abzuschießen.
Faith fühlte Panik in sich aufsteigen. So hatte sie sich das Festessen nicht vorgestellt. »Ich glaube, Dad und ich sollten das unter uns ausmachen, Schatz«, lenkte Faith ein und schaute Zoe flehentlich an. »Wir müssen das doch nicht jetzt entscheiden.«
»Wir haben das bereits entschieden, Faith!«, donnerte Alex. »Es gibt nichts mehr zu besprechen.«
»Dann hättest du das Thema nicht anschneiden sollen«, entgegnete Faith unwillig. »Ich hätte das jedenfalls nicht getan. Außerdem: Die Sache ist noch nicht entschieden. Ich habe mich nämlich für das Wiedereinstiegsprogramm an der NYU angemeldet. Meine Kurse beginnen im Januar.«
Faith blickte erschrocken zu Boden. Sie hatte nicht vorgehabt, Alex jetzt schon einzuweihen und damit Thanksgiving zu ruinieren, aber seine herablassende Art hatte sie regelrecht dazu herausgefordert, ihm klarzumachen, dass er nicht die völlige Kontrolle über sie hatte. Doch schon im nächsten Augenblick bereute sie ihre Worte. Alex schlug heftig mit der Faust auf den Tisch und brachte damit sowohl das Geschirr als auch die Mädchen zum Erzittern. Faith schaute ihn erschrocken an. Ob sie es nun gewollt hatte oder nicht, der Krieg um die Macht war erneut ausgebrochen, und Alex hatte ganz offensichtlich nicht vor, ihn zu verlieren.
»Du wirst so bald wie möglich bei der Universität anrufen und deine Anmeldung zurückziehen, Faith! Du studierst *keinesfalls* Jura, und das ist mein allerletztes Wort! Ich dulde das nicht!«

Faith kämpfte mit den Tränen und brachte kaum ein Wort heraus. Zumindest hatte sie Alex nichts davon erzählt, dass sie bereits an einem Vorbereitungskurs für die Aufnahmeprüfung teilnahm.

»Wer zum Teufel glaubst du eigentlich, dass du bist?«, schrie Zoe und fixierte ihren Vater wutschnaubend.

Alex sprang auf und stierte seine jüngste Tochter mit zornesroten Wangen an. »Wie kannst du es wagen, so mit mir zu reden?«, brüllte er zurück.

Faiths Augen füllten sich mit Tränen. Das hatte sie nicht gewollt. Die Mädchen waren nach langer Zeit endlich wieder zu Hause, und es hatte alles perfekt sein sollen. Es war ihre Schuld, dass sie nun aneinandergerieten.

»Alex, Zoe, bitte!«, sagte Faith in beschwichtigendem Tonfall.

Doch Alex schäumte vor Wut. Dies war mit Abstand die schlimmste von unzähligen Streitigkeiten, die er im Laufe der Jahre mit seiner jüngeren Tochter ausgefochten hatte. Seit Zoe ein kleines Mädchen gewesen war, hatte sie immer etwas an ihm auszusetzen gehabt. Doch noch niemals war sie ihm gegenüber derart dreist und unverschämt aufgetreten.

Zoe andererseits konnte es nicht ertragen, wie geringschätzig sich ihr Vater ihrer Mutter gegenüber verhielt – als wäre sie eine Dienstmagd!

»Mom«, brachte Zoe mühsam hervor und wandte sich Faith zu. »Wie kannst du ihm nur erlauben, so mit dir zu sprechen? Das macht mich krank!« In ihren Augen schimmerten ebenfalls Tränen. »Wenn du ihn nicht davon abhältst, dann werde ich es eben tun!« Sie wandte sich wieder ihrem Vater zu. Ihre Hände bebten vor Zorn. »Du hast Mom schon immer wie den letzten Dreck behandelt. Offenbar hast du keinerlei Respekt vor ihr, obwohl sie sich für dich – für uns alle! – ihr ganzes Leben lang aufgeopfert hat. Wenn sie Jura studieren möchte, warum zum Teufel sollte sie das nicht tun? Ich hätte kein Problem damit, nächstes Jahr an Thanksgiving Hotdogs zu essen, wenn Mom dafür etwas tun kann, das sie glücklich macht.«

Ellie schaltete sich nun wieder ein. Sie blickte ihre Schwester arrogant an und fragte: »Warum musst du dich mit deiner kindischen Kritik an Dad nur immer so in den Vordergrund spielen?«

»Kindisch? Es soll kindisch sein, ihn dafür zu kritisieren, wie er Mom behandelt? Findest du das etwa in Ordnung? Glaubst du, sie hat es verdient, von ihm wie eine Dienerin herumgescheucht zu werden? Unser Vater ist kein Heiliger, Ellie. Er ist ein herrschsüchtiger Chauvinist!«

»Hört sofort auf damit!«, schrie Faith. Ihre Töchter gingen sich gegenseitig an die Kehle, und alles nur ihretwegen! Das Festessen, das so harmonisch begonnen hatte, endete in einem hässlichen Streit. Doch sie hatte, selbst schuld. Warum hatte sie Alex vor den Mädchen Widerworte gegeben? Damit hatte sie die aggressive Stimmung nur geschürt.

Ohne ein weiteres Wort stürmte Alex aus dem Raum, stapfte in sein Arbeitszimmer und knallte die Tür zu.

»Seht euch an, was ihr angerichtet habt!«, rief Ellie. »Ihr habt Dad schwer getroffen.«

»Quatsch!«, schrie Zoe zurück. »Warum schlägst du dich immer auf seine Seite? Er hat diesen Streit doch angefangen, als er Mom vor uns heruntergeputzt hat. Was meinst du, wie schwer *sie* das getroffen hat?«

»Du hättest ihm nicht sagen dürfen, dass du dich für das Wiedereinstiegsprogramm angemeldet hast«, tadelte Ellie ihre Mutter. »Du wusstest doch, dass er sich darüber aufregen würde. Warum hast du das gemacht?«

»Weil ich wütend war«, erklärte Faith entschuldigend. Sie wollte nichts lieber, als dass sich alle wieder vertrugen. »Ich hätte es ihm früher oder später sowieso sagen müssen – falls ich mich dazu entschließe, die Kurse wirklich zu besuchen. Dessen bin ich mir aber noch nicht sicher.« Faith war hin- und hergerissen. Einerseits wollte sie für ihre Interessen kämpfen, wie sie es Brad versprochen hatte, andererseits wollte sie keinen Unfrieden in ihrer Familie stiften.

»Du solltest die Kurse auf alle Fälle besuchen, Mom«, beschwor Zoe ihre Mutter. »Ich werde es dir – oder Dad – niemals verzeihen, wenn du nicht hingehst. Du hast das recht dazu, dein Leben nach deinen eigenen Vorstellungen zu leben.«

»Nicht, wenn es deinen Vater dermaßen aufregt und es euch beide gegeneinander aufbringt.« Faith ließ die Schultern hängen. War der Preis für ihre Freiheit womöglich zu hoch?

»Dad wird darüber hinwegkommen«, konterte Zoe und warf ihrer Schwester einen ärgerlichen Blick zu. Ellie hielt auch dann zu ihrem Vater, wenn er ganz klar im Unrecht war. »Bisher ging es immer nur um ihn, jetzt bist du mal dran, Mom.«

Ellie verließ das Esszimmer, um ihren Vater zu trösten. Faith räumte den Tisch ab. Tränen rannen ihre Wangen hinunter. »Ich kann es nicht ertragen, wenn ihr Mädchen streitet«, sagte sie mit zitternder Stimme. Zoe kam zu ihr und nahm sie in den Arm. Faith schloss die Augen und bemühte sich, die Teller nicht fallen zu lassen.

»Und ich kann es nicht ertragen, wenn Dad einfach so über dein Leben bestimmt. Er hat das eben doch nur angesprochen, um seine Stellung als Alleinherrscher zu untermauern.«

»Ich kann mir nicht vorstellen, dass es ihm allein darum ging«, entgegnete Faith, stellte die Teller ab und erwiderte die Umarmung. »Ich danke dir für deine Unterstützung, aber ich möchte nicht, dass meine Pläne die Familie spalten. So weit darf es nicht kommen.«

»Du bist nicht das Problem, der Eisklotz ist es! Er verhält sich absolut rücksichtslos und egoistisch«, begehrte Zoe auf und schien sich erneut in Rage reden zu wollen.

Da kam Ellie ins Esszimmer zurück. Alex hatte ihr gesagt, dass er allein sein wolle.

»Und du bist ein Miststück!«, schrie Ellie, die Zoes letzte Bemerkung gehört hatte.

»Kinder, aufhören! Sofort!«, rief Faith, griff erneut nach den Tellern und verließ das Esszimmer. Zoe folgte ihr in die Küche, und Ellie marschierte in ihr Zimmer ins obere Stockwerk. Faith konnte kaum glauben, dass dieses Thanksgiving eine einzige Katastrophe geworden war.

»Mom, eigentlich wollte ich mich um sechs mit ein paar Freunden treffen«, sagte Zoe, »aber ich habe ein schlechtes Gewissen, wenn ich dich jetzt allein lasse.«

Es war beinahe sechs Uhr.

»Ist schon in Ordnung, Schatz. Wir sollten das Problem sowieso heute nicht noch einmal ansprechen. Ich hoffe, bis morgen haben sich alle ein wenig beruhigt.«

»Dad ist morgen bestimmt noch derselbe Diktator wie heute.«

»Er ist immer noch dein Vater, Zoe. Du sprichst ständig von fehlendem Respekt – dann zeige auch deinem Vater gegenüber ein wenig Respekt, selbst wenn du gänzlich anderer Meinung bist als er.«

»Meinen Respekt muss er sich erst verdienen«, erwiderte Zoe unnachgiebig. Ihre Solidarität gehörte voll und ganz ihrer Mutter. Sie gab Faith einen Kuss, und zehn Minuten später verließ sie das Haus. Kurz darauf kam Eloise im Mantel nach unten. Sie wollte sich ebenfalls mit Freunden treffen und konnte es kaum erwarten, das Haus zu verlassen. Die Luft schien regelrecht geladen zu sein.

»Es tut mir leid, wie alles gelaufen ist«, sagte Faith traurig.

»Ist schon gut, Mom«, antwortete Ellie wenig überzeugend. Sie blickte ihre Mutter vorwurfsvoll an. »Ich hoffe, du gehst nicht wirklich noch mal zur Uni. Das würde Dad in den Wahnsinn treiben.«

Und was ist mit mir?, hätte Faith am liebsten geschrien. Doch sie sagte lediglich: »Wir kriegen das schon hin. Triff dich mit deinen Freunden und amüsier dich. Wann kommst du ungefähr nach Hause?«

»Keine Ahnung, Mom.« Eloise lächelte. Sie war vierundzwanzig Jahre alt und lebte in ihrem eigenen Apartment in London. Sie war es nicht mehr gewohnt, ihrer Mutter erklären zu müssen, wohin sie ging und wann sie wiederkommen würde. »Spät. Warte nicht auf mich.«

»Ich wollte nur wissen, ab wann ich damit anfangen kann, mir Sorgen zu machen«, erwiderte Faith lächelnd. »Manchmal vergesse ich, dass du bereits erwachsen bist.«

»Du kannst beruhigt ins Bett gehen, ich komme schon klar.«

Zoe hatte gesagt, sie sei bis zehn Uhr zurück, und Faith war dankbar für diese Information. Sie konnte nicht aus ihrer Haut: Wenn Ellie und Zoe nachts unterwegs waren, wälzte sie sich meist ruhelos von einer Seite auf die andere. Ihre Töchter waren beide bildhübsch und verletzlicher, als sie selbst dachten.

Wenige Minuten später verließ Ellie das Haus, und Faith verbrachte die folgende Stunde damit, im Esszimmer und in der Küche aufzuräumen. Sie verstaut die Speisereste im Kühlschrank, wischte die Arbeitsfläche sorgfältig ab, brachte den Esszimmertisch wieder auf Hochglanz und stellte die Spülmaschine an.

Es war kurz nach sieben, da schaltete sie das Licht in der Küche aus und klopfte an die Tür von Alex' Arbeitszimmer. Zuerst antwortete Alex nicht, doch Faith war sicher, dass er noch immer dort war. Letztlich öffnete sie einfach die Tür und lugte in den Raum. Alex saß in einem Sessel, ein Buch in der Hand. Nach einigen Sekunden hob er den Blick. Seine Miene verriet, wie wütend er noch immer auf Faith war.

»Darf ich hereinkommen?«, fragte Faith in respektvollem Ton.

»Warum? Es gibt nichts mehr zu sagen.«

»Das glaube ich nicht. Es tut mir leid, dass uns diese Sache den Feiertag verdorben hat. Aber es hat mich sehr geärgert, wie du mit mir vor den Mädchen gesprochen hast.«

»Du hattest mir bereits versichert, den Gedanken an ein Studium aufgegeben zu haben, Faith. Du hast dein Wort gebrochen.« Alex machte eine bedeutungsvolle Pause. »Ich nehme an, dieses Wiedereinstiegsprogramm, für das du dich angemeldet hast, ist auf Jurastudenten zugeschnitten?«

Faith nickte.

Alex starrte sie düster an. Faith kannte diesen missbilligenden Gesichtsausdruck – Charles Armstrong und ihr Vater hatten sie ebenfalls oft so angesehen. Doch sie war fest entschlossen, dieses Mal anders darauf zu reagieren als in ihrem bisherigen Leben.

»Ich habe dir nichts versprochen«, sagte sie ruhig. »Du hast mir den Befehl erteilt, meine Wünsche aufzugeben.« Faith setzte sich Alex gegenüber. Sein Arbeitszimmer war ein gemütlicher, holzvertäfelter Raum, in dem eine Ledercouch und zwei große Ledersessel standen. »Alex, ich würde auf dieser Sache nicht so sehr beharren, wenn sie nicht extrem wichtig für mich wäre. Ich brauche einen neuen Mittelpunkt in meinem Leben, etwas, das mich beschäftigt und mir einen Grund gibt, jeden Morgen aufzustehen.«

»*Ich* sollte der Mittelpunkt deines Lebens sein. Du bist meine Frau!«

Faith seufzte. Offenbar konnte Alex sie sich in keiner anderen Rolle als jener der unterwürfigen Ehefrau vorstellen, und es war ihm augenscheinlich gleichgültig, ob sie sich nach mehr sehnte.

»Das reicht mir nicht mehr. Du bist nur selten zu Hause. Du hast ein erfülltes Leben, und ich nicht.«

»Das alles wirft nicht gerade ein gutes Licht auf unsere Ehe«, bemerkte Alex.

»Es geht nicht darum, ob ich in unserer Ehe unglücklich bin«, sagte Faith leise. »Es geht darum, dass ich mit meinem Leben unzufrieden bin. Vierundzwanzig Jahre lang habe ich mich um die Mädchen gekümmert, und nun bin ich plötzlich arbeitslos.«

»*C'est la vie.* So geht es allen Frauen, wenn ihre Kinder ausziehen.«

»Aber viele andere Frauen haben Berufe, die sie wieder aufnehmen können. Ich möchte ebenfalls arbeiten. Und ich tue mein Bestes, damit wir unser Leben trotzdem so weiterführen wie bisher.« Sie flehte ihn geradezu an, aber Alex zeigte keinerlei Einsicht.

»Wenn du weiterhin so verbohrt bist, nimmt es noch mal ein schlimmes Ende mit uns, Faith.«

»Hör auf, mir zu drohen, Alex! Das ist nicht fair! Ich habe dich bisher immer bei allem, was dir wichtig war, unterstützt. Du konntest immer auf mich zählen –«

»Es ist mir wichtig, dass du nicht wieder zur Uni gehst!«

Faith schüttelte den Kopf. Alex war dermaßen sturköpfig, dass sie mit keinerlei Argumenten zu ihm durchzudringen vermochte. Doch sie dachte gar nicht daran, klein beizugeben. Zu viel stand auf dem Spiel. Mittlerweile ging es nicht mehr nur darum, ob sie wieder Jura

studieren würde oder nicht. Es ging um ihre Selbstachtung und darum, wie sie ihre Zukunft gestalten wollte.
»Können wir diese Unterhaltung vertagen?« Faith wusste nicht, was sie sonst tun sollte. Ihre einzige Hoffnung war, dass sich Alex mit der Zeit an den Gedanken gewöhnen würde.
»Ich werde dieses Thema kein weiteres Mal mit dir diskutieren«, entgegnete Alex und überraschte Faith mit seinen nächsten Worten. »Tu, was du willst, Faith. Ich nehme an, das hattest du sowieso schon lange vor. Aber rechne nicht mit meiner Unterstützung. Ich bin absolut gegen deine Pläne, das möchte ich noch einmal klarstellen. Wenn du sie trotzdem umsetzt, tust du es auf eigene Gefahr.«
»Wie meinst du das?« Alex' drohender Tonfall verunsicherte Faith.
»Genau so, wie ich es gesagt habe.«
Faith fragte sich, ob Alex sie in irgendeiner Weise bestrafen wollte, wenn sie tatsächlich wieder studierte. Doch selbst wenn er das vorhatte, würde sie wieder zur Uni gehen. Inzwischen war sie fest entschlossen. Zum ersten Mal in ihrem Leben würde sie etwas nur für sich tun.
»Kommst du mit mir nach oben?«, fragte sie ihn bemüht freundlich.
»Nein«, entgegnete Alex kühl, nahm sein Buch wieder zur Hand, vertiefte sich darin und kapselte sich damit ab, wie er es so oft tat.
Faith erhob sich und berührte Alex vorsichtig an der Schulter, doch er reagierte nicht. Faith verließ das Arbeitszimmer, ging nach oben und nahm ein Bad. Anschließend setzte sie sich in ihr eigenes kleines Arbeitszimmer und wartete darauf, dass Zoe nach Hause kam.
Währenddessen prüfte sie, ob sie neue E-Mails erhal-

ten hatte, aber es gab leider keinerlei Neuigkeiten von Brad.

Thanksgiving war zwar gänzlich anders verlaufen, als sie es geplant hatte, doch letztlich hatte sie den ersten Sieg in diesem Krieg davongetragen. Faith wusste noch nicht, wie hoch der Preis dafür war – Alex' versteckte Drohung gab ihr zu denken –, aber zunächst freute sie sich darüber, ihrem Mann Paroli geboten zu haben. Zum ersten Mal im Leben würde sie sich auf ihre eigenen Bedürfnisse konzentrieren. Eine ganz neue Welt lag vor ihr, und Faith war fest entschlossen, sie zu erobern.

6

Brad blieb an Thanksgiving bis fünf Uhr nachmittags im Büro. Zu Hause vermisste ihn sowieso niemand – seine Söhne waren in Afrika, und Pam spielte Golf mit ein paar Freunden. Ihre Gäste sollten um sechs Uhr eintreffen, und um acht Uhr würde Pam das Abendessen servieren. Sie hatte vierzig Personen eingeladen, und mindestens die Hälfte der Leute kannte Brad nicht. Doch er hatte keinen Sinn darin gesehen, mit Pam über die Gästeliste zu diskutieren. Seine Frau hatte ihren eigenen Kopf, und sobald er, Brad, gegen irgendetwas, das sie plante, Widerspruch einlegte, lief sie zur Hochform auf und bombardierte ihn mit gut vorbereiteten Argumenten. Brad brachte meist nicht die Energie auf, sich Pam entgegenzustellen. Er bewahrte sich seine Kräfte lieber für Dinge, für die es sich zu kämpfen lohnte, wie zum Beispiel seine Arbeit.

Brad hatte an diesem Tag eine Menge Aktenkram erledigen können und einige liegen gebliebene Briefe beantwortet. In einem sentimentalen Moment schrieb er sogar einen langen Brief an seine Söhne und sagte ihnen darin, wie stolz er auf sie sei. Die Jungs waren einfach großartig. Brad bewunderte sie für ihren Mut, nach Afrika zu gehen. Die beiden arbeiteten in einem Wildpark und kümmerten sich dort um verletzte Tiere. In ihrer Freizeit engagierten sie sich ehrenamtlich in der Kirchengemeinde. Dylan brachte Kindern und deren Eltern Lesen und Schreiben bei, und Jason half bei den Schachtaushebungen für das Kanalisationssystem des Dorfes, und die Briefe der beiden hatten bisher vor Enthusiasmus und Begeisterung nur so gestrotzt. Die Jungs würden noch bis zum Juli in Afrika bleiben, und Brad hatte sich fest vorgenommen, im neuen Jahr einige Wochen freizunehmen und die beiden zu besuchen. Bisher hatte er einfach nicht die Zeit dafür gehabt, und Pam ging es ähnlich. Allerdings war sie von der Idee, nach Afrika zu fliegen, weitaus weniger begeistert als Brad, da sie schreckliche Angst vor Krankheiten und Insekten hatte.

Pam und Brad waren im Laufe ihrer Ehe oft verreist, doch niemals an exotische Orte. Normalerweise verbrachten sie ihre Ferien in Europa oder irgendwo in den Staaten, wohnten in teuren Hotels und speisten in Drei- oder Viersternerestaurants. Pam liebte das schöne Leben und genoss auch zu Hause jeden nur erdenklichen Luxus. Wenn es ihre Zeit erlaubte, besuchte sie Kurbäder und spielte regelmäßig Golf mit Geschäftspartnern oder potenziellen Klienten, die sie für die Kanzlei gewinnen wollte. Brad wusste, dass alles, was Pam tat, von ihrem Wunsch motiviert war, beruflich voranzukommen oder sich gesellschaftlich zu verbessern. Selten tat sie etwas einfach nur aus einem Gefühl heraus, in der Regel steckte kühle Berechnung dahinter. In diesem Punkt unterschied sie sich völlig von ihrem Mann. Seine gesellschaftliche Stellung war Brad mehr oder weniger gleichgültig, und er hatte keinerlei Interesse an Macht oder Geld. Er steckte seine gesamte Kraft in seine Arbeit, und diese verrichtete er aus rein idealistischen Gründen. Pam zog ihn ständig damit auf, dass er ein Mann ohne jegliche Ambitionen sei. Jahrelang hatte sie sich bemüht, ihm Einfluss und Erfolg schmackhaft zu machen, doch Brad zeigte sich diesbezüglich äußerst widerstandsfähig. Die Energie, die Pam investierte, um andere zu beeindrucken, empfand er als reine Verschwendung. Seit er die Kanzlei ihres Vaters verlassen hatte, versuchte Pam allerdings nicht mehr, Brad zu verändern. Inzwischen gingen beide ihren eigenen Weg, und für Brad war dies eine große Erleichterung.

Brad beendete nun den Brief an seine Söhne und schrieb noch, wie lieb er sie habe. Während der vergangenen sechs Monate hatten Jason und Dylan nur wenige Male angerufen, da es in dem Wildpark, in dem sie arbeiteten, keine Telefone gab, sondern lediglich Funkgeräte, mit denen man die nächstgelegenen Farmen erreichen konnte. Um einen Anruf in die USA zu tätigen, mussten sie in den nächstgrößeren Ort fahren und sich stundenlang vor der Post in die Schlange derer einreihen, die ebenfalls telefonieren wollten. Zumindest schickten sie hin und wieder einen Brief, und Brad antwortete ihnen stets, so schnell er konnte. Pam sandte den Jungs ihrerseits immer wieder Päckchen mit Vitaminpräparaten und Antiinsektenspray, das ihre Sekretärin für sie kaufte. Bisher waren jedoch beinahe sämtliche dieser Päckchen gestohlen worden oder verloren gegangen. Irgendwo in Afrika gab es wahrscheinlich ein paar Briefträger oder Zollbeamte, die nun Pams Vitamine nahmen und nicht mehr von Insekten belästigt wurden.

Als sich Brad erhob, um sein Büro zu verlassen, dachte er kurz daran, Faith anzurufen, doch dann blickte er auf die Uhr und stellte fest, dass es bereits recht spät war. Er bedauerte es, nicht noch einmal mit ihr sprechen zu können, das hätte ihm jetzt gut getan. Er war unendlich froh, dass sie wieder Teil seines Lebens war, denn sie erinnerte ihn an die glücklichste Zeit seines Lebens, seine Kindheit. Nach dem College, als sich seine Eltern scheiden ließen, hatte er eine schwierige Zeit durchgemacht. Seine Eltern bekämpften sich damals mit äußerst harten Bandagen, und Brad hatte später immer das Gefühl gehabt, dass es diese Verbissenheit gewesen war, die seine Eltern letztlich umbrachte. Seine Mutter starb im Alter von dreiundvierzig Jahren an Brustkrebs, und zwei Jahre später erlag sein Vater einem Herzinfarkt. Zu diesem Zeitpunkt waren sie verbitterte, hartherzige Menschen, deren einziges Interesse darin bestand, einander Schaden zuzufügen. Sein Vater weigerte sich sogar, zum Begräbnis seiner Exfrau zu kommen – als könne er ihr dadurch ein letztes Mal eins auswischen. Doch der Einzige, den dieses Verhalten traf, war Brad. Damals schwor er sich, niemals eine Ehe einzugehen. Als er dann Pam begegnete und sich in sie verliebte, musste sie ihn regelrecht anbetteln, sie zu heiraten. Letztlich stellte Pam Brad ein Ultimatum, und Brad willigte in die Hochzeit ein, doch nur unter der Bedingung, dass sie sich niemals scheiden lassen würden. Er wollte um jeden Preis vermeiden, dass seine Kinder so sehr leiden mussten wie er und gezwungen waren, ihren Eltern dabei zuzusehen, wie sie sich gegenseitig verletzten. Als Brad vor dem Priester »in guten wie in schlechten Zeiten« gelobte, meinte er jedes Wort absolut ernst und schwor sich, dass diese Verbindung ein Leben lang halten würde.

Jahre später lebten er und Pam sich langsam auseinander, und er bemühte sich zuerst verzweifelt, ihre Ehe zu retten, doch Pam enttäuschte ihn immer wieder. Gleichzeitig wusste er, dass sie ihn ebenfalls als Fehlgriff empfand. In ihren Augen war er nicht ehrgeizig genug und steckte seine Kraft in die falschen Dinge. Als die Jungs das College beendeten, hatten Pam und er bereits nichts mehr gemeinsam. Seine Werte und Ideale schienen das genaue Gegenteil von dem zu sein, woran Pam glaubte.

Brad schaltete nun das Licht im Büro aus und stieg in den Jeep, mit dem er für gewöhnlich zur Arbeit fuhr. Er

besaß auch einen Mercedes, doch dieser stand meistens in der Garage, da Brad es unangemessen fand, in einer solchen Luxuskarosse vor dem Gericht vorzufahren – immerhin verteidigte er meist Jugendliche aus ärmlichen Verhältnissen. Er fühlte sich mittlerweile regelrecht unwohl in dem Mercedes, und er hatte schon mehrere Male erwogen, ihn zu verkaufen. Pam hatte sich hingegen erst in diesem Sommer einen Rolls-Royce zugelegt, und Brad kam damals der Gedanke, dass die Wahl ihrer Autos in gewissem Maße symbolisch für die unterschiedlichen Pfade stand, die sie im Leben gewählt hatten.
Brad machte sich selbst nichts vor und redete sich keineswegs ein, er sei glücklich mit Pam, doch für ihn stand fest, dass er sich niemals von ihr trennen würde, egal wie wenig sie sich auch zu sagen haben mochten. Für Pam schien eine Scheidung ebenfalls kein Thema zu sein. Brad vermutete, dass sie von Zeit zu Zeit Affären hatte. Er selbst hatte sich vor längerem mit einer verheirateten Sekretärin eingelassen und über zwei Jahre hinweg eine Liaison mit ihr gehabt. Die Frau meinte es ernst mit ihm und ließ sich seinetwegen von ihrem Mann scheiden, obgleich er, Brad, ihr von Beginn an gesagt hatte, dass er seine Frau niemals verlassen würde. Letztlich beendete Brad die Beziehung, und sie trennten sich einvernehmlich. Später hörte Brad, dass seine Exgeliebte wieder geheiratet habe, und er wünschte ihr persönlich alles Gute. Seit dieser Affäre hatte Brad um Frauen einen großen Bogen gemacht. Wenn er darüber nachgedacht hätte, wäre ihm klar geworden, dass er ebenso einsam war wie Faith, doch solche Gedanken gestattete er sich gar nicht erst. Er akzeptierte sein Leben, wie es war, und stürzte sich jeden Tag aufs Neue in die Arbeit, um nicht über die Dinge, die er lieber vergessen wollte, nachgrübeln zu müssen.

Die Gespräche mit Faith während der vergangenen zwei Monate hatten sein Leben enorm bereichert. Er hatte allerdings keinerlei romantisches Interesse an Faith, ganz im Gegenteil – Faith war ihm geradezu heilig. Sie schien genau zu verstehen, wie er sich fühlte, und sah die Dinge oftmals im selben Licht wie er. Sie vertraute ihm blind, und Brad hätte dieses Vertrauen um nichts in der Welt enttäuschen wollen. Er sah in Faith noch immer seine kleine Schwester, und er genoss es, ihr helfen zu können.

Um kurz nach sechs parkte Brad den Jeep in der Auffahrt seines Hauses. Eigentlich hatte er schon um fünf Uhr zu Hause sein wollen, um sich umzuziehen, aber es hatte länger gedauert als gedacht, die Akten wieder einzuordnen. Im Eiltempo ging er zur Tür, und als er das Haus betrat, stellte er fest, dass bereits Gäste anwesend waren. Ein paar Männer standen im Flur – in schwarzem Anzug und Krawatte – und blickten Brad, der in Jeans und Pullover hereinkam, überrascht an.

Pam hastete auf Brad zu und stellte ihn den Unbekannten vor. Brad wechselte höflich ein paar Worte mit den Männern, dann stahl er sich davon und verschwand im Schlafzimmer. Pam und er teilten sich noch immer ein Zimmer – und ein Bett –, obwohl sie seit fünf Jahren nicht mehr miteinander geschlafen hatten. Mittlerweile machte Brad das jedoch nichts mehr aus. Er steckte all seine sexuelle Energie in andere Dinge.

Während sich Brad nun umkleidete, wunderte er sich über die Männer, deren Hände er soeben geschüttelt hatte, und fragte sich, warum sie sich derartig in Schale geworfen hatten. Dann entsann er sich, dass Pam auf den Einladungen um festliche Kleidung gebeten hatte. Brad schüttelte unwillig den Kopf. Seiner Meinung nach war Thanksgiving ein familiäres Fest, bei dem es vor allem darum ging, mit den Menschen zusammen zu sein, die man liebte. Es erschien ihm falsch, einen solchen Tag mit Fremden zu verbringen, die in Smokings oder Abendkleidern herumflanierten und Champagner schlürften. Aber er hatte Pam versprochen mitzuspielen. Er musste sich zumindest bemühen, denn das schuldete er ihr. Er hielt sich grundsätzlich aus den meisten gesellschaftlichen Verpflichtungen heraus, entweder absichtlich oder weil er durch seinen Job tatsächlich keine Zeit hatte. Es gab allerdings einige wenige Veranstaltungen im Jahr, an denen er stets teilnahm. Das waren zum einen Thanksgiving und der Eröffnungsball der Ballett- und Opernsaison – falls Pam sonst niemanden fand, der mit ihr hinging – und zum anderen Pams Weihnachtsparty.

Eine halbe Stunde später betrat Brad das Wohnzimmer. Er trug einen Smoking, war frisch rasiert und sah schlicht umwerfend aus. Jeder, der ihn kannte, hätte ihm jedoch sogleich angemerkt, dass er an jedem anderen Ort der Welt lieber gewesen wäre. Brad begrüßte Pams Vater, der ihn sofort in ein Gespräch über zwei neue Klienten verstrickte. Es handelte sich um zwei große Konzerne, die Pam an Land gezogen hatte – ein großer Erfolg für die Kanzlei und für Pam. Ihr Vater war außerordentlich stolz auf sie, schließlich hatte sie alles, was sie wusste, von ihm – ihre juristische Finesse, ihren Ehrgeiz und ihre Fähigkeit, letztlich immer ihren Willen durchzusetzen. Pam konnte man nur schwer etwas abschlagen, und meist akzeptierte sie ein Nein einfach nicht als Antwort. Sie war die zielstrebigste Frau, der Brad jemals begegnet war, und im Laufe der Jahre hatte er gelernt, sich nicht unnötig mit ihr anzulegen. Seine Liebe zu ihr war zwar nach und nach erloschen, aber er hatte sich dennoch bislang redlich bemüht, keinen Unfrieden aufkommen zu lassen und den äußeren Schein einer intakten Ehe zu wahren.

Pam trat nun zu ihnen. »Soll ich dich den Leuten vorstellen, die du noch nicht kennst?«, säuselte sie in Brads Richtung und hakte sich bei ihrem Vater unter. Dieser wandte sich ihr zu und lächelte.

»Nicht nötig«, entgegnete Brad. »Dein Vater hat gerade ein Loblied auf dich angestimmt. Er erzählte mir, dass du vor kurzem einige wichtige Deals landen konntest. Du machst deinen Job offenbar verdammt gut.«

Pam schaute ihn zufrieden an und nickte. Brad versuchte, sie ebenso stolz anzusehen, wie ihr Vater es tat, doch das fiel ihm schwer. Die Welt, in der sich Pam bewegte, war oberflächlich, käuflich und Brad absolut zuwider. Dennoch zollte er Pam stets Anerkennung, wenn sie etwas Wichtiges erreicht hatte. Sie hingegen lobte ihn niemals für seine Erfolge, vielmehr ignorierte sie seine Tätigkeit meistens. Der Einfluss, den Brad auf seine Söhne hatte, gefiel ihr ebenfalls ganz und gar nicht. Das selbstlose Wesen der beiden Jungs irritierte sie, und die Arbeit, die sie in Afrika leisteten, war in ihren Augen reine Zeitverschwendung. Jahrelang hatte sie auf ihre Söhne eingeredet und sie zu überzeugen versucht, Jura zu studieren und später in die Kanzlei ihres Großvaters einzusteigen. Dies wäre ein überragender Sieg für sie gewesen, aber leider zeigten ihre Söhne keinerlei Interesse an den Rechtswissenschaften.

Obgleich ihre Züge eher herb anmuteten, war Pam eine attraktive Frau. Sie war groß und hatte einen athletischen, sehnigen Körper, da sie viel Zeit auf dem Tennis- und Golfplatz verbrachte. Sie hatte braune Augen und dunkles Haar. Tatsächlich hatte ihr Haar dieselbe Farbe wie Brads, und manche hielten sie eher für seine Schwester als für seine Frau.

Pam entfernte sich nun wieder, und Brad rang sich dazu durch, zu einigen Leuten hinüberzugehen und sich vorzustellen. Er trank rasch hintereinander zwei Gläser

Wein, um den Abend besser durchzustehen, und unterhielt sich dann mit einer Frau, die Pam vom Tennisclub kannte. Sie leitete eine Anzeigenagentur, von der Pam schon einmal erzählt hatte. Während er dem Geplapper der Frau lauschte, schweiften seine Gedanken ab, und schließlich beendete er das Gespräch, schlenderte weiter und gesellte sich zu einer kleinen Gruppe von Anwälten, die in der Nähe der Bar standen. Brad kannte die meisten von ihnen und hatte mit zweien der Männer früher in der Kanzlei von Pams Vater zusammengearbeitet. Sie waren nette, umgängliche Typen und plauderten locker und ungezwungen miteinander. Die zwei Frauen, zwischen denen Brad wenig später am Tisch Platz nahm, waren weniger angenehm. Beide waren mit Männern verheiratet, deren Namen Brad zwar schon einmal gehört hatte, denen er aber nie persönlich über den Weg gelaufen war. Es war anstrengend, die Unterhaltung aufrechtzuerhalten, und er war froh, als er sich nach dem Essen entfernen konnte. Das Wohnzimmer war voller satter, fröhlicher Leute, die Champagner tranken und ausgelassen lachten. Die meisten von ihnen machten den Eindruck, als wollten sie die ganze Nacht bleiben. Pam sprach während des ganzen Abends kaum mit Brad, sie diskutierte lieber mit einigen ihrer Kollegen über ein erst kürzlich in Kraft getretenes Steuergesetz, das Brad wiederum nicht interessierte. Die Inhalte, mit denen sich Pam beschäftigte, waren ihm mittlerweile fremd geworden, und er war froh darüber.

Als sich Brad schließlich in sein Arbeitszimmer zurückzog und die Tür hinter sich schloss, atmete er erleichtert auf. Er befreite sich von der schwarzen Seidenfliege und ließ sich seufzend in seinen Sessel fallen. Es war ein langer Abend gewesen, und alles, woran er während der vergangenen Stunden hatte denken können,

war, wie sehr er seine Söhne vermisste. Ihm fehlte die unbeschwerte Stimmung der Feiertage, als die Jungs noch klein gewesen waren. Alle hatten sich damals auf Thanksgiving gefreut, und es war ein Familienfest gewesen – und kein Vorwand, um vierzig Fremde einzuladen. Pam nutzte mittlerweile jede Gelegenheit, um ihr Haus mit Leuten zu bevölkern, die wichtig für sie waren – oftmals schien sie dabei diejenigen, die ihr eigentlich am nächsten stehen sollten, zu vergessen. Doch in Wahrheit gab es kaum noch Menschen, die ihr wirklich etwas bedeuteten. Brad und sie hatten nur noch wenige gemeinsame Freunde. Während sich Brad in den vergangenen Jahren mit anderen Strafverteidigern und Staatsanwälten angefreundet hatte, verbrachte Pam ihre Zeit in der Highsociety mit gesellschaftlichen Aufsteigern und Konzernbossen, die sie für ihre Kanzlei gewinnen wollte. Brad wusste, dass Pam mit einem Treffen so lange nicht zufrieden war, bis sie das erreichte, was sie sich vorgenommen hatte.
Brad fuhr nun seinen Computer hoch und wünschte sich, er könne Jason und Dylan einfach eine E-Mail schicken und ihnen auf diesem Weg ein fröhliches Thanksgiving wünschen. Stattdessen tippte er Faiths Mailadresse ein. In New York musste es jetzt ungefähr zwei Uhr morgens sein.

Hi,
bist du noch wach? Wahrscheinlich liest du das hier erst morgen früh …
Ich habe mich gerade davongeschlichen. In meinem Wohnzimmer findet ein ziemlich alberner Zirkus statt: vierzig Leute im schwarzen Anzug oder im Abendkleid. Es ist zum Heulen! Geht es bei Thanksgiving denn nicht darum, seine Familie um sich zu haben? Ich vermisse die Jungs ganz schrecklich!

Wie war es bei dir? Friedlich und ausgelassen? Du schwebst jetzt, da die Mädchen endlich wieder zu Hause sind, wahrscheinlich auf Wolke sieben. Ich beneide dich.
Morgen gehe ich wieder arbeiten. Ich habe zwei neue Fälle und werde über den Staat wahrscheinlich noch einen dritten bekommen. Wieso geraten nur so viele Jugendliche in solche Schwierigkeiten? Mir wäre es lieber, wenn sie mich nicht brauchten und stattdessen ein glückliches, normales Leben führen könnten ...
Ich habe mich heute Abend zwischen all diesen aufgestylten Leuten wie der letzte Idiot gefühlt. Wie du dir denken kannst, war die Party für Pam natürlich ein Riesenspaß, und ich musste wohl oder übel mitspielen.
Tut mir leid, wenn ich mich bei dir ausheule, ich bin einfach genervt und hundemüde.
Ich hoffe, du hattest ein glückliches Thanksgiving!
Dein Brad

Brad schickte die E-Mail ab und blätterte dann in ein paar Papieren, die auf dem Schreibtisch lagen. Er hatte keine Lust, sich wieder unter die Gäste zu mischen, und wollte sich am liebsten die Treppe hinaufschleichen und ins Bett fallen lassen, schließlich hatte er einen harten Tag vor sich. Pam war es gewohnt, dass er ihre Partys früh verließ. Er machte sich immer äußerst diskret aus dem Staub, um die Feier nicht zu unterbrechen oder den Gästen das Gefühl zu geben, sie müssten sich ebenfalls verabschieden. Er war sicher, dass die meisten Leute bis lange nach Mitternacht bleiben würden, und er war froh, dass er nicht so lange durchhalten musste.
Er wollte gerade aufstehen und hinausgehen, da bekam er eine E-Mail. Er klickte auf das entsprechende Sym-

bol und sah, dass Faith ihm bereits geantwortet hatte. Brad lächelte und öffnete die Mail.

Hallo,
Überraschung … ich bin sehr wohl noch auf!
Tut mir leid, dass du dich auf eurer Feier unwohl gefühlt hast! Aber dein Thanksgiving scheint mir im Gegensatz zu meinem äußerst unspektakulär gewesen zu sein. Wir waren ja nur zu viert, aber leider verlief der Abend alles andere als harmonisch. Anfangs war noch alles okay, der Truthahn war hervorragend, allen hat es geschmeckt. Aber dann gab es einen Riesenstreit. Halt dich fest: Es ging um die Frage, ob ich wieder studieren soll!
Alex hat das Thema angeschnitten und es so dargestellt, als sei mein Wunsch die blödeste Idee aller Zeiten. Da habe ich die Beherrschung verloren und ihm vor den Mädchen auf den Kopf zugesagt, dass ich mich inzwischen an der NYU für das Wiedereinstiegsprogramm angemeldet habe. Daraufhin ist Alex völlig durchgedreht und hat ein paar ziemlich gemeine Dinge von sich gegeben. Zoe hat mich verteidigt, und darüber ist ein übler Familienstreit entbrannt. Das Schlimmste war, dass sich schließlich auch noch die Mädchen in die Haare gerieten. Es war schrecklich! Ellie war natürlich auf Alex' Seite und Zoe auf meiner. Und ich bin an allem schuld! Ich hätte mich anfangs zusammenreißen müssen, dann hätte ich das Fest nicht verdorben.
Als ich nach dem Essen noch mal mit Alex allein gesprochen habe, sagte er unglaublicherweise, ich solle tun, was ich für richtig halte. Allerdings hat er mir eins klargemacht: Sollte ich Studium und Haushalt nicht unter einen Hut bringen, garantiert er für nichts – was immer das heißt. Aber das ist mir mo-

mentan auch egal. Ich habe gewonnen! Leider zu dem Preis, dass sich die Mädchen zerstritten haben. Das liegt mir schwer auf der Seele. Sie sehen sich so selten, und nun habe ich den Ausschlag gegeben, dass sie aufeinander losgegangen sind. Ich hoffe, sie vertragen sich, bevor sie wieder abreisen.
Die beiden haben sich nach dem Essen noch mit Freunden getroffen. Zoe ist inzwischen wieder zu Hause, aber Ellie ist noch immer unterwegs.
Warum muss nur alles immer so kompliziert sein? Na ja, zumindest habe ich die Mädchen für kurze Zeit bei mir, und dafür bin ich sehr dankbar.
Entschuldige, dass ich mich ebenfalls bei dir ausheule. Eigentlich bin ich nur noch wach, weil ich auf Ellie warte. Ich möchte mich bei ihr entschuldigen, aber es ist inzwischen zwei Uhr morgens, und ich bin ziemlich müde. Ich werde mich wohl gleich hinlegen.
Ich wünsche dir trotz deines Ärgers ein glückliches Thanksgiving, großer Bruder.
Alles Liebe, Fred

Brad war froh, von Faith zu hören, und natürlich tat es ihm leid, dass sie einen solch fürchterlichen Nachmittag hinter sich hatte. Pam und er hatten sich zumindest nicht gezankt. Er wusste inzwischen, dass er bei ihren Auseinandersetzungen immer den Kürzeren zog, und vermied Streit, wo er nur konnte.
Rasch schrieb er Faith zurück. Vielleicht war sie ja noch nicht zu Bett gegangen.
Faith ihrerseits wartete vor ihrem Computer auf Brads Antwort. Sie wusste, wie schnell er tippen konnte.

Hallo Fred,
es klingt, als hättest du einen schweren Tag gehabt, und das tut mir leid, aber gleichzeitig hast du einen

wichtigen Sieg errungen – du hast jetzt Alex' Zustimmung, wieder an die Uni zu gehen. (Ich finde es allerdings nach wie vor schrecklich, dass du überhaupt seine Zustimmung brauchst!) Das sind doch wunderbare Neuigkeiten!
Der Streit zwischen den Mädchen ist andererseits weniger erfreulich. Ich kann mir allerdings vorstellen, wie sie sich fühlen. Es ist bestimmt nicht leicht für sie, wenn sich ihre Eltern in die Wolle kriegen und sie dadurch gezwungen sind, Stellung zu beziehen und sich auf eine Seite zu schlagen.
Ich erinnere mich, dass du früher, wenn Jack und ich uns gezankt haben, immer diejenige warst, die zwischen uns vermittelt hat und Frieden stiften wollte. Ich nehme an, in dieser Hinsicht hast du dich nicht verändert. Aber manchmal ist es eben unmöglich, dass sich alle einig sind, Fred. Wichtig ist, dass du nicht klein beigegeben, sondern für deine Wünsche gekämpft hast. Es war gut, dass die Mädchen gesehen haben, wie stark du bist. Sie werden sich wieder vertragen, da bin ich sicher.
Das Entscheidende ist doch, dass dir Alex in Bezug auf deine Unipläne grünes Licht gegeben hat. Jetzt musst du ihm gegenüber nichts mehr verbergen und kannst die Sache guten Gewissens angehen. Du solltest im nächsten Herbst an der NYU dein Jurastudium wieder aufnehmen. Bis dahin machst du am besten so viele Vorbereitungskurse wie möglich.
Übrigens komme ich in ein paar Wochen, kurz vor Weihnachten, nach New York. Ich besuche dort einen nationalen Kongress für Strafverteidiger, der ziemlich interessant klingt. Ich werde wahrscheinlich nur zwei Tage lang dort sein und außerdem ziemlich viel zu tun haben, aber ich hoffe, du hast Zeit, dich mit mir zu einem Mittag- oder Abendessen zu treffen. So-

bald ich das genaue Datum weiß, schreibe ich es dir. Ich würde mich freuen, dich wiederzusehen, und hoffe, das Wetter spielt mit, ich kann es mir nämlich nicht leisten, in New York eingeschneit zu werden. Es war schwierig genug, mir zwei Tage freizunehmen.
Gute Nacht, Fred. Und denk immer daran: Bald drückst du wieder die Schulbank!

Während Faith Brads E-Mail las, lächelte sie. Gleich darauf tippte sie eine kurze Antwort.

Danke für die Ermutigung! Durch dich habe ich das Gefühl, dass der Tag kein totales Fiasko gewesen ist. Ich habe die letzten Stunden hier gesessen und mir den Kopf zerbrochen, wie ich die Scherben wieder zusammenkleben kann, aber vielleicht ist das gar nicht notwendig.
Ich kann es kaum erwarten, dich wiederzusehen. Ich werde versuchen, dich in meinem voll gestopften Terminkalender unterzubringen. Meine Sekretärin gibt dir dann Bescheid, wann es mir am besten passt. Jetzt aber mal im Ernst: Sag mir nur, wann du Zeit hast und wo wir uns treffen sollen, und ich werde da sein. Gute Nacht und viel Glück für morgen!

Fred

Brad las schmunzelnd Faiths E-Mail und fuhr den Computer herunter. Sowohl für Faith als auch für ihn war es alles andere als ein erfreuliches Thanksgiving gewesen, doch zumindest hatten sie einander, um sich Trost zu spenden. Ihre Freundschaft war ihm inzwischen ungeheuer wichtig geworden, und er würde es nicht zulassen, dass sie den Kontakt zueinander noch einmal verloren, egal was auch passierte.

7

Am Sonntagmorgen war die Atmosphäre zwischen Zoe und Ellie noch immer angespannt. Nach dem gemeinsamen Frühstück räumte Faith das Geschirr ab, und als sie den Raum verließ, begannen die beiden Mädchen ein Gespräch. Doch Faith konnte von der Küche aus nicht hören, was sie sagten. Ihre Mienen verrieten ihr allerdings wenig später, dass ihre Unterhaltung alles andere als erfreulich verlaufen war. Es tat Faith in der Seele weh, dass die beiden vor ihrer Abreise nicht die Zeit hatten, sich zu versöhnen. Zoe stieg bald darauf in ein Taxi, und Eloise würde noch am selben Abend nach London zurückfliegen. Nach dem Mittagessen verabschiedete sich Alex von Ellie, da er sich am Nachmittag mit einem Freund treffen wollte.

»Es tut mir schrecklich leid, dass an Thanksgiving alles dermaßen aus dem Ruder gelaufen ist«, entschuldigte sich Faith abermals bei ihrer älteren Tochter.

»Ich denke noch immer, dass Dad recht hat, was dein Studium angeht«, gab Ellie zurück. »Es würde einfach zu stressig für dich werden. Du hättest dann gar keine Zeit mehr für Dad.«

Faith seufzte und betrachtete ihre Tochter. Sie war wirklich eine Schönheit, doch ihr Lächeln war kühl. Ellie erinnerte Faith an Alex in jüngeren Jahren. Genau wie er wirkte Eloise oft distanziert und machte durch ihre Körpersprache deutlich, dass man ihr nicht zu nahe kommen sollte. Zoe war hingegen das genaue Gegenteil ihrer Schwester. Sie ging offen auf die Menschen zu und vertraute beinahe jedem. Während Faith ihre ältere Tochter nun ansah, wurde ihr klar, dass ein Mittelweg zwischen diesen beiden Extremen das Beste wäre, aber sie wusste natürlich, dass niemand perfekt war.

»Triff keine übereilten Entscheidungen, Mom«, warnte Ellie ihre Mutter und blickte sie streng an. »Denk doch auch mal an Dad.«

Wann habe ich das jemals nicht getan?, schrie Faith innerlich auf, doch sie schwieg. Sie hatte ihr Leben auf äußerst zurückhaltende Weise um Alex' Welt herum gebaut. Anscheinend hatte Ellie nie bemerkt, in welchem Maße sich ihre Mutter für ihren Vater aufopferte.

»Wir sehen uns Weihnachten wieder«, sagte Faith und umarmte ihre Tochter. Sie hatte ihr angeboten, sie zum Flughafen zu fahren, doch Ellie nahm sich lieber ein Taxi. Alex hätte dies ebenfalls vorgezogen. Anders als Zoe und Faith mochten die beiden es nicht, sich ständig unterhalten zu müssen, und waren gern allein.

Nachdem ihre Töchter fort waren, herrschte wieder die alte, erdrückende Stille im Haus. Faith betrat die beiden Mädchenzimmer mit einem Kloß im Hals, zog das Bettzeug ab und stellte kurz darauf die Waschmaschine an. Alex und sie hatten zwar eine Haushaltshilfe, die dreimal in der Woche kam und solcherlei Dinge erledigte, doch Faith wollte es sich nicht nehmen lassen, die Wäsche der Mädchen selbst zu waschen. Auf diese Weise hielt sie die Illusion aufrecht, sich um sie zu kümmern, obwohl sie bereits ausgezogen waren. Doch diese Arbeit war schnell erledigt, und anschließend blieb Faith nichts anderes übrig, als in dem großen, stillen Haus herumzuwandern, währenddessen ihr einmal mehr bewusst wurde, wie leer ihr Leben war.

Als Alex am Abend nach Hause kam, war Faith froh, nicht mehr allein zu sein. Alex hatte den Nachmittag mit seinem Freund im Hudson River Maritime Museum verbracht und war recht guter Stimmung. Sie fragte sich, ob er die Mädchen wohl ebenfalls vermisste und deshalb so freundlich zu ihr war.

Faith und Alex verbrachten einen ruhigen Abend miteinander. Alex berichtete Faith begeistert von dem Museumsbesuch und darüber hinaus von seinen Plänen für die kommende Woche. Dies war die längste Unterhaltung, die sie seit Wochen geführt hatten, und Faith wunderte sich darüber, wie gelöst Alex war. Aus einem Impuls heraus erzählte sie ihm dann, wie nutzlos sie sich ohne die Mädchen fühlte.

»Aber das ist doch ein ganz normaler Prozess«, entgegnete Alex, der nicht verstand, dass der Auszug der Mädchen kein rein emotionaler Verlust für Faith war – sie hatte vielmehr ihren Job verloren. »Du musst irgendetwas anderes für dich finden, das dich beschäftigt, Faith. Wieder an die Uni zu gehen wäre allerdings ein viel zu radikaler Schritt. Die meisten Anwälte denken in deinem Alter darüber nach, sich zur Ruhe zu setzen. Niemand fängt mit knapp fünfzig noch an, Jura zu studieren!«

»Ich brauche etwas, das mich langfristig ausfüllt, keine zeitweilige Ablenkung.« Alex schien noch immer nicht zu begreifen, worum es ihr ging, doch zumindest nahm er die Sache offensichtlich nicht mehr derart persönlich wie zuvor. Faith war dafür sehr dankbar und fühlte sich ihm wieder etwas näher.

Während der folgenden Woche war Faith hauptsächlich mit Weihnachtsvorbereitungen befasst. Sie kaufte Geschenke für Alex und die Mädchen und half darüber hinaus bei der Organisation einer Wohltätigkeitsveranstaltung von Sloan-Kettering, die im Frühling stattfinden sollte. Alex verreiste während dieser Woche erneut, und Faith bekam ihn kaum zu Gesicht.

Brad und Faith schrieben sich nach wie vor regelmäßig, doch ihre E-Mails waren während der ersten Dezemberwoche meist relativ kurz, da Brad zwei Verhandlungen vorbereiten musste und zudem neue Fälle angenommen hatte. Er wusste kaum noch, wo ihm der Kopf stand.

Zwei Wochen nach Thanksgiving bekam Faith eine E-Mail von der NYU. Die Universität nahm ihre Anmeldung für das Jura-Wiedereinstiegsprogramm an. Faith sprang vor Freude auf und stieß sich den Kopf an der Deckenlampe, doch das minderte ihre Begeisterung nicht. Einen Augenblick später klingelte das Telefon – es war Brad. Faith erzählte ihm sofort die wunderbare Neuigkeit, und Brad freute sich mit ihr. Er versprach, Faith groß auszuführen und mit ihr auf ihren Erfolg anzustoßen, wenn er erst wieder in der Stadt war.

»Wann kommst du denn?«, fragte Faith und konnte seine Ankunft kaum erwarten.

»Schon nächste Woche. Ich hoffe, du hast Zeit, dich mit mir zu treffen.«

»Bis jetzt habe ich noch keine Pläne, aber ich werde Alex zur Sicherheit noch einmal fragen. Er hat momentan allerdings immer sehr viel im Büro zu tun und ist kaum zu Hause. Falls ich mich nicht für ein Abendessen freimachen kann, klappt es bestimmt an einem der anderen Tage zum Mittagessen.«

Sie plauderten noch ein paar Minuten lang über die Uni, dann verabschiedeten sie sich.

Faith verbrachte die folgenden Tage damit, sich weiter auf die Aufnahmeprüfung vorzubereiten. Sie war furchtbar nervös und hoffte, dass sie die Prüfung bestehen würde.

»Wann sagst du Dad eigentlich, dass du im Januar definitiv mit dem Wiedereinstiegsprogramm anfängst?«, fragte Zoe Faith während eines Telefonats. Zoe wusste, wie wichtig es ihrer Mutter war, das Einverständnis ihres Mannes zu bekommen, und sie befürchtete, dass

Faith ihre Pläne wieder aufgeben würde, falls Alex sich ihr tatsächlich weiterhin in den Weg stellte.

»Ich spreche nächstes Wochenende mit ihm«, erwiderte Faith seufzend. »Ich hoffe, er ist dann nicht allzu schlechter Laune.«

»Das hoffe ich auch«, sagte Zoe skeptisch. »Ich drücke dir die Daumen, Mom. Und egal, was er sagt – du musst tun, was du für richtig hältst. Das würdest du mir schließlich auch raten.«

»Ja, da hast du wahrscheinlich recht«, stimmte Faith ihrer Tochter zu, doch sie klang nicht völlig überzeugt. Und wie sich herausstellen sollte, waren ihre Bedenken durchaus berechtigt: Das Gespräch mit Alex gestaltete sich noch weitaus schwieriger, als Faith befürchtet hatte. Am Samstag fand sie keine Gelegenheit, mit Alex zu reden, denn er arbeitete den ganzen Tag im Büro, und am Abend gingen sie gemeinsam auf eine Dinnerparty, von der sie spät zurückkehrten. Erst am Sonntagnachmittag bot sich Faith die Möglichkeit, das Thema noch einmal anzuschneiden. Alex saß gerade im Wohnzimmer vor dem Kamin und las Zeitung. Faith brachte ihm eine Tasse Tee und ließ sich auf dem Sofa nieder.

»Alex«, begann sie bedächtig, »hast du einen Moment Zeit?« Er musste über ihre Pläne Bescheid wissen – sie wollte damit nicht länger hinterm Berg halten. Die ständige Heimlichtuerei machte sie mittlerweile ganz krank.

Alex blickte Faith irritiert an. Seine Augen schienen zu fragen, warum sie ihn beim Lesen unterbrach.

»Was gibt es denn?«

Er hätte genauso gut sagen können: »Fass dich kurz.« Offensichtlich war er nicht in der Stimmung für eine Unterhaltung, doch darauf konnte Faith jetzt keine Rücksicht nehmen. Sie beschloss, ihm in knappen Wor-

ten die Situation zu schildern. »Ich werde ab Januar an zwei Kursen der NYU teilnehmen – im Rahmen des Wiedereinstiegsprogramms.«
Alex wusste zwar bereits, dass sich Faith für das Programm angemeldet hatte, doch dass sie definitiv teilnehmen würde, war neu für ihn. Er schwieg nun und schaute Faith von oben herab an, dann trank er langsam einen Schluck seines dampfenden Tees.
Sein Schweigen war beinahe unerträglich für Faith. »Ich weiß, du bist nicht damit einverstanden, dass ich wieder studiere, aber ich habe mich noch nicht eingeschrieben – das sind nur Vorbereitungskurse! Lass uns einfach mal schauen, wie alles läuft und wie wir zurechtkommen. Es sind schließlich nur zwei Kurse ... Falls sich daraus jedoch tatsächlich Probleme für unser Zusammenleben ergeben, wissen wir das bis zum Ende des Semesters. Aber ... Alex ... ich möchte es unbedingt versuchen. Und ich tue mein Bestes, damit dich mein Studium nicht beeinträchtigt.« Faith wurde das Gefühl nicht los, dass sie Alex die Möglichkeit schuldete, dem Ganzen zuzustimmen.
Alex blickte sie jedoch weiterhin unerbittlich an. Er wollte auf keinen Fall, dass Faith wieder zur Uni ging, doch wenn er einfach Nein sagte, würde sie das unwiderruflich entzweien, dessen war er sich sicher.
»Ich werde dir keinesfalls meinen Segen geben, falls du das meinst«, erklärte er schließlich, und Faith spürte einen Stich im Herzen. »Aber ich verbiete es dir auch nicht, Faith, ich überlasse dir die Entscheidung. Du weißt, dass ich deine Idee für unsinnig halte, geradezu hirnrissig, denn ganz sicher werden wir nicht genauso gut zurechtkommen wie vorher. Wie soll das funktionieren? Falls du wirklich mit ganzer Kraft studierst, wird das deine Zeit voll in Anspruch nehmen.«
»Trotzdem möchte ich es versuchen«, wiederholte Faith

leise und sah ihn bittend an. Ihr Blick hätte das Herz jeden Mannes zum Schmelzen gebracht, nicht jedoch Alex'.
»Tu, was du willst. Doch selbst wenn du die beiden Wiedereinstiegskurse gut bewältigst, heißt das noch lange nicht, dass das Studium ebenso glatt läuft. Dann wirst du auf jeden Fall keine Zeit mehr für deine Aufgaben hier im Haus haben, und das akzeptiere ich einfach nicht!«, sagte er entschieden und vertiefte sich wieder in die Zeitung. Damit war das Gespräch für ihn beendet.
Alex hatte offenbar weder vor, Faith noch einmal zu Wort kommen zu lassen noch ihr zur Aufnahme in das Wiedereinstiegsprogramm zu gratulieren. Er verbot ihr das Studium nicht, aber er würde sie auch nicht unterstützen, das hatte er mehr als deutlich zum Ausdruck gebracht. Damit wälzte er jegliche Verantwortung auf sie ab, doch das machte Faith nichts aus. Sie war fest entschlossen, ihre Pläne zu verwirklichen.
Leise verließ sie den Raum, ging in ihr Arbeitszimmer hinüber und rief Zoe in ihrem Studentenwohnheim an. Freudig, beinahe triumphierend, erzählte sie ihr, dass sie im Januar an den Kursen des Wiedereinstiegsprogramms teilnehmen würde.
»Hat Dad dir also seine Erlaubnis gegeben?«, fragte Zoe ungläubig.
»Mehr oder weniger. Er hat eigentlich nur gesagt, dass er mich nicht davon abhalten wird, obwohl er das Ganze alles andere als befürwortet. Er überlässt mir die Entscheidung.«
Zoe jauchzte erfreut auf.
Gleich darauf schrieb Faith eine E-Mail an Brad, erzählte ihm von ihrem Sieg und bereitete dann das Abendbrot vor. Während Alex und sie sich wenig später am Esstisch gegenübersaßen, erwähnte Alex Faiths

Studium mit keinem weiteren Wort. Nach dem Essen las er am Tisch noch einige Fachzeitschriften, und als er sich schließlich erhob, teilte er Faith mit, dass er in der folgenden Woche einige Termine in Los Angeles habe und am Dienstag dorthin fliegen werde. Über den genauen Grund der Reise sagte er nichts, versicherte Faith jedoch, dass er rechtzeitig wieder zu Hause sei, um mit ihr am Samstag zu einer Weihnachtsparty zu gehen, zu der sie jedes Jahr eingeladen waren. Faith stellte Alex keine Fragen, sie notierte seine Termine lediglich in ihrem Kalender.
Später an diesem Abend erhielt sie eine E-Mail von Brad.

Tut mir leid, dass ich erst jetzt antworte, Fred. Als deine Mail kam, habe ich gerade Tennis gespielt.
Bravo! Wie hast du das nur geschafft? Was hast du Alex als Ausgleich für sein Okay angeboten – oder sollte ich besser nicht fragen? Auf jeden Fall freue ich mich für dich. Das sind großartige Neuigkeiten!
Ich kann es kaum erwarten, dich zu sehen. Nur noch ein paar Tage ... Ich komme Mittwochabend um fünf Uhr an, gehst du dann mit mir essen? Ich ruf dich an, sobald ich im Hotel bin.
Bis bald! Noch mal Gratulation! Ich bin furchtbar stolz auf dich.

Alles Liebe, Brad

Faith war beinahe froh, dass Alex in der folgenden Woche nicht in New York sein würde. Sie wollte ihm zwar nicht verheimlichen, dass sie sich mit Brad traf, aber so war es auf jeden Fall leichter für sie, den Abend außer Haus zu verbringen.
Während der nächsten Tage war sie vollauf mit den Vorbereitungen für die Wohltätigkeitsveranstaltung von

Sloan-Kettering beschäftigt. Sie informierte die Mitglieder des Benefizkomitees darüber, dass sie nur bis Mitte Januar für sie arbeiten könne, danach müssten sie ohne sie auskommen. Sie hatten Verständnis für ihre Entscheidung und waren dankbar für die Unterstützung, die Faith ihnen bis zum Zeitpunkt ihres Ausscheidens zuteil werden ließ.

Zoe hatte sich für das Wochenende angekündigt. Sie würde am Freitagabend in New York landen, gleich nachdem Brad abgereist war. Faith hatte vor, mit ihr am Samstag einen Weihnachtsbaum zu kaufen. Wann Eloise nach Hause kommen würde, wusste sie noch nicht genau, und sie fragte sich Dienstagabend gerade, ob sie Ellie anrufen und danach fragen solle, da klingelte das Telefon. Es war Eloise.

»Hallo Schatz, wie schön, dass du anrufst!«, begrüßte Faith ihre Tochter fröhlich. Noch hatte sie Ellie nichts davon erzählt, dass sie im Januar definitiv an dem Wiedereinstiegsprogramm der NYU teilnehmen würde. Am liebsten wollte sie von Angesicht zu Angesicht mit ihrer Tochter darüber sprechen.

»Ich hoffe, ich hab dich nicht geweckt«, erwiderte Eloise. »Ich muss jetzt gleich zur Arbeit und wollte mich vorher noch melden.«

»Schon in Ordnung, ich habe noch nicht geschlafen. Ich war gerade dabei, Weihnachtskarten zu schreiben.« Faith hatte im vergangenen Sommer ein großartiges Foto von ihrer Familie gemacht – auf einem Segelboot vor Cape Cod –, und dieses Bild wollte sie in diesem Jahr als Weihnachtsgruß verschicken. »Wann kommst du nach Hause?«

Es entstand eine kleine Pause. »Ich ... äh ...«

Faith runzelte die Stirn.

»Ich wollte dir ... etwas erzählen«, brachte Ellie stockend hervor. »Ich habe eine Einladung gekriegt ...

eine Einladung zum Skifahren ... in Sankt Moritz.« Ellies Stimme klang schuldbewusst.
»Das ist doch wunderbar! Sankt Moritz ist bestimmt toll – und sehr nobel, nicht wahr? Wer hat dich denn eingeladen? Jemand, den ich kenne?«
»Geoffs Eltern mieten dort jedes Jahr eine Hütte, und Geoff hat mich eingeladen, eine Woche mit ihnen dorthin zu fahren.«
Geoffrey war seit drei Monaten Ellies fester Freund. Faith zweifelte daran, dass es sich um eine dauerhafte Bindung handelte – zumindest hatte Ellie nichts dergleichen gesagt –, doch es schien, als hätten die beiden eine Menge Spaß miteinander.
»Hört sich an, als müsste ich bald mal zu dir rüberfliegen und mir den Jungen genauer ansehen«, scherzte Faith. »Wie ernst ist es dir mit ihm?«, schob sie dann nach.
Eloise kicherte. »Mom! Nur weil ich mit ihm Ski fahre, müssen wir doch nicht gleich heiraten!«
»Natürlich nicht!« Faith lachte. Ellie war zwar noch jung, aber glücklicherweise war sie ein äußerst vernünftiges Mädchen. Sie würde sich keinesfalls Hals über Kopf in eine Ehe stürzen. »Wann wollt ihr denn nach Sankt Moritz?«
Es entstand eine weitere Pause. »Ähm ... Geoff und seine Eltern sind vom einundzwanzigsten bis zum einunddreißigsten Dezember dort.«
Ellies Worte trafen Faith wie ein Keulenschlag. »Über Weihnachten? Du willst Weihnachten nicht nach Hause kommen?«
»Ich dachte ... vielleicht macht es dir ja gar nicht so viel aus, dass ich dieses Jahr zu Weihnachten nicht da sein werde.«
Faith schluckte heftig.
»Schatz, ich habe mich so auf dich gefreut! Es ist be-

stimmt merkwürdig, wenn wir nur zu dritt sind. Könntest du nicht zuerst nach Hause kommen und meinetwegen am sechsundzwanzigsten nach Sankt Moritz fliegen?«
»Das würde sich kaum noch lohnen«, entgegnete Eloise, und in ihrer Stimme schwang Unwille. »Ist schon okay, Mom. Ich verstehe es, wenn du mich nicht gehen lassen willst.«
Faith kannte ihre Tochter sehr gut und hörte ihr an, dass ihr die Reise viel bedeutete. Es widerstrebte Faith, etwas von Eloise zu verlangen, das sie nicht tun wollte – andererseits wäre Weihnachten ohne ihre ältere Tochter nur halb so schön. »Kann ich ein paar Tage darüber nachdenken?«, fragte Faith. »Ich würde gern mit Dad darüber sprechen, aber er ist heute Morgen nach L.A. geflogen und –«
»Ich habe bereits mit ihm geredet«, unterbrach Eloise sie, und Faith schnappte überrascht nach Luft.
Alex hatte kein Wort darüber verloren! Aber es war nicht das erste Mal, dass sich die beiden gegen sie verbündeten. »Tatsächlich? Und was hat er gesagt?«
»Er hat nichts dagegen, dass ich nach Sankt Moritz fahre.«
Faith klopfte das Herz bis zum Hals. Alex hatte Ellie die Reise erlaubt, ohne sich mit ihr, Faith, abzustimmen! Damit war er ihr in den Rücken gefallen, denn er wusste sehr genau, wie viel es ihr bedeutete, ihre Töchter Weihnachten um sich zu haben.
»Dann bleibt mir wohl gar nichts anderes übrig, als es dir ebenfalls zu erlauben«, kapitulierte Faith und bemühte sich, ihre Enttäuschung und Verärgerung zu überspielen. »Ich hatte zwar fest mit dir gerechnet, aber wenn es dir mehr Spaß machen würde, Weihnachten in Sankt Moritz zu verbringen, dann solltest du das auch tun. Ich überlasse dir die Entscheidung.«

»Dann fahre ich mit Geoff nach Sankt Moritz«, sagte Ellie, und Faith traten Tränen in die Augen.
»In Ordnung. Aber versprich mir, dass du das in Zukunft nicht jedes Jahr machen willst! Weihnachten muss uns allen heilig sein, und für euch Mädchen sollte es Priorität haben, nach Hause zu kommen. Es ist okay, wenn du dieses Jahr einmal woanders feierst, aber bitte sei nächstes Jahr wieder hier. Falls du dann immer noch mit Geoff zusammen bist, kannst du ihn gern mitbringen.«
»Danke, Mom«, stieß Eloise erleichtert hervor. »Ich muss jetzt zur Arbeit. Bis bald.« Damit legte sie leise den Hörer auf.
Faith setzte sich und starrte regungslos vor sich hin. Langsam sammelten sich immer mehr Tränen in ihren Augen, und ihr Herz hämmerte schmerzhaft gegen ihren Brustkorb.
Die Mädchen entglitten ihr. Es wurde immer offensichtlicher, dass sie nun erwachsen waren und ihre Mutter nicht länger brauchten. Und in Zukunft würde ihr, Faith, das immer öfter vor Augen geführt werden. Freunde, Ehemänner, Jobs, Reisen – tausende von Dingen würden die Mädchen in den kommenden Jahren beschäftigen und immer weiter von ihrem Elternhaus entfernen.
Der Gedanke, dass Ellie Weihnachten nicht zu Hause sein würde und dies offenbar noch nicht einmal bedauerte, brach Faith beinahe das Herz. Zudem ärgerte sie sich über Alex, der augenscheinlich über alles unterrichtet war, aber kein Sterbenswörtchen zu ihr gesagt hatte.
Faith schloss die Tür zum Arbeitszimmer und betrat mit schweren Schritten das Schlafzimmer. Während sie sich auszog, dachte sie darüber nach, dass sie Ellie so schnell wie möglich ihre Geschenke nachschicken

musste – es war beinahe schon zu spät dazu – und ob der Streit zwischen den Mädchen Ellie womöglich dazu gebracht hatte, Weihnachten nicht nach Hause zu kommen.

Als Faith das Licht ihrer Nachttischlampe löschte, fiel ihr wieder ein, dass sie sich am darauf folgenden Tag mit Brad treffen würde. Sie hatte sich so sehr darauf gefreut, ihn wiederzusehen, aber Ellies Anruf hatte ihrer Vorfreude einen gehörigen Dämpfer verpasst. Das Gefühl der Einsamkeit nagte immer stärker an ihr, und Faith wusste kaum noch, wie sie der zunehmenden Verzweiflung Herr werden sollte.

8

Am folgenden Morgen überlegte Faith lange, ob sie Zoe anrufen und ihr von Ellies Absage für Weihnachten erzählen sollte, doch dann entschied sie sich dagegen. Zoe musste in dieser Woche für einige Prüfungen büffeln, und Faith wollte sie nicht mit ihren Sorgen belasten. Außerdem hatte sie plötzlich Angst, Zoe könnte ebenfalls absagen, wenn sie erst erfuhr, dass Ellie nicht kommen würde.

Als Brad sie am Nachmittag anrief, saß Faith gerade in der Badewanne und dachte an das bevorstehende, traurige Weihnachtsfest. Doch sobald sie Brads Stimme hörte, stahl sich ein Lächeln in ihr Gesicht. Brads Anrufe hatten denselben Effekt auf sie wie früher die Telefonate mit Jack – sie hellten augenblicklich ihre Stimmung auf.

»Hallo Fred«, begrüßte Brad sie. »Ich bin gerade im Hotel eingetroffen. Wie sieht die Abendplanung aus?«

»Ich gehöre ganz dir. Willst du zu mir kommen? Ich könnte was für uns kochen. Alex ist ja in L.A.« Faith hatte für den Fall, dass Brad sie besuchte, ein paar Köstlichkeiten eingekauft.

Doch Brad lachte abwehrend. »Was für eine Art großer Bruder wäre ich, wenn ich mich von meiner kleinen Schwester bewirten ließe, statt sie zum Abendessen auszuführen? Wir könnten uns einen netten kleinen Italiener in SoHo suchen.«

»Ja, gern! Mir ist im Grunde egal, wo wir hingehen. Hauptsache, wir können ungestört plaudern!«

»Ich überlege mir was und hole dich um halb acht ab,

okay? Ich werde mal den Portier fragen, ob er ein gutes Restaurant kennt.«

»Ich kann es kaum erwarten!« Als Faith auflegte, lächelte sie immer noch. Sich mit Brad zu treffen lenkte sie von ihrem Schmerz darüber ab, dass ihre Familie Weihnachten nicht gemeinsam verbringen würde. Außerdem konnte sie wahrscheinlich niemand besser verstehen als Brad, schließlich waren seine Söhne in Sambia und würden über die Feiertage ebenfalls nicht nach Hause kommen können.

Als Brad pünktlich um halb acht an der Tür klingelte, machte ihm Faith strahlend auf. Sie trug eine enge schwarze Hose, einen schwarzen Kaschmirpullover, hohe Stiefel und einen roten Kaschmirmantel. Ihr schimmerndes blondes Haar hatte sie zu einem Pferdeschwanz zusammengebunden.

»Wow!«, entfuhr es Brad, und er zog Faith in seine Arme. Überschwänglich hob er sie hoch und drehte sich mit ihr um die eigene Achse. Genau das hatte er immer getan, als sie noch Kinder gewesen waren. Dann setzte er sie vorsichtig ab, trat einen Schritt zurück und lächelte sie bewundernd an. »Du siehst umwerfend aus! Die Jungs an der Uni werden sich alle hoffnungslos in dich verlieben.«

»Das glaube ich kaum, ich könnte schließlich ihre Mutter sein!« Faith kicherte und musterte Brad ihrerseits. Er sah ebenfalls fantastisch aus. Sein dichtes dunkles Haar war sorgfältig gekämmt, und er war braun gebrannt – was seine grünen Augen noch besser zur Geltung brachte. Sein Körper wirkte in dem gut sitzenden Anzug und dem feinen Mantel muskulös und stark.

»Niemand wird dir abkaufen, dass du die Mutter von irgendjemandem bist!« Brad grinste. »Bist du bereit für unser Dinner? Ich habe einen Tisch in einem Restaurant reserviert, das der Portier mir empfohlen hat. Es wird dir bestimmt gefallen.«

»Ich würde mit dir auch Hotdogs essen gehen!«, sprudelte es aus Faith heraus, während sie die Haustür abschloss. Das Taxi, mit dem Brad gekommen war, wartete auf sie, und als sie die Straße überquerten, nahm Brad Faiths Hand. Er steckte sie regelrecht an mit seiner guten Laune, und Faiths trübe Stimmung war wie weggeblasen.

Im Taxi unterhielten sie sich lebhaft. Faith erzählte Brad von Ellies Anruf und wie enttäuscht sie darüber war, dass ihre Tochter Weihnachten nicht nach Hause kam.

»Das tut weh, nicht wahr?«, fragte Brad mitfühlend. »Ich hab mich an Thanksgiving genauso verlassen gefühlt und Dylan und Jason schrecklich vermisst. Es war unser erster Feiertag ohne die Jungs, und Weihnachten wird wahrscheinlich genauso deprimierend. Pam hat sich nämlich etwas Neues ausgedacht, um mich zu quälen: Sie will am ersten Weihnachtstag hundert Leute zum Essen einladen. Wenn ich ganz viel Glück habe, kann ich mich zu einem Klienten ins Gefängnis verdrücken.« Brad schüttelte nachdenklich den Kopf. »Nächstes Jahr werde ich die Feiertage auf alle Fälle mit den Jungs verbringen – egal, wo sie sind, ich fahre hin! Das hätte ich dieses Jahr auch schon tun sollen.« Er schmunzelte plötzlich. »Vielleicht solltet ihr alle nach Sankt Moritz fahren und Eloise überraschen.«

Faith stellte sich Ellies verdutztes Gesicht vor und prustete los. »Na, die würde sich bedanken! Und ihr Freund wäre bestimmt ganz aus dem Häuschen vor Freude …« Sie kicherte, doch dann gefror ihre Miene. »Weißt du, Eloise hat Alex angerufen, bevor sie mit mir gesprochen hat, und offenbar hat er ihr gesagt, es sei kein Problem für ihn, wenn sie Weihnachten nicht zu Hause wäre. Da konnte ich mich natürlich nicht querstellen. Stell dir vor, Alex hat Ellies Anruf mir gegenüber mit keinem Wort erwähnt!«

Brad seufzte. Faith hatte während der vergangenen Monate oftmals von Alex' egoistischem Verhalten erzählt, und Brad war der Ansicht, dass jener seine Frau keineswegs wie eine gleichberechtigte Partnerin behandelte, aber er war vorsichtig damit, Kritik an Alex zu üben. Er wollte Faith auf keinen Fall zu nahe treten. Insgeheim teilte er jedoch Jacks Meinung über Alex, und die war alles andere als positiv gewesen.

»Es ist schon erstaunlich, was für Spielchen Kinder manchmal mit dir spielen – und Ehepartner ebenso! Vor ein paar Jahren, als die Jungs noch aufs College gingen, erzählte Pam den beiden, dass sie Weihnachten nicht nach Hause kommen könnten, da sie und ich über die Feiertage eine Kreuzfahrt machen würden. Bis dahin hatte sie mir kein Sterbenswort davon erzählt! Die Tickets waren allerdings schon bezahlt ...« Brad fuhr sich kopfschüttelnd durchs Haar. »Das war der schlimmste Urlaub aller Zeiten! Zwei Wochen lang war ich auf diesem verdammten Schiff seekrank. Ich sagte Pam damals, dass ich sie umbringen würde, falls sie so etwas noch mal mit mir macht.«

Faith nickte verständnisvoll. Allerdings hatte sie den Eindruck, dass Pam noch immer tat, wonach ihr gerade der Sinn stand.

»Den Jungs hat es allerdings gefallen, Weihnachten mal anders zu begehen. Sie sind mit einem Freund nach Las Vegas gefahren und haben die Feiertage mit ein paar Showgirls zugebracht. Noch heute erzählen sie, das sei das beste Weihnachtsfest aller Zeiten gewesen.« Brad brach in schallendes Gelächter aus.

Faith fiel in sein Lachen ein.

»Es ist nicht leicht, sie aufwachsen und flügge werden zu sehen«, fügte Brad wehmütig lächelnd hinzu. »Die Jungs fehlen mir wie verrückt, aber ich weiß: Sie müssen ihre Flügel ausbreiten und fliegen. Egal, wie schwer es uns fällt, sie ziehen zu lassen.« Er nahm erneut Faiths Hand. Dann begann er, von seinem neuesten Fall zu erzählen, und als das Taxi an der NYU vorüberfuhr, erinnerte er Faith strahlend daran, dass sie bald dort studieren würde. Faith nickte sehnsüchtig und drückte seine Hand.

Wenig später erreichten sie einen kleinen, gemütlichen Italiener in SoHo. Der Kellner führte sie zu einem Tisch in einer ruhigen Ecke, und sie setzten sich. Faith hängte ihren Mantel über die Stuhllehne – für den Fall, dass ihr später kalt werden würde –, und Brad stellte abermals fest, wie hübsch Faith war.

»Wenn ich dir E-Mails schreibe, vergesse ich manchmal, dass du nicht mehr zehn Jahre alt bist«, bemerkte er. »Und wenn du dann leibhaftig vor mir stehst, bin ich überrascht, dass ich eine erwachsene Frau vor mir habe.«

»Mir geht es ähnlich. Vor meinem inneren Auge sehe ich dich immer noch als Zwölfjährigen. Weißt du noch, wie wir den Frosch in Jacks Bett versteckt haben?« Sie lachte, und Brad fiel mit ein.

»Natürlich! Jack hätte mich beinahe dafür erwürgt! Und als Rache hat er eine Schlange unter meine Matratze gestopft, erinnerst du dich?«

»Wie könnte ich das je vergessen?«

Sie bestellten das Essen und orderten zusätzlich eine halbe Flasche Weißwein.

»Wie wird Alex wohl reagieren, wenn du im Januar mit dem Wiedereinstiegsprogramm anfängst?«, fragte Brad neugierig, als sie mit dem Salat fertig waren und auf den Hauptgang warteten. »Glaubst du, er dreht dann völlig durch?«

Faith hatte zwar bereits an dem Vorbereitungskurs für die Aufnahmeprüfung teilgenommen, doch davon wusste Alex nach wie vor nichts.

»Wahrscheinlich wird er sich ständig beschweren, dass

irgendetwas nicht mehr so läuft wie früher. Aber eigentlich sehen wir uns sowieso kaum noch – und wir unterhalten uns noch viel seltener! Alex kommt abends nach Hause, isst, geht ins Bett. Und mittlerweile ist er meist mehrere Tage pro Woche auf Geschäftsreise. Eigentlich braucht er gar nicht so viel Aufmerksamkeit von mir, wie er behauptet.«

»Und was ist mit dir? Was brauchst du von ihm?«

Genau solch eine Frage hätte Jack mir ebenfalls gestellt, dachte Faith. Sie selbst hatte sich das jedoch noch nie gefragt. Sie war eine relativ anspruchslose Frau, die selten Forderungen an andere stellte.

»Ich benötige nicht viel«, sagte sie leise und senkte den Blick. »Und ich habe ja alles.«

»Ich spreche nicht von materiellen Dingen. Ich möchte wissen, was du von Alex brauchst, um glücklich zu sein.« Diese Frage hatte sich Brad erst vor kurzem selbst in Bezug auf Pam gestellt.

»Mein Leben funktioniert recht gut so, wie es ist. Außerdem würde Alex niemals etwas an seinem Verhalten ändern, nur um jemand anderem einen Gefallen zu tun.«

»Schön für ihn, wenn er immer damit durchgekommen ist. Aber was ist mit dir, Fred? Wer kümmert sich um dich?«

Faith starrte Brad an, dann zuckte sie die Achseln. Sie hatte gelernt, sich um sich selbst zu kümmern. Aus verschiedenen Gründen hatte sie sich während der vergangenen Jahre immer mehr in sich selbst zurückgezogen. Zum einen benötigte sie Zeit für ihre Trauer um Jack, und zum anderen steckte sie all ihre Energie in die Erziehung der Mädchen. Auch von ihren Freunden entfernte sie sich immer mehr. Merkwürdigerweise fiel es ihr nun nicht schwer, Brad wieder ins Vertrauen zu ziehen. Aber er war schließlich Teil ihrer Kindheit – und er erinnerte sie stark an Jack.

»Was ich wirklich brauche, sind meine Kinder.« Sie hatte ihre Bedürfnisse in den vergangenen Jahren auf dieses eine reduziert – und genau das war nun ihr Problem.

»Das macht es nicht gerade leicht für dich. Vor allem, da deine Kinder angefangen haben, ihr eigenes Leben zu führen und sich nicht mehr um deine Wünsche scheren – so wie Eloise.« Es ärgerte Brad, dass Eloise offenbar bereit war, alles für ihren Vater zu tun, aber ihrer Mutter keinen Schritt entgegenkam.

»Sie ist jung«, sagte Faith schnell, bereit, ihre Tochter in Schutz zu nehmen.

»Wie auch immer ... Es ist doch so: Wir müssen uns daran gewöhnen, dass sich unsere Kinder zunehmend abnabeln und sich immer weniger für uns interessieren. Und wahrscheinlich ist das auch richtig so. Sie müssen jetzt all ihre Kraft darauf verwenden, sich selbst etwas aufzubauen. Trotzdem fragt man sich immer öfter, wem man eigentlich noch wichtig ist. Ich habe noch im Flugzeug darüber nachgedacht. Pam ist mittlerweile so sehr mit sich selbst beschäftigt, dass sie wahrscheinlich nicht für mich da sein würde, wenn ich sie brauchte. Um ehrlich zu sein: Die Erkenntnis hat ziemlich wehgetan.« Brad blickte unglücklich ins Leere. »Ich habe mich erst vor kurzem im Krankenhaus durchchecken lassen, und dabei wurde ich gefragt, wen man, falls mir etwas passiert, benachrichtigen sollte. Ich habe ihnen schließlich die Nummer meiner Sekretärin gegeben, denn falls sie Pam anrufen würden, hätte sie in neunzig Prozent der Fälle keine Zeit, das Gespräch entgegenzunehmen. Das hat mich zum Grübeln gebracht.«

»Heißt das, du willst dich von ihr trennen?«, fragte Faith geradeheraus, während der Kellner Brad ein saftiges Kalbsschnitzel servierte und dann einen Teller mit feinster Seezunge vor Faith platzierte.

»Nein«, erwiderte Brad. »Obwohl sich all meine Illusionen in Bezug auf die Ehe inzwischen zerschlagen haben. Nicht nur meine Partnerschaft mit Pam hat mich aufwachen lassen, auch die meiner Eltern war völlig verkorkst. Bevor sie sich scheiden ließen, haben sie einander jahrelang gehasst. Ich wollte niemals so eine Ehe führen, aber das tue ich zum Glück auch nicht. Zwischen Pam und mir gibt es zwar keine Liebe mehr, aber auch keinen Hass. Ich habe keine Ahnung, was wir füreinander empfinden, vielleicht sind wir so etwas wie Freunde. Dabei habe ich oft eher das Gefühl, dass wir wie Fremde zufällig im selben Haus wohnen.«
Faith blickte Brad traurig an. Sie hoffte, dass sich Alex um sie kümmern würde, falls sie irgendwann einmal krank werden sollte, doch wenn sie jetzt darüber nachdachte, fiel ihr auf, dass er sich eigentlich nie nach ihrem Befinden erkundigte. »Weißt du, wahrscheinlich sagt das alles weitaus mehr über uns aus als über unsere Partner. Pam und Alex führen genau das Leben, das ihnen gefällt. Sie brauchen offenbar nicht viel emotionale Zuwendung, ihnen genügt der berufliche Erfolg. Aber wir sind anders. Wir sind diejenigen, die eigentlich etwas ganz anderes wollen, sich aber mit einem zurechtgezimmerten Kompromiss arrangieren.«
»Ich dachte bisher immer, es mache mich zu einem guten Menschen, wenn ich zurückstecke und bescheiden bleibe, aber in letzter Zeit kommen mir immer öfter Zweifel daran. Vielleicht bin ich viel eher ein Feigling als ein guter Mensch – jemand, der sich aus Bequemlichkeit mit weniger zufrieden gibt, als er sich erträumt hat. Ich meine, ich will keinen Streit mit Pam vom Zaun brechen, und ich will ganz bestimmt keine Scheidung. Aber ... ich weiß auch nicht ...«
»Ich mag auch keine Veränderungen«, sagte Faith und

fragte sich plötzlich, ob das eigentlich wirklich noch immer zutraf.
»Wir bezahlen einen hohen Preis für unsere Bequemlichkeit«, bemerkte Brad und spießte das letzte Stück des Schnitzels auf seine Gabel. Faith hatte erst die Hälfte des Fischs gegessen, doch sie war innerlich zu aufgewühlt, um das Essen zu genießen.
»Kompromisse sind im Grunde oft Mogelpackungen – letztlich bestimmt doch ein Einziger, was getan wird und was nicht. Wahrscheinlich habe ich bisher immer gedacht, die Opfer, die ich bringe, seien eben der Preis.«
»Wofür?«
»Für den lieben Frieden.«
Brad war erstaunlich offen, und Faith schätzte das sehr an ihm. »Der liebe Frieden schützt dich nicht vor Einsamkeit«, sagte sie und begriff erst in diesem Moment, wie wahr diese Worte waren.
»Da hast du recht«, stimmte Brad ihr zu und nahm wieder ihre Hand. »Vermisst du Jack eigentlich genauso wie ich, Fred?«
Faith nickte und spürte, dass plötzlich Tränen in ihre Augen traten. »Ja, besonders an den Feiertagen.«
»Debbie fehlt mir allerdings nicht«, sagte Brad und brachte Faith damit zum Lachen.
»Mir erst recht nicht!«, rief sie. »Debbie war ein Miststück! Weißt du, Alex und Pam machen einfach ihr eigenes Ding, aber Debbie hat den ganzen Tag über an Jack herumgenörgelt.«
»Er war wohl verrückt nach ihr«, warf Brad ein, »obwohl ich das nie nachvollziehen konnte. Debbie war der Grund, warum Jack und ich uns in den letzten Jahren immer seltener gesehen haben. Sie konnte mich nicht ausstehen, und das beruhte auf Gegenseitigkeit. Sie stand zwischen mir und Jack.«
»Ich wünschte trotzdem, sie und Jack hätten Nach-

wuchs bekommen. Es wäre so schön, wenigstens noch seine Kinder zu haben ... Von Jack ist einfach nichts übrig geblieben ... nur unsere Erinnerungen«, murmelte Faith und konnte die Tränen kaum noch zurückhalten.

Brad drückte wieder ihre Hand. »Wir haben uns, Fred.«

Faith nickte nur, denn sie brachte kein Wort hervor.

Nach dem Essen tranken sie einen Cappuccino. Währendessen blickte Brad Faith forschend an und fragte: »Glaubst du, es gibt überhaupt glückliche Ehen, Fred? Wenn ich mir die Leute in meinem Umfeld so anschaue, beneide ich kein Paar um seine Beziehung. Es mag zynisch klingen, aber langsam glaube ich, dass niemand es wirklich schafft, eine glückliche Ehe zu führen. Wir alle sind anfangs überzeugt, dass es uns gelingt, aber letztlich enden alle so wie du und ich.«

»So darfst du das nicht sehen, Brad. Ich glaube fest daran, dass es Leute gibt, die glücklich sind. Einige meiner Freundinnen zum Beispiel sind glücklich – zumindest habe ich den Eindruck. Und ich kann von mir nicht behaupten, ich sei unglücklich. Meine Ehe ist nur anders, als ich sie mir vorgestellt hatte.« Zudem fand sie Trost im Glauben, aber dies erwähnte sie nicht, da Brad zumindest früher nicht besonders religiös gewesen war. Er hatte sie und Jack immer für ihren unerschütterlichen Glauben bewundert.

»Du machst dir selbst etwas vor, Fred. Wir würden uns nicht so oft beieinander ausheulen, wenn wir in unseren Ehen zufrieden wären. All das, was ich dir anvertraue, müsste ich normalerweise Pam erzählen, doch ich schreibe lieber dir. In unser beider Leben stehen unsere Kinder im Mittelpunkt – wenn wir gute Beziehungen führen würden, kämen wir besser damit klar, dass die Kinder inzwischen aus dem Haus sind. Wir würden uns für die Kids freuen, dass sie nun selbstständig sind!« Er lehnte sich vor und fixierte Faith. »Was gibt dir deine Beziehung zu Alex? Sag es mir!«

Faith schwieg und dachte nach.

»Pam war für mich lange Zeit eine Gefährtin und eine Geschäftspartnerin«, fuhr Brad fort, »doch jetzt, da ich nicht mehr in ihrer Kanzlei arbeite, ist davon kaum noch etwas übrig.«

Faith blickte Brad traurig an. Er hatte offenbar keinerlei Illusionen mehr, aber er schien nicht wirklich verbittert zu sein. »Ich glaube, Alex und ich sind Freunde«, antwortete Faith schließlich, obwohl sie nicht wirklich davon überzeugt war. Doch was waren sie anderes als Freunde? Faith gaukelte sich keineswegs vor, dass sie und Alex noch ineinander verliebt waren, aber zumindest waren sie es einmal gewesen – oder besser gesagt: Sie, Faith, war in Alex verliebt gewesen. Was Alex damals für sie empfunden hatte, wusste sie im Grunde nicht genau. »Wir unterstützen uns gegenseitig.« Sie hielt inne. »Nein, das stimmt nicht. Ich unterstütze ihn, und er sorgt zuverlässig für unsere materielle Sicherheit. Er ist ein guter Vater, er ist verantwortungsbewusst und alles in allem ein anständiger Mensch.« Faith sprach langsam und bedächtig. Wie konnte sie beschreiben, was ihre Beziehung zu Alex ausmachte? Was war es überhaupt, das sie mit ihrem Mann verband?

»Genau das meine ich! Das ist doch nicht das, was du dir erträumt hast, oder? Mir geht es mit Pam ganz genauso – aber ich würde sie trotzdem nicht verlassen. Man muss eben versuchen, das Beste aus dem zu machen, was man hat. Dadurch entstehen allerdings viele Lücken, und man bemüht sich, diese mit anderen Dingen zu stopfen: Kindern, Freunden, Arbeit, Träumereien. Aber egal, womit du die Lücken stopfst, sie sind am Ende immer noch da.«

»Das klingt furchtbar aussichtslos.«

»Es bringt nichts, sich selbst etwas vorzumachen. Ich habe das in der Vergangenheit oft getan, und dabei war ich schrecklich unglücklich. Immer wieder habe ich versucht, meine Beziehung in das zu verwandeln, von dem ich immer geträumt habe, doch es war einfach unmöglich. Als ich erst einmal akzeptiert hatte, wie meine Ehe tatsächlich war – und wie sie niemals sein würde! –, habe ich meinen Frieden gefunden.«

»Gibt es irgendjemand anderen in deinem Leben?« Faith hatte Jack diese Frage vor Jahren gestellt, mehrere Male sogar, doch er hatte sie stets verneint. Er war geradezu besessen gewesen von Debbie und hätte sie niemals betrogen, das wusste Faith jetzt. Jack war seiner Frau treu ergeben gewesen – obwohl er sie einmal bei einem Seitensprung erwischte und danach am Boden zerstört war. Doch gleichgültig, was Debbie ihm auch antat, Jack nahm sie immer wieder mit offenen Armen auf.

»Es gab einmal jemand anderen«, antwortete Brad nun aufrichtig. »Ich glaube, Pam hat es sogar gewusst – oder geahnt –, aber sie hat mich nie darauf angesprochen. Ich hatte damals ein sehr schlechtes Gewissen ihr gegenüber und habe mich danach nie wieder auf eine Affäre eingelassen. So ist es einfacher.«

»Würdest du dich von Pam scheiden lassen, wenn du dich in jemand anderen verliebst?«, fragte Faith und blickte Brad neugierig an. Sie war fasziniert von seiner Art, seine eigenen Schwächen zuzugeben und seine Gefühle mitzuteilen.

»Niemals«, entgegnete Brad mit fester Stimme. »Als ich Pam heiratete, habe ich geschworen, dass es für immer sei, und daran halte ich mich – bis dass der Tod uns scheidet. Ich werde nicht die gleichen Fehler wie meine Eltern machen. Das schulde ich meinen Kindern einfach, und dabei ist es egal, dass sie schon erwachsen sind und nicht mehr bei uns leben. Es ist für Kinder immer schrecklich, mit ansehen zu müssen, wie sich ihre Eltern gegenseitig verletzen, einander ignorieren oder alles zerstören, was sie gemeinsam aufgebaut haben. Ich werde mich nicht in jemand anderen verlieben. Das passiert mir nicht noch mal.«

»Für mich käme eine Affäre auch nicht infrage«, murmelte Faith. Sie hatte zwar noch nie vor der Entscheidung gestanden, ob sie sich auf jemand anderen einlassen sollte, aber sie konnte sich nicht vorstellen, jemals fremdzugehen. Das widersprach ihrer Lebensauffassung und ihrer religiösen Überzeugung, zudem hatte sie zu viel Respekt vor Alex, um ihm etwas Derartiges anzutun. »Man würde dabei ja doch nur die alten Probleme gegen neue eintauschen.«

»Wir sind echt bemitleidenswert«, sagte Brad plötzlich grinsend und bat den Kellner um die Rechnung. Dann sah er Faith ernst an. »Ich bin so froh, dass wir uns wiedergefunden haben, Fred. Durch dich ist plötzlich alles viel leichter zu ertragen, und unsere Gespräche und E-Mails bedeuten mir sehr viel – *du* bedeutest mir viel.«

Faith lächelte ihn dankbar an. »Du sprichst mir aus der Seele. Ohne dich hätte ich wahrscheinlich niemals den Mumm gehabt, mich an der Uni anzumelden. Wenn ich allerdings irgendwann nachts um drei noch an meinen Hausarbeiten sitze, werde ich dich bestimmt noch mal verfluchen!« Sie kicherte.

»Sobald du mit dem Studium fertig bist, verlässt du Alex, ziehst nach San Francisco und arbeitest für mich.«

»Damit wären Alex' schlimmste Albträume wahr geworden!«

Sie lachten gemeinsam und verließen das Restaurant Arm in Arm. Es war bereits nach elf, und Brad musste am folgenden Tag früh aufstehen.

»Hast du morgen noch mal Zeit für mich?«, fragte er Faith, während sie die Straße entlangspazierten und ein Taxi heranwinkten.

»Klar, Alex ist ja noch bis Ende der Woche in L.A., und Zoe kommt auch erst am Freitagabend. Außerdem hab ich meine Weihnachtseinkäufe bereits erledigt«, sagte Faith stolz.

Brad verzog das Gesicht. »Ich habe noch nicht mal damit angefangen. Ich werde das wohl machen müssen, sobald ich wieder in San Francisco bin.« Brad würde wie immer zu Tiffany gehen und dort etwas für Pam besorgen. Pam liebte teuren Schmuck, und für gewöhnlich sagte sie Brad ganz genau, was sie sich wünschte, damit er ihr nichts schenkte, was ihr womöglich nicht gefiel. Die Jungs bekamen in diesem Jahr nichts, da es viel zu kompliziert war, ihnen etwas nach Sambia zu schicken. Brad würde ihnen einen ganzen Haufen Geschenke mitbringen, wenn er sie im Frühjahr in Afrika besuchte. »Sollen wir morgen Abend noch mal essen gehen?«

Faith nickte erfreut.

»Wie wär's, wenn ich dich um sechs Uhr abhole? Ich werde noch mal mit dem Portier sprechen, er kennt bestimmt noch ein gutes Restaurant. Dieser Italiener war doch super, oder nicht?«

»Ja, ein echter Geheimtipp! Mein Fisch war perfekt, und der Wein auch.«

Brad lachte. Faith hatte noch nicht einmal ein halbes Glas Wein getrunken und auch ein großes Stück Fisch zurückgehen lassen. »Du isst immer noch wie ein Spatz, Fred. Es ist erstaunlich, dass du nicht schon längst verhungert bist!«

Sie stiegen in ein Taxi, und Brad legte den Arm um Faith, die sich glücklich lächelnd an ihn kuschelte. In Brads Armen fühlte sie sich sicher und geborgen. Brad

brachte eine Saite in ihr zum Klingen, die seit Jacks Tod nicht mehr zu hören gewesen war.
Als sie Faiths Haus erreichten, bat Brad den Taxifahrer, auf ihn zu warten, und brachte Faith zur Tür. »Wir sehen uns morgen Abend, okay?«, versicherte er sich. »Ich ruf dich vorher noch mal an und sag dir, wo wir hingehen. Möchtest du lieber in ein etwas edleres Restaurant?«
Faith schüttelte rasch den Kopf. »Nein, lieber nicht! Ich fand es heute wunderschön.«
Sie umarmten sich und hielten sich einen Augenblick lang fest.
»Bis morgen!«, rief Brad und eilte zum Taxi zurück.
Faith beobachtete ihn und winkte zum Abschied. Als sie schließlich die Treppenstufen zu ihrem Schlafzimmer hinaufstieg, war sie so glücklich wie schon seit Jahren nicht mehr.

9

Am folgenden Abend holte Brad Faith, wie versprochen, um sechs Uhr ab. Er hatte ihr zuvor nur gesagt, dass sie mit einem eher schlichten Essen rechnen müsse und sich warm anziehen solle. Faith trug daher einen dicken Mantel und einen Rollkragenpulli, der die Farbe ihrer Augen hatte, dazu eine enge Samthose und pelzbesetzte Stiefel.

»Was hast du mit mir vor?«, fragte Faith Brad neugierig, doch Brad antwortete nur: »Das erfährst du schon noch früh genug.«

Sie hielten an der Saks Fifth Street an, überquerten die Straße, und Faith begriff, dass sie offenbar im Rockefeller Center zu Abend essen würden, direkt neben der großen Eisbahn, auf der in dieser Jahreszeit zahllose Menschen auf Schlittschuhen ihre Runden drehten. Sie betraten eins der Restaurants und nahmen an einem Tisch vor einem großen Aussichtsfenster Platz. Von hier aus konnten sie die Menschen auf dem Eis gut beobachten. Einige drehten richtige Pirouetten, andere hingegen konnten sich kaum auf den Beinen halten und fielen immer wieder hin. Doch alle schienen viel Spaß zu haben, und Faith entdeckte viele Kinder unter den Erwachsenen.

»Weißt du noch, wie wir drei früher immer im Central Park Schlittschuh laufen waren?«, fragte Faith lächelnd. Natürlich erinnerte sich Brad daran. Er hatte sogar mit dem Gedanken gespielt, den Abend mit Faith im Central Park zu verbringen, doch letztlich hatte er sich für das Rockefeller Center entschieden, denn er befürchtete, die Wollman-Bahn im Central Park könne Faith zu sehr an Jack erinnern – zumindest wäre es ihm selbst so gegangen. Sie hatten dort in ihrer Kindheit unzählige glückliche Stunden miteinander verlebt. Damals war New York noch ein wunderbarer Ort für Kinder gewesen.

»Wie könnte ich das je vergessen?«, rief Brad nun. »Deswegen habe ich dich ja hierher gebracht! Ich dachte, nach dem Essen könnten wir uns aufs Eis wagen. Es ist zwar zwanzig Jahre her, seit ich auf Kufen gestanden habe, aber ich würde es gern noch mal versuchen.«

Als Kinder waren sie ein- bis zweimal in der Woche Eis laufen gegangen. Jack war später sogar dem Eishockeyteam der Schule beigetreten.

»Du willst Eis laufen?« Faith blickte Brad überrascht an, doch sie war sofort Feuer und Flamme für die Idee. »Ich bin dabei!«

»Großartig! Dann kannst du mir wieder aufhelfen, wenn ich hinfalle.«

»Rechne lieber nicht damit. Ich werde mich wahrscheinlich als Erste auf den Hosenboden setzen – ich war seit meiner Kindheit nicht mehr auf dem Eis!«

»Dann stehen wir uns in nichts nach!«

Sie gaben ihre Bestellung auf, und Faith ertappte sich wenig später dabei, dass sie sich mit dem Essen beeilte, damit sie schnell aufs Eis kamen. Brad hatte alles perfekt geplant. Ihr Tisch war für halb sieben reserviert gewesen, und um acht Uhr begann die nächste Runde auf der Bahn. Während ein Zamboni über das Eis fuhr, um die Oberfläche zu säubern, liehen sie sich Schlittschuhe aus, und kurz darauf standen sie am Rand bereit. Faith wagte sich noch vor Brad auf die spiegelglatte Fläche. Zuerst fühlte sie sich unsicher und wusste kaum, wie sie das Gleichgewicht halten sollte, doch schon nach zwei Runden begann ihr die Sache Spaß zu machen.

Brad fuhr neben ihr her. Auch er hatte anfangs Probleme damit, nicht hinzufallen, doch schnell gewöhnte er sich wieder an den glatten Untergrund und erinnerte sich daran, wie man die Balance hielt. Sowohl er wie auch Faith waren in ihrer Kindheit sehr gute Schlittschuhläufer gewesen, und schon nach kurzer Zeit sausten sie Hand in Hand und mit einem breiten Lächeln im Gesicht über das Eis.

»Ich kann kaum fassen, dass ich das nicht längst verlernt habe!«, rief Faith. Ihre Wangen waren gerötet, ihr Haar flog im Wind, und Brad fand, dass sie einfach zum Anbeißen aussah.

»Du bist ziemlich gut, Fred!« Kaum hatte er dies gesagt, kam Faith ins Stolpern, doch Brad stützte sie und verhinderte so, dass sie hinfiel. Lachend liefen sie weiter. Zwei Stunden später waren sie völlig erschöpft, aber glücklich. Mit Bedauern verließen sie die Eisfläche und gaben die Schlittschuhe zurück. Brad bemerkte allerdings, dass er unmöglich noch länger durchgehalten hätte. Er war völlig außer Puste.

»Wahrscheinlich werde ich langsam alt«, sagte er grinsend. »Bestimmt kann ich mich morgen vor lauter Muskelkater kaum bewegen.«

»Geht mir wahrscheinlich genauso, aber das war es wert!«, gab Faith lächelnd zurück. Sie hatte seit langem nicht mehr so viel Spaß gehabt. »Weißt du noch, wie ich dir und Jack früher oft nachgerannt bin, wenn ihr mit euren Freunden Eis laufen gegangen seid? Ihr wolltet eigentlich irgendwelche Mädchen aufreißen, aber ich hab euch immer die Tour vermasselt. Ich muss gestehen, in deinem Fall war das pure Absicht. Ich war nämlich total verknallt in dich.«

»Was?«

»Kaum der Rede wert. Ich war damals zwölf oder dreizehn.«

»Du warst in mich verliebt? Warum hab ich dann Pam und nicht dich geheiratet? Ganz schön blöd von mir«, sagte Brad schmunzelnd.

Faith betrachtete ihn von der Seite. Brads Bemerkung hatte keinerlei romantische Untertöne, er zog sie einfach nur gern auf. »Als ich ungefähr vierzehn war, hat sich meine Schwärmerei für dich gelegt«, erwiderte sie lachend. In Wahrheit war sie bereits sechzehn gewesen, aber das wollte sie lieber für sich behalten. Sie erinnerte sich noch sehr genau an diese Zeit: Als Brad damals aufs College ging, wandte sie sich notgedrungen anderen Jungen zu, doch zuvor hatte sie acht Jahre lang nur Augen für Brad gehabt.

Langsam spazierten sie die Straße hinauf, ihre Gesichter rot von der Kälte. Als sie an der Ecke zur Fifth Avenue standen und nach einem Taxi Ausschau hielten, blickte Faith zur St. Patrick's Cathedral auf, und ihr kam ein Gedanke.

»Lass uns in die Kirche gehen und eine Kerze für Jack anzünden«, sagte sie mit ernster Miene.

Ihr Blick ging Brad durch und durch. »Gern.« Er hatte seit Jahren keine Kirche mehr betreten. Als Kind hatte er regelmäßig mit Faith, Jack und ihrer Mutter den Gottesdienst besucht. Er mochte den Pomp und die Zeremonien der römisch-katholischen Kirche, obwohl er selbst Episkopale war. Jack hatte ihn sogar einmal dazu überredet, zur Beichte zu gehen, und es überraschte Brad damals, wie freundlich und hilfsbereit der Priester war. Viele Aspekte des Katholizismus gefielen Brad sehr gut, doch er hatte sich während der vergangenen Jahre selten Gedanken darüber gemacht, er war einfach kein gläubiger Mensch.

Faith hingegen ging regelmäßig in die Kirche, obwohl Alex nicht religiös war und sich von Anfang an geweigert hatte, sie zu begleiten. Auch ihren Kindern hatte

Faith ihre Religion nie nahebringen können, und so lebte sie ihren Glauben fortan für sich. Seit Jacks Tod war sie weitaus öfter in der Kirche gewesen als zuvor, meist mehrere Male in der Woche, denn die Besuche gaben ihr das Gefühl, Jack wieder ein Stück näherzu kommen und darüber hinaus etwas Frieden zu finden.

Brad folgte Faith nun über die Straße zu der großen, beeindruckenden Kirche. Es war kurz nach zehn, aber die Türen standen noch immer offen. Schweigend gingen sie hinein. Faith tauchte sogleich ihre Finger ins Weihwasserbecken, das sich neben dem Eingang befand, und bekreuzigte sich. Drinnen war alles festlich geschmückt, überall standen Weihnachtssterne und Kerzen, die ein sanftes, flackerndes Licht auf die vielen Altäre der Heiligen warfen. Es war ein imposanter Anblick, und während sie langsam immer weiter ins Innere der Kirche vordrangen, sahen sie sich staunend um.

Am Ende des langen Mittelgangs stand der Hauptaltar. Faith bekreuzigte sich erneut, nahm Brads Hand und schritt gemeinsam mit ihm den Mittelgang hinab. Beinahe hatte sie das Gefühl, Jack ginge neben ihr, so wie früher.

Leise nahmen sie auf einer Kirchenbank Platz und blieben eine Weile lang schweigend dort sitzen. Dann kniete Faith nieder, schloss die Augen und betete für Jack, für ihre Mutter, für Charles und für Zoe und Eloise. Schließlich drehte sie sich zu Brad um und lächelte.

Faith hatte noch niemals so schön ausgesehen wie in diesem Moment, dachte Brad. Um sie herum schien eine Aura aus Ruhe und Frieden zu herrschen, und in ihren Augen lag große Zärtlichkeit.

»Ich kann ihn hier spüren«, flüsterte sie. »Er ist bei uns.«

Brad wusste sofort, wen Faith meinte, und er nickte. Er

konnte nicht verhindern, dass ihm Tränen in die Augen traten. Rasch kniete er sich neben Faith.
»Ich spüre ihn auch.« Brad senkte den Kopf und schloss die Augen. Er hatte seit Jahren nicht gebetet, aber in diesem Moment hatte er das starke Bedürfnis, mit Faith gemeinsam für Jack ein Gebet zu sprechen.
Während Brad betete, hatte er das Gefühl, er sei wieder zwölf Jahre alt. Alles war beinahe wie früher – Faith und er gingen zusammen Schlittschuh laufen und danach in die Kirche. Das Einzige, was fehlte, war Jack. Doch vielleicht fehlte er gar nicht, vielleicht war er ja bei ihnen.
Nach einiger Zeit öffneten sie wieder die Augen und näherten sich dem dem Altar des Judas Thaddäus, der schon immer Faiths Lieblingsheiliger gewesen war.
Faith steckte zwei Dollar in den Schlitz des Geldkastens und machte eine Kerze für Jack an. Dann hielt sie Brad ihre Flamme hin, und er entzündete selbst eine Kerze. Brad hatte diese kleine Zeremonie schon immer als etwas ganz Besonderes empfunden – als könne das Anzünden einer Kerze zwangsläufig nur Gutes hervorbringen.
Seite an Seite standen sie dort, in Gedanken bei Jack, und beteten abermals im Stillen. Anschließend nahm Brad wieder Faiths Hand, und langsam gingen sie zum Ausgang der Kirche zurück. Kurz bevor sie aus der Haupttür traten, tauchte Faith erneut ihre Finger in das Weihwasserbecken, bekreuzigte sich und lächelte Brad strahlend an.
»Danke, dass du mit mir hierher gekommen bist«, flüsterte sie. Sie war in den vergangenen Tagen schon mehrere Male in der Kirche gewesen, aber dieser Besuch bedeutete ihr weitaus mehr, weil Brad bei ihr war. Ihre gemeinsamen Gebete waren gewiss noch viel stärker als ihres allein.

Brad hatte der Kirchenbesuch tief berührt. Er fühlte sich Faith enger verbunden denn je – als sei diese wunderbare, bildschöne Frau wirklich seine Schwester und nicht nur eine Freundin. Während sie die Kirche verließen, fragte er Faith: »Hast du eigentlich noch deinen Rosenkranz?«

»Ja.«

»Und benutzt du ihn immer noch?« Es hatte Brad stets fasziniert, wie Faith als kleines Mädchen den Rosenkranz gebetet hatte.

»Hin und wieder«, antwortete sie. »Seit Jacks Tod habe ich ihn wieder häufiger herausgeholt. Weißt du, ich gehe mehrmals in der Woche in die Kirche, um für ihn zu beten.«

Brad nickte. Er hätte Faith gern gefragt, warum sie das tat oder was sie sich davon versprach, aber im Grunde genügte es ihm, dass es ihr wichtig war. Der Glaube hatte ihr schon immer sehr viel bedeutet. Brad wusste, dass sie als Kind sogar mit dem Gedanken gespielt hatte, Nonne zu werden. Jack hatte die Idee jedoch schrecklich gefunden und Faith stets aufgezogen, wenn sie davon sprach. Als Faith älter wurde, erwachte der Wunsch nach einer eigenen Familie in ihr, und sie gab den Gedanken an ein Klosterleben schließlich auf.

»Gehst du mit Pam manchmal in die Kirche?«, erkundigte sich Faith nun bei Brad. Sie standen wieder an der Ecke zur Fifth Avenue. Obwohl es längst Zeit war, den Nachhauseweg anzutreten, trennten sie sich nur ungern voneinander.

»Pam ist eine erklärte Atheistin. Sie ist davon überzeugt, dass es keinen Gott gibt.« Brad bemühte sich um einen sachlichen Ton. Er verurteilte Pam nicht für ihren fehlenden Glauben, schließlich musste jeder selbst wissen, wie er sein Leben ausrichtete. Woran er selbst glaubte, wusste er nicht genau, doch er zweifelte eigentlich

nicht daran, dass es einen Gott gab. Er hatte nur nie einen Weg zu ihm gefunden, hatte es womöglich auch nicht für besonders wichtig gehalten.
»Wie schade«, bemerkte Faith nun. »Und was ist mit den Jungs?«
»Ich denke, sie haben keine feste Meinung zu diesem Thema. Weißt du, wir haben sie nicht religiös erzogen, wir wollten es ihnen überlassen, woran sie glauben. Wie steht es mit Alex?«
»Alex ist Episkopale, so wie du, und er geht nie in die Kirche. Ich glaube aber nicht, dass er Atheist ist, er hält Gottesdienste vielmehr für Zeitverschwendung. Die Mädchen haben sich auch nie für religiöse Dinge erwärmen können. Aber hin und wieder gehen sie trotzdem in die Kirche – wenn sie zum Beispiel eine Kerze für jemanden anzünden möchten.«
»Als Kind habe ich das immer für ein magisches Ritual gehalten. Es kam mir so vor, als könne man sich einfach etwas wünschen, das dann auch erfüllt wird. Ich glaube, deine Mutter hat mir früher einmal erzählt, dass alle Gebete erhört werden.«
Faiths Mutter war eine tiefreligiöse Frau gewesen, und der Glaube hatte ihr dabei geholfen, zwei unglückliche Ehen zu überstehen.
»Ich habe früher auch darauf vertraut, dass alle Gebete erhört werden«, sagte Faith nun melancholisch.
»Und jetzt nicht mehr?«
»Ich bin mir nicht mehr so sicher.«
»Wegen Jack?«, fragte Brad vorsichtig und blickte Faith tief in die Augen. In der kalten Dezembernacht bildete ihr Atem kleine Wolken in der eisigen Luft.
Faith nickte.
»Du weißt ja«, fuhr Brad fort, »dass ich im Grunde nie sonderlich religiös war. Und trotzdem bin ich sicher, dass unsere Gebete erhört werden.«

Faith dachte einen Moment lang darüber nach. »Ich wünschte, ich wäre mir genauso sicher wie du.« Doch das Leben war nicht mehr so einfach wie früher, als sie ein Kind gewesen war. Sie hatte die bittere Erfahrung machen müssen, dass Menschen, die einem viel bedeuteten, starben, gleichgültig wie viel man betete.

»Das wünschte ich auch.« Brad räusperte sich, denn plötzlich hatte er einen Kloß im Hals. »Ich bin davon überzeugt, dass ein Gebet niemals umsonst gesprochen wird. Jack hat auch fest daran geglaubt.«

Faith antwortete nicht, doch sie nickte. Sie hakte sich bei Brad unter, und schweigend schlenderten sie die Fifth Avenue hinab.

10

Am Freitagmorgen rief Brad Faith vom Hotel aus an und beschwerte sich bei ihr über seinen mörderischen Muskelkater. Doch er sagte ihr auch, dass er seit langem nicht mehr einen solch schönen Abend verlebt habe, und Faith ging es ebenso.

Vom Flughafen aus rief Brad sie ein zweites Mal an. »Am liebsten wäre ich noch mal bei dir vorbeigekommen und hätte dich zum Abschied gedrückt, aber leider war dazu keine Zeit mehr«, erklärte er bedauernd. »Wenn ich das nächste Mal in der Stadt bin, holen wir das nach.« Doch er flog selten nach New York und hatte bis jetzt noch keine konkreten Pläne, bald wieder an die Ostküste zu kommen.

»Schade, dass du nicht länger bleiben konntest«, sagte Faith betrübt. »Aber ich bin froh, dass wir zusammen in die Kirche gegangen sind.«

»Ich auch. Vielleicht gehe ich in San Francisco auch mal in eine Kirche und zünde eine Kerze für Jack an.«

»Und ich werde an Heiligabend eine für dich anzünden. Zoe und ich besuchen dann meist noch zusammen die Mitternachtsmesse.«

»Vielleicht sollte ich das am ersten Weihnachtstag ebenfalls tun, anstatt mit Pams Gästen Smalltalk zu machen«, murmelte Brad. An Heiligabend war für eine solche Unternehmung normalerweise keine Zeit. Für gewöhnlich aßen sie dann mit Pams Vater und ein paar Bekannten zu Abend.

»Wann erwartest du denn deine Tochter?« Brad konnte sich nur noch daran erinnern, dass Zoe in Kürze heimkommen wollte. Brad hatte Faith am Tag zuvor nach Hause gebracht und sich ein paar Minuten lang bei ihr umgesehen. Faith hatte ihm stolz ihr Arbeitszimmer und ihren Computer gezeigt. Der Raum war klein und gemütlich, und an den Wänden hingen zahllose Fotos. Nun konnte er sich genau vorstellen, wie sie an ihrem Computer saß und ihm E-Mails schrieb.

»Heute Abend«, antwortete Faith. »Ich freue mich schon auf das Chaos, das sie immer mitbringt. Sobald sie hier ist, klingelt ständig das Telefon, überall liegen ihre Klamotten herum, ihre Freunde geben sich die Klinke in die Hand, und mitten in der Nacht wird Pizza geliefert.«

»Ich vermisse das Chaos auch, das die Jungs immer hinterlassen«, erwiderte Brad sehnsüchtig, dann räusperte er sich. »Ich rufe dich am Wochenende wieder an, pass bis dahin auf dich auf, Fred!«

»Du auf dich ebenfalls. Und danke für die beiden wunderschönen Abende! Ich werde sie so schnell nicht vergessen.«

»Ich auch nicht.« Brads Flug wurde aufgerufen, und er musste das Gespräch beenden. »Wenn du das nächste Mal in einer Kirche bist, zünde doch eine Kerze für mich an! Ich kann ein bisschen göttlichen Beistand gut gebrauchen.«

»Das mache ich. Guten Flug!«, sagte Faith zum Abschied, und Brad eilte zu seinem Flieger.

Faith schrieb Brad an diesem Abend noch eine E-Mail und dankte ihm erneut für die schönen Stunden und das Schlittschuhlaufen. Gerade als sie die Mail abschickte, hörte sie, wie Zoe unten die Haustür aufschloss.

Sie hatte vier Koffer bei sich, eine Tennis- sowie eine Kameratasche und ihren Laptop. Sie ließ alles im Flur fallen, ging zielstrebig in die Küche und schenkte sich ein Glas Milch ein.

Faith eilte nach unten und betrat die Küche. »Willkom-

men zu Hause, Schatz«, begrüßte sie ihre Tochter, umarmte sie und bot ihr gleich darauf an, etwas zu essen zu machen.
Doch Zoe entgegnete, sie habe am Flughafen ein Sandwich gegessen, und holte sich ein Eis aus dem Gefrierfach. Die beiden Frauen setzten sich an den Küchentisch.
»Es ist so schön, dich zu sehen«, sagte Faith und betrachtete Zoe liebevoll. Ihre Tochter würde zwei Wochen lang bleiben, und allein die Aussicht darauf ließ Faiths Herz höher schlagen.
»Ich freu mich auch, hier zu sein«, erwiderte Zoe und löffelte lächelnd das Vanilleeis. »Für wann hat sich Ellie angekündigt?«
Faiths Gesicht verdunkelte sich. Sie hatte Zoe noch immer nicht erzählt, dass Ellie die Weihnachtstage in der Schweiz verbringen würde. »Ellie ... kommt nicht nach Hause«, begann sie stockend. »Sie verbringt Weihnachten mit Geoff und seiner Familie in Sankt Moritz.«
»Ist das dein Ernst?« Zoe blickte Faith ungläubig an. »Will sie den Typen etwa heiraten?«
»Davon war bisher nicht die Rede. Sie hatte einfach Lust, mit Geoff Ski zu fahren.«
»Und das hast du ihr erlaubt, Mom?« Zoe konnte es kaum fassen. Sie wusste genau, wie viel ihrer Mutter die Feiertage bedeuteten, und sie glaubte kaum, dass sie Ellie einfach so vom Haken gelassen hatte.
»Ellie hat zuerst euren Vater eingeweiht, und er hat ihr offenbar grünes Licht gegeben. Da musste ich wohl oder übel auch zustimmen. Aber ich hab ihr klipp und klar gesagt, dass ich sie nächstes Jahr wieder bei uns unterm Baum sitzen sehen will. Also lass dir ja nicht einfallen, dich ebenfalls davonzustehlen!«« Faith drohte mit dem Zeigefinger, und Zoe grinste.
»Mach dir keine Sorgen, Mom, ich bin auf alle Fälle

auch nächstes Jahr hier. Weihnachten ohne Ellie wird allerdings komisch ...«

»Ich weiß«, pflichtete Faith ihr bei. »In den nächsten zwei Wochen wirst du ein Einzelkind sein.«

Zoes Gesicht hellte sich schlagartig auf. »Das klingt doch gar nicht so übel!« Sie blickte sich suchend um. »Wo ist eigentlich Dad?«

»In L.A. Er kommt heute Abend zurück.«

»Aha«, sagte Zoe, erhob sich und griff nach dem Telefon.

Mit Sack und Pack stieg sie die Treppe hinauf in ihr Zimmer und begann, ihre Koffer auszupacken. Dabei verstreute sie den Großteil ihrer Sachen auf dem Fußboden. Während sie ihren Laptop anschloss, klingelte es an der Tür, und eine Minute später stürmten ihre Freundinnen von der Highschool ins Haus. Kurz darauf wurde Pizza geliefert, und als Alex eintraf, drang aus Zoes Zimmer laute Musik. Die Mädchen plauderten und kicherten und hatten vor, später noch auszugehen. Faith liebte den frischen Wind, den Zoe ins Haus brachte, und sie fühlte sich selbst gleich viel lebendiger. Alex war jedoch weniger begeistert.

»Was ist das für ein Durcheinander!«, beschwerte er sich bei seiner Frau, die gerade zu ihm ins Schlafzimmer trat. »Zoe hat sich gerade hundert Dollar von mir geliehen – für den Pizzajungen und für den Lieferanten, der gerade chinesisches Essen gebracht hat –, und offenbar tummeln sich etwa zwei Dutzend hysterische Mädchen in ihrem Zimmer. Ich hatte fast vergessen, wie es ist, wenn sie hier wohnt. Wie lange bleibt sie denn?«

Alex sah müde und abgespannt aus. »Zwei Wochen. Wie war deine Reise?«

»Anstrengend, aber im Vergleich zu dem Chaos hier regelrecht friedlich. Glaubst du, Zoe würde die Musik etwas leiser machen, wenn wir sie darum bitten? Oder soll ich die nächsten zwei Wochen mit Ohrstöpseln herumlaufen? War sie eigentlich immer schon so laut?«

»Ja. Deswegen finde ich es ja so langweilig, wenn sie nicht da ist.«

Alex ließ sich in einen Stuhl fallen.

»Du hast mir gar nicht erzählt, dass Eloise über Weihnachten nicht nach Hause kommen will«, sagte Faith unumwunden und bemühte sich darum, nicht vorwurfsvoll zu klingen. Dennoch konnte man ihr anhören, dass sie alles andere als begeistert war. Seit Alex nach L.A. geflogen war, hatte er zudem kein einziges Mal angerufen.

»Das muss ich vergessen haben«, antwortete er und massierte sich die Schläfen.

»Du hättest mit mir sprechen sollen, bevor du ihr erlaubst, nach Sankt Moritz zu fahren.«

»Kommt sie also tatsächlich nicht?« Alex schien sich keiner Schuld bewusst zu sein.

»Nein, sie fährt lieber mit Geoff Ski. Sie hat mir gesagt, du hättest ihr das erlaubt, und da blieb mir gar nichts anderes übrig, als es ihr ebenfalls zu erlauben. Wie hätte ich sonst dagestanden?«

»Sie wird bestimmt eine Menge Spaß haben«, bemerkte Alex und zog sich die Schuhe aus.

»Ich habe ihr allerdings auch gesagt, dass das eine Ausnahme bleiben muss. Nächstes Jahr feiern wir wieder zu viert. Wenn wir den Mädchen nicht klarmachen, wie wichtig uns das gemeinsame Fest ist, werden sie jedes Jahr irgendwas Interessanteres vorhaben.«

»Ellie kommt schon klar«, sagte Alex unbestimmt.

»Natürlich, aber darum geht es doch gar nicht! Sie wird mir Weihnachten schrecklich fehlen«, erklärte Faith, und in Zoes Zimmer wurde die Lautstärke der Musik um einige Dezibel erhöht.

»Steigere dich doch nicht derartig in die Sache hinein!«, verlangte Alex kopfschüttelnd. »So schlimm ist es nun auch nicht, dass Ellie nicht kommt, schließlich war sie Thanksgiving erst hier. Und damals hat sie sich so sehr mit Zoe in die Haare gekriegt, dass es vielleicht sogar besser ist, wenn sich die beiden erst mal nicht über den Weg laufen.«

»Vielleicht wäre Weihnachten aber auch eine gute Gelegenheit für beide gewesen, sich auszusöhnen.«

»Glaubst du, du kannst Zoe dazu bewegen, die Musik leiser zu drehen? Ich verliere den Verstand, wenn das jetzt zwei Wochen lang so geht!«, blaffte Alex mit griesgrämigem Gesichtsausdruck und machte sich auf den Weg ins Badezimmer, um zu duschen.

»Soll ich uns etwas zum Abendessen machen?«, rief Faith ihm nach, und Alex blieb stehen.

»Ich habe im Flugzeug etwas gegessen. Eigentlich will ich am liebsten gleich schlafen – falls die verrückten Hühner in Zoes Zimmer mich lassen!«

»Sie gehen bestimmt später noch aus, dann kehrt wieder Ruhe ein. Aber ich werde sie bitten, nicht so einen Lärm zu machen.«

»Danke«, erwiderte Alex knapp und schloss die Tür.

Faith saß auf dem Bett und starrte die Badezimmertür an. Faith konnte verstehen, dass der Radau Alex störte, aber es wäre trotzdem schön gewesen, wenn er ihr nach vier Tagen Abwesenheit wenigstens ein nettes Wort gegönnt hätte.

Ein paar Minuten später klopfte Faith laut an Zoes Tür. Auf dem Bett saßen drei von Zoes Freundinnen, die sich aus zwei großen, geöffneten Pizzakartons bedienten und dabei fernsahen. In der Küche wartete außerdem das chinesische Essen darauf, dass die Mädchen es später noch verzehrten. Zoe fönte sich gerade die Haare.

»Dein Vater möchte gleich ins Bett gehen«, mahnte

Faith. »Vielleicht könntet ihr die Lautstärke etwas herunterdrehen.«

»Wir sind sowieso bald weg, Mom«, rief Zoe über den Lärmpegel des Föns und des Fernsehers hinweg. »Drei andere Freundinnen von mir werden in ein paar Minuten hier sein. Wir essen alle noch was zusammen, und dann gehen wir auf die Rolle.«

»Vergiss nicht, den Fernseher und die Stereoanlage auszustellen, bevor du das Haus verlässt.«

»Versprochen.«

Zoe dachte tatsächlich daran, doch nachdem die Mädchen in die Küche hinuntergepoltert waren, hörte Faith aus Zoes Zimmer ein Geräusch. Sie marschierte hinauf und stellte fest, dass Zoe ihre elektrische Rundbürste nicht ausgeschaltet hatte. Im Bad war das Spülbecken zudem voller Haare, aber Faith wusste aus Erfahrung, dass es keinen Sinn hatte, Zoe darauf hinzuweisen. Sie vergaß es sowieso jedes Mal, die Haarbüschel zu entfernen. Was Faith jedoch Sorge bereitete, waren die zwei Kerzen, die noch in Zoes Zimmer brannten. Seufzend pustete sie sie aus.

»Sind sie weg?«, fragte Alex, als Faith ins Schlafzimmer zurückkehrte. Er saß bereits in seinem Pyjama im Bett und hielt ein Buch in der Hand.

»Noch nicht ganz.« Faith verlor kein Wort über die Kerzen und die Rundbürste. Alex hätte sich nur unnötig aufgeregt. Zoe sah zwar inzwischen aus wie eine Frau, aber was ihr Verantwortungsgefühl betraf, war sie noch ein Kind.

Faith ging hinunter in die Küche, und dort saßen die vier Mädchen, albern kichernd, und machten sich über das chinesische Essen her. Einen Augenblick lang war Faith froh, dass Ellie nicht ebenfalls im Haus war und für zusätzliches Chaos sorgte.

»Sollen wir morgen zusammen den Weihnachtsbaum

kaufen?«, fragte Faith Zoe über das Gelächter der Mädchen hinweg.

»Ich kann morgen nicht, Mom. Ich hab einen Friseurtermin, und außerdem treffe ich mich mit Freunden.«

Faith nickte und versuchte, sich ihre Enttäuschung nicht allzu sehr anmerken zu lassen. Zoe und sie hatten in den vergangenen Jahren immer gemeinsam den Baum gekauft, doch offenbar war mittlerweile alles anders als früher.

»Tut mir leid«, sagte Zoe kleinlaut. »Können wir das nicht nächste Woche machen?«

Bis Weihnachten waren es nur noch neun Tage. »Wir könnten am Sonntag losziehen«, schlug Faith hoffnungsvoll vor.

»Das geht leider auch nicht. Da bin ich auf einer Party in Connecticut.«

»Dann besorge ich den Baum am besten allein. Hilfst du mir denn, ihn zu schmücken?«

»Versprochen«, sagte Zoe und umarmte Faith.

Im gleichen Moment klingelte es an der Tür, und kurz darauf stürmten drei weitere Mädchen herein. Eine halbe Stunde später verließen alle gemeinsam das Haus. Zoe versicherte Faith, nicht allzu spät nach Hause zu kommen, doch sie wollte sich nicht auf eine Uhrzeit festlegen.

Nachdem die Mädchen fort waren, räumte Faith erst einmal die Küche auf, denn das war dringend notwendig. Als sie später die Treppe hinaufstieg und das Schlafzimmer betrat, schlief Alex bereits tief und fest. Faith schaltete das Licht der Nachttischlampe aus, das Alex hatte brennen lassen, und ging dann zu ihrem Arbeitszimmer hinunter. Nachdem sie ihren Computer hochgefahren hatte, schrieb sie Brad eine E-Mail. Sie wusste zwar, dass er höchstwahrscheinlich noch nicht zu Hause war, aber sie wollte ihm trotzdem von ihrem Tag erzählen.

Lieber Brad,
seit Zoe wieder da ist, herrscht hier das blanke Chaos! Und ich genieße es in vollen Zügen! Ein Haufen kichernder Mädchen, ohrenbetäubende Rapmusik und Vanilleeis auf dem Küchenboden – herrlich! Zoe hat mit ihren Freundinnen das Haus gestürmt, und dann sind sie tanzen gegangen. Gerade als das Chaos am schlimmsten wütete, ist Alex nach Hause gekommen. Er hat sich natürlich über den Lärm beschwert, aber ich finde es wunderbar, dass endlich wieder Leben in der Bude ist!
Wie geht es dir? Ich hoffe, du hattest eine gute Rückreise. Komm mich bitte möglichst bald wieder besuchen, du fehlst mir jetzt schon!
Ich wollte morgen eigentlich mit Zoe den Weihnachtsbaum kaufen gehen, aber sie hat keine Zeit. Ich finde, sie könnte sich dafür ruhig ein Stündchen Zeit nehmen, aber wenn ich darauf warte, stellen wir den Baum wahrscheinlich erst Ostern auf.
Arbeite nicht allzu hart am Wochenende!
Ich ruf dich bald wieder an.
Liebe Grüße, Fred

Nachdem sie die Mail abgeschickt hatte, saß Faith noch stundenlang am Schreibtisch und sortierte ihre Unterlagen. Als sie eine Antwort von Brad erhielt, war es schon nach Mitternacht.

Hi,
bin gerade erst eingetrudelt. Ich wollte dir sofort schreiben, da hab ich gesehen, dass du mir zuvorgekommen bist.
Schick mir doch ein bisschen von dem Lärm in eurem Haus! Hier ist es schrecklich still. Ich vermisse es, im Flur über Luftpumpen oder Skateboards zu stol-

pern, ich vermisse es, nachts von irgendwelchem Lärm aufgeweckt zu werden, und ich vermisse es, dass Horden von Teenies unseren Kühlschrank plündern. Ich wünschte, die Jungs wären noch hier. Genieße jede Minute mit Zoe!
Ich empfinde es als großes Geschenk, dass ich dich nach all diesen Jahren wiedergefunden habe, Fred. Das wollte ich dir unbedingt noch sagen! Es tut mir leid, dass der Kontakt zwischen uns immer wieder abgerissen ist, und ich verspreche dir, dass das nie wieder geschehen wird. Ich hätte dich heiraten sollen, als du vierzehn warst! Aber leider war ich damals nur an Mädchen mit großen Brüsten und kleinen Hirnen interessiert. Außerdem hätte Jack mich umgebracht, wenn ich mich an dich herangemacht hätte …
Seit wir uns wiederbegegnet sind, kommt mir alles eine Spur heller und freundlicher vor. Am liebsten würde ich mit dir den Weihnachtsbaum schmücken, aber das geht leider nicht.
Nur noch neun Tage bis Weihnachten! (Acht Tage, bis ich meine Geschenke kaufe, denn vorher komme ich wohl nicht dazu.) So, jetzt bin ich hundemüde und freue mich auf mein Bett.
Lass es dir gut gehen, dein Brad

Während Faith die E-Mail las, stahl sich ein Lächeln auf ihr Gesicht. Rasch schaltete sie alles aus, stieg die Treppe hinauf und ging zu Bett. Sie nahm sich ein Buch mit und las, bis Zoe um zwei Uhr nach Hause kam. Faith konnte nicht anders: Sie stand noch einmal auf, eilte zum Zimmer ihres Nesthäkchens hinüber und gab ihm einen Gutenachtkuss. Zoe hatte offenbar einen tollen Abend gehabt und teilte ihrer Mutter mit, dass ihre beste Freundin bei ihr übernachten werde.

»Bis morgen dann, ihr zwei«, sagte Faith und schloss die Tür. Doch dann öffnete sie sie noch mal. »Bitte zündet keine Kerzen mehr an! Es wäre schön, wenn das Haus Weihnachten noch stehen würde. Glaubt ihr, ihr bekommt das hin?«

»Kein Problem, Mom«, versicherte Zoe amüsiert. »Gute Nacht.«

Als Faith ins Bett schlüpfte, hörte sie Alex neben sich schnarchen. Faith betrachtete ihn im matten Licht der Straßenlaternen, das durch die Fenster ins Zimmer fiel. Mit ihm könnte sie sich niemals so unterhalten wie mit Brad. Alex würde auch nie mit ihr Schlittschuh laufen gehen, und niemals würde er mit ihr eine Kerze in der Kirche anzünden. Auch ein Gespräch über die Kompromisse, die man in einer Ehe einging, und die Opfer, die man um des lieben Friedens willen brachte, könnte sie mit Alex niemals führen. Er wäre nicht in der Lage, Faiths Standpunkt nachzuvollziehen und den Sinn einer solchen Unterhaltung überhaupt zu erkennen. Alex sprach mit seiner Frau über andere Themen – gewöhnlich über seine Geschäftsreisen oder etwas, das er in den Nachrichten gehört hatte. Über ihre Träume wusste er nichts, doch glücklicherweise hatte sie ja nun Brad, dem sie sich anvertrauen konnte.

Schon fünf Minuten später war Faith eingeschlafen, und als sie am folgenden Morgen erwachte, war das Bett neben ihr leer. Offenbar war Alex ins Büro gefahren.

Faith stieg gerade aus der Badewanne und griff nach einem Handtuch, da platzte Zoe ins Badezimmer.

»Mom!«, rief sie erschrocken. »Woher hast du denn diesen riesigen blauen Fleck?«

Faith blickte überrascht an sich hinunter. Sie hatte den Bluterguss an ihrer Hüfte noch gar nicht bemerkt. »Was? Oh … den habe ich wahrscheinlich vom Schlitt-

schuhlaufen«, erklärte sie und rieb sich mit dem Handtuch trocken. Obwohl der Fleck recht groß war, tat er kaum weh.
»Seit wann gehst du denn Schlittschuh laufen?«
»Seit meinem fünften Lebensjahr! In der letzten Zeit allerdings gar nicht mehr.« Faith lächelte wehmütig. »Aber als Ellie und du noch Kinder wart, da habe ich euch immer mit in den Park zum Eislaufen genommen, weißt du nicht mehr?« Jack hatte sie sogar ein- oder zweimal begleitet. Offensichtlich war Zoe damals aber zu klein gewesen, um sich heute noch daran zu erinnern, denn sie schüttelte nun den Kopf. Später hatte sie mehr Interesse an Pferden und am Ballett gezeigt, und Schlittschuhlaufen war mehr und mehr in den Hintergrund getreten.
»Mit wem warst du denn unterwegs?«, fragte Zoe neugierig.
»Mit einem alten Freund von deinem Onkel Jack, Brad Patterson. Wir sind zusammen aufgewachsen. Letzte Woche war er ein paar Tage in New York, und da haben wir uns um der alten Zeiten willen aufs Eis gewagt.«
»Und wie ist er so?«, hakte Zoe nach, während sich ihre Mutter anzog.
»Er ist ein durch und durch liebenswerter Mann, und er erinnert mich sehr an Jack. Ich habe ihn auf Charles' Beerdigung wiedergetroffen, und seitdem schreiben wir uns regelmäßig E-Mails. Brad lebt in San Francisco und ist Strafverteidiger für Jugendliche. Kannst du dich denn nicht mehr an ihn erinnern? Du hast ihn auf Onkel Jacks Beerdigung kennen gelernt.« Allerdings hatten die Mädchen an diesem Tag vielen Menschen die Hand geschüttelt und konnten sich sicherlich nicht an jeden erinnern.
Zoe lächelte schelmisch. »Bist du in ihn verknallt, Mom? Deine Augen leuchten so, wenn du über ihn redest.«

»Mach dich nicht lächerlich! Ich kenne ihn schon beinahe mein ganzes Leben.«
»Es sind schon merkwürdigere Dinge passiert. Ist er in dich verknallt?«
»Nein! Wir sind einfach nur Freunde – ein bisschen wie Bruder und Schwester. Wir können uns sehr gut unterhalten und haben in vielen Dingen die gleichen Ansichten.«
»Ist er verheiratet?« Zoe begeisterte sich immer mehr für das Thema. Dieser Mann klang äußerst interessant, und sie konnte sich nicht daran erinnern, dass ihre Mutter jemals einen engen männlichen Freund gehabt hatte. Sie glaubte allerdings kaum, dass sich ihre Mutter jemals auf eine Affäre einlassen würde – obwohl sie fand, dass es ihrem Vater ganz recht geschähe.
»Ja, er ist verheiratet und hat zwei Söhne, Zwillinge, ungefähr in Ellies Alter. Sie sind momentan für ein Jahr in Afrika.«
»Sehen sie gut aus?«
Brad hatte Faith ein Foto von seinen Söhnen gezeigt, und Faith war sofort aufgefallen, dass die Jungs ihm wie aus dem Gesicht geschnitten waren. »Ich finde schon«, sagte sie achselzuckend.
»Wenn sie dir gefallen, sind sie wahrscheinlich nicht mein Typ!«, gab Zoe lachend zurück und schlenderte wieder in ihr Zimmer.
Wenig später ging Zoe zum Friseur, und Faith machte sich auf den Weg, um einen Weihnachtsbaum zu kaufen. Sie wählte einen großen, gerade gewachsenen Baum aus, und er wurde noch am selben Nachmittag geliefert. Als Alex am frühen Abend nach Hause kam, war Faith schon dabei, den Baum zu schmücken. Da sie nicht wusste, wann Zoe wieder auftauchen würde, hatte sie nicht auf sie warten wollen. Alex setzte sich aufs Sofa und beobachtete Faith, als habe der Vorgang

rein gar nichts mit ihm zu tun. Faith stand auf einer Leiter und hängte bunte Kugeln an die oberen Äste. Zuvor hatte sie sich eine Stunde lang mit den elektrischen Kerzen herumgeschlagen.
»Hast du Lust, mir zu helfen?«, fragte sie in fröhlichem Tonfall.
»Scheint doch so, als hättest du alles unter Kontrolle«, entgegnete Alex und verschwand kurz darauf in seinem Arbeitszimmer. Er hasste es, den Weihnachtsbaum zu schmücken. Normalerweise erledigte Faith das mit den Mädchen, aber offenbar hatte Zoe keine Lust mehr dazu.
Eine Stunde später war Faith fertig und trat einen Schritt zurück, um ihr Werk zu bewundern. Der glitzernde Baum war ihr prächtig gelungen. Faith legte eine CD mit Weihnachtsliedern auf, ging dann in ihr Arbeitszimmer hinüber und suchte etwas auf ihrem Schreibtisch. Dabei sah sie, dass sie eine E-Mail erhalten hatte. Sie war den ganzen Tag lang nicht dazu gekommen, ihren Posteingang zu überprüfen.

Hi Fred,
heute ist ein ziemlich frustrierender Tag. Ich muss einfach jemandem erzählen, was passiert ist, und dafür musst du nun wieder herhalten.
Ich habe heute einen Anruf von einem Paar bekommen und mich gleich darauf mit den beiden getroffen. Ihre fünfzehnjährige Tochter ist angeklagt, ihren sechsjährigen Bruder umgebracht zu haben! Soweit ich es bis jetzt beurteilen kann, ist das Mädchen psychisch krank, obwohl es oberflächlich betrachtet nicht den Anschein macht. Ich werde trotzdem versuchen, auf Unzurechnungsfähigkeit zu plädieren, dann muss sie zumindest nicht in ein normales Gefängnis.

Die Leute tun mir entsetzlich leid! Darüber werden sie bestimmt niemals hinwegkommen. Die Fotos von dem Jungen haben mir fast das Herz gebrochen. Ich werde mir das Mädchen heute Abend mal näher anschauen. Momentan ist sie in Untersuchungshaft.
Es gibt Tage, da wünschte ich, ich hätte einen anderen Beruf. Es gibt kaum etwas, das ich für diese Familie tun kann, aber ich werde natürlich auf alle Fälle mein Bestes geben.
Entschuldige, dass ich dich mit diesem ganzen Mist belaste. Ich hoffe, du hattest einen schöneren Tag als ich. Hast du den Baum gekauft? Ich wette, du hast ihn schon geschmückt und er sieht umwerfend aus. Genau wie du. Mir hat dein Mantel übrigens sehr gut gefallen, Rot steht dir einfach hervorragend – genauso wie Schlittschuhe.
Ich melde mich bald wieder.

Liebe Grüße, Brad

Faith runzelte die Stirn. Brad klang furchtbar deprimiert. Sie antwortete ihm augenblicklich.

Dein neuer Fall klingt ja schrecklich! Ich kann mir vorstellen, dass diese Familie am Boden zerstört sein muss. Für die Eltern ist es bestimmt so, als hätten sie gleichzeitig beide Kinder verloren. Allein der Gedanke daran jagt mir eine Gänsehaut über den Rücken!
Bei uns ist alles okay. Der Baum steht und sieht tatsächlich ziemlich gut aus. Ich habe keine Ahnung, wo Zoe steckt, sie war den ganzen Tag unterwegs. Offiziell ist sie beim Friseur, aber wahrscheinlich hat sie noch eine Freundin getroffen und sich mit ihr verquatscht.
Ich sollte jetzt langsam anfangen, das Abendessen vorzubereiten. Ich habe übrigens einen riesigen

blauen Fleck an der Hüfte! Zoe hat ihn heute entdeckt, und ich habe ihr erzählt, dass ich mit dir Schlittschuh laufen war. Sie war ziemlich neugierig und fand es offenbar faszinierend, dass ich einen männlichen Freund habe. Vielleicht begegnet ihr euch ja, wenn du das nächste Mal hier bist.
Pass auf dich auf, und Kopf hoch!
Liebe Grüße, Fred

Während Faith die E-Mail abschickte, betrat Zoe das Arbeitszimmer. Ihre Frisur saß perfekt, und sie hatte sich auch schminken und ihre Fingernägel maniküren lassen.
»Wow, du siehst toll aus!«, rief Faith. »Richtig glamourös!«
»Wem hast du geschrieben?«, fragte Zoe neugierig.
»Brad«, sagte Faith leichthin.
Zoe grinste. »Mom, du bist doch verliebt in ihn!«
Faith schüttelte entschieden den Kopf. »Nein, wir sind nur Freunde! Wie oft muss ich dir das noch sagen?«
»Hast du nicht vielleicht doch eine Affäre mit ihm?«
»Natürlich nicht!«
»Ich glaube dir kein Wort, Mom. Deine Augen sprühen regelrecht Funken, wenn du über ihn sprichst.«
»Hast du etwa was getrunken, Zoe Madison?«, erkundigte sich Faith und zog im Spaß tadelnd die Augenbrauen hoch.
»Lenk nicht ab! Ich rühre tagsüber keinen Tropfen an. Und ich sage: Du bist verliebt!«
Faith lachte. »Sei nicht albern!«
»Weiß Dad Bescheid? Ich meine, weiß er von Brad?«
»Ich glaube, ich habe Brad ihm gegenüber mal erwähnt, aber er schien ihn nicht sonderlich zu interessieren. Dein Vater hat eben nicht so eine ausschweifende Fantasie wie du! Ich gebe zu: Als junges Mäd-

chen war ich in Brad ziemlich verknallt, aber das ist lange vorbei!«

»Eigentlich schade«, murmelte Zoe. »Du bist doch nicht glücklich mit Dad, oder?«

Faith blickte ihre Tochter entsetzt an. »Wie kommst du nur darauf?«

»Ich habe schließlich Augen im Kopf. Dad ist ein Eisklotz, und er kümmert sich kaum um dich. Er unterhält sich nicht mit dir, gibt dir nie einen Kuss ...«

»Dein Vater demonstriert seine Liebe eben nicht gern vor anderen Leuten.«

»Willst du mir im Ernst erzählen, er verhält sich anders, wenn ihr allein seid? Mom, ich bin doch nicht blöd! Und wie er manchmal mit dir spricht ... so von oben herab. Du hast wirklich was Besseres verdient!«

Zoe schien es absolut ernst zu sein, und Faith war schockiert. Aus dem Munde ihrer Tochter klang es, als sei ihre Ehe ein absoluter Reinfall – und genau das war es, was sich Faith noch nicht eingestehen wollte. Doch Zoe hatte auf jeden Fall Unrecht in Bezug auf Brad. Sie, Faith, war keineswegs verliebt in ihn. »Das ist nicht wahr, Zoe! Dad und ich sind glücklich miteinander. Wir kennen uns sehr gut und verstehen uns.«

»Dad ist zufrieden damit, wie alles läuft, aber du bist es nicht! Wie kannst du mit jemandem glücklich sein, der dich immer nur kritisiert und dir nie zuhört? Ständig versuchst du, es ihm recht zu machen, und vergisst dabei völlig, an deine eigenen Bedürfnisse zu denken! Ich wünschte, du würdest eines Tages jemanden finden, der nett zu dir ist und dich wirklich liebt. Wenn das jemals passiert, solltest du Dad in den Wind schießen! Ellie würde sich zwar tierisch aufregen, aber sie kommt schon darüber hinweg. Und ich würde mich so für dich freuen, Mom!«

Faith bemerkte, dass sie am ganzen Körper zitterte. Zoe

hatte den Nagel auf den Kopf getroffen und all die Dinge ausgesprochen, vor denen sie, Faith, lange Zeit die Augen verschlossen hatte. Doch Zoe gegenüber konnte sie das unmöglich zugeben.

»Zoe!« Faith schlang die Arme um ihre Tochter. »Wie kannst du nur derart respektlos über deinen Vater sprechen?«

»Weil ich dich lieb habe und weil ich möchte, dass du glücklich bist, Mom! Und ganz offensichtlich bist du es nicht. Ich finde es zwar toll, dass du an die Uni zurückgehst, aber das wird nichts daran ändern, dass deine Ehe am Ende ist. Vielleicht lernst du jemanden in deinen Seminaren kennen.«

»Zoe, ich möchte niemanden kennen lernen! Ich bin verheiratet, und ich liebe deinen Vater.«

»Vielleicht wäre doch dieser Brad was für dich.«

»Hör auf damit! Brad ist wie ein Bruder für mich, nicht mehr und nicht weniger.«

»Worüber sprecht ihr beiden denn in euren vielen E-Mails?«

»Über alles Mögliche ... seine Arbeit, meine Seminare, über dich, über Ellie, über Brads Kinder. Über Jack. Über unsere Ehen.«

»Klingt doch super. Wie sieht Brad denn aus? Und wie alt ist er?«

»Er ist ein ziemlich großer Mann, hat grüne Augen, schwarze Haare und ein Grübchen im Kinn. Und er ist neunundvierzig.«

»Findest du ihn attraktiv?«

»Ja, schon. Aber ich denke nicht auf diese Art an ihn«, klärte Faith ihre Tochter auf und musste sich gleichzeitig eingestehen, dass das nicht ganz der Wahrheit entsprach. Als sie sich vor kurzem mit Brad getroffen hatte, war ihr durchaus aufgefallen, wie gut er aussah. Doch das wollte sie Zoe gegenüber nicht bekennen –

ihre Tochter hätte sofort die falschen Schlüsse gezogen.
»Hast du ein Foto von ihm?«
»Leider nicht.«
»Da! Gerade ist es schon wieder passiert!«
»Was denn?«
»Deine Augen haben geleuchtet. Du bist in ihn verliebt!«
»Zoe Madison, hör auf, dich so aufzuführen, als hättest du nicht mehr alle Tassen im Schrank!«
»Vielleicht ist es dir selbst noch gar nicht klar geworden, aber glaub mir: Du liebst ihn!«
»Ich kenne Brad seit neununddreißig Jahren! Wieso sollte ich mich jetzt plötzlich in ihn verlieben?«
»Es ist nie zu spät, Mom. Womöglich würde er für dich sogar seine Frau verlassen.«
»Ich will nichts mehr von diesem Unsinn hören!«
In diesem Moment betrat Alex Faiths Arbeitszimmer. Sein Gesichtsausdruck verhieß nichts Gutes. »Hast du noch nicht mit Kochen angefangen, Faith? Ich verhungere, und es ist schon fast sieben Uhr!«
»Tut mir leid, Alex. Ich werde sofort loslegen und irgendetwas Schnelles machen.«
Alex nickte ungehalten und verschwand wieder. Zoe starrte ihre Mutter ärgerlich an. Sie hasste es, wie ihr Vater mit ihrer Mutter umsprang.
»Wenn er eine Dienstmagd braucht, ... «
»Zoe!«
»Warum kocht er nicht mal selbst oder führt dich zum Essen aus? Es ist ja nicht so, dass er sich das nicht leisten könnte.«
»Er arbeitet hart und ist sehr müde. Er war die ganze Woche über auf Geschäftsreise, und heute musste er schon wieder ins Büro.«
»Und du hast den Baum gekauft und geschmückt, obwohl ich dir doch dabei helfen wollte. Heute Morgen

hast du uns Frühstück gemacht, und jetzt kümmerst du dich ums Abendessen. Dabei hast du genauso viel zu tun wie er!«

Faith schüttelte den Kopf und ging in die Küche. Zoe folgte ihr.

»Isst du heute Abend mit uns?«, fragte Faith ihre Tochter, während sie die Kühlschranktür öffnete. Sie hatte genügend Steaks für drei.

»Nein, ich gehe heute Abend noch aus. Vielleicht solltest du das auch tun«, neckte Zoe ihre Mutter.

Doch es machte Faith nichts aus, das Essen zuzubereiten. Sie hatte schließlich während der vergangenen sechsundzwanzig Jahre beinahe jeden Abend für Alex gekocht.

»Es ist Samstagabend! Warum geht Dad nicht mit dir ins Kino?«, fragte Zoe, und Faith fiel auf, dass sie schon seit langer Zeit nicht mehr im Kino gewesen war.

»Ach, Zoe, du machst dir einfach zu viele Gedanken. Zuerst unterstellst du mir, ich hätte eine Affäre, dann möchtest du gern, dass ich eine habe, dann rückst du deinen Vater in ein schlechtes Licht. Am besten wechseln wir jetzt mal das Thema.« Während sie sprach, holte sie Lebensmittel und eine Pfanne aus dem Schrank.

»Ich finde, du solltest dir das mit der Liaison mit Brad noch mal überlegen«, flüsterte Zoe ihr verschwörerisch zu, umarmte sie und hastete dann hinauf in ihr Zimmer.

Als Faith die Steaks in die Pfanne legte, schüttelte sie lächelnd den Kopf und fragte sich, was nur in Zoe gefahren war. Sie schien geradezu besessen von der Idee, dass zwischen Brad und ihr, Faith, eine Liebesbeziehung entstehen könnte, und das war doch völlig verrückt – oder etwa nicht?

11

Das Wochenende verging wie im Flug. Zoe und ihre Freundinnen hielten Faith in Atem, und sie fand kaum eine ruhige Minute. Sie kochte für die Mädchen, bezahlte beinahe jeden Abend den Pizzalieferanten, sammelte Schmutzwäsche ein, half Zoe dabei, ihre Outfits auszusuchen, und wartete jede Nacht darauf, dass Zoe wohlbehalten nach Hause kam. Sie war erleichtert, dass Zoe mit dem Zug nach Connecticut zu der Party fuhr und nicht mit dem eigenen Auto. Dennoch machte sie sich Sorgen, denn ihre Tochter kehrte erst um drei Uhr morgens heim.

Alex wurde unterdessen zunehmend gereizter, denn der Lärm und die Unordnung im Haus zerrten an seinen Nerven. Immer öfter geriet er mit Zoe aneinander, und Faith bemühte sich, zwischen den beiden zu vermitteln. Alex hasste die Musik, die Zoe hörte, die Art, wie sich seine Tochter ausdrückte, die Jungs, die hin und wieder vor der Tür standen, und die Klamotten, die ihre Freunde trugen. Er fand, dass die jungen Leute aussahen wie Obdachlose, und ihre Musik war in seinen Ohren regelrecht obszön. Faith hingegen hatte sich mittlerweile an beides gewöhnt und war den Eigenheiten der Achtzehnjährigen gegenüber äußerst tolerant. Zoe wusste das zu schätzen und hatte Faith während der vergangenen Tage mehr als einmal als »extrem cool« bezeichnet.

Am Montagabend rief Ellie aus Sankt Moritz an. Faith war erleichtert zu hören, dass es ihr gut ging und sie sich offenbar fabelhaft amüsierte. Sie hatte viele neue

Leute kennen gelernt, und sie erzählte, dass Geoffreys Familie außerordentlich nett zu ihr war. Während Faith Ellies Worten lauschte, kam sie zu der Überzeugung, dass es die richtige Entscheidung gewesen war, Ellie nach Sankt Moritz fahren zu lassen. Sie schien auf jeden Fall einen wunderschönen Urlaub zu verleben.

»Du hattest recht«, sagte Faith aus diesem Grund später während des Abendessens zu Alex. »Ellie geht es in Sankt Moritz fantastisch.«

»Ich habe normalerweise immer recht«, erwiderte Alex, ohne zu zögern. »Auch in Bezug auf dein Studium. Du begehst einen kolossalen Fehler.«

Faith war überrascht über den plötzlichen Themenwechsel und wollte ihr Studium nicht noch einmal mit Alex diskutieren, doch er war offenbar noch nicht fertig.

»Bist du denn immer noch nicht wieder bei Sinnen, Faith?«, verlangte er zu wissen.

Faith fragte sich, warum Alex das Thema ausgerechnet an diesem Abend wieder anschnitt, und sie wurde schlagartig nervös. Bald würde sie die Aufnahmeprüfung für die Uni ablegen, und davon hatte sie Alex noch immer nichts erzählt.

»Ich bin sehr wohl bei Sinnen, Alex, und ob es dir passt oder nicht: Ich beginne in drei Wochen mit dem Wiedereinstiegsprogramm.« Sie hatte die beiden Kurse von dem Geld bezahlt, das ihre Mutter ihr nach ihrem Tod hinterlassen hatte.

»Das wirst du noch einmal bereuen«, grollte Alex. »Vielleicht fällst du auch durch.«

»Ich möchte das ungern heute mit dir besprechen«, sagte Faith geradeheraus.

Alex zog eine Augenbraue hoch und verlor während der Mahlzeit kein weiteres Wort über die Sache. Nach dem Essen verschwand er sofort ins Schlafzimmer und ging dort noch einige Unterlagen durch.

Nachdem Faith das schmutzige Geschirr in die Spülmaschine gestellt hatte, suchte sie Zuflucht in ihrem Arbeitszimmer und schrieb eine E-Mail an Brad, in der sie ihrem Ärger Luft machte.
Brad antwortete umgehend:

Sag mal, tickt Alex noch ganz richtig? Du hattest in der Schule immer viel bessere Noten als Jack und ich, und du hast mit magna cum laude im College abgeschlossen! Hat Alex wirklich keine Ahnung, wie klug du bist? Kennt er dich überhaupt nicht?
Ich bin bei meinen Abschlussprüfungen an der Uni beim ersten Mal durchgefallen, wusstest du das eigentlich? Aber ich wette, du schaffst es sofort beim ersten Versuch. Warum lässt dich Alex nicht endlich in Ruhe? Wenn er sich dir das nächste Mal in den Weg stellt, sag ihm einfach, er soll sich zum Teufel scheren!
Ich glaube an dich, Fred. Bitte verliere nicht den Glauben an dich selbst!

Dein Brad

Faith schrieb daraufhin:

Alex nimmt es mir leider immer noch übel, dass ich wieder zur Uni gehen möchte. Ich hatte gehofft, er hätte sich mittlerweile an den Gedanken gewöhnt, aber das wird er wohl nie tun.

Brads nächste Mail ließ nicht lange auf sich warten.

Ich bin es langsam leid, dass er immer so auf dir herumhackt. Wie hältst du es nur aus, mit jemandem zusammenzuleben, der kein gutes Haar an dir lässt und dir nichts zutraut?

Schon eine Minute später kam Faiths Antwort.

Ich bin daran gewöhnt, und ich glaube nicht, dass Alex es böse meint. Es ist einfach nicht seine Art, anderen Menschen Komplimente zu machen oder sie zu loben.

Brad überflog die beiden Sätze, hatte aber keine Zeit zu antworten, da er dringend einige Dinge erledigen musste. Er diktierte seiner Sekretärin einige Geschäftsbriefe und dachte währenddessen die ganze Zeit an Faith und daran, wie unmöglich sich Alex verhielt. Er würde seiner Freundin so gern helfen, aber wenn er ehrlich war, liefen die Dinge in seinem eigenen Leben momentan auch nicht besser. Pam ging beinahe täglich auf eine Party und lag ihm ständig in den Ohren, er solle sie begleiten, aber dies hatte er in den vergangenen Tagen rigoros abgelehnt. Einerseits türmte sich auf seinem Schreibtisch die Arbeit, und andererseits riss er sich ohnehin nicht um solche Veranstaltungen. Deshalb hatte er Pam geraten, sich eine andere Begleitung zu suchen, schließlich hatte sie zahllose Freunde, die ganz heiß auf Partys waren. Er selbst hatte einfach Wichtigeres zu tun, zum Beispiel musste er noch in der Woche vor Weihnachten zu einer Gerichtsverhandlung. Doch mittlerweile war es nicht mehr zu leugnen, dass es zwischen ihm und Pam mächtig kriselte. Sie unternahmen beinahe nichts mehr gemeinsam.
»Kannst du denn nicht irgendeinen deiner Kollegen oder einen Assistenten zu der Gerichtsverhandlung schicken?«, fragte Pam Brad während des Abendessens aufgebracht. »Musst du denn immer alles selbst machen?«
Brad hatte ihr gerade erst gesagt, dass er auch an diesem Tag keine Zeit haben würde, sie zu ihrer Verabre-

dung zu begleiten. »Ich kann das niemand anderem überlassen, Pam, das weißt du doch.«
»Warum denn nicht? Meine Assistenten gehen doch auch für mich zum Gericht – im Grunde erledigen sie die Hälfte meiner Arbeit!«
»Aber du versuchst auch nicht, minderjährige Kinder davor zu bewahren, wegen Mordes verurteilt zu werden! Hier geht es um Leben und Tod!«
»Du weißt gar nicht, wie recht du damit hast, Brad. Hier geht es tatsächlich um Leben und Tod – nämlich um unser eigenes Leben und um unsere Ehe! Ich bin es langsam leid, dass du nie zu Hause bist!« Pam stand auf und marschierte mit hochrotem Kopf vor Brad auf und ab. Sie trug ein blaues, paillettenbesetztes Kleid und sah atemberaubend aus, aber ihr wütender, anklagender Blick hätte jeden Mann in Angst und Schrecken versetzt. Brad war jedoch an Pams Wutanfälle gewöhnt, und sie schüchterten ihn nicht mehr ein.
»Ich dachte, wir hätten uns schon vor Jahren dahingehend geeinigt, dass wir nicht alles zusammen unternehmen müssen«, sagte Brad und rieb sich müde die Augen.
»Damals hast du allerdings versprochen, dass du zumindest hin und wieder mit mir zu einer Party gehen würdest.«
»Aber doch nicht, wenn ich einen wichtigen Fall vorbereite! Ich habe momentan einfach keine Zeit.«
»Liegt es an deiner kleinen depressiven Freundin? Nimmt sie deine Zeit in Anspruch?«
Brad blickte Pam irritiert an. »Was? Wovon sprichst du?« Seine Augen verengten sich.
»Ich habe vor einigen Tagen eine deiner E-Mails gelesen, Brad. Darin hast du dieser Frau irgendetwas darüber geschrieben, wie schön es gewesen sei, mit ihr in die Kirche zu gehen. Seit wann bist du eigentlich reli-

giös? Ist diese geheimnisvolle Fremde etwa eine Geistliche, eine Nonne?«
»Viel wichtiger erscheint mir die Frage, was du eigentlich an meinem Computer zu suchen hast, Pam. Wie kannst du es wagen, meine Mails zu lesen?«
»Ich habe rein zufällig einen Blick auf den Bildschirm deines Rechners geworfen, als du in die Garage gegangen bist. Also, wer ist diese Frau?«
»Sie ist eine alte Freundin, ich kenne sie seit meiner Kindheit. Faith ist Jacks kleine Schwester – erinnerst du dich überhaupt an Jack? Egal, du hast kein recht, uns irgendetwas zu unterstellen. Wir sind lediglich Freunde, nicht mehr. Ich bin dir zwar keinerlei Rechenschaft schuldig, aber ich habe Faith letzte Woche, als ich in New York war, zum Essen ausgeführt, und danach waren wir noch in einer Kirche.«
»Wie rührend! Schläfst du mit ihr?« Pam spie ihm die Worte regelrecht ins Gesicht.
»Nein, und selbst wenn ich es täte, ginge dich das nichts an! Ich quetsche dich auch nicht nach Details aus deinem Liebesleben aus!« Obwohl Brad sicher war, dass Pam in den vergangenen Jahren immer wieder Affären gehabt hatte, fragte er sie nie danach. Er hätte ihr keinen Vorwurf daraus machen können, dass sie sich anderen Männern zuwandte, denn er und Pam hatten seit Jahren nicht mehr miteinander geschlafen. Brad hatte es irgendwann einfach nicht mehr ausgehalten, mit einer Maschine ins Bett zu gehen, denn genauso verhielt sich Pam beim Liebesspiel – unermüdlich, fordernd, aber ohne jedes Gefühl. Da zog er es vor, zölibatär zu leben.
Pam vermutete jedoch ihrerseits, dass Brad ebenfalls Affären hatte, da er zu Beginn ihrer Beziehung sehr leidenschaftlich gewesen war. Sie konnte sich einfach nicht vorstellen, dass jemand wie Brad jahrelang ohne

Sex lebte. Doch dies war eben eins der Opfer, die Brad um des lieben Friedens willen brachte.
Pam blickte ihn nun schockiert an. »Bist du in sie verknallt?«
»Nein! Hast du mir nicht zugehört? Wir sind nur Freunde. Ich kenne sie, seit sie acht war!«
»Wenn du nicht mit ihr schläfst, aber mit ihr in die Kirche gehst, dann verwette ich meinen Arsch darauf, dass du in sie verliebt bist, Brad!«
»Das ist wieder typisch für dich: schwarz oder weiß, dazwischen gibt es nichts. Stell dir vor, es gibt auch Leute, denen etwas an Freundschaft liegt!« Er schüttelte seufzend den Kopf. »Du hast mir immer noch nicht genau erklärt, wie du dazu kommst, meine E-Mails zu lesen. Ich schnüffle schließlich auch nicht in deinen!«
»Okay, okay, tut mit leid. Wie gesagt, ich habe halt einfach zufällig auf den Bildschirm geguckt, und dabei ist mir die Mail ins Auge gesprungen.«
Brad überlegte fieberhaft, ob er in jener Mail irgendetwas Negatives über Pam geschrieben hatte, aber er nahm an, das Pam das bereits erwähnt hätte, falls das der Fall war.
»Wieso interessierst du dich plötzlich für ein kleines frommes Mäuschen?«, fragte Pam abfällig.
»Hör sofort auf, dermaßen herablassend über Faith zu sprechen!« Wütend sprang Brad auf. »Um Faith geht es hier doch überhaupt nicht. Du bist sauer, weil ich nicht mit dir zu dieser verdammten Party gehen will. Aber mal ganz ehrlich: Glaubst du im Ernst, ich hätte jetzt noch Lust, mit dir irgendwohin zu gehen? Du suchst dir besser jemand anderen, den du herumschubsen kannst, und das sollte dir nicht allzu schwer fallen – du kennst doch so viele Leute! Du findest schon irgendeinen Typen, der mit dir von Party zu Party zieht. Ich hab jedenfalls keine Lust, dein Schoßhündchen zu spielen!«

Mit diesen Worten stapfte er aus dem Zimmer. Seine Hände zitterten. Er konnte kaum fassen, dass Pam tatsächlich die Unverfrorenheit besessen hatte, seine Mail zu lesen und sich derart abschätzig über Faith zu äußern. Er fuhr zurück zu seinem Büro, von schlimmen Magenschmerzen geplagt. Pams Verhalten hatte ihn zutiefst verärgert – obwohl sie ihm seit Jahren immer wieder Szenen machte und er eigentlich daran gewöhnt sein müsste. Aber diesmal ging ihm die Auseinandersetzung erstaunlich nahe, und das lag zweifellos daran, dass Faith Thema gewesen war. Brad wusste: Wenn er nicht eingeschritten wäre, hätte Pam wahrscheinlich noch stundenlang mit ihm gestritten.

Sobald er wieder im Büro war, rief er einem spontanen Impuls folgend Faith in New York an.

Faith freute sich sehr über seinen Anruf. Alex hatte sich in seinem Arbeitszimmer verbarrikadiert, und Zoe war mit Freunden unterwegs.

Kaum hörte Brad Faiths Stimme, beruhigte sich sein Magen.

»Geht es dir gut?«, fragte Faith ihn ohne Umschweife. Sie hatte Brad sofort angehört, dass irgendetwas nicht in Ordnung war.

Brad atmete tief aus. Schlagartig wurde ihm bewusst: Faith hatte sämtliche Eigenschaften, die Pam fehlten: Einfühlungsvermögen, Sanftmut, Großzügigkeit und Selbstlosigkeit. »Ich bin furchtbar müde – und schlecht gelaunt«, erklärte er. Plötzlich hatte er Skrupel, Faith mit seinen Eheproblemen zu belasten. »Ich hatte einen harten Tag. Wie war deiner?«

»So weit ganz gut. Zoe ist unterwegs, und ich mache mir einen ruhigen Abend.«

»Wie läuft es mit Zoe?«

»Gut, allerdings habe ich so langsam das Gefühl, ich betreibe hier ein Motel! Ich bin rund um die Uhr damit beschäftigt, zu waschen, hinter ihr herzuräumen, Kerzen auszupusten und zu beten, dass das Haus nicht abbrennt. Trotzdem freue ich mich nach wie vor, dass Zoe hier ist, es macht nur eine Menge Arbeit! Aber genug von mir, erzähl mir, was heute passiert ist. Warum war dein Tag hart?«

»Mein Antrag auf Vertagung bei meinem aktuellen Fall ist heute Morgen abgelehnt worden, und das ist wirklich fatal. Ich brauche einfach mehr Zeit, um Zeugen aufzutreiben, andernfalls wandert der Junge in den Knast. Außerdem ist meine Sekretärin krank, und auf ihrem Schreibtisch stapelt sich die Arbeit. Na ja, und dann hatte ich heute Abend noch einen Streit mit Pam. Keine große Sache eigentlich, nur eine unschöne Szene.«

»Worum ging es denn?«, fragte Faith, und ihre Anteilnahme bewog Brad dazu, seiner Freundin das Herz auszuschütten. »Sie will, dass ich mit ihr zu den zehntausend Weihnachtspartys gehe, die im Moment stattfinden, aber ich hab einfach keine Lust und auch keine Zeit dazu. Pam weiß ganz genau, dass ich dieses Schmierentheater bei solchen Anlässen hasse, und meistens verschwindet sie sowieso sofort mit den wichtigen Leuten und lässt mich stehen. Es geht ihr einzig und allein darum, dass wir einen großen Auftritt als Ehepaar haben, danach ist ihr egal, wo ich bleibe. Aber ich habe einfach nicht den Nerv für solche Kindereien, Faith. Im Moment jagt eine Verhandlung die andere, und diese Kids sind schließlich auf mich angewiesen!«

»Hat Pam das denn eingesehen?«, hakte Faith vorsichtig nach.

»Eigentlich nicht.« Brad holte tief Luft. Er wusste, es würde ihm besser gehen, wenn er sich alles von der Seele geredet hatte. »Pam hat vor kurzem eine meiner Mails an dich gelesen. Da bin ich ziemlich ausgeflippt.«

»Was? Oh ... das kann ich gut verstehen.« Faith hasste es ebenfalls, wenn jemand ihre Privatsphäre nicht respektierte.
»Pam ist ebenfalls ausgetickt und hat behauptet, ich sei in dich verliebt ...«
Faith lächelte. »Zoe hat mir vor ein paar Tagen dasselbe unterstellt – oder mich vielmehr gefragt, ob wir eine Affäre hätten.«
»Und was hast du geantwortet?«
»Dass wir nur Freunde sind. Zoe war allerdings ziemlich enttäuscht und hat gesagt, ich sollte mir überlegen, ob ich nicht was mit dir anfangen möchte. Sie ist der Meinung, Alex hätte das verdient. Eine erstaunliche Sichtweise für eine Achtzehnjährige, findest du nicht?«
»In der Tat – aber sie hat recht. Alex hätte es wirklich verdient, dass du fremdgehst. Es scheint, als täte er nichts weiter als arbeiten, schlafen und sich beschweren ... so wie ich.« Brad hielt kurz inne und prustete dann los. »Ich bin genauso schlimm wie Alex! Pam hätte sich somit ebenfalls eine Liaison verdient. In ihrem Fall ist es aber sehr wahrscheinlich, dass sie bereits eine hat.«
»Ist das dein Ernst?«, fragte Faith entsetzt.
»Ich bin mir ziemlich sicher – obwohl ich sie nie danach gefragt habe. Das geht mich einfach nichts mehr an.«
Faith verstand, was Brad damit sagen wollte, und sie war überrascht. Brad war einfach nicht der Typ, der sein Sexualleben komplett aufgab – zumindest hatte sie bislang nicht diesen Eindruck gewonnen.
»Deswegen geht es auch Pam nichts an, ob ich eine Affäre habe oder nicht«, fuhr Brad fort. »Sie hat kein recht, mir nachzuspionieren.« Er seufzte. »Ach Fred, es tut mir leid, dass ich dich mit diesem ganzen Mist belaste, aber Pam hat mich heute regelrecht zur Weißglut getrieben.«
Sie unterhielten sich noch einige Minuten lang, und

Faith bemühte sich, Brad wieder aufzubauen. Zum Schluss lachte er schon wieder und bedankte sich bei Faith für die Aufmunterung.
Nach dem Gespräch machte sich Brad wieder an die Arbeit, doch er konnte sich kaum darauf konzentrieren. Es war merkwürdig, dass sowohl Pam als auch Zoe vermuteten, dass zwischen Faith und ihm etwas lief. Für ihn war Faith allerdings noch genau dieselbe wie in seiner Kindheit – seine Freundin und Vertraute. Oder hatte sich inzwischen doch etwas geändert? Sah er mittlerweile etwa nicht mehr die kleine Schwester in ihr?
Brad lehnte sich in seinem Stuhl zurück und runzelte die Stirn. Faith war in den vergangenen Monaten zu seinem Lebensmittelpunkt geworden; er erzählte ihr alles, was in ihm vorging, und er vertraute ihr blind. Während er darüber nachdachte, tauchte vor seinem inneren Auge Faith auf, wie sie in der St. Patrick's Cathedral für Jack betete. Damals war ihm durch den Kopf geschossen, dass er noch nie im Leben eine solch schöne Frau gesehen hatte. Plötzlich fragte sich Brad, ob Pam womöglich recht hatte … War er etwa in Faith verliebt? Doch dann schüttelte er den Kopf und lächelte. Gleichgültig, wie hübsch Faith auch war, ihre Beziehung war rein freundschaftlich – familiär beinahe.
In New York beschäftigten Faith ganz ähnliche Gedanken. Sie saß in der Badewanne und überlegte, ob Zoe vielleicht etwas bemerkt hatte, das sie, Faith, sich selbst nicht eingestehen wollte. Doch letztlich kam sie zu demselben Schluss wie Brad: Brad und sie waren nicht ineinander verliebt, sie waren Freunde, und wenn sie romantische Gefühle für ihn entwickelte, konnte das ihre wunderbare Freundschaft zerstören. Und das wollte Faith um jeden Preis verhindern.

12

Am Morgen nach dem Streit mit Pam war Brad gerade auf dem Weg zum Büro und fuhr an der St. Mary's Cathedral on Gough vorüber, da kam ihm plötzlich eine Idee. Doch aufgrund eines frühen Termins hatte er keine Zeit, sie augenblicklich in die Tat umzusetzen. Deshalb gab er, sobald er das Büro betrat, seiner Sekretärin den Auftrag zu recherchieren, ob sich sein Einfall überhaupt realisieren ließ. Eine Stunde später, Brad telefonierte gerade mit einem Staatsanwalt, reichte ihm seine Sekretärin eine Notiz, und Brad lächelte zufrieden. Um elf Uhr fand er die Zeit, zu der Adresse zu fahren, die seine Sekretärin ihm gegeben hatte. Er benötigte länger als gedacht, aber um ein Uhr war er wieder zurück im Büro.

Brad schrieb Faith ein paar Worte auf eine kleine Grußkarte, legte diese zu der Schachtel auf seinem Schreibtisch und bat seine Sekretärin, das Paket schnellstmöglich nach New York zu schicken. Zumindest ein Weihnachtsgeschenk hatte er nun bereits besorgt. Jetzt musste er lediglich noch zu Tiffany gehen und ein Geschenk für Pam kaufen.

Faith und ihre Familie verbrachten das Weihnachtsfest meist sehr traditionell. An Heiligabend aßen sie jedoch recht ungezwungen zusammen zu Abend, und später besuchte Faith für gewöhnlich die Mitternachtsmesse. Zoe hatte sie früher oft dorthin begleitet, doch Faith wusste nicht, ob sie es in diesem Jahr wieder tun würde. Am ersten Weihnachtstag packten sie normalerweise morgens die Geschenke aus und verbrachten den Tag gemeinsam. Als die Mädchen noch klein gewesen waren, war Weihnachten ein aufregendes Fest voller Überraschungen und Wunder gewesen, doch das lag lange zurück. Faith hoffte, dass sie in diesem Jahr ein wenig von der alten Magie wieder beleben konnten, aber ohne Ellie würde das sicherlich schwierig werden.

Am Morgen von Heiligabend riefen Faith, Zoe und Alex Ellie in der Schweiz an. In Sankt Moritz war es bereits früher Abend, und Ellie schien sich sehr über den Anruf aus der Heimat zu freuen. Faith fand, dass sie richtig gefühlsbetont reagierte, und das lag wahrscheinlich daran, dass es für ihre Tochter das erste Weihnachtsfest war, das sie nicht mit ihrer Familie verbrachte.

»Du fehlst uns, Schatz«, sagte Faith zu ihrer Tochter.

»Ihr fehlt mir auch«, erwiderte Ellie, und Faith glaubte, regelrechtes Heimweh aus ihrer Stimme herauszuhören. »Wie wäre es, wenn du mich nach Silvester in London besuchst, Mom?«

»Das geht leider nicht. Ich fange doch im Januar mit dem Wiedereinstiegsprogramm an. Aber sobald ich Ferien habe, komme ich dich auf jeden Fall besuchen.«

»Ich wusste gar nicht, dass du dich jetzt definitiv entschieden hast, an den Kursen teilzunehmen«, entgegnete Ellie, und sie klang enttäuscht.

»Ja, sie haben meine Anmeldung akzeptiert!«, erklärte Faith stolz und hoffte, ihre Tochter würde ihr nun gratulieren, doch das tat sie nicht. »In zwei Wochen geht es schon los«, schob Faith unsicher nach.

»Aber du weißt doch genau, dass Dad dagegen ist!«

Faith schluckte. Es war schwierig, Ellie ihre Beweggründe erneut zu unterbreiten, während Alex neben ihr stand. »Ich habe noch einmal mit Dad darüber gesprochen, und ich denke, er hat sich mittlerweile an den Gedanken gewöhnt«, sagte Faith beschwichtigend. Sie wollte unter allen Umständen verhindern, dass ihre Studienpläne das Weihnachtsfest verdarben, so wie sie bereits Thanksgiving ruiniert hatten. »Aber erzähl doch mal, wie es dir geht! Gefällt es dir in der Schweiz?«

»Es ist toll hier, aber ich vermisse euch alle ganz schrecklich – mehr, als ich gedacht hätte. Heute Abend gehen wir auf eine große Party, und danach machen wir noch die Rodelbahn unsicher.«

»Pass bloß auf dich auf!«, bat Faith. Sie machte sich sogleich Sorgen um ihre Tochter, und sie wusste, dass dies immer so sein würde, ganz gleich, wie alt die Mädchen waren.

Faith überreichte Zoe den Hörer, und die beiden Schwestern unterhielten sich eine ganze Weile lang. Faith war erleichtert, dass die Mädchen augenscheinlich wieder besser miteinander zurechtkamen. Zoe hatte während der vergangenen Tage sogar mehrere Male zugegeben, dass es ohne ihre Schwester seltsam ruhig im Haus war.

Schließlich war Alex an der Reihe. Es wurde schnell offensichtlich, dass er nicht wusste, worüber er mit Ellie reden sollte, doch sein Tonfall machte deutlich, dass er sehr an ihr hing und sie ebenfalls vermisste.

Nachdem er aufgelegt hatte, schwiegen sie alle einen Augenblick lang, dann sagte Zoe: »Es ist wirklich merkwürdig, dass sie nicht hier ist.« Sie wandte sich ihrer Mutter zu. »Wenn ich das nächste Mal frei habe, würde ich gern nach London fliegen und sie besuchen.«

»Das ist eine wunderbare Idee!«, erwiderte Faith und lächelte ihre Tochter erfreut an. »Falls ich zur gleichen Zeit Ferien habe, begleite ich dich.«

»Es ist völlig lächerlich, dass du dein Leben jetzt um deine ›Ferien‹ herum bauen musst, Faith!«, brach es plötzlich aus Alex heraus. »Das ist genau das, wovor ich dich die ganze Zeit schon gewarnt habe! Du kannst deine eigene Tochter nicht mehr besuchen, wann du willst. Du bist völlig eingeschränkt!« Mit diesen Worten drehte er sich um und verließ den Raum.

Faith und Zoe tauschten verlegen Blicke, sagten aber nichts.

Am Abend aßen die drei wie geplant zusammen, danach ging Zoe aus. Alex blieb nach dem Essen länger als gewöhnlich am Tisch sitzen, und Faith bekam den Eindruck, als wolle er noch einmal mit ihr über das Studium sprechen. Doch in Faiths Augen gab es nichts mehr zu sagen. Sie hatten beide ihre Positionen mehr als deutlich gemacht, und ihre Standpunkte hatten sich inzwischen nicht geändert. Hastig stand sie auf, um den Tisch abzuräumen.

»Gehst du heute Abend noch in die Kirche?«, fragte Alex schließlich.

»Ja, ich wollte nachher noch zur Mitternachtsmesse«, antwortete Faith. »Möchtest du mitkommen?« Alex hatte sie noch nie begleitet, trotzdem fragte Faith ihn jedes Jahr aufs Neue. Zoe hatte angekündigt, falls sie es schaffe, würde sie Faith in St. Ignatius treffen, einer Kirche in der Park Avenue.

»Nein, danke«, lehnte Alex ab und marschierte geradewegs hinauf in sein Arbeitszimmer.

Gegen elf Uhr – Faith war gerade in ihrem Arbeitszimmer – klingelte das Telefon. Brad war am Apparat.

»Fröhliche Weihnachten, Kleines!«

Seine Stimme klang freundlich und warm, doch auch ein wenig traurig. »Danke schön, Brad! Ich wünsche dir auch fröhliche Weihnachten!«

»Hast du mein Geschenk schon bekommen?«

»Ja«, antwortete Faith und lächelte. »Ich habe es allerdings noch nicht ausgepackt.« Das Geschenk stand vor ihr auf dem Schreibtisch, aber sie wollte es erst am

nächsten Morgen, am ersten Weihnachtstag, öffnen. Sie selbst hatte Brad ein paar antiquarische, in Leder gebundene Bücher geschickt.
»Das habe ich mir gedacht«, sagte Brad. »Deswegen rufe ich an: Ich möchte, dass du es schon heute Abend auspackst.«
»Bist du sicher?«
»Absolut sicher. Am besten machst du es jetzt gleich auf«, schlug Brad vor, und er klang geradezu aufgeregt.
»Okay«, sagte Faith begeistert und entfernte das Geschenkpapier. Eine kleine, flache, weiße Schachtel kam zum Vorschein.
»Ich habe dein Paket inzwischen auch erhalten, aber ich werde es mir bis morgen aufheben«, erzählte Brad derweil. »Mach schon, Fred. Öffne die Schachtel!«
Faith klappte vorsichtig den Deckel auf und schnappte nach Luft. In der Schachtel lag ein wunderschöner antiker Rosenkranz. Brad hatte ihn in einem kleinen Devotionalienladen erstanden. Faith brachte kaum ein Wort heraus. Sie hatte noch nie zuvor einen derartig schönen Rosenkranz gesehen.
»Die Frau in dem Geschäft hat gesagt, er sei aus Italien«, erklärte Brad, »und ungefähr einhundert Jahre alt! Außerdem ist er gesegnet worden. Ich wollte unbedingt, dass du das Paket schon heute öffnest, damit du den Rosenkranz gleich zur Mitternachtsmesse mitnehmen kannst.«
Faith hatte Tränen der Rührung in den Augen und schwieg noch immer.
»Fred? Bist du noch dran?«
»Ja ... ich weiß gar nicht, was ich sagen soll. Das ist das schönste Geschenk, das ich jemals bekommen habe! Ich danke dir von ganzem Herzen, Brad, und ich werde ihn ganz bestimmt heute Nacht mit in die Kirche nehmen und den Rosenkranz für dich beten. Außerdem

zünde ich eine Kerze für dich an ... und natürlich eine für Jack.«

»Das werde ich auch tun.«

»Gehst du heute denn auch noch in die Kirche?«, fragte Faith erstaunt.

»Ja, ich habe es fest vor. Wir werden zwar gleich mit ein paar Freunden und Pams Vater zu Abend essen, aber vielleicht kann ich mich ja ausnahmsweise gegen elf davonstehlen.« Brad spielte mit dem Gedanken, zur St. Dominic's zu gehen, einer schönen, alten, gotischen Kirche, in der ein Schrein für den heiligen Judas Thaddäus stand. Brad hatte die Verkäuferin in jenem Laden gefragt, in welcher Kirche der Stadt es einen Schrein für diesen Heiligen gebe, und sie hatte ihm diesen Tipp gegeben. »Und ich zünde auch eine Kerze für dich an.«

»Du hast mir wirklich ein einzigartiges Geschenk gemacht!« Faith war noch immer ein wenig sprachlos. In der Schachtel lag ein Samtsäckchen, in dem man den Rosenkranz transportieren konnte. »Ich würde sagen, meine alten Holzrosenkränze haben jetzt langsam ausgedient.«

Sie unterhielten sich noch ein paar Minuten lang. Brad hatte seine Söhne nicht persönlich erreicht und konnte ihnen lediglich eine Nachricht hinterlassen. Ihnen nicht frohe Weihnachten wünschen zu können verschlechterte seine Stimmung ganz erheblich, und zudem hatten sich die Spannungen zwischen ihm und Pam noch längst nicht gelegt.

»Zumindest musst du heute Abend nicht arbeiten«, versuchte Faith ihn aufzumuntern und hielt den Rosenkranz dabei fest in der Hand.

»Ein schwacher Trost. Auf jeden Fall dachte ich, es sei besser, dieses Essen mit Pam durchzuziehen, bevor sie noch mal an die Decke geht.«

Faith lächelte, denn sie hätte sich an Brads Stelle ähnlich verhalten, um keine weiteren Unstimmigkeiten aufkommen zu lassen.

»Ich glaube, Pam war in einem früheren Leben mit einem Dirigenten verheiratet – sie steht auf Smokings«, scherzte Brad. »Ich fühle mich in diesen Dingern allerdings alles andere als wohl. Na ja, da muss ich morgen wohl durch.« Am liebsten trug er Jeans, Rollkragenpullover und seine alten Wanderstiefel. »Ich werde heute Nacht in der Kirche an dich denken«, fügte er nach einer Weile hinzu.

»Und ich werde während der Messe den Rosenkranz in der Hand halten.«

Faith warf einen Blick auf ihre Uhr und sagte Brad, dass sie sich nun auf den Weg zur Kirche machen müsse, sonst bekäme sie keinen Sitzplatz mehr. Die Mitternachtsmesse war äußerst beliebt und die Kirche normalerweise rasch völlig überfüllt.

»Danke noch mal für das wunderschöne Geschenk.«

»Und ich möchte dir für die vergangenen drei Monate danken. *Du* bist das schönste Geschenk, das ich je bekommen habe! Noch ein fröhliches Fest, Fred.«

»Dir auch«, sagte sie leise, und sie hängten auf.

Einen Augenblick später betrat Faith Alex' Arbeitszimmer, um sich von ihm zu verabschieden, aber er war in seinem Sessel mit einem Buch in der Hand eingeschlafen. Kurz darauf verließ Faith in ihrem roten Kaschmirmantel das Haus und winkte ein Taxi heran.

Gleichzeitig bemühte sich Brad in San Francisco redlich, sich mit allen Anwesenden der kleinen Dinnerparty zu unterhalten. Sein Schwiegervater trug wie er selbst ein legeres Jackett. Pam hatte sich für einen roten Seidenanzug und hochhackige goldfarbene Sandaletten entschieden, und wie immer sah sie großartig aus. Sie war wirklich eine attraktive Frau, makellos geradezu, doch während Brad sie betrachtete, konnte er nur daran denken, wie sehr sie sich während der vergangenen Jahre verändert hatte. Sie war zu einer unerbittlichen, harten Geschäftsfrau geworden, deren Ausstrahlung vor allem von ihrer enormen Energie und Durchsetzungskraft herrührte.

Brad hatte Pam ihr Weihnachtsgeschenk bereits gegeben – eine schmale Goldkette mit einem Diamantanhänger, ein zugehöriges Armband und einen dazu passenden Ring. Pam hatte sich darüber durchaus gefreut, doch Faiths Reaktion auf ihr Weihnachtsgeschenk bedeutete Brad weitaus mehr.

Als in New York die Mitternachtsmesse begann, setzte sich die Gesellschaft in San Fransisco gerade an den Esstisch. An diesem Abend wurde ein englisches Mahl mit Roastbeef und Yorkshire-Pudding serviert. Brads Schwiegervater prostete allen mit Wein aus dem Napa Valley zu, und die Stimmung war gelöst und zugleich feierlich, doch Brads Gedanken wanderten immer wieder zu Faith. Er stellte sich vor, wie sie gerade in der Kirche niederkniete und betete, so wie sie es damals in der St. Patrick's Cathedral getan hatte.

»Wo bist du nur mit deinen Gedanken?«, zischte Pam Brad zu, als sie sich nach dem Essen vom Tisch erhoben.

»Ich ... ich denke über einen Fall nach, der –«

»Du schmachtest wohl nach deiner Freundin in New York«, unterbrach Pam ihn. »Hast du ihr heute Abend schon eine E-Mail geschickt?«

Sie blickte ihn an wie ein Raubtier, das auf seine Beute lauert. Brad schüttelte den Kopf. »Nein«, erwiderte er knapp, was durchaus der Wahrheit entsprach, denn er hatte Faith tatsächlich keine E-Mail geschickt – er hatte sie angerufen. »Du machst aus einer Fliege einen Elefanten, Pam.«

»Ich kenne dich besser, als du denkst. Du bist hoffnungslos romantisch, Brad. Es sieht dir ähnlich, dich in jemanden zu verlieben, den du nicht haben kannst.«

»Sei nicht albern!«, wehrte Brad ab, aber es war aussichtslos, Pam beschwichtigen zu wollen. Sie sah ihr Territorium gefährdet und hatte offenbar das Gefühl, klarstellen zu müssen, dass sie nach wie vor ein Anrecht auf ihn hatte – gleichgültig, ob sie ihn noch liebte oder nicht.

Ihre Gäste verabschiedeten sich gegen elf Uhr, und als Pam und Brad nach oben ins Schlafzimmer gingen, warf Brad einen Blick auf die Uhr.

»Hast du noch ein heißes Date?«, fragte Pam spitz. Obgleich sie selbst an diesem Abend mit mehreren Männern geflirtet und einen von ihnen sogar vor Brads Augen auf den Mund geküsst hatte, ärgerte sie der Gedanke, dass sich Brad einer anderen Frau zugewandt haben könnte.

»Ich würde gern noch in die Kirche gehen«, antwortete Brad in beiläufigem Tonfall.

»Ach du meine Güte! Du hast keine Affäre, du hast den Verstand verloren! Warum zum Teufel willst du in die Kirche?«

»Warum nicht?«, gab Brad zurück und versuchte, ruhig zu bleiben.

»Eins sage ich dir gleich: Wenn du zum Kirchgänger mutierst, lasse ich mich auf der Stelle scheiden, Brad! Ich kann damit leben, dass du in eine andere Frau verknallt bist, aber einen religiösen Fanatiker will ich nicht im Haus haben!«

»Von Fanatismus kann keine Rede sein, meine Liebe. Ich finde nur, es ist eine schöne Tradition, an Heiligabend die Messe zu besuchen.« Er machte eine Pause. »Ich vermisse die Jungs.«

»Ich vermisse sie natürlich auch, aber deshalb renne ich noch lange nicht in die Kirche! Ich komme auch so damit klar«, erklärte Pam und kickte ihre Sandaletten in die Ecke des Zimmers.

»Jedem das seine«, murmelte Brad, verließ den Raum und marschierte wieder hinunter. Er benötigte Pams Erlaubnis nicht, um in die Kirche zu gehen. »Ich bin in etwa zwei Stunden wieder da!«, rief er die Treppe hinauf und griff nach seinem Mantel.

Pam trat aus der Schlafzimmertür. »Warn mich bitte, bevor du dich zum Priester weihen lässt.«

»Keine Sorge, ich halte dich auf dem Laufenden.« Er lächelte schief zu ihr hinauf. »Ich werde mich schon nicht in einen blindwütigen Missionar verwandeln. Es ist Weihnachten, und ich will einfach nur den Gottesdienst besuchen. Noch mal fröhliche Weihnachten, Pam.« Er blickte seine Frau lange an, und ein Gefühl der Traurigkeit beschlich ihn. Er wünschte, er würde mehr für sie empfinden, doch seine Liebe zu ihr war völlig abgestorben.

»Danke, Brad. Dir auch«, sagte sie und verschwand wieder im Schlafzimmer.

Brad holte den Jeep aus der Garage und fuhr zur St. Dominic's Church. Während er die Stufen zur Eingangstür hinaufstieg, erkannte er im Inneren zahllose Pinienzweige und Weihnachtssterne neben dem Hauptaltar. Die Kirche wurde allein durch Kerzenlicht beleuchtet, und rund um den Schrein des heiligen Judas Thaddäus standen die meisten Kerzen. Brad entschloss sich, zuerst zum Schrein zu gehen und Kerzen für Faith und Jack anzuzünden. Einen Augenblick lang kniete er dort nieder. Er kannte keine Gebete und wusste nicht recht, wie er sich verhalten sollte, doch dann schloss er einfach die Augen und dachte an Faith und seinen alten Freund Jack. Anschließend dankte er Gott dafür, dass Faith wieder zu einem Teil seines Lebens geworden war.

Dann erhob er sich wieder, setzte sich auf eine der Kirchenbänke, und kurz darauf begann die Messe. Brad war tief beeindruckt von der Zeremonie, und als die Gemeinde gegen Ende des Gottesdienstes gemeinsam »Stille Nacht« sang, traten ihm Tränen in die Augen. Er wusste nicht, warum er weinte oder um wen, auf alle Fälle hatten ihn der Gottesdienst und die gesamte Atmosphäre in der Kirche tief berührt.

Als er später in seinem Wagen nach Hause fuhr, war er so glücklich wie schon seit Jahren nicht mehr. Er lächelte wie befreit vor sich hin, und einen winzigen Moment lang hatte er das Gefühl, Jack säße im Auto neben ihm.

13

Am Weihnachtsmorgen tauschten Faith, Zoe und Alex ihre Geschenke aus. Zoe überreichte ihrer Mutter einen Lederrucksack, den sie an der Uni für ihre Unterlagen benötigen würde, und außerdem einen langen Wollschal, der im Moment bei den jungen Frauen am College der letzte Schrei war. Alex hatte Faith ein hübsches goldenes Armband bei Cartier gekauft, und er bekam einen neuen Anzug sowie einige Hemden und Krawatten. Für Zoe hatte Faith kleine goldene Ohrringe ausgesucht.

Alle freuten sich sehr über die Geschenke, und das Weihnachtsmahl am Abend verlief friedlich und ohne Zwischenfälle. Dennoch erwähnten sie immer wieder, wie sehr Eloise ihnen fehlte, und sie versuchten, leider vergeblich, sie noch einmal anzurufen. Als der Tag zu Ende ging, war Faith trotz der friedvollen feierlichen Stimmung ein wenig traurig. Mit einem Schlag wurde ihr bewusst: Ihre Familie schrumpfte, und sie konnte nichts dagegen tun.

Sobald Brad und Pam in San Francisco mit den Vorbereitungen für das große Abendessen fertig waren, rief Brad Faith an, um sich für das tolle Geschenk zu bedanken, das sie ihm geschickt hatte. Faith war gerade damit beschäftigt, das schmutzige Geschirr in die Spülmaschine zu stellen. Alex und Zoe saßen derweil im Wohnzimmer und tranken gemeinsam eine Tasse Kaffee. Momente wie diese waren selten, und Faith war erleichtert, dass sich Vater und Tochter an diesem Tag so gut verstanden. Als das Telefon klingelte, dachte sie, es sei Eloise, und war überrascht, Brads Stimme zu hören. »Vielen Dank für die wunderschönen Bücher!«, sagte Brad zur Begrüßung »Sie werden sich ganz hervorragend in meinem Regal machen!« Brad hatte das Paket erst ausgepackt, als er sicher gewesen war, dass Pam ihn nicht dabei überraschen würde.

»Die Bücher sind allerdings längst nicht so schön wie der Rosenkranz!«, entgegnete Faith. Sie hatte lange überlegt, was sie Brad schenken könnte. Sie wollte nichts allzu Persönliches kaufen, aber es sollte dennoch etwas Besonderes sein und damit widerspiegeln, wie wichtig er ihr war.

»Ich bin gestern Nacht noch in der Kirche gewesen«, berichtete Brad, der sich den ganzen Tag darauf gefreut hatte, Faith von seinem Besuch der Messe zu erzählen. »Wie versprochen habe ich eine Kerze für dich und Jack angezündet.«

»Das ist nett von dir. Mit wem warst du denn dort?«

»Ich bin allein gegangen.« Doch eigentlich stimmte das nicht ganz. Brad hatte das starke Gefühl gehabt, dass Faith und Jack bei ihm gewesen waren. »Und du? Ist Zoe noch mitgekommen?«

»Wir haben uns in der Kirche getroffen, und das war wirklich schön, so wie früher ... Anschließend sind wir zusammen zu Fuß nach Hause gegangen, und stell dir vor: Es hat angefangen zu schneien. Es war ein perfekter Heiligabend!«

»Wie war euer Abendessen?«

»Ganz okay ... ein bisschen merkwürdig, nur zu dritt. Ich hoffe so sehr, dass Ellie nächstes Weihnachten wieder zu Hause sein wird! Wie steht es bei euch?«

»In zwei Stunden wird der gesamte Staat Kalifornien im Smoking hier auftauchen. Ich kann es kaum erwarten! Das wird ein wunderbar ruhiger, besinnlicher Abend. Es geht einem einfach ans Herz, wenn hundert Fremde durch dein Wohnzimmer trampeln, sich den Bauch mit Horsd'oeuvres voll schlagen und eine Flasche Champagner nach der anderen köpfen. Da wird einem die Bedeutung von Weihnachten erst so richtig bewusst.«

Faith musste lachen, doch nichtsdestotrotz bedauerte sie Brad. »Ich fürchte, du wirst dich damit abfinden müssen, dass der heutige Abend für dich alles andere als besinnlich wird. Aber Kopf hoch, vielleicht wird es gar nicht so schlimm und du hast wider Erwarten ein bisschen Spaß.«

»Wenn ich genügend Wein bekomme, dann wird es schon gehen. Ohne Alkohol lässt sich das Ganze allerdings kaum durchstehen.«

Faith war aufgefallen, wie wenig Brad während ihres gemeinsamen Dinners getrunken hatte, und sie konnte sich kaum vorstellen, dass er ein Glas Wein nach dem anderen hinunterstürzte.

»Was hast du heute noch vor?«, fragte Brad.

»Ich gehe gleich ins Bett.«

»Du Glückliche! Ich rufe dich morgen wieder an, oder ich schicke dir eine Mail.« Am folgenden Tag, dem zweiten Weihnachtstag, wollte Brad wieder ins Büro gehen, und die Aussicht darauf hob seine Stimmung ein wenig. Die Feiertage waren bisher schrecklich gewesen, und ohne die Jungs bedeutete ihm Weihnachten ohnehin nichts.

»Ich wünsche dir trotzdem einen schönen Abend«, sagte Faith aufmunternd.

»Das wäre doch mal was«, erwiderte Brad und seufzte. Sie verabschiedeten sich, und Faith räumte weiter die Küche auf. Sie war beinahe damit fertig, als Zoe hereinkam und ihre Mutter um ein wenig Geld fürs Kino bat. »Nimm dir einfach etwas aus meinem Portmonee«, bot Faith an, wusch sich die Hände und trocknete sie an der Schürze ab, die sie über ihrem schwarzen Seidenkleid trug. Ihr blondes Haar hatte sie, wie so oft, zu einem Dutt hochgesteckt, und sie erinnerte Zoe in diesem Outfit an Grace Kelly.

Faith deutete auf ihre Handtasche, die sie gestern Nacht, als sie aus der Kirche gekommen war, auf einem Küchenstuhl abgelegt hatte, und Zoe suchte darin nach der Geldbörse.

Eine Minute später richtete sie sich wieder auf und fragte: »Was ist das?« Sie hielt den Rosenkranz von Brad in die Höhe. Er war aus dem Samtsäckchen gefallen und Zoe sofort ins Auge gesprungen.

»Das ist ein Rosenkranz«, antwortete Faith sachlich. Zoe war offenbar nicht aufgefallen, dass sie, Faith, ihn während der Messe in der Hand gehalten hatte.

»Den habe ich noch nie bei dir gesehen! Woher hast du ihn?«, erkundigte sich Zoe neugierig.

»Er ist ein Weihnachtsgeschenk, von einem Freund.«

»Von einem Freund?«, wiederholte Zoe und legte die Stirn in Falten, doch dann begriff sie. »Ach so! Von diesem Freund, mit dem du aufgewachsen bist. Wie heißt er noch?«

»Brad, ja«, gab Faith zu. »Warum guckst du mich so merkwürdig an? Ein Rosenkranz ist doch ein völlig unverfängliches Geschenk, oder etwa nicht?«

»Unverfänglich? Dieser Typ scheint dich besser zu kennen als Dad! Dem wäre es niemals eingefallen, dir so etwas zu kaufen!« Zoe betrachtete den Rosenkranz genauer. »Du bist doch bestimmt total ausgeflippt vor Freude, als du den ausgepackt hast. Das ist das perfekte Geschenk für dich! Außerdem sieht er ziemlich teuer aus.«

»Er ist eine Antiquität«, antwortete Faith, »und du sollltest deine ausschweifende Fantasie unter Kontrolle halten, Zoe Madison! Brad hat sich ganz offensichtlich bemüht, mir ein angemessenes Weihnachtsgeschenk zu machen, und du interpretierst das Ganze als Zeichen dafür, dass er in mich verliebt ist!« Sie schüttelte lächelnd den Kopf. »Ich weiß dein Urteil sonst sehr zu schätzen, meine Liebe, aber ich glaube, du steigerst dich da in etwas hinein.«

»Du wirst schon sehen, Mom, ich habe recht.«

»Vielleicht darf ich dir in Erinnerung rufen, dass ich verheiratet bin und deinen Vater liebe.«

»Dieser Typ scheint verrückt nach dir zu sein, Mom. Schau dir das an! Hier sind Smaragde und Rubine eingelassen, zwar recht klein, aber immerhin echte Edelsteine. Der Typ muss der Hammer sein.«

»Das ist er – ein hammermäßig guter Freund. Ich hoffe, du lernst ihn eines Tages mal kennen.«

»Das hoffe ich auch.« Zoe steckte den Rosenkranz zurück in das Samtsäckchen und entnahm dem Portmonee ihrer Mutter zwanzig Dollar fürs Kino.

»Ich hole dir morgen etwas Geld von der Bank«, verkündete Faith. »Und übrigens habe ich mich sehr über den Rucksack und den Schal gefreut. Ich werde eine richtig coole Studentin sein.« Sie umarmte ihre Tochter.

»Keine Frage, Mom. Sämtliche Jungs an der Uni werden sich in dich verlieben!«

Faith verdrehte die Augen. »Du bist ja besessen!«

Sie kicherten gemeinsam, und wenig später verließ Zoe das Haus. Faith gesellte sich zu Alex, der noch immer im Wohnzimmer saß, ein Glas Portwein trank und völlig in Gedanken vertieft zu sein schien.

»Danke für das leckere Essen«, wandte sich Alex an Faith.

»Danke für das wunderbare Armband«, gab sie zurück und küsste ihn auf die Wange, doch wie immer reagierte Alex nicht darauf. Er vertrat die Meinung, Zärtlichkeiten gehörten ins Ehebett, obwohl sie auch dort kaum noch vorkamen. Wenn Faith ihn jedoch außerhalb des Schlafzimmers küsste, war ihm dies geradezu peinlich.

»Ich bin froh, dass es dir gefällt«, sagte er nun. »Der Anzug, die Hemden und die Krawatten sind auch ganz fabelhaft. Du hast wirklich einen hervorragenden Geschmack und suchst immer viel schönere Sachen aus als ich.«

Faith freute sich über das nette Kompliment.

Sie verbrachten noch einen überraschend angenehmen Abend miteinander und gingen später gemeinsam ins Schlafzimmer hinauf. Eine Weile lang schauten sie noch zusammen fern. Alex hatte auf dem Weg ins Bett daran gedacht, mit Faith zu schlafen, doch dann döste er vor dem Fernseher ein.

Faith lag nun neben ihm und betrachtete ihn eingehend. Weder sie noch Alex waren alt, aber sie führten das Leben eines betagten Ehepaars. Im vergangenen Jahr hatte sie oft das Gefühl gehabt, ihr Leben läge bereits hinter ihr, und auch jetzt konnte sie es nicht abschütteln.

Als Brad an diesem Abend zu Bett ging, fühlte er sich genauso. Es war furchtbar anstrengend gewesen, für hundert Menschen, die ihm völlig gleichgültig waren, den Gastgeber zu spielen und Pam bei ihren ehrgeizigen gesellschaftlichen Plänen zu unterstützen. Wenn er sich vorstellte, dass er dies für den Rest seines Lebens tun musste, lief es ihm kalt den Rücken hinunter. Aber es gab keinen Ausweg. Vor fünfundzwanzig Jahren hatte er einen Eid abgelegt, und er würde sich daran halten. Doch dies erschien ihm nun weitaus schwieriger und deprimierender, als er jemals gedacht hätte.

14

In der Woche zwischen Weihnachten und Neujahr nahm Faith an der Aufnahmeprüfung für die Universität teil, auf die sie sich nun einige Wochen lang vorbereitet hatte. Die Prüfung war genauso schwer, wie sie erwartet hatte, und Faith konnte nicht einschätzen, ob sie sie bestanden hatte oder nicht. Nach dem Test hatte sie ein ungutes Gefühl im Magen, und sie stellte sich vor, wie sich Alex über sie lustig machen würde, wenn sie tatsächlich durchfallen würde. Doch dann telefonierte sie mit Brad, und ihre Stimmung besserte sich schlagartig. Er machte ihr Mut und sagte ihr, er habe keinen Zweifel daran, dass sie gut abschneiden würde. Brad war der Einzige, dem Faith von der Aufnahmeprüfung erzählt hatte – noch nicht einmal Zoe war eingeweiht. Doch zumindest hatte sie die Prüfung nun hinter sich und musste nicht länger bangen Herzens darauf hinarbeiten.

Am Neujahrstag flog Zoe zurück nach Providence zum College, denn am darauf folgenden Tag begannen ihre Kurse wieder. Sie freute sich darauf, aber sie bedauerte es gleichzeitig auch, schon wieder abreisen zu müssen. Es war herrlich gewesen, all ihre alten Schulfreunde wiederzusehen und viel Zeit mit ihrer Mutter verbringen zu können.

Faith würde ebenfalls am nächsten Tag mit der Uni beginnen, und sie war schon furchtbar aufgeregt.

Als sie an diesem Tag zu Abend aßen, war Alex auffallend schweigsam, und Faith ahnte, woran das lag. Zoe hatte an ihrem letzten Tag bei ihnen über kaum etwas anderes als über das Wiedereinstiegsprogramm gesprochen, und Alex hatte beobachtet, dass Faiths Rucksack mit den College-Utensilien bereits gepackt war und in ihrem Arbeitszimmer bereitstand. Faith sah es nicht ein, ein Gespräch anzufangen, und so nahmen sie ihre Mahlzeit weitgehend schweigend ein.

Bevor sie sich hinlegte, prüfte Faith noch einmal, ob sie auch nichts vergessen hatte. Seit ihrer Kindheit war sie nicht mehr derart aufgeregt gewesen.

Sie hatte an diesem Tag eine E-Mail von Brad erhalten, in der er ihr viel Glück für den folgenden Tag wünschte. Er versicherte ihr erneut, er sei überzeugt, dass sie sich großartig schlagen würde.

Am folgenden Morgen stand Faith in aller Frühe auf, und als sie Alex um acht Uhr sein Frühstück vorsetzte, war sie bereits ausgehfertig. Alex verließ das Haus wie gewöhnlich um halb neun, und er verlor noch immer kein einziges Wort. Dadurch wollte er Faith offenbar klarmachen, dass er seine Meinung nicht geändert hatte und noch immer strikt gegen ihr Vorhaben war. Doch Faith hatte auch nicht damit gerechnet, dass er ihr alles Gute wünschte.

Sobald Alex fort war, machte sie sich selbst eine Tasse Kaffee, setzte sich in ihr Arbeitszimmer und starrte wie gebannt auf die Wanduhr. Um neun Uhr würde sie ein Taxi zur NYU nehmen. Sie griff gerade nach ihrem Rucksack und wollte sich auf den Weg machen, da zeigte der Bildschirm ihr an, dass sie eine E-Mail bekommen hatte. Sie klickte auf das Symbol und sah, dass die Mail von Brad war. Faith wunderte sich, denn in San Francisco war es gerade sechs Uhr morgens.

Ich wünsche dir heute viel Spaß und Erfolg! Gib dein Bestes und ruf mich an, sobald du wieder zu Hause bist.

Alles Liebe, Brad

Faith lächelte. Es war wirklich reizend von Brad, ihr so früh eine Nachricht zukommen zu lassen. Sie klickte auf das Antwortsymbol und legte ihren Rucksack noch einmal kurz ab, um Brad zu antworten.

Danke schön! Du bist aber früh auf ... hoffentlich nicht nur meinetwegen! Ich rufe dich später auf jeden Fall an. Ich habe ein bisschen Angst, aber ich freue mich auch wie verrückt. Drück mir bitte die Daumen, dass alles glatt läuft!

Einen schönen Tag, Fred

Faith hatte vor allem Angst davor, dass sie den Stoff nicht bewältigen könnte, ihre Collegezeit lag schließlich schon eine halbe Ewigkeit zurück, und sie war es nicht mehr gewohnt zu lernen.
Kurz darauf verließ sie das Haus und nahm ein Taxi zur Uni. Auf dem Campus herrschte ein verwirrendes Durcheinander, aber Faith hatte einige Broschüren, die ihr genau erklärten, was sie tun und wohin sie sich wenden musste, und so fand sie den Raum für ihr erstes Seminar ohne Probleme. Der Kurs war sogar noch interessanter, als sie erwartet hatte. Es ging um die komplizierten Abläufe von Gerichtsprozessen, und der Professor sprach über das Thema in aufschlussreicher, packender Weise. Faith war sofort völlig fasziniert, und um die Mittagszeit war sie bereits Feuer und Flamme für den Unibetrieb. Am Nachmittag hatte sie ein weiteres Seminar, in dem es um das Grundgesetz ging, und es war ebenso fesselnd wie das vorherige. Es wurde von einer Professorin geleitet, die ungefähr in Faiths Alter war, und Faith hätte sie am liebsten am Ende angesprochen, aber sie traute sich nicht, und außerdem musste sie schnell nach Hause. Es war beinahe vier Uhr, und sie konnte es sich nicht leisten, in der Uni her-

umzutrödeln, denn dann schaffte sie die Hausarbeit nicht mehr.

Als Faith wenig später nach Hause kam, war sie noch immer absolut begeistert, doch auch völlig erschöpft. Sie würde das Wiedereinstiegsprogramm zwei Tage in der Woche besuchen, und das war eine gründliche Vorbereitung für das tatsächliche Jurastudium, das im Herbst begann.

Faith setzte im Flur ihren Rucksack ab, zog ihren Mantel aus und dachte über die Hausaufgaben nach, die sie bereits bekommen hatte. Sie würden viel Zeit in Anspruch nehmen, aber Faith freute sich auch darauf, noch tiefer in das Fach einzusteigen. Kaum hatte sie das Wohnzimmer betreten, klingelte auch schon das Telefon. Zoe war dran.

»Wie ist es gelaufen?«, fragte sie, ohne sich mit einer Begrüßung aufzuhalten.

»Bestens! Sogar noch besser, als ich gedacht hatte!«, erwiderte Faith aufgeregt und erzählte Zoe alles im Detail. Nach einer halben Stunde musste sie das Gespräch jedoch abbrechen, da sie noch das Abendessen für Alex vorbereiten musste. Sobald sie aber den Hörer auflegte, klingelte das Telefon erneut. Diesmal war es Brad.

»Ich halte es einfach nicht mehr aus!«, begrüßte er Faith. »Wie war es?«

»Ganz toll! Ich habe gute Professoren, und die Leute in meinen Kursen sind auch sehr nett. Die Zeit verging wie im Flug, und ich habe jedes Wort richtig aufgesogen! Und jetzt habe ich eine Menge Hausaufgaben, aber das kriege ich schon hin.«

»Du wirst bestimmt Klassenbeste!«

»Na ja, wir werden sehen. Danke noch mal für deine Nachricht heute Morgen. Ich hatte wirklich ziemlich Bammel vor dem ersten Tag, und deine Mail hat mir Kraft gegeben.«

Brad lächelte und verschwieg, dass er sich am Morgen den Wecker gestellt hatte, um ihr rechtzeitig schreiben zu können. »Das habe ich gehofft«, sagte er. »Ich habe extra nicht angerufen, sondern hielt es für besser, dir schriftlich toi, toi, toi zu wünschen.«
»Ich hätte am Telefon wahrscheinlich kaum ein vernünftiges Wort herausgebracht.«
»Ich freue mich so für dich! Sind deine Hausaufgaben sehr schwierig?«
»Es sieht so aus, aber ich schaffe das schon – solange ich genügend Zeit habe und Alex nicht versucht, mich mit anderen Dingen abzulenken. Ich könnte mir vorstellen, dass er nun noch mehr Einladungen zu Dinnerpartys annimmt als üblich.«
»Sei froh, dass du nicht mit Pam verheiratet bist.« Pam und er hatten an Silvester einen neuerlichen unschönen Streit gehabt. Sie wollte unbedingt zu einer Party, auf der Brad niemanden kannte, und ihm war schon vorher klar, dass er sich dort völlig fehl am Platz fühlen würde. Dennoch bestand Pam darauf, dass er sie begleitete, und Brad blieb nichts anderes übrig, als gute Miene zum bösen Spiel zu machen. Er wusste: Alex und Faith verbrachten Silvester wie jedes Jahr vor dem Fernseher, und beinahe beneidete er die beiden in diesem Moment.
»Ich werde in den nächsten Monaten verdammt viel zu tun haben«, erzählte Faith nun weiter, »aber ich bin froh darüber. Ich will mich anstrengen und schaffe es dann hoffentlich, im Herbst zum Jurastudium zugelassen zu werden. Ich habe sogar vor, mich relativ bald dafür anzumelden.«
»Bei welchen Unis?«
»Columbia, NYU, Fordham, New York Law School und Brooklyn Law. Ich muss irgendeine Uni hier in der Nähe nehmen."

»Schade, dass du dich nicht in Kalifornien bewerben kannst.«
»Alex wäre hellauf begeistert, wenn seine Frau nur noch in den Ferien nach Hause käme! Andererseits frage ich mich manchmal, ob er es überhaupt merken würde, wenn ich nicht mehr da wäre. Wenn ich eine Putzfrau und eine Köchin engagierte, würde es ihm wahrscheinlich gar nicht auffallen.«
»Ich würde gern jemanden engagieren, der mich auf diesen Highsociety-Veranstaltungen vertritt«, sagte Brad schmunzelnd. »Ich könnte ihm all meine Krawatten und Smokings schenken, und er würde Pam in die Oper, zu Empfängen und zu diesen nervigen Abendgesellschaften begleiten. O Mann, das wäre was!«
Sie lachten beide, und Faith warf einen Blick auf die Uhr. »Ich muss jetzt unbedingt mit dem Kochen anfangen, sonst bekommt Alex einen Anfall, wenn er nach Hause kommt. Alles, was in Zukunft schief geht, wird er auf mein Studium schieben, da bin ich mir sicher. Deswegen muss ich mich anstrengen, dass alles wie am Schnürchen läuft. Es wird von nun an nur noch perfekte Abendessen geben, die auf die Minute genau auf dem Tisch stehen, und ich lasse mich zu jeder Dinnerparty mitschleppen. Ich darf mir das Ganze jetzt nicht verderben.« Faith hatte sich zuvor überlegt, Alex an diesem Abend mit einem besonderen Essen zu überraschen, nur um ihm zu zeigen, dass er sich keine Sorgen um sein leibliches Wohl machen musste, aber dafür blieb ihr nun nicht mehr genügend Zeit.
»Du stehst ziemlich unter Druck, nicht wahr?«, fragte Brad besorgt. »Hast du das Gefühl, du müsstest bei Alex irgendetwas wieder gutmachen? Ich finde, du hast nichts Schlimmes getan.«
»In seinen Augen habe ich das durchaus.« Faith schaute erneut hektisch auf die Uhr. »Ich schicke dir später noch

eine Mail, aber jetzt muss ich wirklich Schluss machen und mich um das Essen kümmern. Außerdem habe ich ja noch jede Menge Hausaufgaben zu erledigen.«

»Braves Mädchen!«, sagte Brad grinsend.

»Wie immer!«, erwiderte Faith ein wenig sarkastisch.

Kurz darauf hängte sie auf und warf einen Blick in den Kühlschrank. Da sie das aufwendige Essen, das sie eigentlich geplant hatte, nicht mehr vorbereiten konnte, musste sie etwas Schnelles kochen, doch dafür hatte sie wiederum nichts im Haus. Sie beschloss, rasch noch zum Supermarkt zu gehen und etwas zu kaufen, worüber sich Alex freuen würde.

Als dieser abends das Haus betrat, brutzelte eine gefüllte Seezunge im Ofen, und Faith bereitete Spargel mit Sauce hollandaise auf Reis zu. Sie servierte das Ganze auf die Minute pünktlich und war stolz, dass sie in so kurzer Zeit ein solches Mahl zustande bekommen hatte.

Alex setzte sich jedoch nur wortlos an den Tisch und verspeiste das Essen, ohne auch nur den Blick zu heben.

»Schmeckt dir der Fisch?«, fragte Faith schließlich und hoffte, Alex würde ihr ein Kompliment für die köstliche Seezunge machen. »Das ist ein neues Rezept.«

»Schmeckt gut«, sagte Alex tonlos.

»Und wie findest du die Hollandaise?« Faith wusste, dass er die Sauce genau so am liebsten mochte, und auch der Spargel war hervorragend.

»Die Sauce ist ein bisschen zu dick«, bemerkte Alex, und Faith begriff, dass Alex kein gutes Haar an ihr lassen würde, gleichgültig wie gelungen das Abendessen war. Er blickte starr auf seinen Teller, und Faith spürte, wie Ärger in ihr aufstieg. Doch sie schwieg, und nach dem Essen räumte sie wortlos den Tisch ab. Ihre Wut wuchs jedoch von Minute zu Minute. Es war einfach unglaublich kindisch von Alex, sich derart zu verhalten. Er hatte offenbar vor, es ihr in jeder Weise schwer zu machen und sie dafür zu bestrafen, dass sie tatsächlich an dem Wiedereinstiegsprogramm teilnahm.

Nachdem Alex aus dem Esszimmer verschwunden war, setzte sich Faith in ihr Arbeitszimmer und machte ihre Hausaufgaben. Bis ein Uhr nachts war sie damit beschäftigt, und als sie schließlich zu Bett ging, war ihr Ärger ein wenig verflogen. Am folgenden Tag musste sie nicht zur Uni und würde sich ganz auf den Haushalt konzentrieren können. Ich habe alles unter Kontrolle, sagte sie sich, kurz bevor sie einschlief.

Am nächsten Morgen sagte Alex noch immer kein Wort. Faith hielt es schließlich nicht länger aus und brach das Schweigen. »Heute gehe ich nicht zur Uni, Alex, du kannst also ruhig mit mir reden. Morgen kannst du mich ja dann wieder schneiden.« Sie stellte plötzlich fest, dass die Wut noch immer in ihr schwelte.

»Worüber sprichst du eigentlich, Faith? Was du mir da unterstellst, ist einfach lächerlich!«

»Die Art, wie du mich behandelst, ist lächerlich! Wir sind beide erwachsen, also nennen wir das Kind doch beim Namen: Du bist dagegen, dass ich wieder zur Uni gehe. Aber ich werde mich von dir nicht davon abhalten lassen, und da du daran nun einmal nichts ändern kannst, sollten wir doch versuchen, das Beste aus der Situation zu machen. Wenn du dich dermaßen querstellst, machst du es dir selbst auch unnötig schwer.«

»Ich mache es mir schwer? So ein Blödsinn! *Du* hast uns das doch alles aufgebürdet! Und wenn dir meine Reaktion auf deine verrückte Idee nicht gefällt, dann gib deine Pläne doch einfach auf.«

»Darum geht es dir also? Du willst mich mit deinem albernen Verhalten erpressen? Du wirst also nicht mehr

mit mir reden und mich terrorisieren, bis ich das Handtuch werfe?«
Alex antwortete ihr nicht, er betrachtete sie nur mit abfälligem Blick.
»Das ist verdammt unreif von dir, Alex! Ich bin doch erst einen Tag in der Uni gewesen. Warum gibst du mir nicht die Möglichkeit, dir zu beweisen, dass ich das Studium und unseren Alltag miteinander vereinbaren kann?«
»Du hättest dich gar nicht erst ohne meine Zustimmung anmelden dürfen.«
»Du verdammter Egoist!«, rief Faith aufgebracht und wunderte sich im selben Moment über ihre emotionale Reaktion. Doch sie fühlte sich im recht, Alex verhielt sich absolut unfair. Und jetzt würde sie erst recht nicht klein beigeben. Nun war sie entschlossener denn je, sich von Alex um nichts in der Welt von ihrem Vorhaben abhalten zu lassen. Er hatte ihre bisherige Rücksichtnahme einfach nicht verdient.
»Schrei mich nicht so an!«, sagte Alex mit gefährlich leiser Stimme. »Dein Benehmen ist einfach unmöglich«, fügte er eisig hinzu, nahm das *Wall Street Journal* zur Hand und verließ die Küche. Er hatte sein Frühstück kaum angerührt, und Faith ebenso wenig.
Am Nachmittag schrieb Faith Brad eine Mail, in der sie ihm haarklein erzählte, was vorgefallen war. Er antwortete erst abends, denn er war bis fünf Uhr nachmittags im Gericht gewesen.

Hallo Fred,
tut mir leid, dass ich nicht früher zurückgeschrieben habe. Es war ein langer Tag, aber ich habe einen kleinen Sieg für einen meiner Mandanten erringen können.
Was du über Alex schreibst, macht mich wirklich wütend! Er lebt offensichtlich noch im Mittelalter. War-

um lässt du ihn mit diesem Verhalten immer wieder durchkommen? Untersteh dich, das Programm wegen seines bescheuerten Verhaltens aufzugeben! Er muss sich endlich damit abfinden, dass du wieder studierst. Du kannst unmöglich all deine Pläne für ihn fahren lassen. Das würdest du ewig bereuen!
Jack hätte dir das Gleiche geraten, das weißt du. Hab ich dir eigentlich je erzählt, dass Jack früher immer hoffte, du würdest ebenfalls Anwältin werden? Er sagte, du hättest mehr Talent im kleinen Finger als er und ich zusammen. Ich dachte, das solltest du unbedingt wissen.
Kannst du dich überhaupt auf deine Kurse konzentrieren, wenn dir Alex dermaßen die Hölle heiß macht? Es wird sicherlich Abende geben, an denen du es nicht schaffst, rechtzeitig das Essen auf den Tisch zu bringen oder Alex zu einer Party zu begleiten. Wie wird er dann erst reagieren?
Halt durch, Fred, du schaffst es!
Alles Liebe, Brad

Nachdem sie diese E-Mail gelesen hatte, fühlte sich Faith schon viel besser. Sie benötigte dringend Unterstützung und war unendlich froh, dass Brad für sie da war.
Alex änderte sein Verhalten während der folgenden Wochen allerdings in keiner Weise und machte Faith weiterhin das Leben schwer. Faith bemühte sich sehr, die Uni, den Haushalt und ihre Hausaufgaben unter einen Hut zu bringen, und im Grunde gelang ihr das sehr gut, doch Alex nahm das überhaupt nicht zur Kenntnis. Er sprach kaum ein Wort mit ihr und machte durch sein Verhalten klar, dass er sie keinesfalls unterstützen würde. Glücklicherweise hatte Faith Brad und Zoe, die ihr Rückhalt gaben. Zudem erfuhr Faith zu ih-

rer großen Überraschung, dass sie die Aufnahmeprüfung für die Uni nicht nur bestanden, sondern auch die bestmögliche Punktzahl erzielt hatte. Bezüglich der Bewerbungen an den Universitäten hoffte Faith, dass ihr glänzendes Abschneiden die Tatsache ausgleichen würde, dass sie knapp fünfzig war.

Die eiskalte Atmosphäre zu Hause erstickte jedoch zum großen Teil Faiths Freude über ihren Erfolg. Die Zeit verstrich, und Alex wurde immer mürrischer und unnahbarer. Ende Januar spitzte sich die Situation zu. Die Professorin des Seminars zum Thema Grundgesetz kündigte an, dass der gesamte Kurs bald eine viertägige Exkursion nach Washington machen würde. Die Teilnehmer waren zwar nicht verpflichtet mitzukommen, doch die Professorin empfahl es jedem ihrer Studenten dringend. Anschließend sollten alle einen Bericht über die Fahrt verfassen, und dieser würde ihnen Extrapunkte für ihre Endnote einbringen.

Faith sprach mit Brad und Zoe darüber, und beide rieten ihr, an der Exkursion teilzunehmen. Doch Faith graute vor dem unumgänglichen Gespräch mit Alex, und sie brauchte einige Tage, um Mut zu sammeln. Erst eine Woche vor der Abreise sprach sie Alex auf das Thema an. Sie hatten zusammen zu Abend gegessen, wie immer in den vergangenen Wochen in völliger Stille, und sobald sie fertig waren, begann Faith in stockenden Worten, Alex von der Fahrt zu erzählen. Alex hörte ihr schweigend zu, und sein Gesichtsausdruck verfinsterte sich zunehmend.

»Ich wäre also vier Tage lang in Washington«, fasste Faith zum Schluss zusammen. »Ich könnte dir fertige Mahlzeiten einfrieren, die müsstest du dann nur aufwärmen, aber vielleicht bist du sowieso auf Geschäftsreise?«

»Nein, ich werde nächste Woche zu Hause sein«, zischte

Alex und starrte Faith an, als hätte sie ihm gerade eröffnet, dass sie für einen bewaffneten Raubüberfall ins Zuchthaus wandern würde. »Langsam reicht es mir. Hör endlich auf, dich als Studentin auszugeben und so zu tun, als seist du wieder zwanzig! Du hast hier im Haus Aufgaben, denen du nachkommen musst.«

»Alex, sei doch vernünftig! Unsere Kinder sind erwachsen und ausgezogen. Was habe ich hier denn schon zu tun? Bevor ich das Wiedereinstiegsprogramm begonnen habe, wäre ich vor Langeweile beinahe gestorben!« Faith spürte wieder die alte Wut in sich. Alex ging es einzig und allein darum, sie zu kontrollieren. Zudem wollte er sicherstellen, dass er in allen Dingen das letzte Wort hatte. Aber diesmal ging er einfach zu weit.

»Es tut mir leid, dass es dich langweilt, mit mir verheiratet zu sein, Faith.«

»Das habe ich nicht gesagt! Mein Hausfrauendasein langweilt mich, und das weißt du ganz genau. Du hattest doch sogar vorgeschlagen, ich solle Bridge-Stunden nehmen oder irgendwelche Kurse im Museum belegen, damit ich beschäftigt bin. Aber das Studium ist einfach viel sinnvoller!«

»Das finde ich ganz und gar nicht.«

Faith schüttelte müde den Kopf. »Was ist jetzt mit Washington?«, fragte sie seufzend und brachte das Gespräch damit wieder auf ihr ursprüngliches Anliegen. Sie hatte einfach keine Kraft mehr, Alex ihre Argumente noch einmal zu unterbreiten.

»Tu, was du willst.«

»Was soll das heißen?« Ihr war klar, dass sie für die Teilnahme an der Exkursion einen Preis zahlen musste, und sie wollte wissen, wie hoch er war.

»Du scherst dich doch sowieso nicht darum, was ich möchte, was soll ich also dazu sagen? Tu, was du für

richtig hältst, aber dir sollte bewusst sein, dass du die Konsequenzen dafür tragen musst.«
»Ich halte das einfach nicht mehr aus, Alex«, sagte Faith erschöpft. »Ich habe doch kein Verbrechen begangen, aber genau so behandelst du mich! Womit habe ich das verdient?«
»Du bist wirklich eine Riesenenttäuschung!«, spie Alex ihr ins Gesicht und blickte sie verächtlich an.
»Wenn du so weitermachst, verliere ich noch den Verstand!«, rief Faith aufgebracht.
Alex erhob sich. »Jetzt schieb nicht mir die Schuld in die Schuhe!«
»Ich fahre jedenfalls nach Washington«, verkündete Faith und stand ebenfalls auf. »Ich bleibe vier Tage. Du kannst mich natürlich jederzeit auf dem Handy erreichen. Essen stelle ich dir in den Gefrierschrank.«
»Nicht nötig, ich esse im Restaurant«, knurrte Alex.
»Wie du willst.«
Alex drehte sich abrupt um und verließ den Raum. Faith blieb mit einer tiefen Falte zwischen den Brauen zurück.
Sie schrieb an diesem Abend weder Brad noch Zoe eine E-Mail. Sie fühlte sich derart gedemütigt, dass sie niemandem von dem Streit mit Alex erzählen wollte.
Am Morgen ihrer Abreise nach Washington herrschte noch immer Funkstille zwischen Faith und Alex. Sie wollte jedoch nicht ohne einen Gruß abfahren, also sagte sie zum Abschied leise »Auf Wiedersehen«. Alex dachte offensichtlich jedoch nicht daran, ihr zu antworten. Er blickte nicht einmal von der Zeitung auf, die er gerade las. Damit wollte er höchstwahrscheinlich erreichen, dass sie sich schuldig fühlte, doch er bewirkte genau das Gegenteil. Faith empfand sein Verhalten als lächerlich und war froh, das Haus verlassen zu können. Sie nahm nur eine kleine Reisetasche und

ihren Laptop mit. Den Computer benötigte sie, um mit Brad und Zoe in Kontakt zu bleiben und um den Bericht zu verfassen.
Mehr als die Hälfte der Studenten aus dem Kurs nahm ebenfalls an der Exkursion teil. Gemeinsam fuhren sie mit dem Bus nach Washington D.C., und dort angekommen bezogen sie ein kleines Hotel in der Massachusetts Avenue, in dem es von ausländischen Studenten und Geschäftsleuten nur so wimmelte.
Am späten Nachmittag, nachdem sie den Museumskomplex Smithsonian und die Library of Congress besichtigt hatten, wusste Faith bereits genau, worüber sie in ihrem Bericht schreiben wollte, und sie begann noch am selben Abend damit, in ihrem Hotelzimmer eine Gliederung zu erstellen und einige Punkte zu formulieren. Zuvor hatte sich Faith beim Abendessen in einem indischen Restaurant über eine Stunde lang mit ihrer Professorin unterhalten, und später ergab sich eine interessante Diskussion mit einem anderen Kursteilnehmer über die amerikanische Verfassung und die Durchsetzbarkeit einiger Gesetze. Als Faith später ihr Zimmer betrat, war sie inspiriert und voller Ideen für ihren Bericht. Sie notierte gerade mit Feuereifer einen wichtigen Gedanken, da signalisierte ihr der Computer, dass sie eine E-Mail bekommen hatte. Sie war von Brad.

Hi Fred,
was macht deine Verfassung? Amüsierst du dich in der Hauptstadt?
Ich liebe Washington! Als ich noch aufs College ging, hatte ich mal eine Freundin in der Stadt. Jedes Mal, wenn ich sie besuchte, dachte ich: Hier möchte ich mal wohnen. Dazu ist es leider nie gekommen …
Hier geht alles seinen gewohnten Gang, wie immer bin ich ziemlich beschäftigt. In der kommenden Wo-

che habe ich mehrere Gerichtsverhandlungen. Meine Sekretärin hat mich allerdings daran erinnert, dass dann Valentinstag ist – der Tag, an dem dir ins Gedächtnis gerufen wird, dass von deiner großen Liebe inzwischen nichts mehr übrig ist. Oder was feiert man noch mal? Meine Güte, ich bin offenbar zum Zyniker geworden ...

Weißt du, ich würde Pam ja gern zum Essen ausführen, aber höchstwahrscheinlich würde sie einen ganzen Trupp ihrer Freunde mitschleppen und mich zwingen, Frack und Krawatte zu tragen. Also werde ich an diesem Tag wahrscheinlich arbeiten und Pam später gestehen, ich hätte den Valentinstag vergessen. Sie denkt bestimmt auch nicht daran.

Halte mich auf dem Laufenden, Fred, und wenn du für das Amt der Präsidentin kandidierst, sag mir früh genug Bescheid, dann gehe ich für dich auf Stimmenfang!

Ich melde mich bald wieder.

Liebe Grüße, Brad

Faith freute sich jedes Mal, eine E-Mail von Brad zu bekommen. Er brachte sie immer wieder zum Schmunzeln. Seine Gedanken zum Valentinstag erinnerten sie zudem daran, dass Alex dieses Datum gewiss ebenfalls in keiner Weise erwähnen würde, und ganz sicher würde er ihr nichts schenken – das hatte er zu diesem Anlass schließlich noch nie getan.

Die folgenden Tage in Washington vergingen wie im Flug und waren faszinierend und aufregend für Faith. Die Kursteilnehmer und ihre Professorin besuchten Museen, Bibliotheken, Universitäten und sammelten Informationen, die sie entweder für ihren Bericht verwenden oder später in ihrem Seminar auswerten wollten. Am vorletzten Morgen der Exkursion erhielt die

Professorin einen Anruf – ihre Mutter hatte einen Schlaganfall erlitten und war ins Krankenhaus eingeliefert worden. Es stand äußerst schlecht um sie. Die Professorin erklärte, sie müsse sofort zu ihrer Mutter fahren, und sämtliche Kursteilnehmer hatten natürlich volles Verständnis dafür. Einige von ihnen wollten den letzten Tag und die letzte Nacht dennoch wie geplant in Washington verbringen, aber Faith stellte fest, dass sie alle nötigen Unterlagen für ihren Bericht bereits gesammelt hatte und eigentlich nicht länger bleiben musste. Ohne die Professorin wäre es zudem weitaus weniger interessant. Aus diesem Grund kehrte Faith bereits am Freitagmittag – und nicht wie geplant am Samstagmittag – mit einigen anderen Teilnehmern, die sich ebenfalls zur Abreise entschlossen hatten, zurück nach New York. Faith war sogar froh über ihre verfrühte Heimfahrt. Auf diese Weise würde sie das gesamte Wochenende mit Alex verbringen können, und vielleicht schafften sie es, sich zu versöhnen. Alex hatte sie während der vergangenen drei Tage nicht ein einziges Mal angerufen, und als sich Faith bei ihm gemeldet hatte, war er nicht ans Telefon gegangen.

Um zwei Uhr war Faith bereits wieder in New York. Sie hatte vor, an diesem Abend ein Versöhnungsessen für Alex zu kochen, und auf dem Heimweg machte sie einen kleinen Abstecher zum Markt und kaufte frisches Gemüse. Um drei Uhr nachmittags schloss sie die Tür ihres Hauses auf, ging zielstrebig in die Küche und stellte zwei Einkaufstüten zusammen mit ihrer Reisetasche und dem Laptop auf den Esstisch. Sie hatte das Gefühl, wochenlang fort gewesen zu sein, und als sie sich im Raum umsah, bemerkte sie, dass er perfekt aufgeräumt war. Bedeutete dies, dass Alex während der vergangenen Tage stets im Restaurant gegessen hatte? Faith begann, die Einkaufstüten auszupacken, und da-

bei fiel ihr ein Paar Schuhe auf, die unter einem Küchenstuhl lagen. Es waren schwarze, hochhackige Pumps, und Faith wunderte sich, denn sie konnte sich nicht erinnern, ein solches Paar zu besitzen. Sie hob einen der Schuhe auf und betrachtete ihn irritiert – er war drei Nummern größer als ihre eigenen. Ihr Herz begann heftig zu schlagen. Was hatte das zu bedeuten? Alex würde doch nicht ...
Mit einem flauen Gefühl im Magen stieg Faith langsam die Treppe zu ihrem Schlafzimmer hinauf.
Das Bett war hastig gemacht worden – jemand hatte die Tagesdecke achtlos über das zerwühlte Bettzeug geworfen. Vorsichtig zog Faith die Decke zurück, und ihr Blick fiel auf einen schwarzen Büstenhalter. Faith blieb das Herz stehen. Entsetzt machte sie einen Schritt rückwärts und trat dabei auf etwas. Auf dem Boden neben dem Bett lag ein schwarzer Tangaslip. Faith starrte bewegungslos auf das kleine, verräterische Stück Stoff. Nun musste sie sich erst einmal setzen. Der gesamte Raum schien sich zu drehen. Ihr Verstand suchte nach einer logischen Erklärung für die Unterwäsche, doch es gab nur eine einzige Erklärung. Die Wäsche gehörte weder Ellie noch Zoe, also hatte Alex ein Verhältnis mit einer anderen Frau. Und er hatte hier in ihrem Ehebett mit ihr geschlafen!
Mit weichen Knien betrat Faith das Badezimmer. Auf dem Regal standen einige Kosmetika, die definitiv nicht ihr gehörten, und im Waschbecken fand sie ein langes schwarzes Haar. Auf dem Wäschekorb lag zudem ein fremder Damenpullover, und auf dem Boden entdeckte sie ein weiteres Paar Schuhe. Faith ging wie in Zeitlupe zu ihrem Kleiderschrank ins Schlafzimmer zurück – und dort hingen zwei ihr unbekannte Kleider und drei Hosen neben ihren eigenen Sachen.
Faith schlug die Hände vors Gesicht und begann zu

schluchzen. Es war nicht nur ein One-Night-Stand gewesen! Wer auch immer die Frau war, mit der Alex sie betrog, sie hatte offenbar drei Tage lang in ihrem Haus gewohnt!
Und plötzlich schoss Faith durch den Kopf, dass Alex und diese Frau wahrscheinlich am Abend, wenn nicht sogar schon am Nachmittag zurückkehren würden.
Ohne wirklich darüber nachzudenken, warf Faith die Tagesdecke über das Bett und rannte die Treppe hinunter. Sie wollte so schnell wie möglich fort. Peinlich genau achtete sie darauf, keinerlei Spuren zu hinterlassen, und ergriff die beiden Tüten mit ihren Einkäufen, ihre Reisetasche und ihren Laptop. Auf der Straße vor ihrem Haus warf sie ihre Einkäufe in eine Mülltonne, hielt ein Taxi an und stieg ein. Sie wusste überhaupt nicht, wohin sie fahren sollte, denn sie hatte niemanden, dem sie sich in solch einer Situation anvertrauen konnte. Deswegen bat sie den Taxifahrer, sie zum Carlyle Hotel zu bringen, das nur zwei Blocks entfernt lag.
»Sind Sie sicher, Ma'am?«, fragte der Taxifahrer und blickte sie erstaunt an. Sie hätte die Strecke ohne weiteres zu Fuß gehen können.
»Ja, bitte fahren Sie los!«, erwiderte Faith aufgebracht. Sie hatte furchtbare Angst, Alex und diese Frau könnten in diesem Moment nach Hause kommen und sie entdecken. Der Taxifahrer gab Gas, und Faith schloss verzweifelt die Augen. Tränen liefen ihr über die Wangen. Wie konnte Alex ihr das nur antun? Wie konnte er eine andere Frau in ihr gemeinsames Ehebett lassen? Besser hätte er ihr die Exkursion nach Washington nicht heimzahlen können. Wenn er geplant hatte, sie zu verletzen, dann war ihm das perfekt gelungen.
Doch während Faith aus dem Taxi ausstieg und das Hotel betrat, wurde ihr klar, dass Alex diese Frau schon

länger kennen musste. Eine völlig Fremde wäre niemals für vier Tage bei ihm eingezogen. Offenbar hatte er schon seit längerer Zeit eine Affäre!
Als der Portier Faith fragte, ob sie ein Zimmer wünsche, nickte sie nur stumm. Sie hatte das Gefühl, sich übergeben zu müssen, und ihre Gedanken überschlugen sich. Sie hätte Alex keinesfalls zu Hause erwarten und sofort zur Rede stellen können, dazu hatte sie momentan einfach nicht die Kraft. Sie musste diesen unglaublichen Schock erst einmal verdauen. Am besten wäre es, vorerst im Hotel zu bleiben und dann, wie geplant, am folgenden Nachmittag nach Hause zu fahren. Das bedeutete natürlich, dass Alex und diese Frau einen weiteren Abend und eine weitere Nacht in ihrem Haus und in ihrem Bett verbringen würden. Faith wollte jetzt erst einmal so schnell wie möglich auf ihr Zimmer, um sich ein wenig zu beruhigen.
Nachdem sie die Anmeldung ausgefüllt hatte, überreichte der Portier ihr den Zimmerschlüssel, und Faith nahm den Aufzug. Kaum hatte sie ihr Hotelzimmer betreten, stürzte sie ins Bad und übergab sich. Dann ließ sie sich aufs Bett fallen und weinte hemmungslos. Sie konnte nicht einmal Zoe anrufen und ihr ihr Herz ausschütten – es war Alex gegenüber einfach nicht fair, ihrer Tochter von seinem Fehltritt zu erzählen. Sie musste selbst damit klarkommen, obwohl ihr das in diesem Moment völlig unmöglich erschien. Alex hatte also eine Affäre. Nach der extremen Kälte, mit der er sie während der vergangenen Woche bestraft hatte, nach seinen Wutanfällen, den Anschuldigungen und dem Schweigen – nach allem, was sie ertragen hatte, lud er seine Geliebte einfach zu sich nach Hause ein und vergnügte sich dort mit ihr. Faith war nicht nur wütend auf ihn, sie war am Boden zerstört.
Als Faith Brad anrief, war es bereits acht Uhr in New

York. Sie musste sich diese Sache einfach von der Seele reden, und sie brauchte zudem Brads brüderlichen Rat. Außerdem hatte er ihr erzählt, dass Pam schon mehrere Affären gehabt hatte – Brad wusste also, wie man sich in solch einer Situation fühlte. Vielleicht konnte er sie sogar besänftigen und ihr sagen, dass alles halb so schlimm sei. Doch sobald Faith Brads Stimme am anderen Ende der Leitung hörte, brach sie wieder in Tränen aus und brachte kein Wort hervor.

Brad wusste erst gar nicht, mit wem er sprach. Es war schon öfter vorgekommen, dass potenzielle Mandanten oder deren Eltern ihn anriefen und am Telefon weinten. Doch dann begriff er, dass Faith am Apparat war, und erschrak.

»Fred? ... Was ist denn los? ... Kleines, sag mir, was passiert ist!« Brad überlegte, ob womöglich Zoe oder Eloise etwas zugestoßen war. »Kleines, bitte beruhige dich ... Hol einmal ganz tief Luft!« Er wurde von Sekunde zu Sekunde unruhiger.

»Ich bin ... in New York«, stammelte Faith und begann wieder zu schluchzen.

»Versuch mir zu erzählen, was passiert ist! Bist du verletzt?«

»Nein ... ich wünschte, ich wäre tot!«

Faith klang wie ein verschrecktes kleines Mädchen, und Brad hätte sie am liebsten in den Arm genommen und festgehalten. »Ist etwas mit den Mädchen?«

»Nein, es geht nicht um sie ... es geht um Alex«, stammelte Faith mühsam.

Brad fragte sich, ob Alex womöglich einen Unfall oder einen Herzinfarkt gehabt hatte. »Was ist mit ihm? Ist er –«

»Ihm geht's blendend! Und mir miserabel. Alex ist ein Mistkerl!«

Brad begriff, dass Faith und Alex offenbar eine Ausein-

andersetzung gehabt hatten, und zwar eine sehr heftige, sonst wäre Faith niemals dermaßen verzweifelt gewesen. Hatte Alex sie womöglich geschlagen? Falls dem so war, dachte Brad voller Zorn, würde er sich den Kerl persönlich vorknöpfen! »Ich dachte, du seiest noch in Washington. Warum bist du schon wieder zurück?«
»Die Mutter der Professorin hatte einen Schlaganfall, deswegen musste sie sofort nach Hause, und einige von uns sind auch einen Tag früher abgereist.« Faith weinte noch immer, doch inzwischen konnte sie immerhin wieder vollständige Sätze formulieren.
»Und was ist dann passiert?«, fragte Brad unruhig.
»Ich bin nach Hause gefahren.«
»Und dort hast du dich mit Alex gestritten?« Während Brad sprach, scheuchte er seine Sekretärin aus dem Zimmer, die ihm gerade signalisierte, dass er in der Zwischenzeit drei Anrufe erhalten hatte, die er dringend beantworten musste. Doch das interessierte Brad in diesem Moment nicht, gebannt lauschte er Faiths Stimme.
»Nein, Alex war gar nicht zu Hause.«
Brad überlegte fieberhaft, was Faith derart aufgewühlt haben könnte.
»Alex hat eine Affäre«, platzte Faith schließlich heraus und putzte sich die Nase.
»Was? Er geht fremd?«, fragte Brad verwundert. »Und die Frau war da, als du nach Hause gekommen bist?«
»Nein, aber ihre Sachen. Als Erstes habe ich ihre Pumps in der Küche gefunden. Und ihr Schminkzeug liegt überall im Badezimmer herum … und im Bett ihre Unterwäsche. Er schläft mit ihr in unserem Bett, Brad! Direkt davor bin ich auf einen Tanga getreten. Es war Ekel erregend!«
Brad schüttelte traurig den Kopf. Er wusste genau, wie sich Faith jetzt fühlte. »Du Arme, ich wünschte, ich könnte jetzt bei dir sein. Wo bist du überhaupt?«

»Ich bin im Carlyle. Ich habe mir hier erst mal ein Zimmer gemietet. Was soll ich denn jetzt tun, Brad? Meinst du, ich sollte nach Hause gehen und diese Frau hinauswerfen?«

»Das ist wahrscheinlich keine so gute Idee. Zuerst musst du dich beruhigen, und dann machst du dir darüber Gedanken, was du unternehmen wirst. Willst du Alex überhaupt erzählen, dass du ihm auf die Schliche gekommen bist?« Er selbst hatte zum Wohle seiner Ehe immer Stillschweigen bewahrt, wenn er herausfand, dass Pam eine Affäre hatte. Doch Pam hatte ihre Eroberungen zumindest nicht mit nach Hause gebracht.

»Was ist, wenn Alex es ernst mit dieser Frau meint?«, fragte Faith besorgt.

»Dann hast du ein ziemlich großes Problem.« Brad kam plötzlich eine Idee. »Möchtest du, dass ich zu dir nach New York komme? Wir könnten noch einmal in aller Ruhe darüber reden, bevor du nach Hause gehst. Weißt du was, ich steige jetzt gleich ins Flugzeug und fliege morgen Nacht zurück.«

»Nein, das brauchst du nicht ... Ich komme schon irgendwie klar ... Aber was soll ich jetzt machen?«

»Du musst dir unbedingt darüber klar werden, was du überhaupt willst, bevor du Alex zur Rede stellst. Du bist klar im Vorteil, Fred, vergiss das nicht! Alex hat keine Ahnung, dass du ihn erwischt hast.«

»Ja, aber was nützt mir das, wenn er in diese Frau verliebt ist?«

»Vielleicht ist er es nicht. Aber die Frage lautet: Würdest du dann bei ihm bleiben wollen? Kannst du ihm diese Sache verzeihen? Es muss dir vor mir nicht peinlich sein, ich kann verstehen, wenn du das Ganze einfach nur vergessen möchtest. Viele Menschen vergeben ihren Ehepartnern Seitensprünge.«

»Wie konnte er mir das nur antun?«

»Ich habe keine Ahnung. Alex muss einfach bescheuert sein! Vielleicht brauchte sein Ego auch dringend eine Bestätigung – oder er ist in der Midlifecrisis. Meistens haben solche Seitensprünge nichts mit Liebe zu tun, sondern nur mit Lust.«

»Na großartig! Mich sieht er noch nicht einmal mehr an, aber mit dieser Frau im Tanga steigt er ins Bett! Sie hat lange schwarze Haare«, fügte Faith unzusammenhängend hinzu. »Wahrscheinlich ist sie halb so alt wie ich.«

»Eins kann ich dir garantieren: Sie ist auf keinen Fall so schön wie du. Alex hat wahrscheinlich einfach nur ein wenig Anerkennung gesucht.«

»Weißt du, er hat mir in den vergangenen Wochen das Gefühl gegeben, mein Studium sei ein Verbrechen. Einen Monat lang bin ich auf Händen und Knien vor ihm herumgerutscht! Ich glaube, die Sache mit dieser Frau ist seine Art, sich an mir zu rächen.«

»Ich bin mir ziemlich sicher, dass es nichts mit dir und deinem Studium zu tun hat. Aber das können wir auch ein anderes Mal besprechen. Am besten wäschst du dir jetzt das Gesicht, lässt dir vom Zimmerservice eine Tasse Tee bringen und versuchst, ein wenig zur Ruhe zu kommen. Ich rufe dich in einer halben Stunde an, und wir reden noch mal über alles. Du musst herausfinden, was dir wichtig ist.«

»Wie denkst du denn über Alex?«

»Wie ich über Alex denke?«, wiederholte Brad und bemühte sich, ruhig zu bleiben. »Ich finde, dein Mann ist ein absoluter Vollidiot, ein bemitleidenswertes kleines Arschloch, wenn du mich fragst – nicht nur wegen dieser Sache. Manchmal glaube ich, du hättest Alex bereits vor Jahren verlassen sollen – aber das geht mich natürlich nichts an.«

»Ich weiß überhaupt nicht mehr, was ich für Alex empfinde. Im Augenblick hasse ich ihn! Ich fühle mich dumm, erniedrigt, ungeliebt. Es ist nur ... ich habe nie daran gezweifelt, dass ich für immer mit Alex zusammenbleiben würde. Aber mit einem Mal bin ich mir nicht mehr so sicher.«

»Triff keine übereilten Entscheidungen, Fred. Ich rufe dich gleich noch mal an.« Mittlerweile waren elf Telefonate für ihn eingegangen, und jeder einzelne Anrufer wartete auf einen Rückruf. In der folgenden halben Stunde meldete sich Brad bei sieben von ihnen und bat seine Sekretärin, sich um die vier anderen zu kümmern.

Faith hatte in der Zwischenzeit eine Tasse Tee getrunken und sich kaltes Wasser ins Gesicht gespritzt. Als Brad anrief, wusste sie jedoch noch immer nicht, was sie unternehmen wollte.

»Geht es dir etwas besser?«, erkundigte sich Brad.

»Ich weiß es nicht. Ich fühle mich so merkwürdig.«

»Inwiefern merkwürdig?«, hakte Brad nach, denn er befürchtete plötzlich, Faith könne sich etwas antun oder habe womöglich bereits irgendwelche Tabletten genommen. Ihre Stimme klang seltsam belegt.

»Desillusioniert, traurig ... verarscht.«

»Ach so«, entfuhr es Brad erleichtert. »Das ist doch normal in einer solchen Situation. Ich habe nachgedacht, Fred. Ich glaube, es wäre das Beste, wenn du Alex erzählst, was du gesehen hast. Ansonsten wird dich diese Sache innerlich auffressen. Überlass es ihm, das Ganze wieder hinzubiegen. Aber hör immer auf dein Bauchgefühl! Wenn du nicht möchtest, dass er es wieder hinbiegt, dann sag ihm das.«

»Wahrscheinlich hast du recht. Aber wie soll ich es anbringen?«

»Das ist doch der leichtere Teil! Alex weiß genau, was abgelaufen ist, also musst du nur andeuten, dass du auch im Bilde bist.«

»Ja, das ist wahr.«

»Er wird wahrscheinlich in erster Linie ziemlich feindselig reagieren. Du solltest damit rechnen, dass er versucht, dir die Schuld für das Ganze in die Schuhe zu schieben.«

»Wie meinst du das?«

»Er wird behaupten, dass du ihn vernachlässigt hast und er sich allein fühlte. Mit Sicherheit hackt er darauf herum, dass du wieder zur Uni gehst und nun keine Zeit mehr für ihn hast.«

»Glaubst du, er liebt diese Frau?«

Faith klang kleinlaut, als habe sie Angst, Alex könne sie von jetzt auf gleich verlassen. »Das ist schwer zu sagen. Wahrscheinlich nicht. Ich vermute, sie ist nur irgendein dummes Ding – vielleicht sogar eine Prostituierte.«

»Ich kann mir nicht vorstellen, dass sich Alex mit einer Prostituierten abgeben würde!«

»Man kann nie wissen. Ich hoffe, du wirst nicht die ganze Nacht dasitzen und dir darüber den Kopf zerbrechen.«

»Ich mache bestimmt kein Auge zu. Vielleicht stehe ich morgen zeitig auf und gehe in die Kirche, in die erste Messe.«

»Das ist eine gute Idee, Fred. In der Kirche findest du sicherlich die nötige Ruhe, um über alles nachzudenken.«

»Ich möchte vor allem wissen, was eigentlich hinter meinem Rücken abläuft, wer diese Frau ist und was sie Alex bedeutet. Ich will die Wahrheit wissen, die ganze Wahrheit.«

»Ich hoffe, Alex erzählt dir die Wahrheit. Wie gesagt vermute ich eher, dass er alles daransetzen wird, dich als die Schuldige hinzustellen.«

»Das könnte sein«, stimmte Faith ihm zu. »Danke, dass du mir zugehört hast.« Sie klang schon weitaus gefasster als zu Beginn ihres ersten Gespräches.

»Gern geschehen, Kleines. Nimm doch einfach noch ein Bad und geh dann ins Bett. Ich mache mich jetzt auch auf den Weg nach Hause. Wenn du mich brauchst, ruf mich einfach an, egal um welche Uhrzeit. Ich bin für dich da, Fred. Ich wünschte nur, ich könnte mehr tun.«

»Du hast mir bereits sehr geholfen.«

»Du wirst das überstehen, Fred, da bin ich mir ganz sicher.«

»Was erzähle ich nur den Mädchen, falls Alex und ich uns tatsächlich trennen? Ich kann ihnen doch niemals die Wahrheit erzählen!«

»Warum nicht? Du bist nicht diejenige, die einen Fehler gemacht hat, sondern Alex. Er muss die Konsequenzen für das tragen, was er angerichtet hat. Wieso solltest du für ihn ein Geheimnis bewahren? Du schuldest ihm nichts.«

»Zoe wird ihn dafür hassen.« Und Ellie würde irgendeine Entschuldigung für ihren Vater finden.

»Sie hat doch sowieso kein gutes Verhältnis zu ihm, und im Grunde hat er das auch nicht anders verdient. Er war ihr kein besonders guter Vater und dir kein besonders guter Ehemann, oder liege ich da falsch?«

»Hmm ... nein, eigentlich hast du recht«, gab Faith zu.

»Du hörst dich völlig erschöpft an. Versuch doch, ein bisschen zu schlafen.« Brad ahnte, dass das völlig unmöglich sein würde, aber zumindest sollte sie sich ein wenig ausruhen.

»Ich nehme wirklich noch ein Bad, und dann lege ich mich hin.«

»Wenn du möchtest, kannst du mich später noch mal anrufen. Pam ist nicht zu Hause, sie ist mit irgendwem ausgegangen.«

»Danke, Brad. Ich hab dich lieb, großer Bruder.«

»Ich hab dich auch lieb, Kleines. Du schaffst das schon! Du wirst sehen, alles wird sich klären.«

»Das hoffe ich«, erwiderte Faith müde, doch sie war nicht wirklich überzeugt. Alex war einfach unberechenbar, und sie konnte nicht einschätzen, wie er reagieren würde, wenn sie ihn zur Rede stellte.

Brad befürchtete das Gleiche. Während er in seinem Jeep nach Hause fuhr, dachte er daran, dass er Alex am liebsten einen Kinnhaken dafür verpasst hätte, was er Faith antat. Dieser Mann war nicht nur ein Eisklotz, er war auch ein absoluter Dummkopf. Offenbar hatte er keine Ahnung, mit was für einer tollen Frau er eigentlich verheiratet war.

15

Faith wälzte sich in dieser Nacht ruhelos hin und her, und erst um vier Uhr morgens döste sie langsam ein. Doch bereits um sechs Uhr wachte sie auf, schleppte sich aus dem Bett ans Fenster und beobachtete den Sonnenaufgang. Es hatte keinen Sinn, sich noch einmal hinzulegen. Es war ein wunderschöner, sonniger Tag, aber Faith hatte sich noch niemals im Leben schlechter gefühlt. Immerzu musste sie an Alex und die Frau mit dem langen schwarzen Haar denken, die wahrscheinlich gerade eng umschlungen zusammen in ihrem Bett lagen. Faith wusste nicht, ob sie es jemals wieder über sich bringen würde, in diesem Bett zu schlafen.

Beim Zimmerservice bestellte sie eine Kanne schwarzen Kaffee, dann zog sie sich an und besuchte um halb acht die Morgenmesse in der St. Jean Baptiste Church in der Lexington Avenue. Während des gesamten Gottesdienstes hielt sie Brads Rosenkranz fest in der Hand, doch sie fand nicht die nötige Konzentration, um ein Gebet zu sprechen. Nach der Messe kehrte sie sofort ins Hotel zurück, doch sie hatte keine Ahnung, was sie den ganzen Tag tun sollte. Alex rechnete erst am Nachmittag mit ihrer Rückkehr, und sie wollte auf keinen Fall früher nach Hause fahren.

Um elf Uhr New Yorker Zeit rief Brad Faith an. Er hatte sich Sorgen um sie gemacht und war froh, als sie sich meldete. Glücklicherweise klang sie schon wieder besser und sagte ihm, sie wolle abwarten, wie sich die Dinge entwickelten. Sie hatte keinen festen Plan und würde sich auf ihren Instinkt verlassen.

»Gut, aber lass dich nicht von Alex in die Ecke drängen!«, bat Brad, und Faith versprach es ihm.

»Ruf mich heute Abend wieder an, wenn du kannst«, sagte Brad zum Abschied. Er würde an diesem Nachmittag mit einem Freund Tennis spielen. Später wollte Pam eine neue Stereoanlage kaufen, und Brad hatte ihr versprochen, sie zu begleiten.

Faith blieb bis nachmittags um fünf Uhr in ihrem Hotelzimmer, dann checkte sie aus und nahm ein Taxi zu ihrem Haus. Dort angekommen schloss sie mit bebenden Fingern die Eingangstür auf. Im Flur brannte Licht, aber Alex war nirgendwo zu entdecken. Wahrscheinlich war er im oberen Stockwerk. Vorsichtig stellte Faith ihre Reisetasche auf dem Boden ab und ging mit schweren Schritten die Treppe zu ihrem Schlafzimmer hinauf. Das Bett war sorgfältig gemacht worden, und auch alles andere sah ordentlich aus.

Alex saß in seinem Lieblingsstuhl vor dem Kamin und las in einem Buch. Als Faith das Schlafzimmer betrat, hob er weder den Blick noch ließ er erkennen, dass er ihre Anwesenheit bemerkt hatte. Faith blieb im Türrahmen stehen und betrachtete ihren Ehemann. Hass, Widerwille und Enttäuschung übermannten sie, und sie spürte, dass sich Tränen in ihren Augen sammelten.

»Du bist spät dran«, sagte Alex schließlich, ohne sie anzusehen.

Seine Dreistigkeit war wirklich kaum zu fassen! Faith gab ihm keine Antwort, sondern stand einfach nur da und starrte ihn weiterhin an. Endlich hob Alex den Blick.

»Wie war die Exkursion?«, fragte er in sachlichem Tonfall.

Faith reagierte gar nicht darauf. »Wie war deine Woche?«

»Anstrengend. Es gab viel zu tun.«

»Wie schön«, erwiderte Faith kühl, setzte sich Alex gegenüber und schaute ihm in die Augen. In diesem Moment wusste sie, dass sie die Fassade nicht länger aufrechterhalten konnte. In ihrem Inneren tobte ein Sturm, und sie vermochte ihn unmöglich noch länger vor Alex zu verbergen.
»Was hast du in Washington so gemacht?«, erkundigte sich Alex und legte das Buch, in dem er gelesen hatte, in seinen Schoß. Die Art, wie Faith ihn ansah, irritierte ihn.
»Was hast du hier so gemacht?« Erneut antwortete sie mit einer Gegenfrage.
»Das habe ich dir doch bereits gesagt«, erwiderte er ungehalten und versuchte, in Faiths Miene zu lesen, doch vergeblich. »Ich habe gearbeitet, was denn sonst?« Er nahm das Buch wieder hoch.
»Genau das wüsste ich gern.« Faith fixierte Alex, und er erwiderte ihren Blick. In seinen Augen erkannte Faith eine leichte Unsicherheit. Nun war der richtige Zeitpunkt gekommen. »Ich bin schon gestern nach New York zurückgekehrt, Alex. Die Exkursion war einen Tag früher als geplant zu Ende.«
»Was meinst du damit, du bist schon gestern zurückgekehrt?« Alex schaute sie verdutzt an.
Faith konnte in seinem Gesicht lediglich Überraschung, aber keine Anzeichen eines schlechten Gewissens ausmachen.
»Die Mutter unserer Professorin hatte einen Schlaganfall, und deswegen musste sie das Ganze frühzeitig beenden. Ich bin gestern um zwei Uhr nachmittags nach Hause gekommen. Vorher war ich noch auf dem Markt. Ich habe ein paar Sachen gekauft, um dir ein ganz besonderes Abendessen zu kochen, Alex. Doch zunächst ging ich ins Schlafzimmer.« Sie legte eine bedeutungsvolle Pause ein. »Weißt du, es war ein bisschen wie in

›Schneewittchen‹ ... ›Wer hat in meinem Bettchen geschlafen?‹« Faiths Augen waren fest auf Alex geheftet. Sie blinzelte nicht einmal. »Wer immer es auch war, sie hat ziemlich große Füße, lange schwarze Haare, und sie trägt einen Tanga.«

Aus Alex' Gesicht wich jegliche Farbe. »Und wo bist du dann hingegangen?«, fragte er, und es schien Faith, als wolle er das Gespräch mit dieser Frage auf ein Fehlverhalten ihrerseits lenken. Brad hatte sie ja davor gewarnt.

»Ich habe mir ein Zimmer im Carlyle genommen, um in Ruhe über alles nachzudenken.«

»Du hättest sofort mit mir –«

»Was ist bloß mit uns geschehen, Alex? Und wer ist diese Frau?«

»Das ist irrelevant.«

Wenn Alex eine Möglichkeit gesehen hätte, die Existenz dieser Frau weiterhin zu leugnen, hätte er es getan, vermutete Faith. Aber sie ließ ihm keine Gelegenheit dazu.

»Wie lange läuft das schon zwischen euch?«

Alex machte eine abwehrende Handbewegung. »Hör sofort auf, mich so vorwurfsvoll anzusehen! Wenn du dich nicht wie ein pubertärer Teenager aufführen und dir deine Zeit lieber in der Uni vertreiben würdest als mit mir, wäre das alles nicht passiert!«

Faith nickte traurig. Genau wie Brad es vorhergesagt hatte, versuchte Alex, ihr die Schuld an seinem Fehltritt zu geben. Doch darauf war sie vorbereitet. »Dann wäre es also in Ordnung, wenn ich jedes Mal, wenn du auf Geschäftsreise bist, mit jemand anderem ins Bett steigen würde? Denn offensichtlich vertreibst du dir deine Zeit ja auch lieber in irgendwelchen Büros in Chicago oder L.A. als mit mir.«

»Sei nicht albern, Faith! Ich muss mit meiner Arbeit unseren Lebensunterhalt verdienen. Es gibt allerdings

keinen zwingenden Grund, warum du zurück an die Uni gegangen bist.«
»Und du glaubst allen Ernstes, das gibt dir das recht, mich zu betrügen?«
»Ich habe dich gewarnt! Ich sagte dir, dass es Konsequenzen nach sich ziehen würde, wenn du tatsächlich wieder studierst.«
»Ich wusste damals nicht, dass du dabei an eine andere Frau gedacht hast. Du machst es dir wirklich leicht.«
Alex stand abrupt auf und begann, im Zimmer auf und ab zu marschieren. »Das hätte alles nicht passieren müssen, Faith, es lag ganz in deiner Hand! Du hast dich dafür entschieden, unserer Ehe den Rücken zu kehren und stattdessen irgendwelchen Hirngespinsten nachzujagen. Jetzt siehst du, was du davon hast!«
Faith konnte kaum glauben, was sie da hörte. »*Ich* habe unserer Ehe den Rücken gekehrt?«, rief sie zornig. »*Du* hast unsere Ehe mit Füßen getreten, als du diese Schlampe in unser Bett gelassen hast! Wie konntest du nur?«
»Wie kannst du es wagen, so mit mir zu reden?«, polterte Alex. »Diesen Ton verbitte ich mir!«
»Wie *ich* es wagen kann?« Faith sprang auf. »Was glaubst du, wie ich mich gefühlt habe, als ich nach Hause kam und die Unterwäsche dieser Frau in meinem Bett fand?« Ihre Stimme überschlug sich, doch Faith wusste, dass sie das recht hatte, wütend zu sein. Alex' nächste Worte trafen sie jedoch völlig unvorbereitet.
»Ich ziehe aus«, verkündete er, stapfte zum Badezimmer hinüber und schlug die Tür hinter sich zu.
Faith blieb allein und mit laut pochendem Herzen zurück. Hatte Alex soeben tatsächlich gesagt, er wolle ausziehen? Wie in Trance setzte sie sich auf einen Stuhl und lauschte den Geräuschen im Bad. Alex packte offenbar seine Waschutensilien ein, und wenig später

begann er in seinem Ankleidezimmer, das an das Badezimmer grenzte, zu rumoren. Kurz darauf öffnete sich die Tür, und Alex trat mit einem gepackten Koffer heraus.

»Wohin gehst du?«, brachte Faith leise hervor. Mit einem Mal fragte sie sich, ob sie womöglich überreagiert und Alex mit ihrem Gefühlsausbruch dazu gezwungen hatte, seine Sachen zu packen. Vielleicht hatte er doch recht, und ihr Studium war tatsächlich eine unzumutbare Belastung ihrer Ehe gewesen.

»Ich ziehe fürs Erste ins Hotel. Wenn du mich sprechen möchtest, dann ruf in meinem Büro an.«

»Liebst du sie, Alex?« Faith musste diese Frage einfach stellen.

»Das geht dich nichts an.«

»Ich habe das recht, es zu erfahren. Also?«

»Du hast keinerlei recht mehr, Faith. Du hast deine Rechte in dem Moment aufgegeben, als du deinen Rucksack aufgesetzt hast und zu dieser komischen Uni gegangen bist.«

»Willst du damit tatsächlich sagen, dass du mir einzig und allein deswegen untreu gewesen bist, weil ich wieder studiere?«

»Ich will damit gar nichts sagen. Du hörst von mir, wenn ich entschieden habe, was ich tun werde.«

Faith starrte ihn mit offenem Mund an. Sie konnte es noch immer kaum glauben. Alex verhielt sich, als habe sie ihm etwas Schreckliches angetan und nicht umgekehrt.

Alex eilte die Treppe hinunter, und sein großer Koffer schlug dabei immer wieder gegen die Wand. Einen Augenblick später hörte Faith, wie die Haustür ins Schloss fiel.

Wie betäubt saß sie eine Zeit lang auf dem Stuhl im Schlafzimmer. Dann erhob sie sich und rief Brad an.

»Hallo Fred! Wie ist es gelaufen?«, fragte Brad fürsorglich.
»Er ist ausgezogen.«
»Du machst Scherze!«
»Nein, leider nicht. Er erklärte mir unumwunden, es sei alles meine Schuld, wie du es vorhergesagt hast. Laut Alex wäre das alles nicht geschehen, wenn ich nicht wieder angefangen hätte zu studieren. Meine Fragen in Bezug auf diese Frau hat er gar nicht erst beantwortet. Er meinte, das ginge mich nichts an.«
»Das habe ich befürchtet – ich meine, dass er alles dir in die Schuhe schiebt. Aber ich hätte nicht gedacht, dass er auszieht.« Brad fand es schäbig von Alex, davonzulaufen und sich der Verantwortung zu entziehen.
»Wir sind seit sechsundzwanzig Jahren verheiratet, und ich beginne mich zu fragen, wer Alex eigentlich ist.«
»Du hast ihn früher sicherlich gut gekannt, aber die Menschen ändern sich eben, Fred.«
»Das stimmt. Wenn ich ehrlich bin, habe ich seit Jahren keinen Zugang mehr zu ihm.« Faith seufzte. »Wie soll ich es nur den Mädchen beibringen?«
»Gib dir selbst erst mal ein paar Tage, um alles zu verdauen und dir zu überlegen, wie du vorgehen willst. Alex erzählt den Mädchen in der Zwischenzeit bestimmt nichts. Vielleicht kommt er sogar zurück.«
»Glaubst du wirklich?«, fragte Faith, und der hoffnungsvolle Klang ihrer Stimme brach Brad beinahe das Herz.
»Kann doch sein. Versuch erst mal, dich zu entspannen, Fred. Und am Montag rufst du dann einen Anwalt an, nur um dich zu erkundigen. Ich werde mit ein paar Kollegen in New York sprechen, mal sehen, ob sie mir jemanden für dich empfehlen können.« Es wäre für ihn ein Leichtes herauszubekommen, wer der beste Scheidungsanwalt in New York war. »Es tut mir leid, Kleines.

Du hast das alles nicht verdient – das weißt du doch, oder?«
»Ich weiß überhaupt nichts mehr.«

Am Abend trug Faith ihre Sachen in Zoes Zimmer. Sie würde nie wieder in ihrem Ehebett schlafen können, gleichgültig, ob sie die Bettwäsche gewechselt hatte oder nicht.
Später rief Brad Faith noch einmal an, um zu fragen, wie es ihr inzwischen ging. Sobald er aufgelegt hatte, sprach Pam ihn auf das Telefonat an. Sie hatte bei Freunden zu Abend gegessen und war gerade erst heimgekommen.
»Worum ging es denn in dem Gespräch?«, fragte sie Brad neugierig.
»Eine Freundin ist in Schwierigkeiten.«
»Scheint ernst zu sein – du guckst so besorgt. Ist es irgendjemand, den ich kenne?«
»Nein. Meine Bekannte hat Eheprobleme.«
Pam fragte sich, ob er über die Schwester seines verstorbenen besten Freundes sprach, aber sie hakte nicht weiter nach. Brad schien ganz und gar nicht in der Stimmung, ihr Auskunft zu geben.
Gegen Mittag des übernächsten Tages schickte Brad Faith eine E-Mail und nannte ihr den Namen eines guten Anwalts in New York. Faith rief den Mann augenblicklich an und erklärte ihm ihre Situation. Der Anwalt erkundigte sich, ob sie einen Privatdetektiv engagieren wolle, um herauszufinden, wer die Frau sei, mit der sich Alex treffe. Zu ihrer eigenen Überraschung bejahte Faith diese Frage.
Während der folgenden Tage lief sie wie eine Schlafwandlerin umher. Sie besuchte ihre Kurse in der Uni und telefonierte beinahe jeden Tag mit Brad, doch sie tat alles wie ferngesteuert. Zoe hatte glücklicherweise viel im College zu tun und meldete sich in dieser Wo-

che nur per E-Mail. Alex hingegen ließ überhaupt nichts von sich hören.
Am folgenden Freitag rief ihr Anwalt an. Der Privatdetektiv hatte herausgefunden, wer die Frau war, mit der Alex eine Affäre hatte. Sie war neunundzwanzig, geschieden, hatte ein Kind und war als Empfangsdame in der Bank beschäftigt, in der auch Alex arbeitete. Nach Auskunft einer Sekretärin war die Frau erst im Jahr zuvor von Atlanta nach New York gezogen, und Alex und sie hatten offenbar seit zehn Monaten ein Verhältnis miteinander. Seit zehn Monaten! Es hatte also definitiv nichts damit zu tun, dass sie, Faith, wieder studierte. Alex hatte seine Liaison lange vorher begonnen.
Faith verabredete mit dem Anwalt einen Termin in der kommenden Woche, doch sie wusste noch immer nicht, ob sie eine Scheidung wollte oder sich insgeheim wünschte, dass Alex zu ihr zurückkäme.
Kurz entschlossen rief Faith an diesem Nachmittag in Alex' Büro an. Sie war froh, dass er selbst ans Telefon ging – obgleich seine Stimme einen eiskalten Tonfall annahm, sobald sie sich meldete.
»Ich würde mich gern mit dir treffen und noch einmal über alles sprechen«, sagte sie und versuchte, ruhig und beherrscht zu klingen – obwohl sie die Informationen, die sie an diesem Morgen von ihrem Anwalt erhalten hatte, tief getroffen hatten. Doch ebenso tief traf sie Alex' Antwort auf ihren Vorschlag.
»Ich wüsste nicht, worüber wir sprechen sollten, Faith.«
»Wir können unsere Probleme doch nicht einfach ignorieren, Alex.«
»Ich habe dir nichts mehr zu sagen.«
Faith spürte Panik in sich aufsteigen. So konnte ihre Ehe doch nicht zu Ende gehen! Sie holte tief Luft und machte einen Schritt, der Brad und Zoe schockiert hätte. Doch durch ihre schwierige Kindheit war es Faith

in Fleisch und Blut übergegangen, stets demütig zu sein und jeglichen Widerstand zu vermeiden.

»Ich könnte mein Studium wieder aufgeben«, sagte sie leise. Es war ein beinahe unerträglich großes Opfer, doch sie wollte um jeden Preis ihre Ehe retten. All die vielen Jahre, die sie mit Alex zusammen gewesen war, konnte sie nicht einfach für einen Juraabschluss wegwerfen.

»Dazu ist es zu spät«, entgegnete Alex unbarmherzig.

Faith wurde schwindlig. »Willst du diese Frau etwa heiraten?« Das war der einzige Grund, den sie sich für seine hartnäckige Weigerung, zu ihr zurückzukommen, vorstellen konnte. Sie war ihm immer eine gute Partnerin gewesen. Nur einen einzigen Fehler hatte sie begangen – sie hatte versucht, sich einen ihrer größten Träume zu erfüllen.

»Es geht nicht um diese Frau, Faith. Es liegt an dir.«

»Was habe ich denn getan?« Faith schluchzte auf.

»Unsere Ehe ist schon seit vielen Jahren tot. Und wenn ich mit dir zusammen bin, fühle ich mich, als sei ich ebenfalls tot.«

Faith erstarrte. Alex' grausame Worte gingen ihr durch Mark und Bein.

»Ich bin zweiundfünfzig Jahre alt, und ich möchte noch etwas vom Leben haben«, fuhr Alex fort. »Die Mädchen sind erwachsen und brauchen uns nicht mehr. Du möchtest Jura studieren, Faith, aber ich habe auch noch ein paar Wünsche. Es geht nicht immer nur um dich.«

Für Faith klang es, als habe Alex diese Rede lange geplant. Vielleicht hatte er nur darauf gewartet, dass sie ihm einen Grund lieferte, sie zu verlassen. Und sie war blindlings in seine Falle getappt. Das war einfach nicht fair! Sie war aus Loyalität bei Alex geblieben – während er nur auf die richtige Gelegenheit gelauert hatte, sich davonzumachen!

»Ich wusste nicht, dass du so empfindest«, brachte Faith mühsam hervor.
»Jetzt weißt du es. Ich habe mir bereits einen Anwalt gesucht, und du solltest dir besser auch einen nehmen.«
Faith konnte kaum glauben, wie schnell Alex bereit war, alles aufzugeben. Sie hätte für ihre Ehe gekämpft, doch es war ein aussichtsloser Kampf, denn Alex hatte offenbar die feste Absicht, ein neues Leben zu beginnen – ohne sie. »Was sollen wir denn den Mädchen sagen?«
Faith ahnte bereits, was Alex im Schilde führte: Er würde Eloise davon überzeugen, dass alles ihre, Faiths, Schuld war.
»Das werden wir sehen«, antwortete Alex. »Also, nimm dir einen Anwalt, Faith. Ich will die Scheidung.«
»Wie kannst du das nur tun, Alex? Bedeuten dir die vergangenen sechsundzwanzig Jahre denn gar nichts?«
»Mir haben sie genauso viel bedeutet wir dir – bis du dich dazu entschlossen hast, lieber Anwältin als meine Frau zu sein.«
»*Ich* habe lediglich ein Studium begonnen, während *du* dich mit einer anderen vergnügst!«, rief Faith aufgebracht. Doch plötzlich verstand sie, was Alex an dieser Frau attraktiv fand. Sie war dreiundzwanzig Jahre jünger als er, und sie war Empfangsdame. Das hieß, sie hatte offenbar keine großen Karrierepläne, und Alex konnte sie kontrollieren.
»Ich muss mich vor dir nicht rechtfertigen, Faith. Du hast dir das Ganze selbst zuzuschreiben«, sagte Alex brüsk und legte auf.
Er hatte Faith noch nicht einmal mitgeteilt, in welchem Hotel er wohnte, und Faith fragte sich, ob er womöglich bei dieser Frau untergekommen war. Sie begann hemmungslos zu weinen. Ihre ganze Welt war innerhalb von einer Woche in sich zusammengebrochen.
Plötzlich hörte sie, wie jemand die Haustür aufschloss.

Faith zuckte zusammen und fragte sich, wer das sein konnte. Dann vernahm sie Zoes Stimme. »Mom? Bist du da?«

Wieso kam Zoe unerwartet nach Hause – und wie sollte sie ihr erklären, was passiert war? Faith wischte sich hastig die Tränen aus dem Gesicht und eilte Zoe mit einem aufgesetzten Lächeln entgegen.

»Hallo Mom, Überraschung!«, begrüßte Zoe sie und ließ ihr Gepäck auf den Boden fallen. »Ich bleibe übers Wochenende.« Zoe wollte ihre Mutter gerade umarmen, da hielt sie erschrocken inne. Faith hatte dunkle Ringe unter den Augen und wirkte äußerst nervös. »Bist du krank?«

»Ja, ich ... ich habe eine Magenverstimmung und fühle mich schon die ganze Woche über ziemlich mies.«

»Oh, tut mir leid«, sagte Zoe mitfühlend, »ich dachte schon, du hättest eine Erkältung. Du klingst so verschnupft.«

»Eine Erkältung habe ich auch!«, erwiderte Faith schnell und fragte sich, wie sie die Wahrheit zwei Tage lang vor Zoe verschweigen sollte.

»Wo ist Dad?«, fragte Zoe, während sie in die Küche ging, einen Blick in den Kühlschrank warf und feststellte, dass darin gähnende Leere herrschte. Faith war seit Tagen nicht einkaufen gewesen.

»Er ist auf Geschäftsreise ... in Florida«, log Faith.

»Sorry, dass ich vorher nicht angerufen habe, aber ich dachte, du freust dich vielleicht über einen Überraschungsbesuch.«

»Das tue ich auch.«

Zoe lächelte ihre Mutter strahlend an. Als sie jedoch kurz darauf mit Faith hinauf ging und das Bettzeug ihrer Mutter in ihrem eigenen Zimmer fand, legte sie die Stirn in Falten. »Was ist denn hier los? Wieso schläfst du in meinem Bett, Mom?«

»Ich … es ist wegen meiner Erkältung. Ich muss nachts oft husten und will deinen Vater nicht wecken.«
»Hast du nicht gesagt, Dad sei in Florida?«, hakte Zoe nach und blickte Faith fragend an. Irgendetwas stimmte hier nicht, aber ihre Mutter wollte offenbar nicht mit der Sprache herausrücken.
»Ja, er ist aber erst heute Morgen abgereist. Ich wollte gerade in unser Schlafzimmer zurückziehen.« Allein der Gedanke daran, wieder in ihrem Ehebett schlafen zu müssen, ließ Faith frösteln.
»Wieso fährt er ausgerechnet übers Wochenende weg?«
»Also … im Fernsehen haben sie einen Schneesturm für Montag vorausgesagt. Die ganze Stadt soll lahm liegen, und dein Dad wollte sichergehen, dass er noch nach Chicago kommt.«
»Chicago? Mom!« Zoe setzte sich auf ihr Bett und zog ihre Mutter neben sich. Noch nie zuvor hatte sie ihre Mutter derart aufgelöst und konfus erlebt. »Du hast eben gesagt, er sei in Florida, warum erzählst du mir jetzt was von einem Schneesturm in Chicago? Mom, was ist los?«
»Nichts«, beharrte Faith, doch sie konnte nichts dagegen tun, dass ihr Tränen in die Augen stiegen.
»Sag mir die Wahrheit, Mom. Wo ist Dad?«
Zoe sah sie unerbittlich an, und Faith wusste, dass sie das Ganze nicht länger verheimlichen konnte. Doch sie wollte Zoe noch nichts von Alex' Affäre erzählen, die halbe Wahrheit musste vorerst genügen.
»Wir … haben uns gestritten, aber du musst dir keine Sorgen machen. Ich bin nur ein bisschen traurig, das ist alles.«
Zoe blickte ihre Mutter weiterhin skeptisch an.
»Okay, wir hatten einen Riesenkrach«, gab Faith zu.
»Wie ernst ist es?«
»Ziemlich ernst, fürchte ich. Dein Vater ist weg.«

»Weg? Was soll das heißen? Läuft er einmal um den Block, um sich abzureagieren?«
»Er … er ist ausgezogen.«
Zoe starrte ihre Mutter durchdringend an. »Wieso das denn?«
»Es wäre zu kompliziert, dir das zu erklären. Ich … möchte dir jetzt noch nicht alles erzählen. Bitte sei mir deswegen nicht böse.«
»Lass mich raten: Er fühlt sich vernachlässigt, weil du wieder zur Uni gehst.«
»Ja«, gestand Faith und putzte sich die Nase.
»Glaubst du, er kommt zurück?«
Faith hätte Zoe gern beruhigt, doch stattdessen begann sie wieder zu schluchzen. »Nein.«
»Ach du Scheiße! Bist du sicher?«
»Er hat mir eben am Telefon gesagt, dass er sich von mir scheiden lassen will.«
»Was? Warum? Nur wegen des Studiums? Das ist doch Quatsch!«
»Es tut mir so leid, Zoe.«
»Er ist wirklich ein Mistkerl!«, stieß Zoe hervor. Unterbewusst hatte sie immer damit gerechnet, dass ihr Vater ihre Mutter eines Tages im Stich lassen würde. »Weiß Ellie Bescheid?«
»Nein, ich habe noch niemandem davon erzählt, er hat mich eben erst angerufen.« Faith kämpfte um ihre Selbstbeherrschung. »Dein Vater hat gesagt, er habe ein recht auf ein ausgefülltes Leben – aber an meiner Seite fühle er sich wie tot.«
»Das ist ja nicht zu fassen! Dieses Arschloch soll –«
»Rede nicht so über deinen Vater!«
»Warum nicht? Jetzt nimm ihn nicht auch noch in Schutz! Sag mal, wann wolltet ihr Ellie und mir denn reinen Wein einschenken?«
»Ich weiß es nicht. Ich habe die ganze Woche hier ge-

sessen und geheult und konnte keinen klaren Gedanken fassen.«

»Mom ... wenn ich das gewusst hätte! Warum hast du denn nicht angerufen? Ich bin so froh, dass ich hergekommen bin. Ich hatte so ein Gefühl, dass du mich brauchst ...«

»Ich brauche dich wirklich«, sagte Faith mit tränenerstickter Stimme und umarmte ihre Tochter.

Zoe drückte ihre Mutter fest an sich und ordnete dann an, sie solle sich ins Bett legen. Anschließend ging sie in die Küche, wärmte eine Suppe für Faith auf und brachte sie ihr auf einem Tablett hinauf. Nachdem Faith aufgegessen hatte, schlüpfte Zoe zu ihr unter die Decke. Sie legte einen Arm um sie und versuchte, sie zu trösten. Nach einer Weile schaltete sie den Fernseher ein, damit Faith ein wenig abgelenkt wurde.

Später rief Brad an, und Faith berichtete, dass Zoe überraschend heimgekommen sei. Brad war erleichtert, dass sich nun jemand um Faith kümmerte, doch als er von dem Gespräch mit Alex hörte, konnte er seine Wut kaum im Zaum halten.

»Was für ein Dreckskerl!«, rief er.

Zoe verließ das Zimmer, um sich die Zähne zu putzen, und Faith flüsterte Brad durch den Hörer zu, was sie über Alex' Geliebte erfahren hatte.

»Wahrscheinlich willst du das jetzt nicht hören, Faith, aber ich glaube, es ist wirklich das Beste, wenn ihr die Scheidung einreicht«, sagte Brad. »Du hättest Alex niemals verlassen, und letztlich hätte dich diese Ehe kaputtgemacht.« Brad seufzte. »Ich will dich jetzt nicht länger stören. Lass dich von Zoe ein bisschen verwöhnen. Morgen ruf ich dich wieder an.«

»Gut. Bis morgen, Brad.«

Zoe hatte Faith angeboten, zusammen mit ihr in ihrem Bett zu schlafen, und Faith war sehr froh darüber.

»Wer war dran?«, wollte Zoe wissen, als sie aus dem Bad zurückkam.
»Brad.«
»Der Rosenkranzmann?«
Faith nickte.
»Vielleicht heiratest du ihn jetzt doch noch.«
»Fang nicht schon wieder damit an! Ich bin immer noch mit deinem Vater verheiratet!«
Doch sie beide wussten, dass das nicht mehr allzu lange der Fall sein würde. Faith konnte sich zwar kaum vorstellen, wie es sein würde, geschieden zu sein, doch sie musste sich wohl oder übel an den Gedanken gewöhnen. Während sie in dieser Nacht neben Zoe lag und ihr Leben Revue passieren ließ, wurde ihr klar, dass bald nichts mehr so sein würde, wie es einmal gewesen war.

16

Zoe flog am Sonntagabend zurück nach Providence. Sie hatte das gesamte Wochenende ihrer Mutter gewidmet und sich kein einziges Mal mit ihren Freundinnen getroffen. Faith fühlte sich zwar noch immer miserabel, aber Zoes Gesellschaft hatte ihr neue Kraft gegeben. Wenn sie allein gewesen wäre, hätte es sie wahrscheinlich noch viel mehr getroffen, dass sie sich am Valentinstag der Tatsache stellen musste, bald eine geschiedene Frau zu sein. Trotz der ausführlichen Gespräche erzählte Faith Zoe jedoch nichts von der Geliebten ihres Vaters.

In der folgenden Woche traf sich Faith erneut mit ihrem Anwalt, und er zeigte ihr den Bericht des Privatdetektivs. Der Name von Alex' Geliebten war Leslie James, und auf einem Foto, das der Ermittler aufgenommen hatte, konnte Faith erkennen, was für eine attraktive junge Frau Leslie war – groß und schlank, mit langen schwarzen Locken. Sie sah beinahe aus wie ein Fotomodell. Leslie hatte eine fünfjährige Tochter, und in der Bank, in der sie arbeitete, war sie äußerst beliebt. In dem Bericht war zudem zu lesen, dass die Romanze zwischen Leslie und Alex unter den anderen Mitarbeitern der Bank ein offenes Geheimnis war. Leslies Kolleginnen hatten sogar geäußert, dass sie eine Heirat der beiden nicht für unmöglich hielten.

Als Faith das Büro des Anwalts verließ, fühlte sie sich, als habe ihr jemand einen Schlag in den Magen versetzt. Alex' Geliebte war achtzehn Jahre jünger als sie selbst, obendrein war sie bildhübsch. Das musste Faith erst einmal verdauen. Auf direktem Weg fuhr sie nach Hause.

Als das Telefon klingelte, saß Faith gerade in ihrem Arbeitszimmer und starrte vor sich hin. Brad war am Apparat.

»Wie war es beim Anwalt?«, begann er das Gespräch.

»Ich habe den Bericht des Privatdetektivs gelesen und Fotos von Alex' Geliebter gesehen. Sie ist eine richtige Traumfrau, Brad. Man kann ihm kaum einen Vorwurf machen, dass er sie attraktiver findet als mich.«

»Natürlich kann man das! Du bist eine wunderschöne Frau, Faith. Wenn Alex das nicht sieht, ist er ein Idiot.«

»Danke«, erwiderte Faith bescheiden, doch sie klang nicht wirklich überzeugt.

»Es gibt übrigens Neuigkeiten«, verkündete Brad, der sich in der vergangenen Woche sehr um Faith gesorgt hatte. Obwohl Faith weiterhin zu ihren Kursen in der Uni gegangen war, wusste Brad doch, dass sie die übrige Zeit damit verbracht hatte, einfach dazusitzen und zu grübeln.

»Was für Neuigkeiten?«, erkundigte sich Faith.

»Ich werde übers Wochenende nach New York kommen. Ich habe geschäftlich in der Stadt zu tun, und ich hoffe, ich darf dich noch mal zum Abendessen ausführen.«

»Das sind gute Neuigkeiten!«, rief Faith und lächelte. Nun hatte sie endlich wieder etwas, worauf sie sich freuen konnte. »Wann kommst du denn?«

»Schon am Freitag, allerdings erst spät in der Nacht. Ich muss mich am Samstag wegen eines heiklen Falls mit einigen Staatsanwälten treffen. Samstagmorgen könnte ich aber mit frischen Brötchen bei dir vor der Tür stehen. Hättest du Lust, Schlittschuhlaufen zu gehen?«

»Ich dachte, du müsstest arbeiten«, bemerkte Faith.

»Das muss ich auch, aber ich werde schon irgendwie

alles unter einen Hut bringen. Ich will dich unbedingt sehen. Nimm dir also besser auch am Samstagabend nichts vor!« In Wahrheit flog Brad allein wegen Faith nach New York, doch das verriet er ihr nicht. Sie würde sonst mit Sicherheit behaupten, das sei nicht nötig und sie komme schon allein zurecht. Er wollte sie gern persönlich ein wenig aufheitern; außerdem sagte er sich, dass er es Jack schuldig sei, sich um Faith zu kümmern.
Als Brad Freitagnacht in New York ankam, lag eine schwierige Woche hinter Faith. Alex' Anwalt hatte sich an den ihren gewandt, und sie verhandelten nun über Details der Scheidung. Faith hatte noch nicht mit Ellie gesprochen, doch Alex teilte ihr während eines weiteren Telefonats mit, dass er Ellie am Wochenende anrufen und ihr alles erzählen wolle. Faith hatte schreckliche Angst vor der Reaktion ihrer älteren Tochter, und sie hoffte inständig, dass sich jene darum bemühen würde, die ganze Sache auch von ihrer, Faiths, Warte aus zu betrachten.
Brad nahm ein Zimmer im Carlyle Hotel, das ganz in der Nähe von Faiths Haus lag, und am Samstagmorgen stand er frisch rasiert und geduscht vor ihrer Tür. Pam hatte er ebenfalls gesagt, er müsse mit einigen Staatsanwälten in New York einen heiklen Fall besprechen, und seine Frau stellte dies nicht infrage.
Als Faith die Tür öffnete, erschrak Brad. Faith war furchtbar blass und dünn. Sie trug einen schwarzen Rollkragenpullover und eine schwarze Jeans, kein Make-up, und ihr blondes Haar hatte sie zu einem Zopf zusammengebunden. Doch als sie Brad vor sich stehen sah, lächelte sie und schloss ihn in die Arme. Sie bat ihn herein und machte Frühstück. Stundenlang saßen sie dann in der Küche und unterhielten sich. Brad hatte Faith noch einmal gefragt, ob sie Schlittschuhlaufen gehen wolle, doch sie war zu müde und wollte lieber zu

Hause bleiben. Brad entfachte ein Feuer im Kamin im Wohnzimmer, und sie setzten sich auf die Couch.
»Ich fühle mich wie damals, als Jack gestorben ist«, gestand Faith. »Alles ist plötzlich anders, und ich habe keine Ahnung, wie mein Leben weitergehen soll.«
»Ich glaube, deine Scheidung wirst du besser verwinden als Jacks Tod. Momentan siehst du das vielleicht nicht so, aber ich bin davon überzeugt, dass die Trennung von Alex eine große Chance für dich ist«, sagte Brad mit Bedacht. Er wollte Faith nicht zu nahe treten, aber er wollte ihr auch gern klar machen, dass ihre Scheidung für sie ein Neuanfang sein könnte.
»Wann musst du denn heute zur Arbeit?«, erkundigte sich Faith nun und erinnerte Brad damit daran, dass er seinen Vorwand für die Reise nicht vergessen durfte.
»So um vier. Ich brauche aber bestimmt nicht länger als ein bis zwei Stunden.« Er würde einfach zum Hotel gehen und ein Nickerchen machen und Faith dann zum Abendessen abholen.
»Du bist doch nicht etwa nur meinetwegen nach New York geflogen, Brad?«, fragte Faith plötzlich.
Brad machte eine wegwerfende Handbewegung. »Wie kommst du denn darauf, Fred? Ich hätte momentan gar keine Zeit, mal eben hierher zu jetten.«
»Gut! Das hätte ich dir auch nicht erlaubt. Du hast Wichtigeres zu tun, als bei mir zu sitzen und Händchen zu halten.«
»Genau!« Brad zwinkerte ihr zu und klatschte dann in die Hände. »Wie wäre es mit Mittagessen?«
»Gern!«
Gemeinsam schlenderten sie zu einem kleinen Imbiss, der nicht weit entfernt lag, und Faith kaufte sich ein Eisandwich, das sie jedoch zunächst kaum anrührte. Brad brachte sie schließlich dazu, zumindest die Hälfte davon zu essen und ein paarmal von seiner Suppe zu probie-

ren. Anschließend gingen sie im Central Park spazieren. Die Bäume waren zwar noch immer kahl, und der Park wirkte ein wenig trostlos, doch die Luft war rein und klar, und am Himmel zeigte sich nicht eine Wolke. Am Nachmittag kehrten sie zu Faiths Haus zurück und machten sich zum Aufwärmen heißen Kakao.

»Du bist wirklich eine erstaunliche Frau«, sagte Brad, während er genüsslich ein Marshmallow verspeiste. In ihrer Kindheit hatten sie oft Marshmallows zum Kakao gegessen. »Die meisten anderen Frauen hätten ihren Kindern sofort unter die Nase gerieben, dass ihr Vater eine Affäre hat, und ihn als den Schuldigen dargestellt.« Brad hatte Faith und Jack immer für ihre große Toleranz bewundert. Schon als Kinder waren sie äußerst großmütig gewesen und hatten zuerst das Wohl der anderen im Blick gehabt. Außerdem waren sie besonders aufrichtig gewesen. Wenn andere Kinder logen, sagte Jack stets die Wahrheit. Und als Faith ihn einmal anschwindelte, wusch er ihr gehörig den Kopf. Damals war sie ungefähr elf Jahre alt, und Brad entsann sich noch heute genau, wie ihr große runde Tränen übers Gesicht kullerten, während Jack ihr erklärte, dass man niemals lügen dürfe.

»Wie geht es dir jetzt, Fred?«, fragte Brad und legte sich auf den Teppich vor dem Kamin.

Faith betrachtete ihn und erinnerte sich an den Jungen von damals – er hatte noch dasselbe Grübchen im Kinn, dieselben langen Beine, und sein Haar war noch immer so schwarz wie damals.

»Es geht mir schon besser, danke«, erwiderte sie nun. »Ich werde allerdings noch einige Zeit brauchen, um mich an den Gedanken zu gewöhnen, dass ich bald eine allein stehende Frau bin.«

»Das ist doch normal. Und wie läuft es in der Uni?«

»Nicht so gut. Aber zumindest habe ich keinen meiner

Kurse versäumt, und ich habe noch immer vor, mich bald für das Jurastudium zu bewerben. Sag mal, musst du nicht langsam zu deinem Termin?«, fragte Faith besorgt. Es war beinahe vier Uhr, aber Brad schien es nicht eilig zu haben.

»Ja, gleich«, sagte er, ohne einen Blick auf seine Uhr zu werfen. Der heiße Kakao machte ihn schläfrig, und die Wärme des Kaminfeuers tat ein Übriges. »Das Leben ist schon merkwürdig, findest du nicht?«, fragte er leise und lächelte. »Wir sind zusammen aufgewachsen, und wir hatten mehr als eine Gelegenheit, uns ineinander zu verlieben, aber das ist niemals passiert. Stattdessen habe ich Pam geheiratet, mit der ich absolut nichts gemeinsam habe, und du hast dich für Alex entschieden, der dich – entschuldige – wie den letzten Dreck behandelt. Es hätte alles so viel einfacher sein können, wenn wir vor vielen Jahren die Augen aufgemacht hätten ... Aber das Leben ist nun mal selten einfach, nicht wahr, Fred?« Während er sprach, schaute er ins Feuer und wandte sich dann Faith zu. In ihren Augen lag eine tiefe Traurigkeit.

»Da hast du recht«, erwiderte sie. Es gab vieles, das sie Brad gegenüber nie erwähnt hatte – zum Beispiel den Missbrauch durch ihren Vater. Inzwischen wusste sie, dass die Dinge, die sie als Kind hatte erleiden müssen, viel mit ihrer Partnerwahl zu tun hatten. »Man hat immer Gründe für seine Entscheidungen, und erst im Nachhinein, wenn es zu spät ist, merkt man, was man falsch gemacht hat.« Sie fragte sich, ob Jack Brad jemals etwas über den Missbrauch gesagt hatte, aber sie ging nicht davon aus. Es war immer ihr Geheimnis gewesen, sowohl während ihrer Kindheit als auch während ihres Erwachsenenlebens. Doch sie wusste instinktiv: Sie konnte Brad bedenkenlos davon erzählen. War dies der richtige Augenblick?

»Was ist los, Kleines?«, fragte Brad nun. Faith sah furchtbar traurig aus, und er überlegte, ob er irgendetwas Falsches gesagt hatte.
»Ich ... ich musste gerade nur an etwas denken. Eine alte Geschichte ... eine sehr schlimme Geschichte, die aber wahrscheinlich viel damit zu tun hat, dass ich es all die Jahre über zugelassen habe, dass Alex mich so schlecht behandelte. Ich dachte wohl, ich hätte es verdient.«
Brad erhob sich, ging zu ihr hinüber und nahm ihre Hand. Er wusste zwar nicht, worüber Faith sprach, doch der Ausdruck in ihrem Gesicht sagte ihm, dass sie ihm gerade etwas anvertrauen wollte, das von großer Wichtigkeit für sie war. »Warum hast du das geglaubt?«, fragte er vorsichtig.
Faith senkte den Blick und schwieg. Brad wollte sie auf keinen Fall bedrängen und ließ ihr die Zeit, die sie benötigte.
Schließlich schaute Faith ihm wieder in die Augen und begann: »Ich habe als Kind ein paar schlimme Dinge erlebt. Aber außer Jack weiß niemand davon. ... Es war damals sehr schwierig für ihn.«
Brad schwante, was Faith ihm erzählen wollte, noch bevor sie die Worte aussprach, und er drückte ihre Hand. Faith holte tief Luft und fasste sich ein Herz. Sie bemerkte die Tränen kaum, die ihre Wangen hinabrannen. »Mein Vater hat mich als Kind missbraucht«, flüsterte sie kaum hörbar. »Es begann, als ich vier oder fünf Jahre alt war, und es hörte erst auf, als er starb. Ich habe mich niemandem anvertraut, denn mein Vater drohte mir, er würde mich umbringen, wenn ich es täte. Jahre später, als ich bereits erwachsen war, habe ich versucht, meiner Mutter davon zu erzählen, aber sie glaubte mir nicht. Jack hat es erst ein Jahr vor Dads Tod herausgefunden, und als er unseren Vater zur Rede

stellte, drohte der ihm ebenfalls ... Ich glaube, die Bindung zwischen Jack und mir war auch deswegen so stark, weil wir ein Geheimnis teilten. Trotzdem habe ich mich deshalb immer schuldig gefühlt. Ich habe Jack schließlich mit diesem schrecklichen Geheimnis belastet ... und ich hatte immer das Gefühl, mein Vater hätte vielleicht die Finger von mir gelassen, wenn ich ... mich anders verhalten hätte.« Faith zitterte am ganzen Körper. »Ich glaube, deswegen hatte Alex so viel Macht über mich. Ich dachte immer, ich verdiene es nicht, gut behandelt zu werden. Damit habe ich ihm direkt in die Hände gespielt.«

Sie starrte ins Leere, und dann blickte sie Brad wieder an. Er hatte Tränen in den Augen. Kein Wort kam über seine Lippen, er zog sie einfach in seine Arme und drückte sie fest an sich. Es dauerte eine geraume Weile, bis Brad seine Sprache wiederfand.

»Es tut mir so unendlich leid, Fred! Was hast du nur all die Jahre über mit dir herumschleppen müssen! Ich weiß nicht, warum, aber ich habe geahnt, was du sagen würdest, noch bevor du es ausgesprochen hast. Wie kann man so etwas nur einem kleinen Mädchen antun? Wie gut, dass der Kerl längst tot ist, sonst würde ich ihn ...«

»Das habe ich früher auch immer gedacht ... ich meine, dass ich mich an ihm rächen werde. Und später fühlte ich mich dann schuldig wegen meiner Rachegefühle.«

Der Missbrauch hatte Faiths gesamtes Leben bestimmt, vor allem ihre Ehe hatte er stark beeinflusst. Faith war froh, dass sie Brad ihr Geheimnis nun anvertraut hatte. Lange Jahre war sie davor zurückgeschreckt, es irgendjemandem zu erzählen, aus Angst, derjenige könnte sie danach mit anderen Augen sehen und ihr die Schuld an allem geben. Doch Brad hielt sie einfach in seinen Armen und vermittelte ihr das Gefühl, die Dämonen ihrer

Vergangenheit endlich vertreiben zu können. Es kam ihr so vor, als habe sie sich einen Spiegel vorgehalten und sich selbst durch Brads Augen betrachtet. Und was sie erblickte, war alles andere als abscheulich. Sie war kein verdorbenes kleines Mädchen, sie war auch kein Opfer mehr, sie war eine stolze Frau, die es verdiente, geliebt zu werden.

Schließlich löste sich Brad von Faith und lächelte sie an. »Ich liebe dich, Fred ... ich liebe dich von ganzem Herzen! Du bist so ein wunderbarer Mensch. Ich kann den Gedanken kaum ertragen, dass du nicht mich, sondern dieses Arschloch geheiratet hast.«

»Wahrscheinlich hätte ich dich früher oder später auch gelangweilt.« Faith lächelte traurig. »Außerdem wäre es merkwürdig gewesen, dich zu heiraten – du bist schließlich wie ein Bruder für mich.«

»Das dachte ich auch immer! Jack hat mich damals allerdings ständig bedrängt, ich solle mit dir ausgehen. Aber das kam mir völlig abwegig vor. Davon abgesehen war ich damals ein ziemlicher Draufgänger.«

Sie unterhielten sich noch eine Zeit lang, dann warf Brad einen Blick auf seine Uhr. Er wollte Faith jetzt eigentlich nicht allein lassen, aber er musste die Sache nun durchziehen. Er würde ins Hotel zurückkehren und sich für zwei Stunden hinlegen oder fernsehen.

»Wo sollen wir heute Abend essen?«, fragte er und erhob sich.

»Wie wäre es mit einem chinesischen Restaurant?«

»Klingt gut. Ich habe allerdings keine Krawatte dabei. Macht dir das was aus?«

»Keineswegs!«, sagte Faith und lächelte. Sie fühlte sich Brad näher denn je.

»Ich hole dich um sieben Uhr ab, okay?« Brad küsste Faith auf die Stirn.

»Ist dein Meeting denn dann schon vorbei?«

»Natürlich. Wir müssen nur einen einzigen Fall besprechen.«

»Muss ein ganz besonderer Fall sein, wenn du für ein zweistündiges Gespräch von San Francisco nach New York fliegst«, bemerkte Faith und brachte Brad zur Tür.

»Ist es auch«, gab Brad vage zurück und umarmte Faith noch einmal zum Abschied.

Langsam spazierte er dann die beiden Blocks zum Hotel und dachte darüber nach, was Faith ihm gerade anvertraut hatte. Sie war eine unglaubliche Frau, und er fragte sich erneut, warum er sie nicht geheiratet hatte. Doch nun war es zu spät, sich darüber den Kopf zu zerbrechen.

17

Abends besuchten Faith und Brad gemeinsam ein chinesisches Restaurant in der Stadt. Faith fragte Brad neugierig, wie das Meeting mit den Staatsanwälten gelaufen sei, und Brad dachte sich rasch etwas aus – obwohl er in Wahrheit die vergangenen zwei Stunden damit verbracht hatte, im Hotel auf dem Bett vor sich hin zu dösen. Faith vermutete natürlich nichts dergleichen und wurde auch nicht misstrauisch, als Brad rasch das Thema wechselte und auf seine Söhne zu sprechen kam, die er mit jedem Tag mehr vermisste. Auch Faith machte sich Gedanken um ihre Kinder, vor allem fragte sie sich, wie Ellie wohl darauf reagieren würde, dass sich ihre Eltern scheiden lassen wollten.

»Ich befürchte, sie wird mir die Schuld geben«, sagte Faith mutlos. »Alles hängt natürlich davon ab, wie Alex ihr die Situation schildert.«

»Ellie sollte eigentlich alt genug sein, um sich selbst eine Meinung zu bilden«, bemerkte Brad.

»Ja, aber Alex hat sehr großen Einfluss auf sie.« Faith seufzte. »Das alles kommt mir immer noch wie ein Albtraum vor. Vor zwei Wochen dachte ich noch, Alex und ich würden das alles schon wieder hinkriegen, und jetzt …«

»Sollen wir morgen noch einmal zur St. Patrick's gehen?«, fragte Brad, um Faith auf andere Gedanken zu bringen. Inzwischen waren sie mit dem Essen fertig.

Faith lächelte. »Ja, gern. Ich bin so froh, dass du da bist!«

»Das bin ich auch«, antwortete Brad und ergriff ihre

Hand. »Meine liebe Fred, du siehst schon viel besser aus als heute Morgen.«
»Ich fühle mich auch besser – dank dir!«
»Möchtest du noch ein Bananensplit?«, fragte Brad unvermittelt. Er erinnerte sich, dass Faith als Kind gar nicht genug von dieser Eisspezialität bekommen konnte.
Faith grinste Brad an. Er war den ganzen Tag über so fürsorglich gewesen! Sie fühlte sich verwöhnt, getröstet, geliebt – und dadurch, dass sie Brad von dem Missbrauch erzählt hatte, außerdem wie befreit.
»Es gibt großartiges Bananensplit im Serendipity«, fuhr Brad unbeirrt fort. »Wir können uns eins teilen.«
»Zum Glück wohnst du nicht in New York!«, sagte Faith kichernd. »Sonst wäre ich wahrscheinlich rund wie eine Tonne.«
Brad lachte, bezahlte die Rechnung, und sie nahmen ein Taxi zur East Sixtieth Street. Das auf Süßwaren spezialisierte Restaurant Serendipity war sehr gut besucht, aber Brad und Faith fanden noch einen freien Tisch unter einer Tiffanylampe, und Brad bestellte ein Bananensplit und zwei Löffel. Kurz darauf wurde das Eis mit Bananen, Schlagsahne, Nüssen, Schokoladensauce und drei verschiedenen Eissorten serviert. Brad und Faith stürzten sich darauf, und Brad freute sich zu sehen, wie viel Faith davon verdrückte.
»Wenn ich jetzt nicht aufhöre, wird mir bestimmt schlecht!«, sagte sie schließlich und legte den Löffel beiseite.
»Na, das wollen wir doch lieber vermeiden!«, erwiderte Brad lachend.
Schließlich kamen sie auf alte Geschichten aus ihrer Kindheit zu sprechen. Brad erinnerte Faith daran, wie sie Jack und ihm als Zwölfjährige einmal einen Streich gespielt und ihren damaligen Freundinnen erzählt hat-

te, sie seien mit anderen Mädchen ausgegangen. Jack hatte damals vor Wut gekocht.

»Warum hast du das damals eigentlich gemacht?«, fragte Brad lächelnd.

»Ihr seid ohne mich zum Bowling gegangen, und deswegen war ich sauer auf euch.«

»Jack hätte dich damals beinahe erwürgt!«

»Weil er das Mädchen, mit dem er zusammen war, wirklich mochte. Aber du hattest für deine damalige Freundin nicht allzu viel übrig, oder?«

»Ich kann mich nicht einmal mehr an ihren Namen erinnern.«

»Aber ich. Sie hieß Sherry Hennessy. Und Jacks Freundin hieß Sally Stein.«

»Meine Güte, du hast ja ein richtiges Elefantengedächtnis! Ich hatte Sherry Hennessy total vergessen, und dabei war sie das erste Mädchen, das ich geküsst habe.«

»Nein, das war Charlotte Waller. Damals warst du dreizehn.«

»Oh, richtig!«, rief Brad, der sich plötzlich entsann. »Du hast mich damals heimlich beobachtet und Jack alles brühwarm erzählt, dabei wollte ich nicht, dass er es erfährt, denn er war selbst verliebt in sie.«

»Charlotte hat es selbst in der halben Nachbarschaft herumerzählt, und sie hat es auch Jack auf die Nase gebunden.«

»Aber du hast es ihm zuerst gesteckt, du kleines Miststück!« Brad erinnerte sich nun wieder genau, und beide mussten herzhaft lachen. Wenig später verließen sie das Serendipity und traten wieder auf die Straße hinaus.

»Ich habe Charlotte lediglich ein wenig unter die Arme gegriffen. Sie tratschte eure kleine Liaison schließlich überall herum. Weißt du, sie hielt dich für einen verdammt guten Fang.«

»Das war ich damals ja auch!«, gab Brad schmunzelnd zurück.
»Du bist immer noch ziemlich süß«, sagte Faith und hakte sich bei Brad unter, »wenn man bedenkt, wie alt du schon bist.«
»Pass auf, was du sagst!«, warnte Brad und stieß Faith spielerisch in die Seite. Dann schlug er vor, zu Fuß zurückzugehen, und Faith hielt das nach dem üppigen Essen für eine sehr gute Idee.
»Ich habe das Gefühl, zehn Kilo zugenommen zu haben«, scherzte sie.
»Quatsch! Du bist immer noch eine halbe Portion.«
»Ich habe mir früher immer gewünscht, ich würde noch wachsen, aber leider bin ich so klein geblieben.«
»Schon in Ordnung. Für ein Mädchen bist du gar nicht so übel.«
Faith blickte Brad an und lachte, denn genau das hatte er als Jugendlicher auch immer zu ihr gesagt. An diesem Abend fühlte sie sich zum ersten Mal seit langer Zeit wieder geborgen, als sei sie noch zwölf Jahre alt. Bis sie Faiths Haus erreichten, sprachen sie über die Freunde ihrer Kindheit und überlegten, was wohl aus ihnen geworden war.
»Warum schläfst du eigentlich im Hotel?«, fragte Faith. »Du könntest auch bei mir übernachten. Ich lege mich in Zoes Bett, und du machst es dir im Schlafzimmer bequem.«
»Das ist nett von dir«, antwortete Brad gähnend, »aber ich bin total müde und habe wenig Lust, meinen Koffer jetzt noch aus dem Hotel zu holen. Um wie viel Uhr treffen wir uns denn morgen in der Kirche?«
»Wann immer du willst. In der St. Patrick's Cathedral gibt es mehrere Messen am Tag. Irgendeine erwischen wir schon. Wie wäre es, wenn wir vorher zusammen frühstücken würden?«

»Gern! Ich rufe dich an, sobald ich wach bin, oder ich komme einfach vorbei.«
Faith schloss die Tür auf und betrat das Haus. Es war dunkel und still darin, und ihr wurde plötzlich bewusst, wie einsam sie dort während der vergangenen Tage gewesen war. Sie drehte sich noch einmal zu Brad um und fragte: »Möchtest du noch auf ein Glas Wein hereinkommen?«
»Ich glaube, es wäre besser, wenn ich ins Hotel ginge. Ich bin wirklich total geschafft.« Brad lächelte Faith entschuldigend an, denn er wollte sie auf keinen Fall vor den Kopf stoßen. Ihm bedeuteten die gemeinsamen Stunden sehr viel, und er fühlte sich in ihrer Gegenwart so gut wie schon lange nicht mehr. Was sie ihm am Nachmittag anvertraut hatte, bewies ihm, dass es ihr genauso ging und sie ihm bedingungslos vertraute.
»Wie gut, dass du zu diesem Meeting musstest und deswegen nach New York gekommen bist«, sagte Faith zum Abschied.
»Da hast du recht«, erwiderte er und nahm Faith in den Arm. »Schlaf gut, Kleines.«
Brad spazierte lächelnd zum Hotel zurück. Auf dem Weg dorthin wurde ihm eins bewusst: Er schätzte Faith mehr als jeden anderen Menschen, dem er in seinem Leben begegnet war.

18

Brad stand am nächsten Morgen um neun Uhr mit seinem Koffer vor Faiths Tür. Faith war gerade erst aus der Dusche gekommen und nur mit einem Morgenmantel bekleidet.

Brad überreichte ihr leger die Morgenzeitung, und während er ins Haus trat, grinste er von einem Ohr zum anderen. »Du siehst ja hinreißend aus! Bin ich zu früh dran? Ich bin schon im Morgengrauen aufgewacht.«

»Schon in Ordnung, ich brauche aber noch ein paar Minuten«, sagte Faith und eilte barfüßig und mit nassem Haar zurück ins Badezimmer.

»Während du dich anziehst, kümmere ich mich schon mal um das Frühstück!«, rief Brad ihr nach und ging in die Küche.

Als Faith fünfzehn Minuten später in Jeans und Pulli die Treppe hinunterkam, hörte sie Brad in der Küche mit den Tassen und Tellern klappern, und in der Luft lag Kaffeeduft.

»Das riecht aber gut!«, sagte sie anerkennend, und Brad wandte sich ihr lächelnd zu. Er stand am Herd, fühlte sich offenbar ganz wie zu Hause und machte Spiegelei.

»Ist gleich fertig«, erklärte er und schenkte ihr eine Tasse Kaffee ein. Er wollte Faith gern nach allen Regeln der Kunst verwöhnen – schließlich war er allein deswegen nach New York gekommen. »Möchtest du Speck zum Ei?«

»Ich habe gar keinen da, aber ich mag es sowieso lieber ohne.« Faith setzte sich an den Tisch, und zwei Minuten später gesellte sich Brad zu ihr.

Sie aßen die Eier auf gebuttertem Toast, und Faith dach-

te, dass ihr lange kein Frühstück mehr so gut geschmeckt hatte. »Du bist ein sehr guter Koch.«
»Kommt ganz drauf an. Ich wäre aufgeschmissen, wenn ich ein großes Menü zaubern müsste, aber Hamburger, Spiegelei und Pfannkuchen kriege ich meistens gut hin.«
»Das werde ich mir merken«, erwiderte Faith, doch sie war mit den Gedanken ganz woanders.
»Du siehst plötzlich so traurig aus«, bemerkte Brad.
»Ich musste gerade an Alex und diese Frau denken. Ob sie wohl in diesem Moment zusammen sind?«
»Zerbrich dir darüber nicht den Kopf«, riet Brad und betrachtete Faith nachdenklich. »Es ist schon merkwürdig, wie schnell sich das Leben ändern kann, nicht wahr? Vor sechs Monaten hättest du niemals gedacht, dass ich hier ganz selbstverständlich mit dir sitzen und frühstücken würde.«
»Ja, das stimmt. Es ist wirklich schön, dich hier zu haben. Kommst du eigentlich öfter geschäftlich nach New York?«
»Hängt davon ab, welche Konferenzen und Kongresse ich besuchen muss und wie viele Fälle ich zu Hause zu bearbeiten habe. Manchmal habe ich einfach nicht die Zeit zu verreisen, selbst wenn es nur für ein paar Tage wäre.« Brad lächelte. »Habe ich dir eigentlich schon erzählt, dass Pam und ich nächsten Monat nach Afrika zu den Jungs fliegen?«
»Nein, das ist toll!«
»Vielleicht legen wir einen kurzen Zwischenstopp in New York ein, dann komme ich dich besuchen.«
»Wir könnten zu dritt zu Abend essen!«, schlug Faith begeistert vor.
»Ich weiß nicht, ob das eine gute Idee ist«, wiegelte Brad ab. »Schließlich hat Pam den Verdacht, dass ich eine Affäre mit dir habe. Wenn sie erst sieht, wie hübsch du bist, wird sie keine Ruhe mehr geben!«

»Das ist sehr schmeichelhaft, aber ich bin doch keine Bedrohung für sie. Das würde sie schnell begreifen, wenn sie uns zusammen sieht. Wir sind schließlich wie Bruder und Schwester.«

»Pam sieht, was sie sehen will«, orakelte Brad.

Faith ließ es dabei bewenden und wechselte rasch das Thema. »Möchtest du noch in die Kirche gehen?«, fragte sie vorsichtig. Sie wollte Brad auf keinen Fall drängen, aber sie hatte sich darauf gefreut, noch einmal mit ihm die St. Patrick's Cathedral zu besuchen.

»Ja, gern«, antwortete Brad und erhob sich. Unbefangen legte er den Arm um Faith, und sofort durchströmte sie ein wohliges Gefühl.

»Ich hole meine Tasche«, verkündete Faith und lief die Treppe hinauf. Fünf Minuten später zogen sie sich ihre Mäntel an, nahmen ein Taxi zur St. Patrick's und trafen gerade rechtzeitig zum Beginn der Messe um elf Uhr ein. Faith kniete kurz nieder, bekreuzigte sich und setzte sich mit Brad auf eine der Kirchenbänke. Andächtig lauschten sie dann dem Priester und verfolgten aufmerksam die Messe. Als diese vorüber war, bemerkte Brad, dass Faith die ganze Zeit seinen Rosenkranz in der Hand gehalten hatte, und er lächelte unwillkürlich. Gemeinsam gingen sie zum Altar des Judas Thaddäus hinüber und zündeten eine Kerze für Jack an. Sie zelebrierten diese kleine Zeremonie regelrecht und verließen die Kirche wenig später Hand in Hand. Während des Gottesdienstes hatte es zu schneien begonnen.

»Wollen wir trotz Schnee zu Fuß zurückgehen?«, fragte Faith und blickte Brad hoffnungsvoll an. Sie liebte es, im Schnee spazieren zu gehen.

»Ja«, erwiderte Brad, »warum nicht?« In San Francisco schneite es so gut wie nie, und er genoss das winterliche Wetter in New York.

Sie machten sich auf den Weg und passierten den Central Park. Ihre Haare waren mittlerweile weiß und ihre Gesichter rot von der Kälte. Der Schnee fiel in dicken, luftigen Flocken und schien alles um sie herum in Watte zu packen.

»Ich werde dich vermissen«, sagte Faith plötzlich. »Das Wochenende mit dir war so etwas wie eine Auszeit für mich, aber ab morgen muss ich wieder in die raue Wirklichkeit zurückkehren und mich mit der Uni und meiner Scheidung beschäftigen.«

»Was habt ihr eigentlich mit dem Haus vor?«, fragte Brad.

»Ich weiß es nicht, Alex hat das Thema bislang ausgespart. Vielleicht lässt er mich darin wohnen, aber offen gestanden glaube ich eher, dass ich ausziehen muss, damit Alex das Haus verkaufen kann. Er hat es damals schließlich bezahlt, also gehe ich davon aus, dass er auch bestimmen will, was damit geschieht.« Faith seufzte. Alles, was sie besaßen, war von Alex' Geld bezahlt worden. Im Grunde gehörte ihr nichts, und Alex hatte bereits am Telefon deutlich gemacht, dass er ihr in Zukunft lediglich einen minimalen Unterhalt zahlen würde – schließlich war sie seiner Meinung nach noch jung genug, um selbst zu arbeiten und für sich aufzukommen.

»Alex kann dich nicht so einfach auf die Straße setzen«, erklärte Brad.

»Das hoffe ich.« Doch Faith ahnte, dass Alex mit äußerst harten Bandagen kämpfen würde. »Ich könnte mir durchaus vorstellen, in einer kleineren Wohnung zu leben. Trotzdem wird es schwer für mich auszuziehen. Ich habe immerhin achtzehn Jahre lang in unserem Haus gewohnt – seit Zoes Geburt.«

»Vielleicht überlässt Alex dir das Haus – womöglich hat er gar nicht vor, es zu verkaufen«, sagte Brad schnell, denn er wollte Faith nicht unnötig beunruhigen. Wie gut, dass sie einen fähigen Anwalt hatte, der sich für sie einsetzen würde.

Sie schlenderten durch den Park und sahen einigen Kindern zu, die im Schnee spielten.

»Ich wünschte, die Mädchen wären noch klein«, murmelte Faith. »Damals war alles einfacher.«

»Ich vermisse die Zeit auch, als meine Jungs noch in den Kindergarten gingen«, sagte Brad sehnsüchtig. »Seit sie fort sind, fühle ich mich richtig alt. Dabei kriegen manche Leute in unserem Alter ihr erstes Kind.«

»Meine Güte, das ist bestimmt ziemlich anstrengend!«

»Kannst du dir vorstellen, noch mal ein Kind zu bekommen?«

Faith blickte Brad belustigt an, aber sie bemerkte, dass es ihm ernst war, und deshalb dachte sie über die Frage nach. »Das ist nicht leicht zu beantworten. Hättest du mich vor einem Monat gefragt, hätte ich bestimmt gesagt: ›Auf keinen Fall!‹ Außerdem wäre Alex strikt dagegen gewesen. Er vertrat immer die Meinung, zwei Kinder seien genug. Ich hätte allerdings gern noch ein oder zwei weitere gehabt.« Sie überlegte einen Moment lang. »In meiner jetzigen Situation weiß ich überhaupt nicht mehr, was ich eigentlich will. Ich meine, ich bin siebenundvierzig ...« Sie schüttelte den Kopf. »Und bald eine geschiedene Frau.«

»Das meine ich ja, Fred! Du bist wieder Single. Und du könntest einen Mann treffen, der gern noch Kinder mit dir hätte. Was würdest du dann tun?«

»Ich würde ihn wahrscheinlich Eloise vorstellen!« Faith lachte, doch dann wurde sie wieder ernst. »Ich weiß es nicht, Brad. Ich hätte zwar gern noch mehr Kinder, aber ich bin nicht mehr die Jüngste. Ich weiß nicht mal, ob ich überhaupt noch Kinder bekommen könnte. Aber falls doch ... ja, es wäre schon toll, noch einmal ein Baby zu haben. Dadurch würde ich mich wahrscheinlich wieder jung und lebendig fühlen.« Sie hielt inne. »Das Problem ist: Das bin ich nicht. Ich bin müde und alt und traurig.«

»Das wird sich bald ändern, Fred, da bin ich sicher. Du findest gewiss noch mal jemanden – einen Mann, der mehr wert ist als Alex und der dich auf Händen trägt. Wahrscheinlich kannst du dich bald vor Verehrern kaum retten, und in spätestens einem Jahr bist du wieder verheiratet.«

»Anscheinend ist für dich sonnenklar, wie mein Leben weitergeht!« Faith schmunzelte. »Aber wie steht es mit dir selbst? Sehnst du dich nicht auch nach mehr?« Was Brad ihr über seine Ehe mit Pam erzählt hatte, klang nicht gerade nach einem ausgefüllten, glücklichen Leben.

»Doch, natürlich«, antwortete Brad aufrichtig. »Aber ich habe mich vor einiger Zeit damit abgefunden, dass Pam nun einmal nicht die perfekte Frau für mich ist, und ich versuche, nicht allzu viel darüber nachzudenken.«

»Vielleicht solltest du aber darüber nachdenken, solange du noch jung genug bist, um etwas an deiner Situation zu ändern! Was wäre, wenn Pam in zehn Jahren die Scheidung einreichen würde? Hättest du dann nicht das Gefühl, viele Jahre verschwendet zu haben?«

»Das Risiko ist einfach zu groß«, erwiderte Brad und blickte Faith offen in die Augen. »Ich kann meine Ehe nicht für einen Traum wegwerfen, von dem ich nicht weiß, ob er überhaupt jemals wahr wird. Das klappt vielleicht in Filmen, aber nicht im richtigen Leben. Weißt du, die meisten Menschen stecken in ähnlichen Situationen wie wir. Sie geben sich mit einem Leben zufrieden, das nicht hundertprozentig ihren Vorstellungen entspricht, aber sie haben Angst, etwas daran zu ändern, weil sie das Wenige, was sie haben, verlieren könnten. Wer weiß, ob man die hochgesteckten Ziele wirklich erreicht? Das kennst du doch aus eigener Erfahrung.«

»Das stimmt, aber seit Alex ausgezogen ist, habe ich viel darüber nachgedacht. Vielleicht hatte er recht, und es ist notwendig, dass wir uns trennen. Womöglich hätten wir das schon vor Jahren tun sollen. Alex hat sich zwar auf äußerst schmerzhafte und schäbige Weise verabschiedet, aber vielleicht versucht er nur, seinen Traum zu verwirklichen.«

»Ich wünsche ihm, dass er damit auf die Nase fällt. Die Art, wie er dich abgefertigt hat, war einfach unterste Schublade.«

»Ich bemühe mich, ihn dafür nicht zu hassen«, bekannte Faith leise.

Schneeflocken setzten sich auf ihre Wimpern und auf ihr Haar. Brad betrachtete sie von der Seite, und wieder wurde ihm bewusst, wie schön sie war. Am liebsten hätte er die Uhr um dreißig Jahre zurückgedreht – damals hatten sie noch ihr ganzes Leben vor sich. Wenn er statt Pam Faith geheiratet hätte …

Brad schüttelte den Kopf und wunderte sich über die Richtung, die seine Gedanken nahmen. Doch mit einem Mal fiel es ihm wie Schuppen von den Augen: Faith war eine wunderbare, anständige Frau, die im Grunde all das verkörperte, wonach er sich sehnte. Aber diese Erkenntnis kam zu spät – Jahrzehnte zu spät. Um nichts in der Welt würde er Faith gegenüber zugeben, was ihm im Kopf herumspukte, denn er wollte ihre wundervolle Freundschaft keinesfalls gefährden. Doch tief in seinem Herzen träumte er davon, dass sich mehr zwischen ihm und Faith entwickelte, das konnte er nicht länger verleugnen. Gleichzeitig wusste er jedoch, dass eine Liebesbeziehung zu Faith für immer ein Traum bleiben würde.

»Du siehst so ernst aus«, flüsterte Faith und kuschelte

sich enger an Brad, der den Arm um sie gelegt hatte. Ein kalter Wind kam auf. »Ist alles in Ordnung?«

Brad nickte. »Wir sollten schnell zurückgehen und ein Feuer im Kamin machen, außerdem wäre es langsam Zeit fürs Mittagessen.«

»Du denkst ständig nur ans Essen!«, beschwerte sich Faith lachend, doch sie war während des Spaziergangs selbst hungrig geworden. »Wir müssen noch einkaufen, ich habe nichts mehr im Kühlschrank. Seit Alex ausgezogen ist, habe ich kaum etwas zu mir genommen.«

»Das müssen wir ändern!«

Sie machten in einem Supermarkt Halt, und Brad achtete darauf, dass Faith genügend Vorräte für die nächste Woche kaufte. Anschließend bestand er darauf, alles zu bezahlen.

»Aber du isst von diesem ganzen Zeug doch nichts!«, wandte Faith ein. »Warum solltest du es also bezahlen?«

»Ich komme morgen einfach zum Abendessen vorbei«, erklärte Brad und steckte das Wechselgeld ein, das ihm die Kassiererin gab.

»Es wäre toll, wenn das tatsächlich ginge. Aber du wohnst leider viel zu weit weg!«

Brad ahnte, dass die Distanz zwischen ihnen seine einzige Chance war, wieder einen klaren Kopf zu bekommen. Er war ganz offensichtlich dabei, starke Gefühle für Faith zu entwickeln – oder er hatte sie schon lange mit sich herumgetragen, ohne sich das einzugestehen. Aber wenn er erst wieder in San Francisco war, dreitausend Meilen von Faith entfernt, würde sich das sicherlich wieder legen.

Brad trug die Einkaufstüten, und eine halbe Stunde später, während Faith das Mittagessen vorbereitete, zündete er die Holzscheite im Kamin an. Draußen verdichteten sich unterdessen die Schneeflocken.

Faith servierte wenig später Sandwiches mit einer

Suppe. Im Supermarkt hatte sie Marshmallows, Cracker und Schokoriegel in den Einkaufswagen gelegt, um später Smores über dem Feuer zu machen, eine amerikanische Spezialität, die sie als Kinder geliebt hatten.

Erst um vier Uhr waren sie mit dem Mittagessen fertig, und kurz darauf hielten sie die Smores über die Flammen im Kamin und verspeisten sie genüsslich. Brad begann unvermittelt zu lachen.

»Was ist denn so komisch?«, fragte Faith neugierig.

»Du hast die Marshmallows und die Schokolade im ganzen Gesicht verteilt!«

Faith grinste und versuchte, ihr Gesicht mit einer Serviette zu reinigen, aber sie verteilte die Schokolade nur noch mehr. Brad nahm ihr die Serviette ab, wischte vorsichtig die braunen Spuren fort, und Faith blickte ihn dabei aufmerksam an. Brads Herz begann schneller zu schlagen, und er musste sich sehr zusammennehmen, um sich nicht gehen zu lassen und den Moment auszunutzen.

»Jetzt bist du wieder sauber«, sagte er, bemüht um einen lockeren Tonfall. Nichts an seinem Verhalten verriet seinen inneren Kampf.

»Willst du noch einen Smore?«, fragte Faith, doch Brad winkte ab und hielt sich stöhnend den Bauch. Gähnend streckte er sich dann und machte es sich auf dem Teppich vor dem Kamin bequem.

»Ob der Schnee den Flugverkehr durcheinanderbringt?«, überlegte Brad laut und hoffte beinahe, sein Flug würde verschoben werden. Er musste zwar dringend zurück ins Büro, aber gleichzeitig konnte er sich nichts Schöneres vorstellen, als mit Faith in ihrem Haus eingeschneit zu sein. Am liebsten wäre er noch wochenlang in New York geblieben, allein um Faith vor den Winkelzügen zu beschützen, die sich Alex womöglich ausdenken würde. Doch es war wichtig, dass er wieder nach San Francisco zurückkehrte, sich um seine Mandanten kümmerte und seine Gefühle für Faith in den Griff bekam.

»Ich werde mal am Flughafen anrufen«, kündigte Faith an und ging zum Telefon im Flur. Fünf Minuten später kam sie zurück. »Dein Flieger startet wie geplant.«

»Schade«, murmelte Brad.

Schon eine Stunde später machte er sich zum Aufbruch bereit. Faith zog ihren roten Mantel an und war offensichtlich entschlossen, ihn zu begleiten.

»Du musst mich nicht zum Flughafen bringen«, sagte Brad und konnte den Blick kaum von Faith abwenden. Sie sah in ihrem roten Mantel einfach fantastisch aus, aber offenbar war ihr das überhaupt nicht bewusst. Gerade das machte jedoch ihren Charme aus.

»Ich weiß, ich möchte dich aber gern begleiten«, entgegnete sie. »Außerdem habe ich sonst nichts zu tun.« Sie wollte jede Minute mit Brad auskosten.

Brad hielt kurz darauf vor dem Haus ein Taxi an, hievte seinen Koffer in den Kofferraum und setzte sich auf den Rücksitz zu Faith. Es schneite inzwischen sehr stark, und es wurde langsam dunkel, doch auf den Straßen herrschte kaum Verkehr, und sie erreichten den Kennedy-Flughafen in Rekordzeit.

Gemeinsam betraten sie eine Zeitschriftenhandlung, in der sich Brad einige Magazine für den Flug kaufte. Faith schenkte ihm ein Buch, von dem sie dachte, dass es ihm gefiel.

»Danke für die Fütterung«, sagte sie grinsend zu Brad. »Das war ein wunderschönes Wochenende. Ich werde dich schrecklich vermissen!«

»Ich rufe dich nächste Woche jeden Tag an – nur um sicherzugehen, dass du auch ordentlich isst!«, erwiderte Brad lachend und küsste Faith auf die Stirn. »Wenn ich nach Hause komme, liegst du sicherlich schon lange im Bett, deswegen melde ich mich heute nicht mehr.«

»Okay. Danke noch mal für alles!« Faith drückte Brad fest an sich. Ihm Lebewohl sagen zu müssen war furchtbar. Einen Augenblick lang fühlte sie regelrecht Panik in sich aufsteigen, die sich jedoch rasch in dumpfe Traurigkeit verwandelte. Faith kam sich plötzlich albern vor und ließ Brad abrupt los.

Schließlich verabschiedeten sie sich voneinander. Brad winkte noch einmal und verschwand mit den anderen Passagieren hinter der Absperrung. Anschließend beobachtete Faith an einem der großen Fenster, wie sich das Flugzeug langsam in Bewegung setzte und schließlich davonrollte. Mit gesenktem Kopf verließ sie den Flughafen und fuhr mit dem Taxi nach Hause.

Als sie wenig später wieder ihr Haus betrat, hatte sie das Gefühl, den Fuß in eine Grabkammer zu setzen. Es schneite noch immer, und das Haus erschien ihr stiller denn je.

Faith ließ das Abendessen ausfallen, sie vermisste Brad viel zu sehr, um etwas hinunterzubekommen. Sie ging auf direktem Weg hinauf in Zoes Zimmer und legte sich ins Bett. Als um zwei Uhr nachts das Telefon klingelte, schlief sie tief und fest. Einen Augenblick lang war Faith völlig desorientiert, doch dann nahm sie ab.

Es war Eloise, die sie aus London anrief. Der zornige Klang ihrer Stimme ließ Faith blitzschnell vollständig wach werden.

»Hallo Schatz. Ist bei dir alles okay?«

»Ja, super«, antwortete Ellie voller Ironie. »Ich habe mit Dad gesprochen. Er hat mir gesagt, was du getan hast.«

»Was ich getan habe?«, fragte Faith verwirrt, und eine böse Ahnung stieg in ihr auf. Was hatte Alex Ellie erzählt?

»Du hast dich also dafür entschieden, eure Ehe aufzugeben und stattdessen lieber zur Uni zu gehen.«

»Was? Das hat er gesagt?« Faith wurde eiskalt. Wie konnte Alex seine eigene Tochter nur derartig anlügen?

»Allerdings. Mom, wie kannst du unsere Familie einfach so für einen Juraabschluss auseinanderreißen? Bedeuten wir dir denn gar nichts? Bedeutet dir Dad denn überhaupt nichts nach all den Jahren, die ihr zusammen verbracht habt? Wie kannst du nur so egoistisch sein?« Ellie brach in lautes Schluchzen aus, und Faith konnte die Tränen ebenfalls nicht zurückhalten.

»Ellie ... so ist es nicht gewesen. Ich ... die Sache ist viel komplizierter. Dein Dad und ich haben Probleme ...« Faith wollte sich auf keinen Fall auf Alex' Niveau begeben und ihn vor Eloise schlechtmachen. Sie musste einfach darauf vertrauen, dass ihre Tochter irgendwann dahinterkam, wie sich die Sache tatsächlich verhielt.

»Aber das geht uns doch auch etwas an! Denkst du denn überhaupt nicht an uns? Wo sollen wir wohnen, wenn wir in den Ferien nach Hause kommen? Dad sagt, du willst das Haus verkaufen!«

»Was? Wir haben über das Haus noch gar nicht gesprochen!« Faith wurde zunehmend wütend. »Ich will es ganz bestimmt nicht verkaufen. Ellie ... ich möchte diese Scheidung nicht. Das war der Wunsch deines Vaters.«

»Du lügst! Er hat mir gesagt, dass es deine Entscheidung war. Du hast deine Karriere eurer Ehe vorgezogen.«

»Nein, das ist nicht wahr! Ich habe deinem Dad sogar angeboten, das Studium wieder aufzugeben. Ich wollte unsere Ehe retten!«

»Ich glaube dir kein einziges Wort! Daddy sagt, du hättest das schon lange geplant und schon vor einem Jahr angekündigt, dass du dich von ihm scheiden lassen willst.«

Als Faith das hörte, wurde ihr übel. Mit einem Mal erkannte sie, was Alex vorhatte. Er wollte den Mädchen weismachen, sie, Faith, habe schon vor einem Jahr auf die Scheidung hingearbeitet, und damit schien es weitaus nachvollziehbarer, dass er sich vor zehn Monaten auf Leslie James eingelassen hatte. Was für ein cleverer Schachzug! Alex' Plan war aufgegangen, zumindest in Bezug auf Eloise. Faith war sicher: Bei Zoe würde Alex mit dieser Geschichte nicht weit kommen. Doch das bedeutete, dass sich die Mädchen auf zwei verschiedene Seiten schlagen würden und damit kaum eine Aussicht auf Versöhnung zwischen ihnen bestand.

»Eloise«, begann Faith nun und bemühte sich, ruhig zu bleiben, »es tut mir wirklich leid, das sagen zu müssen, aber dein Vater hat dich angelogen. Ich habe ihn nie um die Scheidung gebeten, ich wollte um unsere Ehe kämpfen. Er war derjenige, der ausgezogen ist und die Scheidung eingereicht hat. Und ich möchte auch unser Haus nicht verkaufen. Dein Vater hat mit mir noch gar nicht darüber gesprochen.« Faith war überzeugt: Wenn sie die Wahrheit sagte und Alex nicht unnötig in den Dreck zog, würde Ellie ihr letztlich glauben.

»Du bist die Lügnerin, Mom! Du hast Dad rausgeschmissen, und vorher hast du ihn vernachlässigt. Ich wünsche dir, dass du in der Uni durchfällst! Du hast mein Leben versaut!«

Mit diesen Worten hängte sie auf. Faith saß wie gelähmt in ihrem Bett und starrte entsetzt ins Leere. Ihre schlimmsten Albträume waren wahr geworden. Alex hatte Ellie Lügen aufgetischt, und nun hasste Ellie sie. Und zwischen Eloise und ihrer Schwester würde eine riesige Kluft entstehen, dessen war sich Faith sicher. Trotz Alex' miesen Verhaltens wollte sie ihre Töchter weiterhin vor der schäbigen Wahrheit schützen, denn ihr war klar: Wenn die Mädchen erst von dem Seitensprung ihres Vaters erführen, würden sie jeden Respekt vor ihm verlieren. Und das wollte Faith verhindern – trotz allem, was Alex ihr bereits angetan hatte.

Eine Stunde lang lag sie mit offenen Augen im Bett, dann wählte sie Zoes Nummer. Faith wusste, dass Zoe oft sehr lange aufblieb, und tatsächlich nahm diese bereits nach dem ersten Klingeln ab.

»Hallo Liebes.«

»Hi Mom«, sagte Zoe und klang erfreut, die Stimme ihrer Mutter zu hören.

»Habe ich dich geweckt?«, erkundigte sich Faith nervös.

»Nein, ich bin noch wach. Geht es dir gut?«

»Nein ... Ellie hat gerade angerufen.«

»Oh. Hast du ihr erzählt, dass Dad und du euch scheiden lassen wollt?«, fragte Zoe mit einem unguten Gefühl im Magen. Seit sie von den Scheidungsplänen ihrer Eltern erfahren hatte, war sie zutiefst besorgt um ihre Mutter. Sie selbst hatte seitdem nur einmal kurz mit ihrem Vater telefoniert, doch er war nicht besonders redselig gewesen – vielleicht deshalb, weil sie ihm direkt zu Anfang mitteilte, dass sie das Wochenende bei ihrer Mutter verbracht hatte.

»Nein, ich habe Ellie nichts erzählt«, antwortete Faith nun betrübt.

»Wie geht es ihr denn?«, wollte Zoe wissen.

»Sie hasst mich! Dein Vater hat ihr gesagt, dass ich mein Studium unserer Ehe vorgezogen hätte und dass die Trennung mein Wunsch gewesen sei. Er behauptet offenbar sogar, ich hätte bereits vor einem Jahr von Scheidung gesprochen.«

»Stimmt das denn?«, fragte Zoe überrascht.

»Natürlich nicht! Ich glaube, ich weiß, warum er es getan hat – aber das ist jetzt unwichtig. Ich kann einfach nicht fassen, dass er Ellie eingeredet hat, die Scheidung sei auf meinem Mist gewachsen. Stell dir vor, er be-

hauptet sogar, ich hätte ihn aus dem Haus geworfen! Das ist so unfair!«
»Das ist doch nichts Neues. Dad hat sich dir gegenüber noch nie fair verhalten.« Zoe kannte ihren Vater gut. Er hatte sie schon oft angelogen, und dies war einer der Gründe, warum sie das Vertrauen zu ihm verloren hatte. »Ellie wird das auch irgendwann kapieren. Außerdem ginge es dir ganz bestimmt nicht so schlecht, wenn du diejenige wärst, die die Scheidung eingereicht hätte.«
Doch Zoes Worte beschwichtigten Faith keineswegs. Für sie stand fest: Alex hatte einen starken Einfluss auf ihre älteste Tochter, Ellie wurde von ihm regelrecht manipuliert. »Sie weiß ja noch nicht einmal, wie miserabel ich mich fühle – das interessiert sie überhaupt nicht. Sie hat mir nur an den Kopf geworfen, was für ein Monster ich sei und dass ich ihr Leben ruiniert hätte.«
»Gib ihr ein bisschen Zeit, um sich zu beruhigen. Ich rufe sie bald an und sage ihr noch mal ein paar Takte zu Dad. Und du kannst mit ihr reden, wenn sie das nächste Mal kommt.«
Eloise hatte vor, sie im März zu besuchen, doch Faith fragte sich, ob sie ihre Pläne nun vielleicht änderte. »Vielleicht sollte ich zu ihr fliegen«, überlegte Faith laut. »Gib ihr zuerst die Gelegenheit, alles zu verarbeiten. In der Zwischenzeit könntest du ihr einen Brief schreiben und darin noch mal alles erklären. Ellie wird schon kapieren, wie das Ganze in Wirklichkeit abgelaufen ist. Es ist doch offensichtlich, dass du die Scheidung nicht wolltest.« Für Zoe war es allerdings noch nicht nachvollziehbar, warum sich ihr Vater von ihrer Mutter getrennt hatte. Augenscheinlich wollte ihre Mutter nicht über die wahren Gründe sprechen, und Zoe akzeptierte das.

»Wie konnte das alles nur geschehen?«, fragte Faith stöhnend.
»Dad hätte Ellie auf keinen Fall so einen Mist erzählen dürfen! Aber ich bin nicht überrascht, dass er es getan hat.«
»Ich rufe deinen Vater morgen an.«
»Versuch ein bisschen zu schlafen, Mom. Hast du dieses Wochenende überhaupt einen Schritt aus dem Haus gemacht?«
»Ja. Brad Patterson war hier.«
»Tatsächlich? Ist er extra aus San Francisco gekommen, um dich zu sehen?« Zoe klang beeindruckt.
»Nein, er hatte geschäftlich hier zu tun. Es war herrlich, etwas Gesellschaft zu haben.«
»Das kann ich mir vorstellen.« Zoe war froh, dass Brad ihre Mutter offensichtlich ein wenig abgelenkt hatte. »Geh jetzt schlafen, Mom. Ich rufe dich morgen wieder an. Ich hab dich lieb.«
»Ich dich auch.«
Mit diesen Worten hängten sie auf. Faith tat während der übrigen Nacht kein Auge zu. Ellies Worte gingen ihr nicht mehr aus dem Kopf, und sie konnte es kaum erwarten, Alex am Morgen anzurufen und ihn zur Rede zu stellen. Um sechs Uhr stand sie auf und schrieb Brad eine E-Mail. Er musste inzwischen zu Hause angekommen sein, und sie wollte ihm unbedingt erzählen, was am Tag zuvor vorgefallen war. Noch während sie tippte, begann sie zu weinen.

... und was hat Alex nur mit dem Haus vor? Es klingt, als wolle er es verkaufen. Warum hat er nicht mit mir darüber gesprochen, bevor er Ellie damit schockiert? Ich bin völlig fertig. Ich kann kaum glauben, dass Ellie Alex' Lügen einfach so geglaubt hat. Wie kann ich sie jemals von der Wahrheit überzeugen, ohne Leslie

James zu erwähnen? Ich habe noch immer nicht vor, den Mädchen von Alex' Seitensprung zu erzählen. Diese Geschichte ist für alle Beteiligten einfach viel zu erniedrigend. Es würde die Beziehung zwischen den Mädchen und Alex bestimmt für immer vergiften.

Faith schrieb sich all ihren Kummer von der Seele und versuchte dabei, keine schmutzige Wäsche zu waschen – obwohl Alex das kaum verdient hatte. Faith wusste selbst nicht genau, warum sie sich Alex gegenüber nachsichtiger verhielt, als es angebracht war. Auf jeden Fall wollte sie ihre christliche Gesinnung nicht über Bord werfen.

Um neun Uhr rief sie Alex an. Er schien nicht mit ihrem Anruf gerechnet zu haben.

»Was ist los?«, fragte er ungehalten.

»Eine Menge«, antwortete Faith in angespanntem Tonfall. »Du hast mit Ellie telefoniert und ihr lauter Lügen aufgetischt.«

»Wenn du nur angerufen hast, um mir zu unterstellen, dass ich lüge, dann lege ich sofort auf«, warnte Alex. »Ich habe wohl das recht, meiner Tochter die ganze Sache aus meiner Perspektive zu schildern.«

»Es wäre schön, wenn du dabei bei der Wahrheit bleiben könntest. Du hast ihr zum Beispiel erzählt, die Scheidung sei mein Wunsch gewesen.«

»Nun, das war sie auch, oder etwa nicht? Du hast unsere Ehe aufs Spiel gesetzt, als du dich an der NYU angemeldet hast.«

»Das ist nicht wahr, und das weißt du ganz genau! Du bist derjenige, der es mit einer fremden Frau in unserem Bett getrieben hat. Hast du Ellie das auch erzählt?«

»Nein, aber du hast ihr das sicherlich als Erstes auf die Nase gebunden.«

»Keineswegs. Ich habe Ellie gegenüber nichts von dei-

ner Affäre erwähnt, weil ich mich fair verhalten möchte. Dir ist das Wort ›fair‹ ja offenbar völlig fremd, sonst hättest du meine Tochter niemals gegen mich aufgehetzt.« Faith war den Tränen nahe.
»Und du hast Zoe gegen mich aufgehetzt!«
»Nein, das habe ich nicht! Ich habe ihr lediglich berichtet, was geschehen ist – ohne deinen Seitensprung zu erwähnen! Du hingegen hast versucht, Ellie mit miesen Tricks auf deine Seite zu ziehen. Du hast ihr sogar eingeredet, ich hätte dich schon vor einem Jahr um die Scheidung gebeten, und das ist völliger Blödsinn!«
Einen Augenblick lang herrschte absolute Stille in der Leitung.
»Außerdem hast du Ellie offenbar weisgemacht, ich wolle das Haus verkaufen«, fuhr Faith zornig fort. »Wie kommst du nur darauf?«
Er ignorierte ihre Frage. »Ich werde das Haus zu Geld machen.« Alex lachte kalt. »Keine Sorge, du bekommst schon deinen Anteil.«
»Es geht mir nicht um meinen Anteil! Ich will hier wohnen bleiben! Wo soll ich denn hin, wenn du das Haus verkaufst?« Sie weinte mittlerweile haltlos.
»Du kannst ins Studentenwohnheim der NYU ziehen«, erwiderte Alex mit hämischem Unterton.
Faith konnte Alex' Gemeinheit kaum fassen. Zum wiederholten Male fragte sie sich, wie sie sich derart in ihrem Mann hatte täuschen können. »Du wirfst mich also raus«, stellte sie resigniert fest.
»Mein Anwalt wird deinen deswegen in Kürze kontaktieren.«
Die Art, wie Alex dies sagte, ließ Faith frösteln. »Warum tust du mir das an? Weshalb hasst du mich so sehr? Nur, weil ich wieder studieren will? Das ist doch völlig krank!«
»Nicht weniger krank als das, was du getan hast. Du

hast mich schließlich im Stich gelassen, um deine versäumte Jugend nachzuholen und Studentin zu spielen.« Doch darum ging es Alex eigentlich gar nicht, dessen war sich Faith sicher. Es ging ihm vielmehr um Leslie James. Alex war derjenige, der versuchte, noch einmal jung zu sein, und deswegen ihr gemeinsames Leben zerstörte.

»Es liegt an dieser Frau, nicht wahr?«, fragte Faith mit tränenerstickter Stimme. »Du begründest deine Entscheidung immer wieder mit meinem Studium, um vor unseren Töchtern als Opfer dazustehen – als der arme vernachlässigte Ehemann. Aber das bist du nicht, und das weißt du ganz genau! Gib doch endlich zu, dass du mich schon lange loswerden willst. Um frei zu sein für deine Geliebte! Wahrscheinlich planst du schon eure Hochzeit.«

»Darüber werde ich dir ganz bestimmt keine Auskunft geben«, entgegnete Alex kühl. Ohne ein weiteres Wort legte er auf.

Faith saß einen Moment lang wie erstarrt da, dann rief sie ihren Anwalt an und bat ihn herauszufinden, welche Rechte Alex in Bezug auf das Haus hatte.

Erst dann sah Faith durch einen Blick auf den Monitor, dass sie schon vor einigen Stunden eine E-Mail von Brad erhalten hatte.

Hallo Fred,
es tut mir furchtbar leid, dass bei dir momentan alles so schlecht läuft. Aber ich bin sicher, dass Ellie früher oder später erkennen wird, wer von euch beiden lügt. Auf Dauer kann man Kindern nichts vormachen. Meine Eltern haben vor vielen Jahren beide versucht, mich auf ihre Seite zu ziehen, aber letztlich habe ich begriffen, dass es ihnen allein darum ging, sich gegenseitig zu schaden.

Heute muss ich früh zur Arbeit und nachsehen, welche Katastrophen sich während meiner Abwesenheit ereignet haben.
Iss ein Bananensplit und denk an mich, Kleines, aber vergiss nicht, dir anschließend das Kinn abzuwischen!

Liebe Grüße, Brad

Faith lehnte sich in ihrem Stuhl zurück und stellte fest, dass sie sich durch die Lektüre von Brads E-Mail ein wenig beruhigt hatte. Sie schloss die Augen und dankte Gott dafür, dass Brad wieder in ihr Leben getreten war. Was würde sie in ihrer jetzigen, verzweifelten Situation nur ohne ihn tun?

19

Faiths Befürchtungen in Bezug auf ihr Haus entpuppten sich schnell als absolut begründet. Als Faith am folgenden Tag von der Uni nach Hause kam, rief ihr Anwalt sie an.

»Sie hatten recht«, sagte er. »Ihr Mann möchte, dass sie ausziehen. Er gibt Ihnen drei Monate, um das Haus zu räumen.«

Faith wurde blass. »Kann er das denn wirklich verlangen?«

»Nein, er kann Sie nicht dazu zwingen. Und Sie möchten doch nicht ausziehen, oder?«

»Nein.« Faith war erleichtert, dass Alex nicht so einfach mit seinem Plan durchkam.

»Die Hälfte des Hauses gehört Ihnen, und wenn Sie es behalten möchten, sind Ihrem Mann die Hände gebunden. Falls Sie allerdings dringend Geld benötigen, sollten Sie einen Verkauf des Hauses in Erwägung ziehen. Auf jeden Fall müssen Sie mit Ihrem Mann dahingehend eine Einigung treffen.«

»Ich möchte das Haus behalten«, sagte Faith mit matter Stimme. Sie konnte sich einfach nicht vorstellen, aus dem Haus, in dem sie achtzehn Jahre lang gelebt hatte, auszuziehen.

»Wenn sich Ihr Mann querstellt, werden wir mit dieser Sache höchstwahrscheinlich vor Gericht gehen. Allerdings habe ich noch kein Schreiben vom Anwalt Ihres Mannes erhalten. Wir müssen uns wohl noch ein paar Tage gedulden.«

Schon am Ende der Woche erhielt Faiths Anwalt tatsächlich einen Brief, in dem Alex' Rechtsbeistand Faith aufforderte, aus dem Haus auszuziehen, damit es so schnell wie möglich verkauft werden konnte. Faith sollte das Haus bis zum ersten Juni verlassen.

Faiths schlimmste Albträume waren wahr geworden. Alex warf sie aus ihren eigenen vier Wänden! Sie telefonierte in diesen Tagen häufig mit Brad, um sich moralische Unterstützung zu holen. Ihrer Tochter hatte sie ein Dutzend Nachrichten auf dem Anrufbeantworter hinterlassen, doch Ellie rief einfach nicht zurück. Zu Faiths großer Erleichterung erzählte ihr Zoe in der ersten Märzwoche, dass Eloise in den Ferien wie geplant nach Hause kommen würde.

»Warum sagt sie mir das nicht persönlich? Wieso ruft sie mich nicht zurück?«, fragte Faith Zoe verzweifelt am Telefon.

Zoe war nicht überrascht, dass sich Ellie nicht meldete. Noch am Tag zuvor hatten sich die beiden Schwestern deswegen am Telefon gestritten. Zoe hatte ihre Mutter verteidigt, und Eloise stand klar hinter ihrem Vater. Beide Mädchen waren fest davon überzeugt, dass sie sich auf die richtige Seite geschlagen hatten.

»Du weißt doch gar nicht, wovon du überhaupt redest!«, hatte Zoe Eloise während ihres Telefonats vorgeworfen. »Dad hat Mom einfach sitzen lassen! *Er* ist von heute auf morgen ausgezogen. Du hättest mal sehen sollen, wie miserabel es ihr danach ging!«

»Das geschieht ihr ganz recht! Hinter unserem Rücken hat sie ihm bereits vor einem Jahr gesagt, dass sie sich scheiden lassen will. Und jetzt zwingt sie ihn, das Haus zu verkaufen!«

»Das stimmt nicht, Eloise! Dad hat dich angelogen, will das nicht in deinen Kopf, verdammt noch mal? Er schmeißt Mom raus! Sie hat ein Schreiben von seinem Anwalt bekommen, und da steht es schwarz auf weiß: Bis zum ersten Juni soll sie das Feld räumen.«

»So hat sie das also dargestellt? Das ist doch der Gipfel! Dad hatte doch gar keine andere Wahl. Er sagt, Mom will eine Menge Geld von ihm, und das kann er ihr nur geben, wenn er das Haus verkauft. Mom ist ein Miststück! Warum bist du nur so blind und siehst nicht, wie hinterlistig und heuchlerisch sie ist?«
»*Du* bist blind!«, feuerte Zoe zurück. »Offenbar hat dir Dad eine Gehirnwäsche verpasst!«
Schließlich hatten die beiden Schwestern wutentbrannt aufgelegt, und Zoe fiel nun die unangenehme Aufgabe zu, ihrer Mutter beizubringen, dass Eloise während ihres Aufenthalts in New York bei Alex wohnen würde, der sich offenbar ein Apartment gemietet hatte. Ellie wollte lediglich bei Faith vorbeikommen, um ein paar persönliche Dinge abzuholen.
Eloise landete am St. Patrick's Day in New York und hatte vor, eine Woche lang zu bleiben. Zwei volle Tage ließ sie verstreichen, bevor sie sich bei ihrer Mutter meldete, die während der vergangenen achtundvierzig Stunden pausenlos neben dem Telefon gesessen und auf ihren Anruf gewartet hatte. Zoe hatte Faith zwar die Nummer von Alex' Apartment gegeben, doch dort erreichte Faith lediglich den Anrufbeantworter, und auf die von ihr hinterlassenen Nachrichten reagierte Ellie nicht. Faith wollte so dringend mit ihrer Tochter sprechen, dass sie deswegen sogar zu Hause blieb, anstatt zur Uni zu gehen.
Als Ellie sie schließlich anrief, brach Faith augenblicklich in Tränen aus. Die Unterhaltung mit ihrer Tochter fiel jedoch sehr kurz aus. Ellie teilte ihr in knappen Worten mit, dass sie in etwa einer Stunde vorbeikommen werde, um einige Sachen abzuholen, und sie fügte hinzu, dass sie hoffe, Faith dann nicht anzutreffen.
Als Eloise das Haus betrat, hielt sich Faith im Schlafzimmer auf. Es hatte einen Monat lang gedauert, bis

sich Faith wieder in der Lage fühlte, in ihrem eigenen Bett zu schlafen. Es war einfach unpraktisch, in Zoes Zimmer zu nächtigen, und deswegen hatte sie ihren Stolz und ihren Ekel hinuntergeschluckt und war wieder in ihr Schlafzimmer gezogen. Sie lag gerade auf dem Bett und starrte ins Leere, da kam Ellie die Treppe herauf. Sie erblickte ihre Mutter durch die offen stehende Tür, doch sie sagte kein Wort.

Faith erhob sich, ging zur Schlafzimmertür und blickte ihre Tochter bittend an. »Eloise, willst du mir denn nicht wenigstens Hallo sagen?«, fragte sie leise, und in ihren Augen spiegelte sich ihr Schmerz.

»Ich habe dich extra gebeten, nicht hier zu sein, wenn ich komme«, sagte Eloise kühl vom anderen Ende des Flurs.

»Das hier ist mein Zuhause«, erwiderte Faith flehend, »außerdem wollte ich dich gern sehen. Es tut mir so leid, dass du unter dieser ... Sache zu leiden hast. Aber wir bleiben doch eine Familie, gleichgültig, ob Dad und ich getrennt sind oder nicht.«

»Als ob dich unsere Familie interessieren würde! Du bist doch diejenige, die sie auseinandergerissen hat. Und du bist es auch, die das Haus abstoßen will, also erzähl mir nichts von deinem ›Zuhause‹!«

»Ich wollte es eigentlich vermeiden, aber wenn es nicht anders geht, werde ich dir Briefe von Dads Anwalt zeigen, in denen er mich auffordert, das Haus bis zum ersten Juni zu verlassen. Dein Vater will mich auf die Straße setzen, Ellie, aber ich werde alles dafür tun, hier bleiben zu können.«

»Dad muss das Haus verkaufen, weil du so hohe Forderungen an ihn stellst!«, konterte Eloise eisig.

»Ich habe noch keinerlei Forderungen an deinen Vater gestellt, ich habe nicht einmal darüber nachgedacht, was ich von unseren gemeinsamen Besitztümern behalten möchte. Momentan geht es mir nur darum, nicht ausziehen zu müssen. Ich schwöre dir: Das ist die reine Wahrheit!«

»Du lügst!«, spie Eloise ihr entgegen, verschwand in ihrem Zimmer und knallte die Tür hinter sich zu.

Faith blieb fassungslos zurück und schüttelte den Kopf. Wie konnte ihr eigenes Kind nur so schlecht von ihr denken? Was war in den vergangenen Jahren falsch gelaufen, dass Eloise ihr noch nicht einmal eine Chance gab, alles zu erklären?

Eine halbe Stunde später verließ Eloise ihr Zimmer wieder. Sie hatte zwei kleine, pralle Taschen bei sich, und unter dem Arm trug sie zusätzlich einige Hosen und Pullover.

Faith hatte die ganze Zeit im Flur gewartet. »Warum hasst du mich so sehr?«, fragte sie leise.

»Ich hasse es, was du Dad angetan hast«, zischte Eloise.

Einen Augenblick lang war Faith versucht, Eloise von Alex' Untreue zu erzählen, doch sie widerstand der Versuchung. Sie wollte ihre Töchter keinesfalls noch tiefer in den Ehekrieg ihrer Eltern hineinziehen.

»Ich habe ihm gar nichts angetan, Ellie. Wie kann ich dich nur davon überzeugen? Es bricht mir das Herz, dass du so wenig Vertrauen zu mir hast.«

»Du hättest eben nicht wieder zur Uni gehen dürfen. Damit hast du Daddy das Herz gebrochen!«

Offenbar bemerkte Eloise noch nicht einmal, wie unsinnig dieser Vorwurf war. Sie stand augenscheinlich vollständig unter Alex' Einfluss. »Ich würde dich gern noch einmal sehen, bevor du wieder nach London fliegst.«

»Dazu habe ich keine Zeit«, entgegnete Eloise herablassend. »Ich möchte so viel Zeit wie möglich mit Dad verbringen.«

»Vielleicht können wir uns ja mal zum Mittagessen treffen ...«

»Ich gebe dir Bescheid«, sagte Eloise, eilte die Treppe hinunter und lief aus dem Haus. Sobald die Tür ins Schloss fiel, sackte Faith im Türrahmen ihres Schlafzimmers zusammen und brach in Tränen aus. Sie hatte das schreckliche Gefühl, ihre Tochter für immer verloren zu haben.
Faith berichtete an diesem Tag weder Zoe noch Brad von Ellies Besuch. Sie wollte mit niemandem sprechen. Stattdessen blieb sie weinend auf dem Boden sitzen, bis es dunkel wurde. Schließlich schleppte sie sich mit schweren Gliedern zum Bett und fiel dort in einen unruhigen Schlaf.
Was Faith nicht wusste: Zwei Tage zuvor war Zoe nach New York geflogen, um ihrer Schwester ins Gewissen zu reden. Zwischen den beiden Mädchen war jedoch kein vernünftiges Gespräch zustande gekommen; schon nach kurzer Zeit waren sie erneut in Streit geraten. Stundenlang hatten sie sich gegenseitig mit Vorwürfen überhäuft, und schließlich war Zoe wutentbrannt hinausgestürzt und zurück nach Providence geflogen. Sie hatte Faith nichts von dem Disput erzählt, denn sie wusste, wie sehr ihre Mutter das treffen würde.
Während der folgenden Tage hatte Faith das Gefühl, unter Wasser zu schwimmen und kaum noch Luft zu bekommen. Sie zwang sich, ihre Seminare in der Uni zu besuchen, doch sie konnte sich kaum konzentrieren. Immer wieder hatte sie versucht, Ellie zu erreichen, doch ihre Tochter reagierte nicht auf ihre Nachrichten und flog schließlich zurück nach London, ohne noch einmal mit ihrer Mutter zu sprechen.
Zwei Tage nachdem Faith von Ellies Abreise erfahren hatte, lag sie mit Grippe im Bett. Als der Postbote kurz darauf die Scheidungspapiere brachte, ging es ihr noch immer nicht besser – und die Unterlagen waren Faiths Genesung natürlich nicht gerade zuträglich. Die beiden

Anwälte verhandelten derweil über das Haus, doch Alex blieb bei seiner Forderung und bestand darauf, dass Faith auszog.
Faith fühlte sich so schlecht, dass sie nicht einmal die Kraft hatte, mit Brad zu telefonieren. Er versuchte zwar beinahe täglich, sie zu erreichen, doch Faith ging nicht ans Telefon.
Eines Nachts, es war bereits Mitternacht in New York, klingelte wieder einmal Faiths Telefon, und diesmal nahm sie ab. Es war Brad.
»Mein Gott, Fred, was ist nur los bei dir?« Seit beinahe einer Woche hatte er kein Wort von Faith gehört.
»Alles okay«, sagte sie schwach. Sie litt noch immer unter einem schlimmen Husten, aber sie war am Tag zuvor bereits wieder zur Uni gegangen.
»Blödsinn! Dir geht es miserabel, das merke ich doch!« Faith hatte Brad per Mail in knappen Worten von Ellies Besuch berichtet, und Brad hätte Eloise am liebsten den Hals umgedreht. »Du brauchst dringend Urlaub, Fred. Du solltest mit mir nach Afrika fliegen!«
»Ich bin sicher, Pam wäre begeistert.«
»Wahrscheinlich wäre sie das sogar tatsächlich. Vor allem, wenn du an ihrer Stelle fliegen würdest. Sie freut sich nämlich keineswegs auf die Reise, schließlich ist ihr Luxus am allerwichtigsten, und auf den wird sie in Sambia wohl verzichten müssen. Sie hat einen ganzen Koffer mit Medikamenten, Insektensprays und Fertigmenüs voll gepackt und ist schon völlig hysterisch.«
»Musst du auch im Nationalpark eine Krawatte tragen?«, fragte Faith und lachte bei der Vorstellung. Dabei fiel ihr auf, dass sie seit Tagen nicht gelacht hatte. Brad war einfach unschlagbar darin, sie aufzuheitern.
»Wahrscheinlich. Ich mache übrigens tatsächlich einen Zwischenstopp in New York, aber Pam fliegt einen Tag später von San Francisco aus direkt nach London – von

dort geht unser Flug nach Lusaka. Ich bin also einen Tag und eine Nacht in New York.« Dieses Mal musste sich Brad tatsächlich mit einem Staatsanwalt treffen und mit ihm über einen wichtigen Fall verhandeln. »Hast du Lust, mich zum Dinner zu begleiten – falls du bis dahin wieder fit bist? Was nimmst du denn gegen diesen üblen Husten?«

»Nichts. Der Hustensaft, den ich verschrieben bekommen habe, macht mich müde, und das kann ich mir nicht leisten – ich muss nächste Woche nämlich zwei Seminararbeiten abgeben.«

»Ich habe eine Neuigkeit für dich: Wenn man krank ist, kann man sich ein Attest besorgen und bekommt Aufschub!«

»Was du nicht sagst!« Faith musste erneut lachen. »Wann kommst du denn nach New York?«

»Am Donnerstag. Könntest du einen Tisch für uns in irgendeinem Restaurant reservieren?« Brad war froh, dass Pam ihn nicht nach New York begleiten wollte, so konnte er sich ungestört mit Faith treffen. »Weißt du, ich kann es kaum erwarten, die Jungs wiederzusehen.« Sobald er dies ausgesprochen hatte, wurde ihm klar, dass diese Bemerkung Faith an den Konflikt mit Eloise erinnern musste, und er biss sich auf die Lippen.

»Und ich kann es kaum erwarten, *dich* wiederzusehen«, sagte Faith. Ihr gemeinsames Wochenende lag bereits einen Monat zurück.

»Ich freu mich ebenfalls wie verrückt«, erwiderte Brad. »Pass auf dich auf, Kleines.« Er machte sich wirklich große Sorgen um Faith, denn zu ihren familiären Problemen kam ein weiterer Stressfaktor hinzu: Sie wartete auf eine Antwort von den Universitäten, bei denen sie sich beworben hatte, und saß deshalb wie auf heißen Kohlen.

Als Brad drei Tage später in New York eintraf, ging es

Faith bereits besser, und sie hatte die Grippe so gut wie überstanden. Dennoch sah sie blass aus und war beinahe noch dünner als vier Wochen zuvor.
Brad schloss Faith zur Begrüßung fest in die Arme, hob ihren federleichten Körper vom Boden hoch und wirbelte sie ungestüm herum. Faith kicherte und ließ ihn gewähren, dann bat sie ihn herein. Sie hatte sich entschlossen, selbst zu kochen anstatt mit Brad in ein Restaurant zu gehen. Sie wollte das Haus nur ungern verlassen, und als sie dies sagte, runzelte Brad bekümmert die Stirn, verkniff sich jedoch einen Kommentar.
Nach dem Essen überredete er Faith allerdings dazu, mit ihm ins Serendipity zu gehen und ein Bananensplit zum Nachtisch zu essen, und er war froh, dass Faith zumindest hier beherzt zulangte.
»Wie lange bleibst du eigentlich in Afrika?«, erkundigte sie sich und schob sich einen großen Löffel voll Schokoladeneis in den Mund.
Brad lächelte und wischte einen kleinen Klecks Sahne von Faiths Nasenspitze. »Wie kommt es, dass du dir das Essen immer im ganzen Gesicht verteilst?«, fragte er grinsend und erzählte Faith dann, dass Pam und er einen zweiwöchigen Aufenthalt geplant hatten. »Ich habe allerdings ein ungutes Gefühl bei der Sache – ich werde dich zwei Wochen lang nicht anrufen oder dir Mails schreiben können. Gerade jetzt ...« Brad hatte zwar sein Handy dabei, sodass Faith ihm Nachrichten auf seiner Mailbox hinterlassen konnte, aber das war natürlich nicht dasselbe wie ein persönliches Gespräch.
»Ja, das werden zwei lange Wochen ...«, murmelte Faith.
»Mach bloß keine Dummheiten, während ich weg bin!«, scherzte Brad, doch im Grunde war es ihm sehr ernst. »Pass auf dich auf, versprichst du mir das?«

»Ja, keine Sorge. Vielleicht höre ich was von den Unis, bevor du zurückkommst.«
»Und denk an deine Gesundheit. Du solltest auf jeden Fall ausreichend schlafen und essen. Am besten gehst du wie gehabt zur Uni, damit du auf andere Gedanken kommst, und wenn dich das heulende Elend packt, rufst du Zoe an. Die kann dich bestimmt ein wenig aufbauen.« Brad war Faiths jüngerer Tochter zwar nur vor Jahren einmal kurz begegnet, doch das, was Faith ihm von ihr erzählt hatte, hatte ihn tief beeindruckt. Zoe schien ein vernünftiges Mädchen zu sein – und ein starker Halt für ihre Mutter. Ganz anders als Eloise ...
Faith hatte Ellie in der vergangenen Woche mehrere Male angerufen, doch die Unterhaltungen waren in der Regel äußerst kurz und unterkühlt gewesen – wenn sie überhaupt zustande kamen, denn meist nahm Ellie nicht ab, wenn sie die Nummer ihrer Mutter im Display sah.
Nachdem Brad und Faith das Bananensplit vertilgt hatten, gingen sie zurück nach Hause und setzten sich noch für eine Weile ins Wohnzimmer. Brad entfachte ein Feuer im Kamin, dann nahm er in dem Stuhl Platz, in dem Alex immer gesessen hatte. Faith ließ sich zu seinen Füßen nieder, lehnte ihren Kopf gegen sein Knie, und Brad streichelte ihr Haar.
Faith ertappte sich bei dem Gedanken, wie viel Glück Pam mit Brad hatte – er war stets so liebevoll und umsichtig. Doch dann fiel ihr ein, dass Pam diese Seite an ihrem Mann wahrscheinlich gar nicht mehr kannte. Sie hielt ihn auf Abstand, und nun kam Faith allein in den Genuss all seiner Zuneigung.
»Ich werde dich vermissen, Fred«, sagte Brad leise.
Lange Zeit saßen sie so da und starrten schweigend ins Feuer. Dann nahm Brad Faiths Hand und küsste ihre Handfläche. Es war nur eine kurze, zärtliche Geste, doch Faith erbebte innerlich. Ihr wurde heiß und kalt

zugleich, und mit einem Mal hatte sie schreckliches Herzklopfen. Warum zitterten ihre Knie nur so? Plötzlich empfand sie etwas völlig Neues für Brad – oder hatte sie es womöglich schon die ganze Zeit gespürt und es nur verdrängt? Es war, als breche ein Damm in ihrem Inneren, und eine Flut von Gefühlen für Brad durchströmte sie. Faith war völlig verwirrt und wusste überhaupt nicht, was sie tun sollte.

»Alles klar bei dir, Kleines?«, fragte Brad und wunderte sich über Faiths besorgten Gesichtsausdruck.

Ich muss mich zusammennehmen, dachte Faith. Ich darf mich auf keinen Fall in Brad verlieben!

»Machst du dir Gedanken um das Haus?«, hakte Brad nach.

Faith nickte automatisch. Doch natürlich machte sie sich in diesem Moment ausschließlich Gedanken um ihre neu erwachten Gefühle. Plötzlich hatte sie furchtbare Angst, dass Zoe recht gehabt haben könnte und sie in Brad tatsächlich schon lange mehr sah als einen guten Freund. Er empfand sicherlich nichts dieser Art für sie und wäre gewiss entsetzt, wenn er es erführe. Sie durfte sich auf keinen Fall etwas anmerken lassen!

Faith war an diesem Abend merkwürdig ruhig, und Brad zerbrach sich den Kopf über die Ursache. Gleichzeitig war er sehr darauf bedacht, seine Emotionen für Faith im Zaum zu halten und die intime Situation nicht auszunutzen. Er wusste, dass sich Faith bei ihm sicher fühlte, und dieses Vertrauen wollte er auf keinen Fall enttäuschen.

Als sich Brad von Faith verabschiedete, war es beinahe Mitternacht. Er musste am folgenden Tag früh aufstehen, sich mit dem Staatsanwalt treffen und dann direkt zum Flughafen fahren. Faith bot an, nicht zur Uni zu gehen und Brad stattdessen zum Flughafen zu begleiten, doch Brad wollte nicht, dass sie seinetwegen schwänzte.

»Ich rufe dich von London aus noch einmal an, und danach müssen wir einfach zwei Wochen lang die Zähne zusammenbeißen. Glaubst du, das kriegen wir hin?«
Faith nickte schwach. »Es wird mir allerdings bestimmt nicht leichtfallen, ohne deine moralische Unterstützung auszukommen.«
»Das geht mir sicher genauso.« Brad nahm Faith in den Arm und hielt sie für einen langen Augenblick fest. »Ich hab dich lieb, Fred«, sagte er.
»Ich dich auch«, entgegnete Faith schnell. Sie durfte sich auf keinen Fall anmerken lassen, was ihr in Wahrheit durch den Kopf schoss. Sie küsste ihn flüchtig auf die Wange, und Brad trat hinaus in die Nacht. Auf dem Bürgersteig drehte er sich noch einmal um, und sie winkten sich zu.
Am folgenden Morgen verließ Faith das Haus um halb acht und ging die zwei Blocks zur St. Jean Baptiste Church in der Lexington Avenue zu Fuß. Es regnete in Strömen, doch das machte Faith nichts aus, sie merkte es kaum, so sehr war sie in Gedanken versunken. Vor der Messe legte sie die Beichte ab und berichtete dem Priester im Flüsterton, was ihr auf der Seele lag. Sie liebte Brad von ganzem Herzen, doch nicht als Bruder, wie sie bisher immer geglaubt hatte, sondern als Mann. Brad war jedoch verheiratet und hatte mehr als klargemacht, dass er nicht die Absicht hatte, sich jemals scheiden zu lassen. Sie hatte kein recht, sein Leben durcheinanderzubringen.
Der Priester erteilte Faith die Absolution und trug ihr auf, zehnmal den Rosenkranz zu beten, aber diese Buße erschien Faith zu gering, und so betete sie den Rosenkranz zwanzigmal.
Nach der Messe ging sie im Regen nach Hause, noch immer zutiefst aufgewühlt. Als sie wenig später den Flur betrat, sah sie, dass der Anrufbeantworter blinkte:

eine Nachricht von Brad, der sie offenbar vor seinem Meeting angerufen hatte, um sich für den schönen Abend zu bedanken. Seine Stimme war warm und freundlich, wie immer. Während Faith ihm zuhörte, schloss sie die Augen, und eine Welle der Liebe durchströmte sie. Sie war beinahe froh, dass Brad für zwei Wochen nach Afrika flog und sie währenddessen nicht mit ihm sprechen konnte. So hatte sie Zeit, ihre Gefühle in den Griff zu bekommen. Anschließend würde sie Brad hoffentlich wieder als ihren alten brüderlichen Freund betrachten, der ihr in dieser schwierigen Lebenssituation beistand.

20

Bevor Brad nach London flog, rief er Faith nicht noch einmal an, da er wusste, dass sie noch nicht von der Uni zurück sein würde. Doch während er am Flughafen darauf wartete, dass sein Flug aufgerufen wurde, und auch als er später im Flieger saß, dachte er die ganze Zeit an sie. Er starrte aus dem Fenster, und Faiths wunderschönes Gesicht mit dem zärtlichen Ausdruck ging ihm einfach nicht aus dem Kopf. Als er am Abend zuvor mit ihr vor dem Feuer gesessen hatte, war ihm bewusst geworden, dass er sich nichts mehr im Leben wünschte als das – Faiths Nähe und ihre Zuneigung. Gleichzeitig wusste er, dass sich dieser Wunsch niemals erfüllen würde. Schließlich hatte er ein Ehegelöbnis abgelegt und würde Pam niemals verlassen.

Schließlich döste er ein und verschlief den Großteil des Fluges. Die Maschine landete um sieben Uhr morgens Londoner Zeit, und sobald Brad sein Gepäck vom Rollband geholt hatte, rief er Faith an. Bevor er sich mit Pam im Hotel traf, wollte er noch einmal ihre Stimme hören. Das Telefon klingelte, und Faith nahm verschlafen ab. In New York war es mitten in der Nacht.

»Hallo?«, murmelte sie.

»Tut mir leid, dass ich dich wecke, Kleines«, sagte Brad. »Ich wollte mich nur noch mal von dir verabschieden.«

Faith öffnete die Augen. Mit einem Schlag war sie hellwach. »Brad! Wie war dein Meeting mit dem Staatsanwalt?«

»Großartig, er hat mir ein paar ziemlich gute Tipps gegeben. Keine Ahnung, ob ich die tatsächlich umsetzen kann, aber ich werde es versuchen, sobald ich wieder in San Francisco bin.«

Faith wusste, dass Brad für seine jungen Mandanten stets sein Bestes gab. Zwei Monate zuvor hatte er einen Fall verloren, und ein sechzehnjähriger Junge musste für fünf Jahre ins Gefängnis. Das hatte ihm stark zugesetzt, und umso mehr wollte er sich in Zukunft ins Zeug legen.

»Wie ist das Wetter in London?«, fragte Faith nun.

»Es ist verdammt kalt. Und regnerisch.«

»Wie hier also.«

»Ich wünschte, ich könnte Eloise einen Besuch abstatten. Vielleicht würde sie auf mich hören ...«

»Das ist lieb von dir, aber sie kennt dich überhaupt nicht, sicher würde sie dich gar nicht hereinlassen. Was hast du denn heute in London noch vor?« Es fiel Faith schwer, sich vorzustellen, dass Brad die folgenden zwei Wochen mit Pam verbringen würde. Die beiden hatten kaum noch Gemeinsamkeiten, und wahrscheinlich würde der Urlaub alles andere als harmonisch verlaufen – zumindest hoffte ein Teil von Faith, dass ihre Liebe auf der Reise nicht neuen Schwung bekam. Doch sobald sich Faith über ihre Gedanken bewusst wurde, schalt sie sich selbst.

»Nicht viel«, antwortete Brad nun. »Pam will bestimmt shoppen, und ich dachte, ich vertreibe mir die Zeit im British Museum.« Da kam ihm eine Idee. »Ich könnte auch in eine Kirche gehen und eine Kerze für dich und Jack anzünden!«

Faith lächelte in der Dunkelheit. »Man kann süchtig danach werden, nicht wahr?«

»Absolut! Heute will ich dafür beten, dass es dir in meiner Abwesenheit gutgeht.«

»Es geht mir schon gut, wenn ich nur deine Stimme höre! Aber es kann nicht schaden, wenn eine Kerze für mich brennt. Tut mir leid, dass du mich heute Morgen nicht erreicht hast. Ich war in der Kirche.«

»Komisch, ich hatte so ein Gefühl, dass du vielleicht dort bist …« Brad überlegte, ob er Faith etwas Bestimmtes fragen konnte, dann gab er sich einen Ruck. »Gestern Abend hast du schrecklich ernst ausgesehen, Fred. Was war los?«

»Nichts, ich meine …« Faith suchte nach einer glaubwürdigen Erklärung. »Mein Leben ist momentan ein einziges Chaos, und es gibt vieles, das mir durch den Kopf geht.«

»Ja, und deswegen mache ich mir solche Sorgen um dich! Du brauchst mehr denn je jemanden zum Reden.« Brad seufzte und fügte hinzu, dass er jetzt besser zum Hotel fahren sollte. »Pass gut auf dich auf, Kleines. Wir sprechen uns in zwei Wochen wieder!«

»Viel Spaß in Afrika!«, sagte Faith.

»Danke! Bis bald.« Mit diesen Worten legte Brad auf.

Stundenlang lag Faith nun noch wach und dachte an Brad. Es würde nicht einfach werden, ihn aus ihrem Herzen zu verbannen. Wie sollte sie das nur anstellen, ohne ihre Freundschaft zu gefährden?

Brad traf gegen neun Uhr Londoner Zeit im Claridge's ein, dem Hotel, in dem sich Pam für die Nacht einquartiert hatte. Doch als er ihre Suite betrat, war Pam bereits zu einem Einkaufsbummel aufgebrochen. Sie hatte Brad einen Zettel hinterlassen, auf dem sie ihn wissen ließ, dass sie am Abend rechtzeitig zurück sein würde, um mit ihm zum Flughafen zu fahren. Ihre Koffer waren bereits wieder gepackt, und wie gewöhnlich hatte sie viel zu viel Gepäck dabei.

Brad stieg unter die Dusche, rasierte sich, bestellte Frühstück beim Zimmerservice, las die Zeitung und verließ das Hotel erst am Mittag. Auf dem Weg zum British Museum stieß er auf eine wunderschöne alte

Kirche am Kingsway, sechs Blocks vom Museum entfernt. Brad schmunzelte, denn er hatte insgeheim gehofft, an einer Kirche vorbeizukommen. Rasch ging er hinein und entzündete eine Kerze für Faith und Jack, wie er es versprochen hatte. Einem Impuls folgend setzte er sich auf eine Bank und ließ seine Gedanken schweifen. Natürlich drehten sich seine Überlegungen ausschließlich um Faith, und das änderte sich auch nicht, als Brad nach dem Kirchenbesuch einen langen Spaziergang machte. Er wanderte durch die Straßen Londons und fand sich schließlich auf der New Bond Street wieder. Hier gab es viele interessante Kunstgalerien, und Brad betrat wahllos eine von ihnen. Als er die Galerie zwanzig Minuten später verließ, stand plötzlich Pam vor ihm. Offenbar war sie gerade bei Graff, einem der bedeutendsten – und teuersten – Juweliere der Stadt gewesen.

»Wenn du da drin was gekauft hast, kriege ich einen Herzinfarkt!«, rief Brad, und Pam lachte.

»Keine Sorge, ich mache nur einen Schaufensterbummel«, erwiderte Pam unschuldig, obwohl sie in Wirklichkeit soeben ein diamantbesetztes Armband und eine neue Uhr erstanden hatte. Der Juwelier würde ihr die Schmuckstücke nach San Francisco schicken, und so musste sich Pam erst später dafür rechtfertigen.

Pam war mit einer Limousine des Hotels hergekommen, und Brad fuhr nun mit ihr zurück zum Claridge's. Wie üblich war Pam äußerst modisch gekleidet, an diesem Tag hatte sie sich jedoch besondere Mühe gemacht und sich dem jungen Londoner Look angepasst – sie trug einen Navy-Hosenanzug und eine Regenjacke mit Pelzkragen. Als Brad sie betrachtete, fiel es ihm äußerst schwer, sich Pam in Afrika vorzustellen. In einer Limousine in London schien sie genau am rechten Platz zu sein, das war Pams Welt, aber im afri-

kanischen Busch war sie wahrscheinlich völlig hilflos.
»Was hast du heute so getrieben?«, fragte Pam freundlich.
Brad wusste, wie Pam reagieren würde, wenn er ihr erzählte, dass er in einer Kirche gewesen sei, deswegen sagte er knapp: »Ich war im British Museum.«
»Sehr vernünftig«, erwiderte Pam, und schon kurze Zeit später erreichten sie ihr Hotel. Der Fahrer der Limousine half Pam, ihre unzähligen Einkaufstaschen aus dem Kofferraum zu holen, und Brad stöhnte bei dem Anblick.
»Ich hoffe, du hast auch einen neuen Koffer gekauft«, bemerkte er sarkastisch. »Willst du das ganze Zeug etwa mit nach Afrika nehmen?« Es interessierte ihn nicht, was Pam an diesem Tag alles erstanden hatte, doch die Tüten von Gucci, Hermès, Saint Laurent und Chanel ließen vermuten, dass sie jede Menge Geld ausgegeben hatte.
»In meinen Koffern ist noch genügend Platz, keine Sorge«, antwortete Pam spitz und stolzierte zum Hoteleingang.
Der Fahrer bemühte sich unterdessen, mit ihr Schritt zu halten und ihre zahllosen Einkaufstüten dabei nicht fallen zu lassen. Während Brad neben Pam herging, wurde ihm neuerlich klar, wie unterschiedlich seine Frau und Faith waren. Pam war selbstbewusst, oftmals anmaßend, sie zögerte nie, anderen Leuten Anweisungen zu geben, und vermittelte allen das Gefühl, sie habe in jeder Situation das Sagen. Wenn Brad in Pams Nähe war, hatte er meist das Gefühl, auf einem Vulkan zu balancieren, der kurz vor dem Ausbruch stand. Faith war sehr viel zurückhaltender, immer rücksichtsvoll, oftmals unsicher und verbreitete stets eine ruhige friedvolle Atmosphäre.
Während sie mit dem Aufzug in eins der oberen Stock-

werke fuhren, wechselten Pam und Brad kein Wort miteinander. Erst als sie ihre Suite betraten, sagte Pam stöhnend: »Warum mussten die Jungs ausgerechnet nach Afrika gehen?«, und ließ sich in einen der bequemen Sessel in dem luxuriösen Wohnzimmer fallen. Pam übernachtete grundsätzlich nur in den teuersten Suiten. »Ich wünschte, sie hätten sich einen zivilisierteren Ort ausgesucht, zum Beispiel Paris oder Madrid.«

»In Paris oder Madrid würden sie aber sicher nicht so viel lernen wie in Afrika«, entgegnete Brad, öffnete eine Flasche Wein aus der Hotelbar und bot Pam ein Glas an.

»Das stimmt«, pflichtete Pam ihm bei und holte kaum Luft, bevor sie ihm die nächste Frage stellte. »Wie war es in New York?« Sie war clever und kannte ihren Mann gut. Irgendetwas ging in ihm vor, das spürte sie ganz deutlich. Obwohl sie sich nicht mehr sonderlich nahestanden, wusste sie genau, wann er mit den Gedanken woanders war. Und oftmals nutzte Pam diesen Instinkt aus, um Brad aus der Fassung zu bringen.

»Bestens«, antwortete Brad ruhig. »Das Meeting mit Joel Steinman hat mich auf viele gute Ideen gebracht.«

»Wie schön.« Pam interessierte sich nicht für Brads Arbeit, doch das beruhte auf Gegenseitigkeit. »Und wie geht es deiner Freundin?« Bingo! Brad fuhr regelrecht zusammen.

»Faith?« Brad zuckte so unbefangen wie möglich die Achseln. Er wollte nichts vor Pam verheimlichen, aber er gönnte ihr auch nicht die Genugtuung, ein Geheimnis aufgedeckt zu haben. »Es geht ihr ganz gut. Ich war gestern Abend zum Essen bei ihr.«

»Weiß sie inzwischen, dass du in sie verknallt bist?«, fragte Pam ohne jede offensichtliche Regung. Es machte ihr nichts aus, dass Brad augenscheinlich in eine andere Frau verliebt war. Pam war mit der Distanz zwischen sich und Brad zufrieden, und sie wusste, dass sich Brad

niemals scheiden lassen würde. Das genügte ihr. »Hör auf damit!«, stieß Brad gereizt hervor. Pam hatte viel früher als er selbst gespürt, dass er Gefühle für Faith entwickelte, aber er würde den Teufel tun und das Pam gegenüber eingestehen. »Ich habe dir doch bereits gesagt, dass wir lediglich Freunde sind!«
»Mich würde interessieren: Machst du nur mir oder auch dir selbst etwas vor?«, setzte Pam neugierig nach und ließ ihren Mann nicht aus den Augen.
»Das ist doch albern!«, gab Brad verdrießlich zurück und trank einen Schluck Wein.
Pam tat es ihm gleich und beobachtete Brad dabei wie ein Raubtier seine Beute. »Sei doch nicht so verkrampft!«, neckte sie ihn. »Das beweist mehr als alles andere, dass du in sie verliebt bist.« Sie machte eine wegwerfende Handbewegung. »Es ist schon in Ordnung, Brad. Das passiert ja nicht zum ersten Mal – weder dir noch mir. Warum bist du so empfindlich?«
»Faith ist die Schwester meines besten Freundes, der, wie du ja weißt, bereits tot ist. Ich bin mit Faith aufgewachsen, sie ist wie eine kleine Schwester für mich. Es ist wirklich geschmacklos von dir, solche Andeutungen zu machen!«
»Es tut mir leid, wenn ich mal wieder geschmacklos bin, Liebling, aber ich nenne die Dinge eben gern beim Namen. Ich bin einfach davon überzeugt, dass du auf die Kleine stehst. Aber das ist doch keine große Sache! Warum sollten wir nicht ganz offen darüber sprechen?«
Pams Taktlosigkeit und ihre rücksichtslose Art, die Nase in Angelegenheiten zu stecken, die sie nichts angingen, waren der Grund, warum ihre Ehe letztlich nicht funktionierte. »Warum lassen wir das Thema nicht einfach für den Rest unseres Urlaubs ruhen? Dann werden wir die nächsten zwei Wochen sicher viel mehr genießen.«
Zu Hause konnten sie sich gut aus dem Weg gehen, aber

in Afrika würden sie ständig zusammen sein. Und diese Vorstellung begeisterte Brad ganz und gar nicht.
Pam zog eine Augenbraue nach oben und schwieg.
Während der folgenden zwei Stunden wechselten sie kein weiteres Wort miteinander. Pam nahm ein Bad, und Brad legte sich ein wenig aufs Ohr. Bevor sie zum Flughafen fuhren, bestellten sie sich beim Zimmerservice ein paar Sandwiches, es würde immerhin einige Zeit verstreichen, bis sie im Flugzeug ihr Abendessen bekamen. Der Flug nach Lusaka dauerte etwa zwölf Stunden. Dort angekommen mussten sie in ein anderes Flugzeug umsteigen, das sie über den Sambesi und die Viktoriafälle nach Kalabo bringen würde. Dylan und Jason hatten versprochen, sie dort mit einem Wagen abzuholen und sie zu dem Nationalpark zu bringen, in dem sie lebten und arbeiteten.
Während Brad und Pam in Heathrow auf ihren Flug warteten, inspizierte Pam die vielen kleinen Geschäfte des Flughafens. Brad kaufte unterdessen ein Buch, und danach versuchte er doch noch einmal, Faith zu erreichen, aber sie war nicht zu Hause. Enttäuscht hinterließ er erneut eine Nachricht auf ihrem Anrufbeantworter und sagte ihr, wie sehr er sie schon jetzt vermisse. Eine halbe Stunde später traf er sich mit Pam an dem entsprechenden Gate, und Pam überreichte ihm überraschenderweise eine kleine Schachtel.
»Was ist das?«, fragte Brad verblüfft.
»Ein Geschenk für dich«, erklärte Pam und blickte ihn entschuldigend an. »Es tut mir leid, dass ich dich wegen deiner Freundin geärgert habe.« Sie wollte die nächsten zwei Wochen keinesfalls im Streit verbringen.
»Danke«, sagte Brad und öffnete die Schachtel. Darin lag eine kleine japanische Kamera mit Weitwinkelobjektiv – das perfekte Geschenk für ihre bevorstehende Reise. »Die ist wirklich toll, danke schön!« Das Ge-

schenk erinnerte Brad kurzzeitig daran, dass sich Pam und er vor langer Zeit einmal geliebt, sich sogar hervorragend verstanden hatten. Doch seitdem waren viele Jahre verstrichen, und sie hatten sich gegenseitig zu sehr enttäuscht, um diese Gefühle aufrechterhalten zu können. Während ihres gemeinsamen Urlaubs gelang es ihnen vielleicht jedoch, zeitweilig wieder freundschaftlich miteinander umzugehen.
Im Flugzeug wurde ihnen schon kurz nach dem Start das Abendessen serviert, und anschließend suchten sie sich Filme für ihre individuellen Bildschirme aus. Pam förderte zudem einen ganzen Stapel Magazine und einige Bürounterlagen zutage, die sie im Handgepäck verstaut hatte. Bevor sie abgereist war, hatte sie an einigen wichtigen Vereinbarungen mit großen Konzernen gearbeitet, die sie nun noch einmal durchgehen wollte. Ihr Vater hatte ihr versprochen, sich während ihrer Abwesenheit darum zu kümmern. Er war der Einzige in der Kanzlei, dem Pam dies zutraute. Für gewöhnlich delegierte sie Aufgaben selten und arbeitete ungern im Team. Als Brad noch für die Kanzlei ihres Vaters tätig gewesen war, hatte sie sich selbst von ihm nicht in die Karten schauen lassen, und genau deshalb waren sie ständig aneinandergeraten. Dies war einer der Gründe, warum Brad die Kanzlei schließlich verlassen hatte. Pam war damals furchtbar wütend auf ihn gewesen, denn ihr wurde klar: Nach seinem Weggang würde sie keinerlei Kontrolle mehr über ihn haben – was für Brad den Ausschlag gegeben hatte, sich selbstständig zu machen.
Während des Fluges sprachen Brad und Pam kaum miteinander, und als sie am Flughafen von Lusaka eintrafen, waren sie äußerst erschöpft, denn sie hatten kaum ein Auge zugemacht. Brad hatte sich einen Film nach dem anderen angesehen, doch die ganze Zeit ausschließlich an Faith gedacht. Pam hatte recht – er war

in Faith verliebt, und er machte sich nach wie vor schreckliche Sorgen um sie. Was würde sich Alex noch ausdenken, um Faith zu verletzen? Und wie würde es sich auf Faith auswirken, wenn sie nicht mit ihm, Brad, darüber reden konnte?

»Du siehst schrecklich aus«, bemerkte Pam, während sie auf ihren Anschlussflug warteten.

»Ich bin müde.«

»Ich auch. Ich hoffe, die Jungs wissen es zu schätzen, dass wir all diese Unannehmlichkeiten auf uns nehmen, um sie zu besuchen. So langsam denke ich, wir hätten einfach warten sollen, bis sie wieder nach Hause kommen.«

Brad schüttelte den Kopf. Obwohl er müde war, konnte er es kaum noch erwarten, seine Söhne zu sehen.

Ihr Anschlussflug wurde aufgerufen, und sobald sie auf ihren Sitzen Platz genommen hatten, schliefen sie ein.

Als die Maschine in Kalabo landete, war es früher Morgen. Brad und Pam erwachten gleichzeitig und wurden Zeugen eines atemberaubenden Sonnenaufgangs. Über den Bergen erhob sich die orangefarbene Sonne, und der Himmel war in majestätisches Licht getaucht. Große Tierherden hatten sich auf den Ebenen versammelt und grasten friedlich. Brad hatte niemals zuvor etwas Vergleichbares gesehen. Die Ebene schien sich bis zum Horizont zu erstrecken, und es gab nur eine Hand voll Straßen und Fahrzeuge. Als sie ausstiegen, entdeckte Brad neben der Rollbahn ein paar Einheimische in Stammestracht – offenbar eine Art Begrüßungskomitee für die Reisenden.

»Ach du meine Güte!«, rief Pam, sobald sie die Männer entdeckte. »Wir sind am Arsch der Welt!«

Brad lachte verhalten. Die Schönheit der Landschaft hatte ihn völlig in ihren Bann geschlagen, und er konnte nicht begreifen, dass Pam davon unberührt blieb.

Sie verließen die Rollbahn und passierten den Zollbeamten – einen Mann, der lediglich ein Hemd mit einigen Abzeichen und weiße Shorts trug. Als er ihre Reisepässe kontrollierte, starrte er Brad und Pam mit durchdringendem Blick an und winkte sie dann durch. Pam fühlte sich gar nicht wohl in ihrer Haut. In diesem Augenblick hätte sie nichts lieber getan, als wieder ins Flugzeug zu steigen und nach Hause zu fliegen.

Kurze Zeit später hörte sie Brad vor Freude aufjauchzen, dann entdeckte auch sie Jason und Dylan. Sie warteten vor einem Lastwagen, und sobald sie ihre Eltern sahen, eilten sie ihnen entgegen und schlossen die beiden lachend in die Arme.

Dylan und Jason waren beide groß gewachsen mit blondem Haar, das von der Sonne noch heller geworden war, und sonnengebräunter Haut. Sie waren eineiige Zwillinge und sahen Brad weitaus ähnlicher als Pam – sie hatten sogar beide wie ihr Vater ein Grübchen im Kinn. Von wem sie ihr blondes Haar geerbt hatten, wusste jedoch niemand, höchstwahrscheinlich von irgendeinem entfernten Verwandten. Brad hatte früher immer gescherzt, dass sich in ihrer Ahnenlinie irgendwo ein Schwede verstecken müsse.

»Ihr seht umwerfend aus!«, rief Brad. Von der anstrengenden körperlichen Arbeit in Afrika hatten sich Jasons und Dylans Arm-, Rücken- und Schultermuskeln stark ausgebildet. In ihren T-Shirts und Jeans sahen sie beinahe aus wie Bodybuilder. Sogar Pam konnte den Blick kaum von ihnen wenden.

»Du siehst auch gut aus, Dad!«, gab Dylan das Kompliment an seinen Vater zurück, während Jason damit beschäftigt war, die vielen Koffer ihrer Mutter in den Wagen zu laden. Brad war der Einzige, der die Zwillinge jederzeit auseinanderhalten konnte. Pam hingegen hatte ihre Söhne schon oft verwechselt. Als die Jungs noch klein gewesen waren, ging sie diesem Problem aus dem Weg, indem sie den einen immer in Grün und den anderen in Blau anzog, doch die Jungs hatten sehr schnell gelernt, ihre Pullover oder Schuhe auszutauschen und ihre Mutter damit völlig aus dem Konzept zu bringen. Sogar als Erwachsene sahen sie sich noch dermaßen ähnlich, dass Pam ab und zu überlegte, wen sie vor sich hatte. Jason war zwar einen Zentimeter kleiner als sein Bruder, doch das fiel natürlich nicht auf.

Während sie zum Liuwa Plain Nationalpark in der Nähe des Sambesi fuhren, erzählten die Jungs ihren Eltern von ihrem aufregenden Leben in Afrika. Unermüdlich erklärten sie, welche geografischen Besonderheiten sie gerade passierten, an welchen Tieren sie vorbeifuhren oder welche Stämme in der Nähe lebten. Sambia faszinierte Brad, und er war unglaublich froh, dass er hergekommen war. Nun verstand er endlich, welche außergewöhnlichen Erfahrungen seine Söhne in diesem Land sammeln konnten. Sie würden noch bis Juli in Afrika bleiben, und danach wollten sie eventuell ein Jahr in London verbringen oder einige Monate lang durch Europa reisen. Anschließend planten sie, entweder weiterzustudieren oder sich einen Job in San Francisco zu suchen. Pam war noch immer entschlossen, ihre Söhne zu einem Jurastudium zu überreden, doch Brad hielt es für ausgeschlossen, dass Pam damit Erfolg haben würde. Dylan und Jason hatten den Duft der großen weiten Welt geschnuppert. Sicherlich würden sie sich nicht damit zufriedengeben, in eine Kanzlei wie die ihres Großvaters einzusteigen.

Vier Stunden lang fuhren sie nun über unebene Straßen und enge Wege, bis sie schließlich den Wildpark erreichten. Pam schaute inzwischen mehr als unglücklich drein. Sie hatte das Gefühl, ihre Söhne brächten sie ans Ende der Zivilisation – eine Welt ohne Telefon und Badeschaum. Brad hingegen war auf Anhieb von dem Land und seinen Eigenheiten begeistert, und es machte ihm nichts aus, dass sämtliche Menschen, die in dem Wildpark lebten, in Zelten wohnten. Es gab lediglich zwei schmale Gebäude, eins davon diente als Büro und Besprechungsraum, das andere war eine kleine Ausstellungshalle, an die sich zwei winzige Hütten für Gäste anschlossen. Jason und Dylan hatten eine der Hütten für ihre Eltern reservieren können, doch Brad erklärte sofort, dass er lieber mit den Jungs im Zelt schlafen würde.

»Ich aber nicht!«, rief Pam sofort, und alle lachten.

Es gab eine Dusche unter freiem Himmel, die im Grunde nicht mehr war als ein Zelt samt einem Schlauch, und um sich zu erleichtern, musste man ein Plumpsklo aufsuchen.

Pam war schockiert. »O mein Gott!«, murmelte sie, während Dylan eine Tür öffnete und ihr das Plumpsklo zeigte. »Das ist die Toilette?« Der Gedanke, an einem Fleck wie diesem festzusitzen, brachte sie beinahe zum Weinen.

»Du wirst dich daran gewöhnen«, sagte Brad und tätschelte Pam aufmunternd die Schulter.

Pam warf ihm einen wütenden Blick zu. »Das alles war deine Idee!«, zischte sie, während sich die Jungs darum kümmerten, dass ihre Eltern Decken und ein Kissen bekamen.

»Unsere Söhne wollten gern, dass wir sie besuchen und den Ort kennen lernen, an dem sie die vergangenen neun Monate verbracht haben. Du wirst es ja wohl zwei Wochen hier aushalten!«

»Davon bin ich noch nicht überzeugt.«

Brad wusste, dass sich Pam in dieser Umgebung wahrscheinlich sehr schwer tun würde, doch ihr blieb keine andere Wahl.

Am Abend saßen sie zusammen an einem Lagerfeuer und lauschten den Geräuschen der afrikanischen Nacht, was Pam eher als unheimlich empfand. Doch sie versuchte, sich nichts anmerken zu lassen. Als sie später in ihrer Hütte lag, befürchtete sie, kein Auge zuzutun, aber irgendwann in den frühen Morgenstunden überwältigte sie dann doch die Müdigkeit.
Am folgenden Tag fuhr Brad mit den Jungs nach Lukulu, wo es einen hervorragenden Markt gab. Pam blieb währenddessen im Camp. Sie wollte sich nicht allzu weit vom Wildpark entfernen, denn sie fürchtete, der Wagen könnte von einem Nashorn gerammt oder von einem Löwen angegriffen werden. Die wilden Tiere jagten ihr eine Riesenangst ein, und auch das gute Zureden ihrer Söhne brachte sie nicht dazu, in den Jeep zu steigen.
Während der ersten Woche verging die Zeit für Brad wie im Flug. Das Einzige, was er wirklich vermisste, war ein Telefon. Nur allzu gern hätte er Faith angerufen und ihr von seinen Erlebnissen erzählt. Pam hingegen sehnte sich vor allem nach einer richtigen Toilette und einer Badewanne, doch nach den ersten Tagen hörte sie glücklicherweise auf, sich über den mangelnden Komfort zu beschweren.
Pam ließ sich schließlich von ihren Söhnen dazu breitschlagen, einen Tagesausflug zum Dorf Ngulwana auf der anderen Seite des Flusses zu unternehmen, wo Jason und Dylan die Einheimischen schon mehrere Monate lang dabei unterstützten, Gräben für das Kanalsystem auszuheben, Hütten zu errichten und eine verfallene Kirche wieder aufzubauen. Momentan waren die Dorfbewohner damit beschäftigt, eine Notambulanz einzurichten, in der ein Arzt einmal im Monat die Kranken und Verletzten behandeln konnte. Das nächstgelegene Krankenhaus war in der Trockenzeit

zwei Stunden weit entfernt, und während der Regenzeit dauerte es doppelt so lang, dorthin zu gelangen.
»In Afrika sollte man am besten nicht krank werden«, bemerkte Pam, und Brad stimmte ihr zu.
Er war tief beeindruckt von der Arbeit, die seine Söhne geleistet hatten. In dem Dorf schien sie jeder zu kennen und zu mögen, und viele winkten und lächelten, als sie vorübergingen. Er war außerordentlich stolz auf die beiden.
In ihrer zweiten Woche stellte Brad fest, dass er eine tiefe Liebe zu Sambia entwickelt hatte. Die Menschen, die Geräusche, die Gerüche, die warmen Nächte und unglaublichen Sonnenaufgänge, das ganz besondere Licht, das diese Umgebung erfüllte – all dies war ihm schon nach kurzer Zeit sehr ans Herz gewachsen. Er legte seine Kamera kaum jemals aus der Hand, und er konnte gut verstehen, warum sich seine Söhne hier so wohl fühlten. Das Land war geradezu magisch, und er hätte selbst gern ein Jahr dort verbracht. Selbst Pam arrangierte sich letztlich mit den Gegebenheiten, aß kommentarlos alles, was die anderen auch aßen, und lernte, mit der Dusche umzugehen. Doch an zwei Dinge vermochte sie sich einfach nicht zu gewöhnen: an das Plumpsklo sowie an die riesigen Käfer, die sie nachts plagten. Sie konnte es kaum erwarten, wieder nach Hause zu fliegen, und an ihrem letzten Abend sah man ihr die Erleichterung, bald abreisen zu können, regelrecht an.
»Mom, du hast dich wirklich hervorragend geschlagen«, gratulierte Jason seiner Mutter, und Dylan umarmte sie lachend.
Brad hingegen wäre am liebsten noch viel länger geblieben. Er hatte während der vergangenen zwei Wochen jede Nacht mit seinen Söhnen im Zelt geschlafen, war mit ihnen stets in der Morgendämmerung auf-

gestanden und hinaus in den Park gefahren. Er hatte ganz aus der Nähe beobachtet, wie eine Herde Gnus panikartig die Flucht ergriff, und das Einprägsamste: Er hatte an einem Wasserloch ausgeharrt, zu dem alte Elefanten kamen, um zu sterben, und eine dieser anrührenden Szenen hautnah mitbekommen. Er würde niemals vergessen, was er hier erlebt hatte, und das Beste war, dass er diese Erlebnisse mit seinen Söhnen hatte teilen können. Sie standen sich nun näher als je zuvor. Die Jungs hatten sich viele Stunden lang mit ihm unterhalten und ihm anvertraut, wie sie sich ihre Zukunft vorstellten. Wie Brad erwartet hatte, hegten beide keinerlei Interesse an einem Jurastudium, doch sie wussten nicht, wie sie es ihrer Mutter beibringen sollten. Dylan dachte darüber nach, Medizin zu studieren und später nach Afrika zurückzukehren, um sich um kranke Kinder zu kümmern, und Jason wollte sich gern im sozialen Bereich engagieren, war sich aber noch nicht im Klaren, welche Richtung er dabei einschlagen sollte. Beide hatten noch einige Studienjahre vor sich und beabsichtigten, sich so bald wie möglich an einer Universität einzuschreiben.

»Wer soll es eurer Mutter sagen?«, fragte Brad die Jungs an ihrem letzten Abend.

»Wir dachten da an dich, Dad«, gab Dylan lachend zurück. »Du hast die meiste Erfahrung darin, ihr unangenehme Dinge beizubringen.«

»Na vielen Dank, und wann soll ich ihr die Sache beichten?«

»Wir dachten, du redest erst mit ihr, nachdem ihr abgereist seid.« Jason grinste.

»Ich kann es kaum erwarten! Aber mal im Ernst, ihr solltet auch die unliebsamen Dinge selbst erledigen. Das gehört einfach zum Erwachsenwerden.« Letztlich ließ sich Brad jedoch von seinen Söhnen breitschlagen und

versprach ihnen, mit ihrer Mutter zu sprechen, sobald sie Afrika verlassen hatten. Zuerst wollte er Pam jedoch eine kleine Erholungsphase gönnen. Seit zwei Tagen hatte sie leichten Durchfall und zählte mittlerweile die Minuten, bis sie nach Hause fliegen konnte.
Als sie zum Flughafen aufbrachen, führte sich Pam auf wie eine Gefangene, die endlich freigelassen wurde. Sie umarmte ihre Söhne und sagte ihnen, dass sie sie vermissen werde, doch sie konnte ihre Erleichterung nicht verbergen.
»Danke, dass du gekommen bist, Mom«, sagte Dylan. Er und Jason wussten, welche Überwindung es ihre Mutter gekostet hatte, sie zu besuchen, und das rechneten sie ihr hoch an.
»Wir sehen uns dann in San Francisco«, sagte Pam zum Abschied.
»Wir kommen im Juli zurück«, verkündete Jason. Sie hatten ihren Eltern versprochen, einige Zeit zu Hause zu verbringen, bevor sie wieder aufbrachen.
»Sie müssen sich langsam einschreiben, wenn sie an einer guten Uni angenommen werden wollen«, beschwerte sich Pam, während sie ins Flugzeug stiegen, und Brad zuckte die Achseln. Es war noch zu früh, sie mit der Wahrheit zu konfrontieren, denn Pam sah alles andere als gut aus. Während des Rückwegs nach Lusaka bekam sie schlimme Magenkrämpfe, doch auf dem Flug zurück nach London ging es ihr schon wieder besser.
Als sie schließlich wieder im Claridge's eincheckten, wo sie die Nacht vor ihrem Rückflug nach San Francisco verbrachten, war Pam im siebten Himmel. Kaum hatten sie ihre Suite betreten, verlor sie keine Zeit und ließ sich Badewasser ein. Wenig später tauchte sie ein in die duftenden Fluten. Zwei Wochen lang hatte sie sich schmutzig und ungepflegt gefühlt, und nun konnte sie endlich

den Dreck des Camps abwaschen. Anschließend schlüpfte sie in ein sauberes Seidennachthemd und sagte Brad noch kurz Gute Nacht, der im Wohnzimmer saß und las. Dann sank sie in die Kissen und fiel sofort in einen tiefen Schlaf.
Brad wartete noch eine Stunde lang, bis er sicher war, dass Pam auch wirklich schlief, dann rief er Faith an. Sie hob sofort ab, und beim Klang ihrer Stimme begann Brads Herz schneller zu schlagen.
»Hallo Fred, hier ist Brad. Wie geht es dir?«
»Oh, hallo Brad! Mir geht's sehr gut«, erwiderte Faith, die schon auf Brads Anruf gewartet hatte. »Und dir?«
»Wunderbar! Ich kann dir gar nicht sagen, wie unglaublich schön Sambia ist. Ich schicke dir ein paar Fotos, die ich gemacht habe. Ich würde am liebsten sofort wieder zurückfliegen!«
Faith freute sich für ihn. Insgeheim hatte sie sich Sorgen gemacht, aber es schien, als sei dies unbegründet gewesen. Doch auch der Gedanke, dass sich Brad und Pam während dieses Urlaubs wieder näherkommen könnten, hatte sie nicht losgelassen. Ein selbstsüchtiger Teil von ihr hoffte, dass dies nicht der Fall war.
»Und wie geht es den Jungs?«
»Fantastisch! Sie sind sehr glücklich in Sambia. Ich glaube, der Aufenthalt dort ist das Beste, was ihnen passieren konnte. Ich wünschte, ich wäre ebenfalls mehr herumgereist, als ich in ihrem Alter war.«
»War diese fremde Kultur denn nicht auch irgendwie … beängstigend?«, wollte Faith wissen.
Brad lachte. »Keineswegs! Allerdings würde Pam um nichts in der Welt noch einmal nach Afrika fliegen. Das Land ist einfach nichts für sie, obwohl sie in einer kleinen Hütte schlafen konnte und damit mehr Luxus hatte als wir anderen. Ich habe mit den Jungs im Zelt geschlafen.«

Faith war erleichtert, Letzteres zu hören, aber schon im nächsten Moment fühlte sie sich deswegen schuldig. In den vergangenen zwei Wochen hatte sie versucht, Brad aus ihrem Herzen zu verdrängen, doch es funktionierte einfach nicht. Sie hatte sogar noch einmal die Beichte abgelegt und dem Priester ausführlich von ihren Empfindungen für Brad erzählt, und dieser riet ihr, zum heiligen Judas Thaddäus zu beten, der vielleicht ein Wunder geschehen ließe. Doch Faith war skeptisch. Es gab nur ein Wunder, das sie benötigte: Sie wollte Brad wie früher als Freund betrachten. Nichtsdestotrotz hatte sie die Empfehlung des Priesters befolgt und zu dem Heiligen gebetet. Doch bisher hatte dieser ihr nicht geholfen. Als sie soeben Brads Stimme am Telefon gehört hatte, war augenblicklich ein Zittern durch ihren Körper gegangen.

Faith ließ Brad von seiner Reise berichten, und dann sagte sie ihm, dass sie eine Überraschung für ihn habe.

»Lass mich raten.« Brad überlegte angestrengt, doch die Tatsache, dass er endlich wieder mit Faith telefonieren konnte, brachte ihn durcheinander. »Du hast in deinen Kursen ausnahmslos Einsen kassiert.«

»Ich habe eine Eins minus und eine glatte Eins. Aber darum geht es gar nicht.«

»Ellie hat sich bei dir entschuldigt und herausgefunden, dass Alex ein Dreckskerl ist.«

»Das wäre zu schön, um wahr zu sein«, antwortete Faith traurig.

»Ich habe keine Ahnung, gib mir einen Tipp.«

Doch Faith konnte die Neuigkeit nicht länger für sich behalten. »Ich habe einen Studienplatz an der NYU!«

»Das gibt's nicht ... Das ist ja fantastisch, Fred! Ich bin so stolz auf dich!«

»Ist das nicht toll?«

»Das ist der Hammer! Aber ich wusste immer, dass du es schaffst. Was ist mit der Columbia?«

»Von der habe ich noch nichts gehört. Sie verschicken ihre Briefe erst nächste Woche, aber ich wollte sowieso lieber an der NYU studieren – da kenne ich mich inzwischen aus.«

Sie unterhielten sich noch einigen Minuten lang darüber, dann berichtete Faith Brad das Neueste in Bezug auf ihre Scheidung. Alex bestand noch immer darauf, dass sie aus dem Haus auszog, doch er hatte sich mittlerweile darauf eingelassen, ihr etwas mehr Zeit zu gewähren. Faith wollte keinerlei Unterhalt von ihm, obwohl sie ein Anrecht darauf hatte. Alles, was sie wollte, war das Haus sowie einige ihrer gemeinsamen Investitionen. Ihre Mutter hatte ihr genug hinterlassen, um fürs Erste zurechtzukommen, und in drei Jahren würde sie als Anwältin gut verdienen.

Beinahe eine Stunde lang plauderten sie angeregt, doch schließlich wurde Brad müde und sagte Faith, er müsse nun ins Bett. Pam und er würden am folgenden Tag gegen Mittag nach San Francisco fliegen.

»Ich melde mich, sobald ich zu Hause bin«, versprach Brad.

»Gut. Danke für deinen Anruf«, sagte Faith.

Mit einem Lächeln legte sie auf. Die vergangenen vierzehn Tage waren ihr furchtbar lang vorgekommen, aber sie hatte sie überstanden. Nun konnte sie Brad endlich wieder anrufen, wenn sie etwas auf dem Herzen hatte.

Seit über einer Woche hatte sie nicht mehr mit Eloise gesprochen, und es wurde immer schwieriger, sie zu erreichen. Alex war es offenbar gelungen, sie vollends gegen ihre Mutter aufzuhetzen. Wie konnte er so etwas nur tun? Schließlich hatte sie ihm einmal grenzenlos vertraut. Sie wusste: Sie würde von nun an niemanden mehr an sich heranlassen – außer Brad natürlich. Er war der einzige Mann auf der Welt, in dessen Gegenwart sie sich sicher und geborgen fühlte.

21

Ende April, zwei Wochen nachdem Brad aus Afrika zurückgekehrt war, verbrachte Zoe das Wochenende in New York und wohnte wie üblich bei ihrer Mutter. Freitagnachmittag meldete sich Alex bei ihr und lud sie zum Abendessen ein. Zunächst weigerte sie sich, die Einladung anzunehmen, doch Faith versuchte, ihre Tochter umzustimmen.

»Wozu das Ganze?«, fragte Zoe ihre Mutter in genervtem Tonfall. Sie wollte viel lieber mit ihren Freundinnen ausgehen. »Er legt es doch sowieso nur darauf an, dich schlechtzumachen!«

»Er ist immer noch dein Vater, und du hast ihn seit Wochen nicht gesehen. Vielleicht möchte er sich mit dir versöhnen.«

Faith wusste: Alex hatte es im Grunde nicht verdient, dass sie sich für ihn einsetzte – er erzählte Eloise schließlich noch immer Lügen und hetzte sie gegen ihre Mutter auf –, doch sie wollte um jeden Preis fair bleiben.

Letztlich ließ sich Zoe dazu überreden, sich mit ihrem Vater zu treffen. Offensichtlich wollte er ihr entgegenkommen, und Faith hatte sie davon überzeugt, dass man seine ausgestreckte Hand nicht ausschlagen dürfe. Zoe lieh sich ein Kleid von Faith und steckte sich das Haar hoch. Sie war gerade erst neunzehn geworden, doch in diesem Outfit wirkte sie viel älter. Sie war sehr attraktiv, und Faith war mächtig stolz auf sie.

Als Zoe das kleine französische Restaurant betrat, in dem sie mit ihrem Vater verabredet war, verfinsterte

sich ihre Miene schlagartig. Alex war nicht allein. Neben ihm saß eine ihr unbekannte Frau. Zoe trat zögernd an den Tisch, und Alex erhob sich mit einem breiten Grinsen und stellte die beiden Frauen einander vor.
»Leslie, darf ich dir meine Tochter Zoe vorstellen? ... Zoe, das ist Leslie James.«
Zoe starrte die Frau entgeistert an. Hatte ihr Vater etwa bereits eine neue Freundin? Die Frau schien nur unwesentlich älter als sie selbst zu sein, und sie trug ein enges Kleid mit tiefem Ausschnitt.
Es entstand eine peinliche Pause, und Alex forderte Zoe rasch auf, Platz zu nehmen. Dann begann er ein verhaltenes Gespräch. Zoe konnte kaum fassen, dass ihr Vater tatsächlich seine neue Freundin mitgebracht hatte. Nach ein paar Minuten wurde ihr klar, dass Leslie offenbar in derselben Bank beschäftigt war wie er.
»Arbeiten Sie schon lange dort?«, erkundigte sich Zoe höflich und wünschte gleichzeitig, sie wäre nicht hergekommen. Worüber sollte sie sich mit dieser Frau unterhalten?
»Seit ungefähr vierzehn Monaten«, erwiderte Leslie. »Vorher habe ich mit meiner kleinen Tochter in Atlanta gelebt.«
Erst jetzt fiel Zoe Leslies leichter Südstaatendialekt auf. Sie fragte sie schließlich, wie alt ihre Tochter sei, da ihr nichts Besseres einfiel.
»Sie ist fünf«, antwortete Leslie lächelnd.
Alex schaute sie voller Stolz an und warf dann seiner Tochter einen Beifall heischenden Blick zu – als wolle er Zoe damit animieren, eine anerkennende Bemerkung zu machen. Doch Zoe dachte gar nicht daran. Allein durch die Tatsache, dass sie mit der Freundin ihres Vaters am selben Tisch saß, hatte sie das Gefühl, sich ihrer Mutter gegenüber illoyal zu verhalten, und das war das Letzte, was sie wollte.

»Sie ist ein außerordentlich hübsches kleines Mädchen«, fügte Alex hinzu, und Zoe krümmte sich innerlich. Augenscheinlich hatte ihr Vater bereits eine enge Bindung zu dieser Frau und auch zu ihrer Tochter.
»Sie geht in einen französischen Kindergarten und spricht bereits beinahe fließend Französisch!«, berichtete Leslie strahlend. »Alex dachte, das könne ihr nicht schaden.«
Zoe hob verwundert eine Augenbraue. Sie konnte sich nicht daran erinnern, dass sich ihr Vater jemals dafür interessiert hatte, ob sie eine Fremdsprache lernte.
»Das ist ja toll«, sagte Zoe kühl und trank einen Schluck Wein.
»Dies ist ein ganz besonderer Abend für uns«, verriet Leslie plötzlich, und Alex blickte sie erschrocken an. Es war zwar seine Idee gewesen, Zoe an diesem Abend zum Essen auszuführen, doch er wollte nicht, dass sie mitbekam, was Leslie und er an diesem Abend begingen. Er hatte bisher nicht herausfinden können, ob Faith den Mädchen von seiner bereits einjährigen Affäre erzählt hatte, und von ihm aus mussten sie es auch nicht erfahren.
»Heute feiern wir ein kleines Jubiläum«, ergänzte Leslie und warf ihr langes schwarzes Haar zurück.
»Tatsächlich?«, erkundigte sich Zoe und bemühte sich, interessiert zu erscheinen. Innerlich stöhnte sie auf, dass Leslie dieses Jubiläum überhaupt erwähnte, schließlich konnten die beiden höchstens ein oder zwei Monate zusammen sein.
»Heute ist unser erster Jahrestag. Vor genau einem Jahr hatten wir unsere erste Verabredung!«
Alex bemerkte Zoes verwirrten Blick und begriff, dass Faith den Mädchen tatsächlich noch nichts von seiner Liaison erzählt hatte. Am liebsten hätte er Leslie das Maul gestopft, doch nun war es zu spät.

»Sie sind schon seit einem Jahr mit meinem Vater zusammen?«, stieß Zoe ungläubig hervor.

»So kann man das nicht sagen«, fuhr Alex dazwischen. »Leslie meint, dass wir uns seit einem Jahr kennen.«

»Nein, das meine ich nicht!«, widersprach Leslie irritiert. »Vor genau einem Jahr hatten wir unsere erste Verabredung«, wiederholte sie und schaute Alex verletzt an. Sie sah gar nicht ein, vor seiner Tochter Theater zu spielen.

Zoe wurde blass. »Das ist ja interessant«, murmelte sie. »Wissen Sie, Leslie, mein Vater hat meine Mutter erst vor drei Monaten verlassen.«

»Das weiß ich doch.«

»Und Sie waren vorher schon ein Dreivierteljahr mit ihm zusammen?«

»Natürlich. Meinetwegen hat er sich doch überhaupt erst von seiner Frau getrennt.«

Zoe stand abrupt auf und stieß dabei ein Glas Rotwein um, dessen Inhalt sich über die weiße Tischdecke ergoss.

Leslie wich erschrocken zurück und blickte Zoe verständnislos an.

»Das ist nicht zu fassen!«, zischte Zoe und fixierte ihren Vater. »Du hast Mom vorgeworfen, eure Trennung sei ihre Schuld! Du hast behauptet, du trennst dich von ihr, weil sie wieder studieren will. In Wahrheit ging es dir um diese Frau!« Zoe zeigte mit dem Finger auf Leslie. »Wie konntest du mich nur dazu einladen, euren ersten Jahrestag mit euch zu feiern? Und bei Eloise machst du Stimmung gegen Mom und tischst ihr irgendwelche Lügen auf! Warum sagst du Ellie nicht die Wahrheit – dass du eine andere Frau vögelst und sie bereits seit einem Jahr deine Geliebte ist? Aber dazu hast du wohl nicht den Mumm!«

Alex' Augen verengten sich. Er war völlig überrumpelt, dass Leslie alles ausgeplaudert hatte. »Setz dich wieder,

dann können wir gerne darüber reden«, forderte er Zoe leise auf.
Doch Zoe sah ihn voller Verachtung an. »Nein, danke!«, spie sie ihm entgegen. »Ich habe kein Interesse an deinen Lügen.« Zoe drehte sich auf dem Absatz um und verließ das Restaurant. Auf dem Gehsteig rannte sie los, winkte ein Taxi heran und sprang hinein. Sie gab dem Fahrer ihre Adresse und ließ sich in die Polster sinken. Erst einmal musste sie sich wieder sammeln, auf keinen Fall wollte sie ihrer Mutter in einem derart aufgebrachten Zustand unter die Augen treten. Aber als sie kurz darauf die Haustür aufschloss, konnte sie die Tränen nicht länger zurückhalten, und sie begann, hemmungslos zu schluchzen.
Faith telefonierte gerade mit Brad, doch als sie ihre Tochter erblickte, die augenscheinlich völlig aufgelöst war, fragte sie sofort: »Was ist passiert?«
Zoes Make-up war verwischt, und sie sah aus wie ein kleines Mädchen, das in der Schule verprügelt worden war.
»Dad ist so ein Arschloch!«, stieß Zoe hervor. »Wusstest du, dass er eine neue Freundin hat?«
»Brad, ich muss Schluss machen, ich rufe dich später wieder an«, sagte Faith knapp und legte auf. »Wovon sprichst du, Zoe?«
»Dad war nicht allein im Restaurant, er hatte eine Frau dabei! Irgendeine minderjährige Tussi namens Leslie. Sie hatte schwarze Haare bis zum Hintern und Riesenbrüste, und außerdem hatte sie tatsächlich den Nerv, mir zu erzählen, dass heute ihr erster Jahrestag ist. Ich konnte es kaum fassen! Mom, wusstest du, dass Dad schon seit einem Jahr eine Geliebte hat?«
»Setz dich«, sagte Faith, so ruhig sie es vermochte, und reichte Zoe ein Taschentuch. »Wisch dir erst mal das Gesicht ab und beruhige dich.«

Zoe ließ sich in einen Sessel fallen und putzte sich die Nase.
»Ja, ich wusste von dieser Frau«, gestand Faith und wunderte sich, dass Alex sein Geheimnis preisgegeben hatte. Doch sie konnte sich vorstellen, dass es durch einen dummen Zufall herausgekommen war.
»Warum hast du mir nichts davon gesagt?«, fragte Zoe mit bebender Stimme.
»Weil es dich im Grunde nichts angeht. Ich bin überrascht, dass dein Vater dir davon erzählt hat. Das hätte ich ihm gar nicht zugetraut.«
»Hat dich Dad wegen dieser Schnepfe sitzenlassen?«
»Das nehme ich an. Aber es hat auch noch mit anderen Dingen zu tun. Das Leben mit mir langweilt ihn. Und diese Leslie ist sehr viel jünger als ich – mit ihr hat er sicherlich eine Menge Spaß.«
»Sie ist eine hirnlose Schlampe mit dicken Titten! Wie konnte er dich nur wegen so einer blöden Kuh verlassen? Und ich verstehe nicht, wieso er mich zum Dinner einlädt und sie mitschleppt!«
»Womöglich meint er es ernst mit dieser Frau«, murmelte Faith traurig. Was Zoe ihr erzählte, war wie ein erneuter Schlag ins Gesicht. Doch dieses Mal hatte Alex auch Zoe ins Gesicht geschlagen, und dafür hasste Faith ihn. Sie hatte sich so sehr bemüht, die Mädchen aus ihrem Ehekrieg herauszuhalten, und Alex machte alles zunichte.
»Falls er diese Tussi heiratet, will ich nichts mehr mit ihm zu tun haben!«, rief Zoe aufgebracht.
»So schnell wird er sie nicht heiraten können. Er ist schließlich immer noch mit mir verheiratet.« Doch in bereits fünf Monaten waren sie geschieden, und dann konnte Alex einer anderen Frau die Treue schwören ...
Faith benötigte eine Stunde, um Zoe zu beruhigen, doch dann, bevor sie ihre Tochter aufhalten konnte, griff

diese nach dem Telefon und wählte Ellies Nummer in London.
Dort war es drei Uhr nachts, und als Ellie abhob, klang sie äußerst verschlafen.
»Ich bin's, ich muss mit dir reden«, sagte Zoe mitleidslos.
»Das hat ja wohl Zeit bis morgen!«
»Nein, hat es nicht. Stell dir vor, was das Arschloch von unserem Vater sich heute Abend geleistet hat: Er hat mich zum Essen eingeladen und hatte seine neue Freundin im Schlepptau, die übrigens aussieht, als sei sie gerade vierzehn! Und weißt du was? Diese Tussi erzählt mir ganz arglos, dass sie und Dad heute ihren ersten Jahrestag feiern. Ihren ersten Jahrestag, Ellie! Dad hat seit einem Jahr eine Affäre, und das ist auch der Grund, warum er Mom sitzenlassen hat! Hältst du ihn jetzt immer noch für den tollen, unfehlbaren Übervater? Du hast den ganzen Scheiß geglaubt, den er uns erzählt hat – meinst du nicht, du solltest dich bei Mom entschuldigen?«
Am anderen Ende der Leitung entstand eine lange Pause, und Zoe redete einfach weiter und schilderte ausführlich, was an diesem Abend vorgefallen war. Ellie erwachte schließlich aus ihrer Starre und versuchte schwach, Entschuldigungen für ihren Vater zu finden, die Zoe jedoch allesamt abschmetterte.
Die beiden Mädchen sprachen lange miteinander, und Faith verließ unterdessen den Raum. Sie ging in die Küche und rief Brad von der anderen Leitung aus an. Er war noch immer im Büro, und Faith erzählte ihm, was geschehen war.
»Das ist ja unglaublich!«, sagte Brad und pfiff überrascht durch die Zähne. »Das war extrem dämlich von Alex. Was hat er sich nur dabei gedacht?«
»Ich schätze, er hat nicht damit gerechnet, dass diese

Frau Zoe gleich alles auf die Nase bindet. Zoe telefoniert übrigens gerade mit Ellie. Ich hoffe, sie kann sie endlich zur Vernunft bringen.«
»Ich glaube nicht, dass Ellie ihrem Vater nach diesen Neuigkeiten immer noch den Rücken stärken wird.« Brad konnte sich ein Lächeln nicht verkneifen. »Für Alex wird es jetzt äußerst ungemütlich.«
In diesem Moment betrat Zoe die Küche, und Faith beendete ihr Gespräch mit Brad.
»Was hat Ellie gesagt?«, fragte Faith sofort. Insgeheim befürchtete sie, dass die Geschehnisse des Abends nicht viel an der Position ihrer ältesten Tochter ändern konnten. Aber vielleicht hatte Zoe Eloise zumindest dazu überredet, dass sie wieder Kontakt zu ihrer Mutter aufnahm.
»Ellie besucht dich nächstes Wochenende, Mom«, berichtete Zoe triumphierend. »Sie lässt dir liebe Grüße ausrichten.«
Faith lächelte überrascht. Es gab also noch Hoffnung.
Eloise kam wie versprochen am folgenden Wochenende nach Hause, und Mutter und Tochter sprachen sich aus. Ellie entschuldigte sich immer wieder bei Faith und bat sie um Verzeihung für ihr Verhalten. Sie war fassungslos, was ihr Vater getan hatte, und vor allem, dass er sie derart eiskalt angelogen hatte, machte ihr zu schaffen.
Zoe war ebenfalls gekommen, und sie und Ellie stellten Alex noch am Samstag gemeinsam zur Rede. Faith erfuhr nie, wie dieses Treffen verlief. Auf jeden Fall verbrachten beide Mädchen die übrigen Tage bei ihr, und als Alex anrief, weigerten sie sich, mit ihm zu sprechen.
»Glaubst du, er heiratet diese Frau?«, fragte Eloise besorgt, als sie am Samstagabend neben ihrer Mutter auf dem Sofa saß. In den vergangenen Tagen waren sich die beiden nähergekommen, und Ellie hatte nun eine völ-

lig andere Sicht auf die Dinge. Sie bedauerte zutiefst, was Faith hatte durchmachen müssen, und hegte tiefen Respekt für sie.
»Ich weiß es nicht«, antwortete Faith aufrichtig. Diese Frage hatte sie sich selbst bereits mehrere Male gestellt.
»Mom«, sagte Eloise, als Zoe den Raum verließ. »Ich kann gar nicht in Worte fassen, wie unendlich leid es mir tut, was ich dir in den letzten Monaten alles an den Kopf geworfen habe. Weißt du, Dad hat mir mein ganzes Leben lang eingeredet, ich sei genau wie er, und ich wollte ihm wohl beweisen, dass er recht hat, wahrscheinlich um seine Liebe zu gewinnen. Er hat niemals offen negativ über dich geredet, aber er hat ständig Andeutungen gemacht und dich damit in ein schlechtes Licht gerückt. Ich glaube, ich habe in der letzten Zeit viel über mich selbst gelernt ... Ich war so schrecklich dumm und so grausam zu dir! Ich weiß gar nicht, wie du mich nach all dem noch lieb haben kannst.« Tränen rollten ihre Wangen hinab, und Faiths Augen wurden ebenfalls feucht. »Ich habe nie begriffen, was für ein wunderbarer Mensch du bist ... und wie falsch und hinterhältig sich Dad die ganze Zeit verhalten hat. Ich habe das Gefühl, meinen Vater verloren zu haben. Ich werde ihm nie wieder vertrauen können.«
Doch Faith hoffte, dass die Mädchen Alex eines Tages vergeben würden, schließlich war er ihr Vater, und sie brauchten ihn, gleichgültig welche Fehler er gemacht haben mochte. Dennoch waren Ellies Worte wie Balsam für ihre geschundene Seele.
»Ich habe dich sehr lieb, Ellie, und das wird sich auch nie ändern. Ich weiß nicht, warum dein Vater das alles getan hat, aber er ist derjenige, der mit den Konsequenzen leben muss.«
Faith und ihre Töchter verbrachten ein schönes Wochenende miteinander. An diesem Abend gingen sie

Hamburger essen und nachher noch ins Serendipity. Faith erwähnte, dass sie in diesem Restaurant schon mehrere Male mit Brad gewesen war und Bananensplit gegessen hatte.

»Wer ist denn Brad?«, fragte Eloise neugierig, und Faith erzählte ihr die ganze Geschichte. Zum Schluss betonte sie, dass sie und Brad lediglich Freunde seien. »Wir sind zusammen aufgewachsen, und er ist wie ein großer Bruder für mich – außerdem ist er verheiratet.«

»Ich glaube nach wie vor, dass er in dich verliebt ist, Mom«, warf Zoe ein. »Niemand schickt jemandem sonst ständig E-Mails und ruft ihn so oft an.«

»Er unterhält sich nun mal gern mit mir, das ist alles.«

»Und wie steht es mit deinen Gefühlen?«, wollte Eloise wissen.

»Ich verliebe mich nicht in verheiratete Männer!«, gab Faith mit fester Stimme zurück und wünschte, dies wäre die Wahrheit. Doch sie würde es schaffen, Brad eines Tages wieder lediglich als ihren Freund zu betrachten.

»Du hast wirklich keinerlei Gefühle für ihn?«, hakte Ellie nach.

»Doch, aber rein platonische.«

»Hast du denn irgendjemand anderen im Visier?«

»Nein, und ich bin auch überhaupt nicht an einer neuen Beziehung interessiert.« Das stimmte sogar. Faith war eins klar: Zuerst musste sie sich von ihrer Scheidung erholen – falls das überhaupt möglich war. Sie würde sich nicht so schnell auf jemand anderen einlassen, denn sie wollte es keineswegs riskieren, dass ihr Herz abermals gebrochen wurde. Außerdem konnte sie als Single so viel Zeit, wie sie wollte, mit Brad verbringen, ohne sich irgendjemandem gegenüber rechtfertigen zu müssen. »Und heiraten werde ich bestimmt nicht mehr.«

»Das musst du auch nicht«, gab Zoe zu bedenken. »Aber

du könntest dich mit jemandem verabreden – einfach ein bisschen Spaß haben.«

»Warum sollte ich? Ich bin mit euch beiden absolut ausgelastet!«

Alle drei lachten.

Als Eloise am Sonntagabend nach London zurückflog, hatte sich die Beziehung zu ihrer Mutter grundlegend geändert, und beide Frauen waren unendlich froh darüber. Später an diesem Abend, nachdem beide Mädchen abgereist waren, rief Brad Faith an, und er stellte erleichtert fest, dass sie lange nicht so glücklich geklungen hatte. Eine Riesenlast war ihr von den Schultern genommen worden. Faith hatte ihre Tochter zurückgewonnen.

22

Als Zoe im Mai für die gesamten Sommerferien nach Hause kam, war Faith im siebten Himmel. Zoe hatte einen Job in einer Kunstgalerie gefunden, in der sie den Sommer über arbeiten würde. Faith konnte nun ihre Ferien genießen, denn sie hatte ihre Wiedereinstiegskurse allesamt mit Auszeichnung abgeschlossen, und das Jurastudium begann erst im Herbst. Eloise plante ebenfalls, bald wieder nach New York zu fliegen. Sie vermisste ihre Mutter und Zoe und wollte so viel Zeit mit ihnen verbringen wie möglich.

Die Beziehung der beiden Mädchen zu ihrem Vater hatte sich noch weiter verschlechtert, und mittlerweile war der Kontakt völlig abgebrochen. Das kam so: Alex hatte seinen Töchtern eine Nachricht auf dem Anrufbeantworter hinterlassen, durch die er sie wissen ließ, dass Leslie und er im Oktober heiraten wollten – nur einige Tage nachdem die Scheidung von Faith rechtskräftig wurde. Sowohl Zoe als auch Ellie waren aus allen Wolken gefallen und fanden es zudem unmöglich, dass ihr Vater ihnen diese Neuigkeit nicht wenigstens persönlich mitgeteilt hatte.

Die Nachricht traf Faith tief. Nachdem sie von Alex' Hochzeitsplänen erfahren hatte, verkroch sie sich für Stunden in ihrem Zimmer und weinte. Am folgenden Tag schüttete sie Brad in einer E-Mail ihr Herz aus. Alex versuchte noch immer, sie dazu zu zwingen, aus dem Haus auszuziehen, und nun verstand Faith auch, warum ihm so sehr daran gelegen war: Er hatte offenbar vor, ein Apartment auf der Fifth Avenue zu kaufen –

für sich, Leslie und deren kleine Tochter –, und dazu benötigte er dringend das Geld aus dem Hausverkauf.

In der folgenden Woche saß Faith am Schreibtisch in ihrem Arbeitszimmer und dachte darüber nach, wo sie mit den Mädchen den Urlaub verbringen könnte. Sie spielte mit dem Gedanken, mit ihnen nach Cape Cod zu fahren oder ein Cottage in den Hamptons zu mieten. Da klingelte das Telefon. Es war Brad. Faith hörte sofort, dass irgendetwas nicht in Ordnung war, und dann realisierte sie, dass Brad weinte.

»Was ist los?«, fragte sie bestürzt.

»Es geht um Jason. Wir haben vor einer Stunde eine Nachricht von Dylan erhalten. Wir wissen noch keine Details, aber offenbar hat es einen Unfall gegeben. Die Jungs haben in dem Dorf gearbeitet, von dem ich dir erzählt habe, und es scheint, als sei ein Gerüst umgestürzt. Jason hat sieben Stunden lang unter Metallträgern gelegen, bevor er gerettet werden konnte!« Brad holte schluchzend Luft. »Fred, du hast ja keine Ahnung, wie schlecht die medizinische Versorgung dort ist! Nur einmal im Monat kommt ein Arzt ins Dorf, und das nächste Krankenhaus ist viele Stunden entfernt. Und dabei wissen wir noch nicht einmal, ob Jason überhaupt transportfähig ist. Wir haben Dylan eine Nachricht geschickt, dass er uns anrufen soll, aber er muss extra zum Postamt, um zu telefonieren, und ich habe keine Ahnung, ob er seinen Bruder überhaupt allein lassen kann.« Brad war am Boden zerstört, und während Faith ihm zuhörte, bekam sie einen dicken Kloß im Hals.

»Was willst du jetzt tun?«, fragte sie.

»Ich fliege nach Afrika. In einer Stunde geht mein Flug nach New York, und von da aus fliege ich nach London. Es gibt keinen Direktflug nach Sambia, und es dauert insgesamt einen Tag, bis ich vor Ort bin. Wer weiß, ob Jason dann überhaupt noch lebt ...«

»Wann landest du in New York?« Faith hatte nur einen Gedanken: Sie musste Brad unbedingt noch sehen und ihm wenigstens ein bisschen Trost spenden, bevor er weiterflog. Sie ging davon aus, dass Pam ihn begleitete, aber es war ihr gleichgültig, dass sie ihr nun erstmals begegnen würde.

»Ich komme um acht heute Abend in New York an, und der Weiterflug nach London geht um zehn.«

»Wir treffen uns am Flughafen! Brauchst du irgendwas?«

»Nein, Pam packt schon für mich. Sie kann nicht mit, da sie morgen eine wichtige Gerichtsverhandlung hat, aber sie kommt in ein paar Tagen nach«, sagte Brad und verriet Faith nicht, wie wütend er auf Pam war. Er gab Faith noch rasch seine Flugnummer durch und verabschiedete sich.

Faith saß nach dem Gespräch wie betäubt an ihrem Schreibtisch und wünschte sich, sie könne mit Brad nach Afrika fliegen und ihm beistehen. Sie begriff beim besten Willen nicht, dass Pam ihrem Beruf nachging, während ihr Sohn in Lebensgefahr schwebte.

Dieses Thema wurde zum selben Zeitpunkt in San Francisco heiß diskutiert.

»Warum rufst du nicht den Richter an und erklärst ihm, was passiert ist?«, fragte Brad verständnislos. »Er würde den Fall sicherlich ein paar Tage aufschieben. Jason ist doch wohl wichtiger als diese verdammte Verhandlung!«

»Das kann ich meinem Klienten nicht antun«, gab Pam kühl zurück und schloss Brads Koffer. Sie machte sich ebenfalls große Sorgen um ihren Sohn, doch sie hatte auch eine Verantwortung gegenüber ihrem Klienten – zudem war bei diesem Fall enorm viel Geld im Spiel.

Brad kochte vor Wut. Selbst wenn Jason letztlich in besserer Verfassung war, als sie momentan annahmen, war es ihm ein Bedürfnis, sofort zu ihm zu fliegen und für ihn da zu sein. Es war das erste Mal seit vielen Jahren, dass Brad Pam um etwas bat, und sie lehnte rundweg ab.

»Wie du deine Prioritäten setzt, stinkt zum Himmel!«, rief Brad aufgebracht. »Es geht um das Leben deines Sohnes!«

»Dylan hat nicht gesagt, dass Jason im Sterben liegt!«, hielt Pam dagegen. »Du dramatisierst die ganze Sache!«

»Muss Jason erst sterben, damit du deinen Arsch hochkriegst und ein einziges Mal die Familie wichtiger nimmst als die gottverdammte Kohle?«

»Ich bin in zwei Tagen bei euch«, erwiderte Pam und hatte große Schwierigkeiten, sich zu beherrschen. »Mehr kann ich nicht tun.«

»Das ist doch Blödsinn! Du könntest ohne weiteres sehr viel mehr tun!«

Als das Taxi vorfuhr, das Brad zum Flughafen bringen sollte, stritten sie noch immer. Brad war dermaßen außer sich, dass er Pam kaum ins Gesicht blicken konnte. Er wusste: Das würde er ihr niemals verzeihen.

»Sobald ich ihn gesehen habe, lasse ich dir eine Nachricht zukommen«, knurrte Brad, ohne Pam anzusehen, und stieg in das Taxi.

Als Brad einige Stunden später in New York das Flugzeug verließ, war er mit den Nerven völlig am Ende. Ununterbrochen fuhr er sich mit den Händen durchs Haar, und er sah aus, als hätte er zwei Nächte lang nicht geschlafen.

Faith wartete auf ihn, wie sie es versprochen hatte. Brad zog sie mit einer heftigen Bewegung an sich und hielt sie fest umklammert. Dann brach er in Tränen aus. Faith versuchte, ihn zu beruhigen, und strich ihm immer wieder sanft über den Rücken. Schließlich schlug sie vor, etwas trinken zu gehen, und Brad willigte ein.

Noch immer völlig aufgewühlt betraten sie eins der zahlreichen Cafés und setzten sich an einen freien Tisch. Dort erzählte Brad Faith noch einmal im Detail, was er wusste, und Faith hielt die ganze Zeit seine Hand. Brad hoffte inständig, dass Dylan die richtigen Entscheidungen treffen und womöglich ein Flugzeug organisieren würde, das Jason zum nächstgelegenen Krankenhaus brachte.

Zwei Stunden lang saßen sie beisammen, dann rief Brad Pam an und fragte sie, ob sie etwas Neues gehört habe, doch Dylan hatte sich nicht noch einmal gemeldet. Als Pam Brad dann mitteilte, dass sie zum Abendessen ausgehen würde, sah Brad rot.

»Bist du übergeschnappt?«, schrie er. »Du musst am Telefon bleiben! Was ist, wenn Dylan anruft?«

»Dylan hat meine Handynummer«, erklärte Pam mühsam beherrscht.

Brad öffnete den Mund, um Pam entgegenzuschleudern, was er von ihr hielt, doch dann schüttelte er den Kopf und legte einfach auf.

»In Situationen wie diesen erkennt man erst, wer der andere wirklich ist«, murmelte er.

Faith war weise genug zu schweigen.

»Ich wünschte, du könntest mitkommen«, sagte Brad nachdenklich. Er war überzeugt, Faith würde ihm zur Seite stehen und ihm Kraft geben, komme, was wolle.

»Das wünschte ich auch«, erwiderte Faith, doch sie wussten selbstverständlich beide, dass das unmöglich war.

Schließlich wurde Brads Flug aufgerufen, und Brad kramte seinen Reisepass und seine Bordkarte hervor. Faith begleitete ihn noch bis zum Sicherheitscheckpoint, und dort musste sie sich von ihm verabschieden.

»Pass auf dich auf, Brad. Ich verspreche dir, ich gehe von hier aus direkt in die Kirche und bete für Jason.«

»Würdest du eine Kerze für ihn anzünden, Fred?«, fragte Brad mit Tränen in den Augen.
»Natürlich. Jason wird es schaffen, Brad, daran glaube ich ganz fest.«
»Danke. O Gott, was ist, wenn er stirbt ...«
Faith sah den tiefen Schmerz in Brads Augen und hätte ihn so gern getröstet, doch sie wusste nicht, wie. Dann, ohne darüber nachzudenken, ging sie auf die Zehenspitzen und reckte sich Brad entgegen. Brad hatte im selben Augenblick den gleichen Impuls, zog Faith an sich und küsste sie auf die Lippen. Einen Moment lang vergaßen sie die Welt um sich herum, hielten sich fest und küssten sich innig.
Als sich Brad von ihr löste, schaute Faith ihn überrascht an. Doch Brad war nicht weniger verwirrt von dem, was gerade geschehen war. Faith war sich sicher, dass der Kuss allein von ihr ausgegangen war, und sie bereute ihn augenblicklich, aber im nächsten Moment zog Brad sie noch einmal an sich und küsste sie abermals.
»Ich liebe dich, Fred«, raunte er, und es war offensichtlich, dass er nicht von freundschaftlicher Liebe sprach.
»Sag das nicht«, murmelte Faith erschrocken, doch der Blick in Brads Augen ließ sie innehalten. Dies war ein Moment der Wahrheit – und Brad hatte nicht weniger als die Wahrheit verdient. »Ich liebe dich auch«, flüsterte sie aufgeregt. »Aber ... das geht doch nicht ... Wir können das nicht tun ... Ich habe nicht das recht, dich zu küssen ... dich zu lieben.«
Brad brachte sie mit einem weiteren Kuss zum Schweigen, und Faith stiegen Tränen in die Augen.
»Du wirst es bereuen!«, wisperte sie. »Wenn das alles vorbei ist, wirst du mich dafür hassen, dass ich dich geküsst habe. Wir dürfen nicht zusammen sein!«
»Mir ist egal, was wir dürfen und was nicht.« Brad fixierte sie. »Ich brauche dich, Fred. Und ich will für dich da sein.«

»Wir sind doch füreinander da, und das werden wir auch immer sein. Aber ich kann keine Affäre mit dir anfangen, Brad, das wäre falsch! Ich will auf keinen Fall sein wie Alex!«
»Wir sprechen ein andermal darüber«, sagte Brad, obwohl er nichts lieber getan hätte, als diesen Moment ewig auszudehnen. Plötzlich gab es so viel, worüber sie reden mussten. Faith erwiderte seine Gefühle! Brads Herz tat einen Sprung bei diesem Gedanken. Doch der Zeitpunkt für diese Offenbarung war denkbar schlecht gewählt, denn er durfte auf keinen Fall seinen Flug verpassen. Womöglich würde er lange fort sein, und die Vorstellung, dass ihre ungeklärte Beziehung während seiner Abwesenheit in ihren Köpfen herumspukte, war alles andere als verlockend. Aber damit mussten sie nun klarkommen. Er schaute Faith tief in die Augen und sagte: »Ich bin momentan vielleicht äußerst emotional, aber ich bin nicht verrückt, Fred. Ich wollte dir das schon lange sagen, aber ich dachte, du siehst lediglich den großen Bruder in mir.«
»Nein, schon seit einiger Zeit nicht mehr. Brad, ich habe mir so sehr gewünscht, dass du so etwas sagst … Aber … das ist alles meine Schuld …«
Brad zog Faiths Kopf zu sich heran und küsste sie noch ein letztes Mal, dann eilte er davon. Als er über seine Schulter zurückblickte, sah er, dass Faith weinte, und bevor er sie endgültig aus den Augen verlor, winkte er erneut.
Faith weinte während der gesamten Rückfahrt in die Stadt still vor sich hin. Brad und sie hatten etwas Furchtbares getan, sie hatten die Grenze überschritten – und sie war an allem schuld, denn sie hatte Brad zu seinem Geständnis animiert! Wenn er aus Afrika zurückkehrte, mussten sie all das, was sie einander gesagt hatten, zurücknehmen und sich gegenseitig versprechen, dass

etwas Derartiges nie wieder geschehen würde. Sonst wäre ihre Freundschaft für alle Zeiten zerstört.

Faith stieg aus dem Taxi und betrat die St. Patrick's Cathedral. Es war elf Uhr abends, und noch immer hielten sich einige Menschen, größtenteils Touristen, in der Kirche auf. Faith ging zielstrebig zum Altar des heiligen Judas Thaddäus und zündete eine Kerze für Jason an. Anschließend kniete sie nieder, senkte den Kopf und betete. Mit der Hand umklammerte sie den Rosenkranz, den Brad ihr zu Weihnachten geschenkt hatte, doch das erschien ihr beinahe wie ein Sakrileg – nach dem, was an diesem Abend am Flughafen vorgefallen war ... Brad war ein verheirateter Mann, und ihn zu küssen und ihm ihre Liebe zu gestehen war eine Sünde.

Faith kniete eine Stunde lang vor dem Altar und betete für Jason. Zudem bat sie um Weisheit und Mut für seinen Bruder Dylan und um innere Ruhe für Brad. Als sie die Kirche verließ, war es bereits nach Mitternacht. Faith wusste nun, dass sie sich in Zukunft von Brad fernhalten musste. Ihre Gebete hatten ihr die Augen geöffnet. Sie war eine Gefahr für ihn und seine Ehe.

Als sie wenig später in ihrem Arbeitszimmer stand, machte sie eine einzelne Kerze in der Dunkelheit an. In diesem Moment trat Zoe in den Flur und betrachtete Faith durch die offen stehende Tür. Ihre Mutter hatte lange nicht mehr dermaßen traurig und verwirrt ausgesehen.

»Geht es dir gut, Mom?«, fragte Zoe besorgt.

»Nein«, antwortete Faith leise, und ohne ein weiteres Wort der Erklärung schloss sie die Tür.

23

Brad hätte Faith gern noch einmal angerufen, bevor er in London in seinen Anschlussflieger stieg, doch die Zeit war einfach zu knapp. Er meldete sich lediglich kurz bei Pam und fragte sie, ob es Neuigkeiten von Dylan gebe, doch Pam hatte nichts von ihm gehört.

Während des Flugs nach Lusaka kreisten Brads Gedanken meist um Jason und seinen Zustand, doch immer wieder wanderten sie auch zu Faith, ihrer Enthüllung und zu ihrem Kuss. Wie konnte er sie nur davon überzeugen, dass ihre Liebe nichts Unrechtes war?

Die meiste Zeit über schlief er, und am folgenden Morgen traf er in Lusaka ein. Dort stieg er ein weiteres Mal in ein anderes Flugzeug um, und schließlich erreichte er Kalabo. Doch diesmal warteten seine Söhne nicht mit einem Lastwagen auf ihn. Brad heuerte einen Fahrer an, und dieser brachte ihn nach Ngulwana. Während sie durch das Dorf fuhren, erkannte Brad, was geschehen war. Das Dach der Kirche, die die Dorfbewohner und seine Söhne wieder aufgebaut hatten, war eingestürzt und hatte dabei die Baugerüste mitgerissen. Der Anblick trieb Brad Tränen in die Augen.

»Hier ist gestern etwas Schlimmes geschehen«, sagte der Fahrer kopfschüttelnd. »Vier Männer sind verletzt worden.«

»Ich weiß«, sagte er leise. »Einer von ihnen ist mein Sohn.«

Brad bat den Fahrer anzuhalten und stieg aus. Er machte sich auf die Suche nach jemandem, der ihm sagen konnte, wo die Verletzten hingebracht worden waren. Letztlich fand er einen Einheimischen, der ihm bedeutete, in welchem Gebäude die verletzten Männer lagen. Brad eilte hinüber und trat ein. In dem stickigen Raum knieten weinende Frauen und Kinder neben ihren Angehörigen, und andere versuchten, die Fliegen von den Gesichtern der Verwundeten zu verscheuchen. Dann entdeckte Brad Dylan – er saß neben seinem Bruder, der auf einer Art Trage lag. Jason war offenbar bewusstlos, und um den Kopf trug er einen blutdurchtränkten Verband. Als Dylan seinen Vater sah, stand er auf, hastete zu ihm hinüber und fiel ihm weinend in die Arme. Dylan konnte gar nicht mehr aufhören zu schluchzen, doch Brad war froh, dass Jason überhaupt noch am Leben war. Trotzdem schien es, als stehe Jason an der Schwelle des Todes, und Dylan berichtete Brad nun stockend, dass einer der anderen verletzten Männer einige Stunden zuvor gestorben war.

»War ein Arzt hier?«, fragte Brad und versuchte, die aufsteigende Panik in seinem Inneren niederzukämpfen. Er musste jetzt stark sein.

»Ja, gestern, aber er musste wieder weg.«

»Was hat er gesagt?«

»Nicht viel. Nur, dass Jason schwere Kopfverletzungen hat. Dad, ich habe versucht, das Flugzeug hierher zu bringen, aber ich hab es nicht geschafft.«

»Weißt du denn, wo es ist?«

»Man sagte mir, es sei wahrscheinlich bei den Viktoriafällen, aber niemand scheint das so genau zu wissen.«

»Okay, ich werde sehen, was ich rauskriegen kann.« Brad verließ das Gebäude, unsicher, was er als Erstes tun sollte. Plötzlich hörte er in Gedanken Faiths Stimme, und er begann zu beten.

Mit festen Schritten ging er dann zum Postamt hinüber und fragte den einzigen Mann, der dort arbeitete, wen man bezüglich des Flugzeugs ansprechen müsse. Der Mann gab Brad einen Zettel mit einem Namen und einer Telefonnummer und stellte ihm ein Telefon hin. Brad begann sofort zu wählen, doch es dauerte eine geschlagene halbe Stunde, bis er eine Verbindung bekam. Am anderen Ende der Leitung nahm allerdings niemand ab. Da kam Brad die Idee, über Funk jemanden im Wildpark um Hilfe zu bitten, und der Mann im Postamt erklärte ihm, wo er ein Funkgerät finde. Wenig später sandte Brad einen Funkspruch an die Mitarbeiter des Wildparks und bat sie, für ihn herauszufinden, wo sich das Flugzeug befand, und es, falls möglich, nach Kalabo zu lotsen.

Danach kehrte er zu Dylan zurück und harrte gemeinsam mit ihm bei Jason aus, dessen Haut trotz seiner Bräune bleich, beinahe grau wirkte. Dylan erzählte seinem Vater, dass Jason seit dem Unfall das Bewusstsein nicht wiedererlangt habe.

Es dauerte über sechs Stunden, bis die Mitarbeiter des Wildparks über Funk das Flugzeug ausfindig machten und es nach Kalabo dirigierten. Sie schickten einen ihrer Männer in einem Jeep ins Dorf, und dieser teilte Brad mit, dass das Flugzeug etwa um elf Uhr am Flughafen in Kalabo auf sie warten würde. Wenn sie es schafften, die Verletzten dorthin zu bringen, konnten sie zum Krankenhaus nach Lukulu geflogen werden.

Augenblicklich begannen einige damit, zwei der verwundeten Männer in den Jeep zu tragen. Brad gelang es, noch einen Lastwagen für den Transport zu organisieren, und schließlich legten sie Jason und die übrigen Verletzten vorsichtig auf eine Decke in den Laderaum. Dylan hockte sich neben sie, und Brad setzte sich nach vorn zum Fahrer.

Später in dieser Nacht, erst gegen ein Uhr, landete das Flugzeug am Flughafen von Kalabo. Es dauerte nahezu eine Stunde, bis die Verletzten im Flugzeug waren, und dann flogen sie endlich los.

Die Mitarbeiter des Wildparks hatten den Flughafen in Lukulu per Funk über den Krankentransport informiert und das Personal dort gebeten, einen Notarztwagen am Rollfeld bereitzuhalten. Dieser Wagen musste nach der Landung des Flugzeugs dreimal hin- und herfahren, bis alle Verletzten ins Krankenhaus gebracht worden waren. Brad bezahlte den Piloten und fuhr zusammen mit seinen Söhnen zur Klinik. Dort würde Jason in guten Händen sein.

Nachdem dieser untersucht worden war, sagte ihnen der Dienst habende Arzt, dass sich Jason schwere Kopfverletzungen zugezogen habe. Die Hirnschwellung machte ihm besonders Sorgen, und es stand außer Frage, dass Jason operiert werden musste. Brad gab dem Arzt die Erlaubnis, den Eingriff vorzunehmen, dann setzten er und Dylan sich in den Warteraum, unterhielten sich leise und beobachteten das Geschehen rundum. Die Nacht schien kein Ende zu nehmen.

Während sie auf Neuigkeiten warteten, ging die Sonne auf. Doch erst Stunden später teilte man ihnen mit, dass der Eingriff ohne Komplikationen verlaufen sei. Jasons Zustand war jedoch nach wie vor kritisch. Dylan und Brad warteten weiter geduldig, doch als die Sonne unterging, wussten sie noch immer nicht mehr. Schließlich durften sie in Jasons Zimmer und dort Wache halten.

Drei Tage lang saßen Brad und Dylan an Jasons Bett, ohne dass sich sein Zustand besserte. Brad war völlig übermüdet und fühlte sich schmutzig wie noch nie zuvor in seinem Leben, denn er hatte bislang weder seine Kleidung gewechselt noch geduscht oder sich rasiert. Er wollte Jason jedoch keinen Augenblick lang allein lassen. Sie aßen, was die Krankenschwestern ihnen brachten, und erst am dritten Tag fiel Brad auf, dass sich Pam noch gar nicht gemeldet hatte. Er bat einen Pfleger, per Funk beim Wildpark nachzufragen, ob Pam womöglich dort eingetroffen sei, und die Antwort kam rasch: Pam würde überhaupt nicht kommen. Sie erfuhren keinerlei Details und hatten auch keine Möglichkeit, Pam anzurufen. Brad war über diese Neuigkeit allerdings nicht allzu überrascht.

Am vierten Tag öffnete Jason endlich die Augen, lächelte seinen Vater und seinen Bruder schwach an, seufzte und schlief wieder ein. Einen schrecklichen Augenblick lang glaubte Brad, Jason sei gestorben, doch die Krankenschwester konnte sie rasch beruhigen. Es sei normal, dass Komapatienten zunächst nur kurz das Bewusstsein wiedererlangten. Die Tatsache, dass Jason aufgewacht war, bedeutete, dass er es geschafft hatte. Er würde überleben.

Brad und Dylan verließen nun endlich das Krankenzimmer, und vor der Tür fielen sie sich lachend und weinend zugleich in die Arme. Dies war der schönste Tag ihres Lebens.

»Du riechst wie eine tote Ratte!«, neckte Dylan seinen Vater, während sie sich vor dem Krankenhaus auf eine Bank setzten.

Eine der Schwestern brachte ihnen etwas Käse und Brot, das die beiden dankbar annahmen. Die Verhältnisse in dem Krankenhaus waren zwar einfach, doch die Menschen waren äußerst freundlich – und die Ärzte und Schwestern außerordentlich kompetent, denn sonst wäre es ihnen wohl kaum gelungen, Jasons Leben zu retten.

»Du duftest auch nicht gerade«, gab Brad nun zurück und grinste.

Kurze Zeit später sahen sie noch einmal nach Jason und ließen sich dann von einer Schwester den Weg zu den

Duschen zeigen. Brad gab Dylan ein Hemd, Unterwäsche und eine Hose aus seiner Reisetasche, da dieser selbst keine Kleidung zum Wechseln mitgebracht hatte. Als sie schließlich wieder zu Jason zurückkehrten, war dieser wach. Er erkannte sie sofort und sprach sogar ein wenig mit ihnen, was der behandelnde Arzt, der kurz darauf hereinkam, als äußerst positiv bewertete.
»Sie haben ganz schön was abgekriegt, junger Mann«, sagte der Mediziner und lächelte Jason an. »Sie müssen einen ziemlichen Dickschädel haben.«
Brad nahm den Arzt kurze Zeit später zur Seite und erkundigte sich nach Jasons Zustand. Der Arzt eröffnete ihm, es sei im Grunde ein Wunder, dass sein Sohn überhaupt noch lebe. Von all den Männern, die bei diesem Unfall verwundet worden waren, hatte es Jason am schlimmsten erwischt. Er brauchte nun noch viel Ruhe, um wieder auf die Beine zu kommen.
Brad fragte den Arzt anschließend nach einem Telefon, und als er hinzufügte, er wolle ein Gespräch in die Vereinigten Staaten führen, lachte der junge Mann. Er erklärte ihm, es sei lediglich möglich, das Postamt in Ngulwana anzurufen und den Postbediensteten zu bitten, den Wildpark zu kontaktieren. Die Mitarbeiter dort wiederum könnten versuchen, Jasons Mutter zu benachrichtigen.
Brad tat wie geheißen, und einen Tag später erhielten sie Antwort von Pam. Sie zeigte sich erleichtert, dass es ihrem Sohn wieder besser ging, doch offenbar hatte sie gar keine Anstalten gemacht, nach Sambia zu gelangen. Brad konnte es kaum fassen. Es gab keine Entschuldigung dafür, dass sie nicht gekommen war. Gleichgültig, wie sehr sie eine solch strapaziöse Reise scheute – das Leben ihres Sohnes hatte auf der Kippe gestanden, und es wäre ihre Pflicht als Mutter gewesen, bei ihm zu sein. Einen Tag später benutzte Brad die gleiche umständli-

che Kommunikationsweise wie zuvor, um Faith in New York mitzuteilen, dass Jason überleben würde. Er zweifelte nicht daran, dass es ihre Gebete gewesen waren, die letztlich den Ausschlag für Jasons Rettung gegeben hatten, und er bedauerte sehr, dass er nicht selbst mit Faith sprechen und ihr danken konnte.

Drei Tage später erhielten sie eine weitere Nachricht von Pam. Sie ließ sie wissen, es tue ihr leid, dass sie nicht persönlich kommen könne, aber sie sei froh, dass sich alles zum Positiven entwickelt habe. Sie könne es kaum erwarten, die Jungs im Juli in die Arme zu schließen, wenn sie wie geplant nach Hause kämen.

Als Brad dies hörte, wusste er plötzlich, dass seine Ehe unwiderruflich am Ende war. Er erzählte Jason vage, Pam könne San Francisco momentan leider keinesfalls verlassen, und Jason stellte keine weiteren Fragen. Doch Dylan sah seinem Vater an, wie enttäuscht und wütend er tatsächlich war.

»Es wäre sehr schwierig für Mom gewesen, wenn sie hergekommen wäre«, sagte Dylan, und Brad nickte schweigend. Was sollte er seinem Sohn auch sagen? Pam und er hatten fünfundzwanzig Jahre zusammen verbracht, und doch scherte sie sich keinen Deut darum, dass er in diesen schweren Tagen ihren Beistand gebraucht hätte – ganz abgesehen davon, dass Jason und Dylan ihre Anwesenheit sicher viel bedeutet hätte. Die Ärzte schätzten, dass Jason noch ungefähr einen Monat lang im Krankenhaus bleiben müsse, und sie boten Brad und Dylan Unterkünfte für diesen Zeitraum an. Von nun an saßen Vater und Sohn weiterhin jeden Tag viele Stunden an Jasons Bett, und als er wieder kräftiger war, gingen sie abends, wenn es kühler wurde, mit ihm ein paar Schritte vor dem Krankenhaus auf und ab. Brad unternahm zudem allein zahlreiche ausgiebige Spaziergänge im Morgengrauen und hatte somit viel

Gelegenheit zum Nachdenken. In dieser Zeit dankte er Gott für Jasons Rettung und Dylans Nervenstärke, und immer wieder dachte er auch an Faith und wünschte sich, sie könnte bei ihm sein und die Schönheit dieses Landes mit eigenen Augen sehen.

Einen Monat später flogen alle drei zusammen nach Kalabo zurück. Jason ging es schon sehr viel besser, doch er war noch relativ schwach auf den Beinen und hatte viel Gewicht verloren. Sein Zustand ließ eine Rückkehr in die Vereinigten Staaten noch nicht zu, aber die Ärzte hofften, dass er nach ein paar Wochen Ruhe im Camp des Wildparks in der Lage sein würde, nach Hause zu fliegen.

Drei Wochen später fühlte sich Jason stark genug, um die Reise anzutreten. Die Kopfschmerzen, unter denen er während der vergangenen Wochen gelitten hatte, waren beinahe verschwunden. Brad hatte während dieser drei Wochen immer wieder versucht, vom Postamt aus Faith zu erreichen, doch letztlich gab er auf. Mit Pam hatte er seit seiner Abreise aus San Francisco zwei Monate zuvor nicht mehr persönlich gesprochen. Doch es gab ohnehin so viel zu sagen, dass ein Telefonat dafür nicht ausreichte.

Es fiel den Jungs nicht leicht, den Wildpark zu verlassen, immerhin hatten sie an diesem Ort die schönsten Monate ihres Lebens verbracht, und schweren Herzens verabschiedeten sie sich von allen, mit denen sie zusammengearbeitet hatten. Zwei Tage lang machten sie Zwischenstation in London, wo Jason in einer Klinik noch einmal gründlich untersucht wurde. Zu jedermanns Überraschung wurde Jason angesichts seiner Verletzungen eine hervorragende Gesundheit bescheinigt, was an ein Wunder grenzte, wie der Arzt betonte. Mit Langzeitschäden war ebenfalls nicht zu rechnen, obgleich man Jason riet, sich noch einige Monate lang zu schonen.

Nachdem sie ihre Zimmer im Claridge's bezogen hatten, rief Jason seine Mutter an und sprach lange mit ihr. Danach unterhielt sich Dylan mit ihr, und anschließend überreichte er Brad den Hörer. Dieser wollte jedoch nicht vor seinen Söhnen mit Pam reden und bat Dylan, den Anruf in das andere Zimmer durchzustellen. Rasch ging er nach nebenan und hob den Hörer ab. Inzwischen war er nicht einmal mehr wütend auf Pam. Er würde ihr keinerlei Vorwürfe machen, doch er war auch nicht bereit, sich ihre Ausflüchte anzuhören.

»Gott sei Dank geht es den Jungen gut«, sagte Pam sofort.

Brad schwieg einen Augenblick lang, dann fragte er: »Was soll ich dazu sagen?«

Wenn ihm Pam noch irgendetwas bedeutet hätte, wäre er nun laut geworden, doch Pam war ihm mittlerweile völlig gleichgültig.

»Es tut mir so leid«, begann Pam. »Ich konnte hier einfach nicht weg, und als ich mich schließlich freimachen konnte, war Jason schon wiederhergestellt.«

»Er ist noch nicht wiederhergestellt, Pam. Es wird noch Monate dauern, bis er wieder ganz auf dem Damm ist.«

»Ja ... du weißt doch, was ich meine. Ich habe jedenfalls nie daran gezweifelt, dass er es schaffen wird.«

»Und das hat dir gereicht?«

»Ich ... Brad, ich hatte einfach furchtbare Angst! Ich finde dieses Land abscheulich ... allein der Gedanke daran –«

»Er wäre beinahe gestorben, Pam, und er war es dir nicht wert, deine Abneigung gegenüber schlechten Hygienebedingungen zu überwinden. Jason hat dich gebraucht, und das hätte dir wichtiger sein müssen als deine Panik vor ein paar Insektenbissen!«

»Ich sagte ja bereits, dass es mir leid tut. Und Jason wird es verstehen.«

»Ich an seiner Stelle würde dir das nicht verzeihen. Aber selbst wenn er es tut – was denkst du, wie er sich fühlt?«

»Sei nicht so verdammt dramatisch, Brad! Die Jungs hatten ja dich.«

»Ja, ich war da. Und du nicht. Mehr muss wohl nicht gesagt werden.«

»Ach, Brad ...« Pam seufzte. »Wie sieht Jason denn aus? Hat er Narben?«

»Er sieht aus, als sei er mit Metallstöcken verprügelt worden, aber das Wichtigste ist wohl, dass er noch lebt! Wir kommen übrigens in ein paar Tagen nach Hause.«

»Brad«, sagte Pam, die sich über den distanzierten Klang seiner Stimme wunderte, »geht es dir nicht gut?«

»Doch, mir geht es blendend. Jason lebt, und das ist alles, was zählt.« Brad holte tief Luft. »Wir beide müssen uns allerdings unterhalten, sobald ich wieder da bin.«

Seine Stimme war eiskalt, und als er auflegte, runzelte Pam die Stirn. Ihr Sohn bedeutete ihr durchaus etwas, aber sie hatte sich einfach nicht überwinden können, nach Afrika zu fliegen. Nun plagten sie zwar Gewissensbisse deswegen, aber Brad tat gerade so, als habe sie ein Kapitalverbrechen begangen ...

Nachdem Brad eingehängt hatte, rief er augenblicklich Faith an.

»Brad!«, sagte Faith atemlos. »Wie geht es Jason?«

»Es geht ihm den Umständen entsprechend gut.« Brad lächelte. »Ich habe dich schrecklich vermisst, Fred.«

»Wird er irgendwelche bleibenden Schäden davontragen?«

»Nein, damit ist nicht zu rechnen.« Brad lächelte. Wie immer war Faith voller Anteilnahme, und das schätzte er besonders an ihr.

»Ich habe mir solche Sorgen um ihn gemacht – und auch um dich.« In Brads Abwesenheit hatte Faith eine

Entscheidung getroffen. Sobald sie sich versichert hatte, dass Brad wohlauf und auch Jason wieder auf den Beinen war, würde sie den Kontakt zu Brad abbrechen. Dieser Entschluss war ihr nicht leichtgefallen, doch ihr blieb nichts anderes übrig, als den Tatsachen ins Auge zu blicken. Wenn sie so weitermachten, konnte sie für nichts garantieren, also hielt sie sich lieber von ihm fern. »Und wie geht es Dylan?«, erkundigte sie sich.

»Der Junge ist ein echter Held! Wir haben viel Zeit miteinander verbracht, und mein Respekt für ihn ist ins Unermessliche gewachsen. Die Ärzte sagten übrigens, es sei ein Wunder, dass Jason überlebt hat. Ich bin sicher, dass deine Gebete für seine Rettung verantwortlich sind.«

Faith lächelte glücklich. »Dein Rosenkranz ist mittlerweile ziemlich abgegriffen.«

»Das habe ich mir gedacht. Danke, Faith.«

»Hat sich Pam nun doch noch mit Afrika anfreunden können?«

»Sie ist nicht da gewesen«, antwortete Brad, ohne weitere Details preiszugeben.

Doch Faith konnte zwischen den Zeilen lesen. »Das muss hart für dich gewesen sein.«

»Wir sind auch ohne sie zurechtgekommen. Ich fand es allerdings furchtbar, dich nicht anrufen zu können. Wie geht es dir?«

»Gut. Meine Probleme sind im Vergleich zu deinen geradezu lächerlich. Alex und ich konnten uns in Bezug auf das Haus einigen: Ich darf es behalten.«

»Wie großzügig von ihm.« Seine Stimme troff vor Sarkasmus.

»Ich glaube, er hat ein schlechtes Gewissen, weil er bald wieder heiratet.«

»Das sollte er auch haben.«

»Wann trefft ihr in San Francisco ein?« Es war merkwürdig, nach so langer Zeit mit Brad zu telefonieren. Doch gerade dieses Gefühl bestätigte sie in ihrer Entscheidung, zukünftig Abstand zu ihm zu halten, denn allein der Klang seiner Stimme beschleunigte ihren Herzschlag.

»Wir kommen in zwei Tagen zurück. Ich wollte Jason einen so langen Flug nicht direkt zumuten und dachte, es sei besser, zwei Tage in London auszuruhen. Ehrlich gesagt bin ich auch ziemlich geschafft. Ich ruf dich morgen noch mal an.«

»Gute Reise.« Faith hatte fest vor, nicht mehr ans Telefon zu gehen, wenn Brad anrief. Sie wollte ihm einen Brief schreiben und sich darin erklären, und nichts, was Brad sagte oder tat, würde ihre Meinung ändern. Sie war überzeugt, das Richtige zu tun. Niemals würde sie ihn dazu verleiten, seine Frau zu betrügen. Viele Male hatte sie mit ihrem Pfarrer darüber gesprochen, und dieser hatte sie in ihrer Haltung bestätigt.

Brad fiel abends völlig übermüdet ins Bett, und in dieser Nacht träumte er von Faith. In New York betrat Faith etwa zur gleichen Zeit eine Kirche und entzündete eine Kerze, um ihre Willenskraft zu stärken. Allein Brads Stimme zu hören hatte ihr gezeigt, wie schwer es werden würde, ihn aus ihrem Leben zu verbannen.

24

Das Flugzeug, das Brad, Dylan und Jason nach Hause brachte, landete am 17. Juli in San Francisco. Brad, der während des Flugs neben Jason gesessen hatte, wandte sich bei der Landung lächelnd seinem Sohn zu, und da sah er, dass Jason weinte.

»Ich dachte, ich würde nie wieder zurückkommen, Dad«, sagte Jason leise, und Brad drückte seine Hand. Er hatte dieselben Befürchtungen gehabt, doch nun waren sie alle wieder wohlbehalten zu Hause.

Pam erwartete sie am Flughafen. Sie umarmte ihre Söhne überschwänglich, und Brad ließ die drei allein und besorgte unterdessen einen Wagen für das Gepäck. Während sie in Pams Limousine heimfuhren, schwatzte jene unablässig mit den Jungs, doch Brad kam kein einziges Wort über die Lippen.

Er wartete, bis sie zu Hause angelangt und die Jungs hinauf in ihre Zimmer gegangen waren, dann sah er Pam zum ersten Mal in die Augen.

»Du bist ziemlich sauer auf mich, was?«, fragte Pam geradeheraus. Sie hatte es sofort gespürt. Als sie am Flughafen versucht hatte, Brad zur Begrüßung zu umarmen, hatte er sich ihr mit starrer Miene entzogen.

»Nein, Pam, ich bin nicht sauer. Über dieses Stadium bin ich längst hinaus.«

»Was willst du damit sagen?«

»Es ist vorbei.«

»Was?« Pam blickte ihn verwirrt an.

»Es war verrückt von mir, überhaupt so lange bei dir zu bleiben. Du kümmerst dich weder um mich noch um unsere Kinder, und ich kann so nicht weiterleben. Mittlerweile ist es mir völlig egal, warum du nicht nach Afrika gekommen bist. Der Punkt ist: Du warst nicht da. Du bist mir inzwischen gleichgültig, und umgekehrt gilt wohl das Gleiche. Wir sollten uns gegenseitig einen Gefallen tun und diese Ehe beenden, Pam. Das hätten wir schon vor langer Zeit tun sollen.«

»Brad, rede nicht so einen Unsinn! Wir haben uns doch in den vergangenen Jahren super arrangiert.« Pam sprach mit beherrschter Stimme, aber Brad konnte einen angespannten Unterton heraushören.

»Ja, wir haben uns arrangiert – und das war ein Riesenfehler. Wir waren doch vor allem zu faul oder zu ängstlich, um irgendwas an unserer Situation zu ändern.« Brad hatte während der vergangenen Wochen viel darüber nachgedacht. Er musste sich endlich von der Vorstellung lösen, dass Jason und Dylan unter der Scheidung leiden würden. Seine Söhne waren erwachsen und hatten keinen Nutzen davon, wenn ihre Eltern zusammenblieben, obwohl sie einander nichts mehr bedeuteten.

»Hast du inzwischen was Besseres gefunden?«, fragte Pam beleidigt.

»Darum geht es nicht. Es geht darum, dass du und ich absolut nichts mehr gemeinsam haben, das weißt du so gut wie ich. Unsere Ehe ist tot, schon lange. Es wird Zeit, dass wir sie auch offiziell beenden.«

»Du hast dich wegen Jason furchtbar aufgeregt, Liebling, ich kann mir vorstellen, dass das Ganze ein äußerst traumatisches Erlebnis für dich war«, sagte Pam und hoffte, Brad damit zu beschwichtigen. Sie war ganz und gar nicht auf solch eine Eröffnung seinerseits vorbereitet gewesen. Sie hatte zwar damit gerechnet, dass er wütend auf sie sein würde, aber das war er schon oft gewesen.

»Ja, es war traumatisch«, stimmte Brad ihr zu. »Wie schön für dich, dass du das alles nicht mitansehen musstest.« Er schüttelte den Kopf. »Und trotzdem bedauere ich dich. Dieses Erlebnis hat die Jungs und mich zusammengeschweißt, keiner von uns wird jemals vergessen, was in Afrika passiert ist. Du hast das alles versäumt, Pam. Du bist lieber hier geblieben, wolltest nicht auf deinen Luxusschlitten und dein Schaumbad verzichten und hast die Chance verpasst, deinen Söhnen eine gute Mutter zu sein.«

»Ich weiß«, flüsterte Pam. Die Wahrheit war jedoch, dass sie sich jederzeit wieder gegen die Reise entscheiden würde. »Es tut mir leid, Brad.«

»Mir auch.« Das meinte er ganz ehrlich. »Wir hätten wahrscheinlich nie heiraten sollen. Na ja, zumindest haben wir die Kinder.«

»Ist das dein Ernst?« Langsam dämmerte es Pam, dass Brad tatsächlich an Scheidung dachte und nicht nur seinem Ärger Luft machen wollte. Der Gedanke versetzte sie schlagartig in Panik. Sie war an Brad gewöhnt, und nichts lag ihr ferner, als ihr Leben zu ändern.

»Es ist mein völliger Ernst«, entgegnete Brad, und sein Gesichtsausdruck ließ keinen Zweifel daran.

»Was hast du jetzt vor?«, erkundigte sich Pam mit erstickter Stimme.

»Ich fliege heute Nacht noch nach New York. Und wenn ich wiederkomme, ziehe ich aus.«

»Was willst du denn in New York?«, fragte Pam misstrauisch.

»Ich will Faith sehen. Ich muss dringend mit ihr sprechen.« Brad hatte nun nichts mehr vor Pam zu verheimlichen.

»Ich wusste doch immer, dass du in sie verknallt bist!«, rief Pam triumphierend.

»Ja, du bist einfach viel cleverer als ich. Mir ist erst vor

ein paar Wochen klar geworden, dass ich Faith liebe. Ich habe keine Ahnung, ob sie mich überhaupt will, aber das werde ich schon herausfinden.«
Pam stand erschüttert da und schwieg. Sie erkannte, dass es keinen Sinn hatte, um Brad zu kämpfen.
»Hast du schon mit den Jungs gesprochen?«, fragte sie leise.
»Ich dachte, das machen wir zusammen, sobald ich zurückkehre.«
»Wie lange bleibst du denn in New York?«
»Das hängt davon ab, wie sich die Dinge entwickeln.«
»Ich würde gern meinen Vater einweihen, bevor wir es den Jungs sagen.«
»In Ordnung.«
»Weiß Faith, dass du kommst?«
»Nein.«
Pam nickte, dann verließ sie den Raum.
Brad verbrachte den Nachmittag mit Jason und Dylan und rief die beiden Anwälte an, die sich in seiner Abwesenheit um seine Fälle gekümmert hatten. Er versprach den beiden, in spätestens einer Woche wieder zurück zu sein. Wenn er erst wieder ins Büro kam, hatte er eine Menge aufzuarbeiten – außerdem musste er sich eine neue Bleibe suchen und seinen Umzug organisieren. Pam sollte das Haus behalten, es bedeutete ihm nichts.
An diesem Abend noch sagte Brad seinen Söhnen, dass er nach New York fliegen würde. Beide waren überrascht, fragten zu Brads Erleichterung jedoch nicht weiter nach dem Grund seiner Reise.
Um sechs Uhr morgens landete das Flugzeug in New York, und vom Fenster aus konnte Brad einen fantastischen Sonnenaufgang beobachten.
Schon eine Stunde später stand er vor Faiths Haus in der East Seventy-fourth Street. Er hatte seit dem Telefonat

in London nicht mehr mit Faith gesprochen, aber er ging davon aus, dass sie zu Hause war. Er klingelte, und während er darauf wartete, dass Faith die Tür öffnete, wurde ihm bewusst, dass sich innerhalb der nächsten Stunde sein ganzes Leben ändern konnte.

Er war überrascht, als ihm ein Mädchen aufmachte, das genauso aussah wie die junge Faith. Es war so, als habe jemand die Uhr zurückgedreht. Vor ihm stand Zoe, sie war noch ganz verschlafen.

»Hi! Tut mir leid, wenn ich dich geweckt habe«, entschuldigte sich Brad nervös.

Zoe betrachtete den Mann neugierig, und ihr fiel sofort auf, wie attraktiv er war.

»Mein Name ist Brad Patterson. Ich würde gern deine Mutter sprechen. Ist sie schon wach?«

»Der Rosenkranztyp!«, murmelte Zoe und zog die Tür weiter auf, um ihn einzulassen. »Ich sage ihr, dass Sie hier sind. Rechnet sie mit Ihrem Besuch?«

Brad schüttelte den Kopf.

»Eine Überraschung also!« Zoe blickte ihn forschend an. »Wollen Sie sie selbst wecken?« Zoe wusste: Ihrer Mutter würde das gefallen. Und obgleich sie diesen Mann nicht kannte, fasste sie sogleich Vertrauen zu ihm.

»Das ist eine gute Idee«, erwiderte Brad und hoffte, dass Faith genauso dachte. Er ging die Treppe hinauf, klopfte leise an die Schlafzimmertür, und dann öffnete er sie und trat ein.

Faith drehte sich im Bett um, ohne die Augen aufzuschlagen. Brad konnte den Blick nicht von ihr wenden, so hübsch sah sie aus. Dann plötzlich öffnete Faith die Augen und erkannte Brad. Einen Moment lang war sie sich nicht sicher, ob er tatsächlich dastand oder ob sie es sich nur einbildete.

Brad steuerte auf das Bett zu und lächelte Faith an.

»Was tust du denn hier?« Überrascht setzte sich Faith auf und starrte ihn an.
»Ich wollte dich sehen, Fred.«
»Ich dachte, ihr wolltet nach San Francisco zurückfliegen!«
»Das sind wir auch. Gestern.«
»Und seit wann bist du in New York?«
»Seit ungefähr einer Stunde.«
»Das verstehe ich nicht.«
»Ich verstehe auch so manches nicht. Ich habe verdammt lange gebraucht, um zu begreifen, was eigentlich vor sich geht.« Er fuhr sich durchs Haar. »Ich habe so viele Jahre verschwendet … Ich hätte mit dir durchbrennen sollen, als du vierzehn warst.«
»Jack hätte dich umgebracht!«, antwortete Faith und lächelte Brad schief an.
»Okay, dann eben, als du achtzehn warst.«
»Schon besser.« Faith klopfte auf das Bett und forderte Brad damit auf, sich neben sie zu setzen.
Brad ließ sich auf die Bettkante sinken. »Ich liebe dich, Fred«, sagte er und schaute sie zärtlich an.
Der Blick ging Faith durch und durch. »Ich liebe dich auch«, erwiderte sie aufrichtig. »Aber wir können nicht zusammen sein. Ich habe eine Entscheidung getroffen, Brad. Wir dürfen uns nie wiedersehen! Keine Telefonate oder E-Mails mehr.«
Brad betrachtete sie überrascht, doch keineswegs besorgt. Es gab so vieles, was Faith noch nicht wusste. »Wieso glaubst du, dass das die richtige Entscheidung ist?«
»Du bist ein verheirateter Mann, und ich will nicht deine Geliebte sein. Ich habe so oft gebetet, während du weg warst …«
»Wofür?«
»Für Weisheit und Mut. Ich wollte wissen, was das Bes-

te ist, und den Mut haben, es zu tun. Brad, wir haben keine Wahl!«

»Ich lasse mich scheiden.«

»Was? Wirklich?« Faiths Augen weiteten sich. »Aber du hast doch gesagt, du würdest dich niemals –«

»Ich hatte in Afrika viel Zeit zum Nachdenken. Als Pam uns mitteilen ließ, dass sie nicht kommen würde, sind mir die Augen aufgegangen. Ich kann nicht länger so leben. Das habe ich Pam auch schon gesagt. Es ist vorbei.« Er lächelte Faith an. »Ändert das irgendetwas an deinen Plänen?«

»Ich weiß nicht«, entgegnete Faith verwirrt. »Ich dachte, du würdest dich niemals scheiden lassen.«

»Das war ja auch immer mein Standpunkt. Aber jetzt sehe ich alles in einem anderen Licht. Das Leben ist zu kurz, um es zu verschwenden. Fred, könntest du dir vorstellen, mit mir zusammenzuleben?«

»Ist das dein Ernst?« Faith traute ihren Ohren nicht.

»Um dich das zu fragen, bin ich hergekommen – ich wollte in aller Ruhe und vor allem persönlich mit dir sprechen.« Er hielt kurz inne. »Willst du mich heiraten?«

»Was?« Faith traten Tränen in die Augen. »Hast du dir das auch gut überlegt?« Doch sie erkannte es in seinem Blick: Alles, was er wollte, war sie. Sie war die Frau, die er liebte.

»Da muss ich nicht lange überlegen! Also?« Brad grinste Faith erwartungsvoll an.

»Okay … also: ja!«

»Ja?« Nun war Brad an der Reihe, verdattert dreinzuschauen.

»Ja!«

Brad beugte sich zu Faith hinab, um sie zu küssen, doch Faith wandte sich rasch ab und sprang aus dem Bett.

»Du darfst mich nicht küssen!«, rief sie.

»Warum nicht?«, fragte Brad verwundert. »Ich dachte, du hättest gerade eingewilligt, mich zu heiraten?«
»Das habe ich auch.«
»Wieso willst du mich dann nicht küssen?«
»Ich muss mir zuerst die Zähne putzen!« Faith verschwand im Badezimmer und schloss die Tür hinter sich.
Brad konnte ein erneutes Grinsen nicht unterdrücken.
Da klopfte es, und Zoe steckte den Kopf zur Tür herein.
»Wie hat sie reagiert?«, fragte sie Brad.
»Wie ich es gehofft habe«, antwortete er lächelnd.
»Wo ist sie denn?«
»Im Badezimmer, sie putzt sich die Zähne.«
Zoe nickte lächelnd. Sie hatte das Gefühl, Brad schon seit Ewigkeiten zu kennen. »Dann ist es ja gut«, sagte sie und verschwand.
Kurz darauf kam Faith aus dem Badezimmer zurück, mit geputzten Zähnen und gekämmtem Haar.
Brad erhob sich, ging zu ihr hinüber und zog sie in seine Arme.
»Ich liebe dich, Fred«, flüsterte er. Er wollte, dass sich Faith für immer an diesen Augenblick erinnerte. Sie hatten beide so lange darauf gewartet …
»Ich liebe dich auch«, flüsterte sie zurück, und Brad gab ihr einen langen Kuss.
In seinen Armen fühlte sie sich geborgen und sicher. Davon hatte sie ihr Leben lang geträumt, und nun war der Traum Wirklichkeit geworden. Manchmal dauerte es lange, bis Gebete erhört wurden. Doch wenn man Geduld hatte, konnte man sich darauf verlassen, dass die sehnlichsten Wünsche in Erfüllung gingen.